aufbau taschenbuch

AUFBAU VERLAGSGRUPPE

Darja Donzowa (eigtl. Agrippina Donzowa) wurde 1952 in Moskau geboren. Sie studierte Journalistik an der Moskauer Lomonossow-Universität, arbeitete zunächst als Übersetzerin und unterrichtete später Französisch und Deutsch. Seit 1998 schreibt sie Kriminalromane, mittlerweile sind es vier Krimi-Reihen. Sie hat bisher 46 Bücher veröffentlicht, von denen insgesamt 42 Millionen Exemplare verkauft wurden. Darja Donzowa wurde dreimal in Rußland Schriftstellerin des Jahres. 2002 und 2003 wurde jeweils eines ihrer Bücher mit dem Preis »Bestseller des Jahres« ausgezeichnet. Darja Donzowa moderiert im russischen Rundfunk eine Talkshow. Ihre Kriminalromane dienten als Vorlage für Hörspiele und Fernsehserien. Sie lebt mit ihrem Mann, ihren drei Kindern und ihren Hunden in Moskau.

Bisher hat sie wie eine Prinzessin gelebt, doch nun ist ihre Ehe zerbrochen, ihr wohlbehütetes Leben dahin. Unerwartet findet die ehemalige Harfinistin Tanja eine neue Aufgabe: Sie kümmert sich um Haushalt und Kinder der Ärztin Katja. Da wird Katja von Gangstern entführt. Jetzt muß Tanja nicht nur das Kochen, Putzen und Waschen in der fröhlichen, aber chaotischen Patchwork-Familie übernehmen, sondern auch noch Katja finden und befreien. Natürlich geht erst mal alles mögliche schief, aber Tanja lernt schnell. Schließlich hat sie jede Menge Krimis gelesen.

Darja Donzowa

Nichts wäscht weißer als der Tod

Kriminalroman

Aus dem Russischen von Helmut Ettinger

Aufbau Taschenbuch Verlag

Die Originalausgabe unter dem Titel
»Маникюр для Покойника«
erschien 2002 bei EKSMO-Press, Moskau.

ISBN-10: 3-7466-2201-8
ISBN-13: 978-3-7466-2201-9

1. Auflage 2006

Umschlaggestaltung gold, Anke Fesel und Kai Dieterich
unter Verwendung eines Fotos von getty images
Druck und Binden C. H. Beck, Nördlingen
Printed in Germany

www.aufbau-taschenbuch.de

Die Wolken teil' ich mit den Händen
Und schließe zum Gestern die Tür.
Versteck' mich hinter sieben Wänden.
Du findest nie wieder zu mir.

1. Kapitel

Ich hasse meinen Mann. Als er heute morgen um zehn Uhr mit seinem schönsten Lächeln ein Tablett mit Kaffee, Sahne und Zucker in mein Schlafzimmer trug, hätte ich ihm am liebsten die Nachtlampe an den Kopf geworfen und losgeheult. Der Gerechtigkeit halber sei gesagt, daß der Morgen nur dann so anfängt, wenn Mischa zu Hause ist. Tausende Frauen würden für einen solchen Mann bedenkenlos ihr rechtes Auge hergeben, so zartfühlend, gutmütig, großzügig, vermögend und verständnisvoll, wie er ist … Aber mir wird schon übel, wenn er nur in meiner Nähe seine Suppe schlürft. Auf seinen Zigarettenrauch bin ich allergisch, obwohl auch meinem Vater immer eine Papirossa im Mundwinkel hing.

»Meine Liebe«, säuselte mein Gatte und setzte das flache Tischchen auf meinen Knien ab, »du bist ja heute so blaß! Tut dir der Kopf weh? Trink einen heißen Kaffe, ich hoffe, er ist dir nicht zu süß …«

Ich schluckte gehorsam die schwarze Flüssigkeit, ohne etwas zu schmecken. Mischa trat ans Fenster und zog die Vorhänge auf. Ein grauer Tag schaute ins Zimmer.

»Na so was!« rief er entzückt aus. »Der November hat gerade angefangen, und wir haben schon Schnee und knakkigen Frost. Vielleicht geht es dir deswegen nicht so gut?« meinte er besorgt. »Weißt du was? Bleib einfach im Bett. Natascha wird schnell bei dir aufräumen, und dann hast du deine Ruhe. Soll ich dir Kuchen holen?«

Ich schüttelte langsam den Kopf.

»So schlimm? Nicht einmal ein Eclair?« fragte Mischa enttäuscht und schlüpfte zur Tür hinaus.

Ich schaute ihm hoffnungslos nach. Mischa ist so ein

fescher Kerl, daß er glatt als Dressman gehen könnte. 1,90 Meter groß, 80 Kilo schwer, blondes, gewelltes Haar und blaue Augen ... Er hat früh mit Bodybuilding angefangen. Wenn er sein Hemd auszieht, verschlägt es den Frauen den Atem, und die anwesenden Männer ziehen den Bauch ein.

Mischa ist wohlhabend. Aber glauben Sie nicht, er hätte sein Vermögen als Straßenhändler gemacht oder leichtgläubige Menschen für betrügerische Finanzpyramiden geworben. Nein, ihm gelingt einfach alles. Vor zehn Jahren hat er mit seinem Freund Aljoscha einen Computerhandel angefangen. Ihr Büro fand damals in einem kleinen Zimmerchen Platz. Heute gehört beiden ein ganzes Netz von Geschäften und Servicezentren. Den Gewinn steckt mein Mann sofort wieder in die Firma. Aber zum Leben bleibt uns immer noch mehr als genug. Wir haben eine Wohnung, eine Datsche, zwei Autos, eine Hausangestellte und machen mehrmals im Jahr Urlaub im Ausland ... Aber warum sage ich »wir haben«? Alles läuft auf Mischas Namen. Ich selber bin arm wie eine Kirchenmaus. Wenn sich mein Gatte einmal von mir scheiden läßt, stehe ich mit leeren Händen da. Ich arbeite nicht, denn ich habe einen für diese Zeit ungewöhnlich »gefragten« und »einträglichen« Beruf: Ich bin Musikerin.

Aber ich spiele nicht Gitarre und hopse auch nicht mit dem Mikrofon auf der Bühne herum. Ich spiele die Harfe, und das höchstens auf Durchschnittsniveau, obwohl ich dieses Fach viele Jahre lang studiert habe. Irgendwie habe ich kein Verhältnis zu diesem merkwürdigen Saiteninstrument entwicckelt. Im Grunde mag ich es so wenig wie meinen Mann. Eines muß ich Ihnen noch im Vertrauen mitteilen: Mischa ist dreißig, ich dagegen bin schon sechsunddreißig und sehe aus wie eine kranke Heuschrecke. Dort, wo es sich bei anderen Frauen angenehm rundet, ist es bei mir eher knochig. Ich bin nur einen Meter sechzig groß und wiege kaum mehr als ein Frosch. Zu alledem hat mir die Natur Schuhgröße 39 beschert. Ich habe blaue, eng beisammenstehende Augen, einen kleinen Mund und ständig Probleme mit meinen Haaren: Sie wollen sich weder kräuseln noch legen lassen, sondern stehen meist nach allen Seiten ab. Auch mit meinen Zähnen ist kein Staat zu machen. Wenn Mischa seine ebenmäßigen Beißerchen in einen Apfel schlägt, dann könnte ich platzen vor Neid: Warum nur kriegen die einen alles und die anderen gar nichts?

Seit meiner Kindheit bin ich ein schrecklicher Pechvogel. Ich wurde in einer wohlhabenden Familie geboren. Meine Eltern waren allerdings nicht mehr ganz jung. Papa, der Professor, war damals schon fünfundfünfzig, Mama, Opernsängerin, auch nur zehn Jahre jünger. Als sie jünger waren, wollten sich keine Kinder einstellen, und sie dachten schon, sie müßten sich damit abfinden. Dann scheint Gott sich ihrer erbarmt zu haben, und ich erblickte das Licht der Welt.

Wenn Sie glauben, es sei leicht, ständig von grenzenloser Liebe umgeben zu sein, dann irren Sie sich. Ich hatte eine schwere Kindheit. Niemals, unter keinen Umständen ließ man mich allein. Als Säugling hatte ich eine Kinderfrau, später als Schülerin meine Gouvernante Rosa. Wenn andere Kinder im Winter mit roten Backen auf dem Schlitten einen Abhang hinuntersausten, stand ich in Pelzmantel, Filzstiefeln, zwei Mützen, Handschuhen und Schal fast bewegungsunfähig dabei und schaute ihnen voller Sehnsucht zu. Meine Mutter verbot mir alle kindlichen Freuden – angeblich nur zu meinem Wohl. Denn bei der rasenden Schlittenfahrt konnte man sich den Hals brechen, beim Ballspielen ein Bein, beim Seilspringen irgendeinen anderen Körperteil. Im Sommer durfte ich nicht im Fluß baden, und in die Schule brachte mich Rosa bis zur zehnten Klasse. Kiosk und Kantine der Schule galten in meiner Familie als verbotene Zonen. Sie durfte ich nie betreten, denn dort lauerten schreckliche Krankheiten – Gelbsucht,

Ruhr und noch Schlimmeres. Überhaupt wurde mein Schutz vor Bakterien und Mikroben außerordentlich ernst genommen. Eis mußte zunächst auf einer Untertasse zerlaufen, bevor das Kind den Löffel bekam. Äpfel und Apfelsinen wurden sorgfältig gewaschen und mit kochendem Wasser gebrüht. Mein Kinderzimmer wurde zweimal täglich feucht gewischt. Und trotzdem hatte ich ständig irgendwelche Leiden. Von der ersten Klasse an nahm ich alle Kinderkrankheiten mit – von Masern über Windpocken bis zum Ziegenpeter. Wenn in der Stadt die Grippe umging, bekam ich sie mindestens zweimal. Ich ließ wirklich nichts aus – weder Scharlach noch Keuchhusten. In der Schule war ich immer nur zeitweilig, lernte schlecht und hatte keine Freunde.

Dann mußte entschieden werden, ob ich ein Musikinstrument erlernen sollte. Meine Mutter, die Sängerin, näherte sich der Sache systematisch und ging alle Möglichkeiten durch. Das Klavier wurde sofort verworfen: Pianisten leiden an schwerer Osteochondrose. Die Geige verursacht häßliche Druckstellen am Kinn. Das Cello behindert die natürliche Entwicklung des Brustkorbes … Schließlich tat mein Vater, dem Mamas Jammern langsam auf die Nerven ging, den Ausspruch: »Offenbar sind das beste Instrument für unsere Tochter zwei Holzlöffel. Sie sind leicht und man kann laut damit klappern!«

Papa hatte wenigstens Humor, aber Mama ging er völlig ab. Sie schlug die Hände über dem Kopf zusammen und erklärte empört: »Volksmusik? Nur über meine Leiche!«

Als sie wieder einmal auf der Bühne stand und ihren Blick über den Orchestergraben gleiten ließ, bemerkte sie die Harfe. Sofort war alles klar.

»Ein wunderbares Instrument«, schwärmte sie. »Es ist so groß, daß das Kind es nicht allein zum Unterricht tragen kann. Es braucht also eine Begleitperson! Sehr gut, damit ist es immer unter Kontrolle!«

Damit begann der Kreuzweg eines gewöhnlichen Mädchens, aus dem unbedingt ein Genie werden sollte. Wie viele Stunden habe ich stumpfsinnig hinter meiner Harfe verbracht! Kleine Freuden gab es dabei durchaus. Ab und an hatte Mama ein Gastspiel in einer anderen Stadt. Dann ließ ich es mir wohl sein: Ich machte es mir auf dem Sofa mit einem Buch bequem und fuhr mit dem Fuß über die Saiten. Das verursachte zwar fürchterliche Geräusche, aber mein Vater, ein Mathematikprofessor, hatte keinerlei Gefühl für Musik, und außerdem brachte ich auch mit den Fingern nicht gerade wohlklingende Töne zustande. Wenn Mama zu Hause war, konnte ich mir das allerdings nicht erlauben.

Die Harfe lernte ich hassen wie ein lebendes Wesen. Ich versetzte ihr Fußtritte und brachte ihr Kratzer bei. Aber in der achten Klasse erklärte meine Mutter: »Du bist begabt, Kind, deshalb bereiten wir dich jetzt auf das Konservatorium vor.«

Ich zuckte die Schultern. Mein Zeugnis war übersichtlich. Dreien in allen Fächern. Vielleicht war da das Konservatorium keine schlechte Lösung. Mama setzte alle Hebel in Bewegung, und ich wurde genommen.

Viele meinen, die Studienjahre seien die besten des Lebens. Meine waren grau in grau. Freunde fand ich auch hier nicht. Und die Lehrer, die bald wußten, welches »Talent« in mir schlummerte, gaben sich keine große Mühe. So schleppte ich mich von Semester zu Semester bis zum Diplom. Mir drohte ein Leben Arm in Arm mit der verhaßten Harfe.

Papa war inzwischen verstorben. Meiner Mutter wollte ich es nicht antun, die Musik aufzugeben. Wir schrieben 1984, das Jahr, da die Perestroika heraufzog. Mama ließ noch einmal alle Beziehungen spielen, und ich erhielt eine Anstellung in der Philharmonie. Monatlich hatte ich fünf bis sechs Auftritte zu absolvieren. In meinem Falle ging das so: Stellen Sie sich vor, Sie wollen einen der ständig vergriffenen Bestseller von Pikul kaufen. Sie kriegen ihn nur, wenn Sie ein Bändchen Gedichte des Poeten Pupkin »Der Marschschritt der Arbeiterklasse« mitnehmen. Sie wollen die Arbeiterklasse nicht? Dann kriegen Sie auch keinen Pikul! So war das mit mir und meiner Harfe. Die Leute wollten einen Schlagersänger oder einen Komiker hören, Jongleure oder wenigstens dressierte Hunde sehen. Statt dessen kündigte der Conferencier mit süßem Lächeln an: »Camille Saint-Saëns, Intermezzo für Harfe.«

Meine Wenigkeit in weißem Konzertkleid und schwarzen Lackschuhen schleppte sich mit dem Instrument auf die Bühne und begann nicht besonders wohlklingend in die Saiten zu greifen. Heute kämen bei einem solchen Auftritt bestimmt faule Tomaten geflogen. Aber Mitte der achtziger Jahre war das Publikum noch intelligenter und vor allem mitfühlender. Alle wußten, daß die Harfe die Draufgabe zum Schlagersänger war, die sie über sich ergehen lassen mußten, wenn sie ihn hören wollten. Manche spendeten sogar ein wenig müden Beifall.

So lief das sieben Jahre lang. Dann fiel meiner Mutter eines Tages auf, daß ihre geliebte Tochter schon auf die Dreißig zusteuerte und noch nie einen Verehrer gehabt hatte. Wie sollte sie auch? Zu Besuch ging ich nur mit Mama, in den Urlaub fuhren wir immer gemeinsam, und Freundinnen hatte sie nie an mich herangelassen. Nun wollte sie das Problem mit Hilfe ihres Telefonbüchleins lösen. Für mich begann ein neuer Lebensabschnitt – die Brautschau! Ich wurde natürlich nicht gefragt, ob ich überhaupt einen Mann wollte. Und mit Mama darüber zu streiten, hatte überhaupt keinen Zweck …

Kandidaten, die in Frage kamen, lehnte sie einen nach dem anderen ab. Semjon war zu alt, dazu Witwer mit Kindern. Pjotr war nicht schön genug, Konstantin trank. Alexej war zwar hübsch anzusehen, aber arm wie eine Kirchenmaus. Meine Mutter wollte einen Mann für mich, der in jeder Hinsicht vollkommen war: schön, klug, reich, intelligent, Nichttrinker, am besten ohne Eltern, dafür aber mit Wohnung und Datsche. Und das Unwahrscheinliche geschah. Nach einem Jahr intensiver Suche war der ideale Gatte gefunden – Mischa Gromow, der Neffe von Mamas bester Freundin, ein höchst erfolgreicher Geschäftsmann. Ein Problem jedoch hatte auch er. Der Bräutigam war kaum 24 Jahre alt, während ich im Juni gerade meinen 30. Geburtstag gefeiert hatte. Aber beim Alter hielten sich die hohen vertragschließenden Seiten nicht lange auf. Mischas Tante Adelaide wollte die Verantwortung für den Neffen, den sie nach dem Tode seiner Eltern bei sich aufgenommen hatte, möglichst bald loswerden. Und meine Mama war zu allem bereit, um endlich einen schlichten Ehering an meiner rechten Hand zu sehen. Wir wurden miteinander bekannt gemacht und bald darauf verheiratet.

Ein halbes Jahr nach der Hochzeit starb meine Mutter mit dem Gefühl eines Menschen, der seine Pflicht erfüllt hat. Ihre Freundin Adelaide folgte ihr schon einen Monat später. Sie werden verstehen, daß die Konzerte das erste waren, was ich aufgab.

Nun verbringe ich ganze Tage auf der Couch. Die Hauswirtschaft führt uns Natascha, und Kinder haben wir keine. Manchmal habe ich schon überlegt, ob ich mir nicht einen Hund anschaffen soll. Wir haben uns sogar schon ein paar Welpen angeschaut, sind aber jedesmal enttäuscht und mit leeren Händen nach Hause gekommen. Außerdem muß ein Hund ausgeführt, streng nach Plan gefüttert, zum Tierarzt und auf Ausstellungen gebracht werden – eine einzige Hektik. Zudem bin ich seit jüngstem gegen alles mögliche allergisch, so daß sich die Frage nach einem Haustier von selbst erledigt hat.

Meine Tage vergehen einer wie der andere. Gegen zehn Uhr morgens stehe ich auf und nehme ein Bad. Dann frühstücke ich und mache es mir mit einer Tasse Kaffee vor dem Fernseher bequem. Danach folgt das Mittagessen und ein Schläfchen von eineinhalb Stunden. Später findet man mich entweder beim Friseur oder beim Shopping ... Ich habe es mit Schwimmen probiert, mir aber prompt eine Lungenentzündung geholt. Beim Body-Shaping habe ich mir das Bein gezerrt. Damit war der Sport für mich erledigt. Eine Massage lasse ich mir gern gefallen. Ich gehe auch in die Sauna, springe aber auf keinen Fall nach dem Schwitzen ins kalte Tauchbecken. Vorsicht ist die Mutter der Porzellankiste.

In meinem todlangweiligen Dasein gibt es allerdings einen Lichtblick. Das sind Kriminalromane. Ich vergöttere dieses Genre der Literatur und kaufe solche Bücher gleich kistenweise. Die Marinina, Daschkowa, Serowa, Jakowlewa und Poljakowa – das sind meine wirklichen Freundinnen. Wenn ich auf einen neuen Thriller stoße, ist das jedesmal ein Fest! Leider reicht er meist nur für einen Tag. Warum schreiben diese Damen nur so langsam? Heute zum Beispiel habe ich wieder mal gar nichts vor, und im Fernsehen läuft solcher Schrott, daß es einem übel werden könnte.

Ich ließ mich auf der Couch zwischen Kissen und Dekken nieder, öffnete eine Schachtel Pralinen und befahl Natascha: »Seien Sie so nett, laufen Sie auf den Prospekt hinaus und holen mir ein paar Zeitungen, am besten die Kriminalchronik, Megapolis und Petrowka 38 (die Adresse der Moskauer Kriminalpolizei).«

Natascha nickte und flatterte davon, um meinen Wunsch zu erfüllen. Ich streckte mich, daß es knackte. Es ist doch gut, daß wir keinen Hund angeschafft haben, dachte ich bei mir. Der käme jetzt angekrochen und störte mich bei der wohlverdienten Erholung ...

Ein schrilles Klingeln ließ mich zusammenfahren. Die Uhr zeigte kurz vor zwölf. Wahrscheinlich hatte Natascha in der Eile die Schlüssel vergessen. Ich wälzte mich ärgerlich von der Couch und riß die Tür auf. Aber statt der kräftigen blonden Natascha stand ein schlankes schwarzhaariges Mädchen vor mir.

»Sind Sie die Frau von Michail Gromow?« fragte sie.

Ich nickte befremdet. Das Mädchen reichte mir ein Päckchen, drehte sich um und klapperte mit ihren Absätzen die Treppe hinunter.

»Wer sind Sie?« rief ich ihr nach, aber da war sie schon aus der Tür.

In dem Päckchen fand ich eine Videokassette und einen Zettel, auf dem stand: »Allein anschauen!«

Unser Videogerät steht im Arbeitszimmer. Zuerst liefen graue Streifen über den Bildschirm, dann plötzlich stöhnte jemand tief auf, und vor meinen Augen erschienen zwei nackte Körper. Ich zuckte zusammen. Pornos kann ich auf den Tod nicht leiden. Wer erlaubte es sich, mir solchen Schweinkram zu schicken? Bevor ich zu mir kam, ging es auf dem Bildschirm richtig zur Sache. Auf einmal drehte sich der Mann um, und ich wäre beinahe in Ohnmacht gefallen: Direkt mir ins Gesicht schaute ... Mischa!

Jetzt konnte ich meinen Blick nicht mehr vom Bildschirm wenden. Die Kamera nahm alles gleichmütig auf – vom Anfang bis zum Ende. Dann erschien das Gesicht des schwarzhaarigen Mädchens, das gerade vor mir davongelaufen war. Mit wunderschöner Bruststimme, einem echten Mezzo, sagte sie: »Hallo, wir kennen uns nicht, sind aber durch ein unsichtbares Band miteinander verbunden. Gestatten Sie: Tanja Molotowa. 25 Jahre alt, Dolmetscherin. Ich spreche Englisch, Deutsch, Französisch und Arabisch, verdiene gut und bin nicht gerade häßlich, wie Sie sehen.«

Da hatte sie wohl recht. Eine dichte, pechschwarze Mähne umrahmte ihr schmales Gesicht mit makellos weißem Teint. Große graublaue Augen, dichte Wimpern und feine halbkreisförmige Brauen ... Ein kleines Näschen und ein Schmollmund wie Brigitte Bardot. Und erst die Figur: Wespentaille, lange Beine und ein üppiger Busen.

»Ja, ich bin eine Schönheit«, fuhr das Mädchen lächelnd fort, »was man von Ihnen nicht gerade sagen kann. Außerdem bin ich jung. Mischa und ich sind schon ein ganzes Jahr zusammen. Sie werden zugeben, daß ich in jeder Hinsicht besser zu ihm passe. Und da ist noch etwas: Ich bekomme bald ein Kind. Das braucht einen Vater. Mischa wird sich nie von Ihnen scheiden lassen. Er will den schönen Schein wahren und traut sich nicht, Ihnen die Wahrheit zu sagen. Aber ich muß nicht vor Ihnen kuschen, deshalb hören Sie mir zu: Sie sind eine ganz nutzlose faule Trine, die ohne Sinn und Verstand in den Tag hineinlebt. Dem armen Mischa haben Sie eingeredet, Sie seien todkrank. Aber mir macht man nicht so leicht etwas vor. Sie sind eine Schmarotzerin, die es nicht einmal fertigbringt, ein Kind zu gebären. Deswegen soll mein Sohn ohne Vater aufwachsen? Auf keinen Fall! Denn Sie reichen jetzt sofort die Scheidung ein. Das Materielle interessiert mich nicht. Mischa wird Sie mit einem einzigen Koffer verlassen und Ihnen großzügig Unterhalt zahlen. Sie selber sind ja nicht in der Lage, auch nur eine Kopeke zu verdienen ... Keine Angst, wir kriegen Sie schon durch. Sie lieben sich nicht und schlafen so selten miteinander, daß man es glatt vergessen kann. Wenn Sie auf meine Bedingungen nicht eingehen, haben Sie sich die Folgen selbst zuzuschreiben. Die Scheidung kommt sowieso, aber Sie sitzen dann allein in einem Zimmerchen einer Gemeinschaftswohnung. Und jetzt dürfen Sie noch einmal zuschauen, wie sehr wir uns lieben.«

Wieder wälzten sich die nackten Körper über den Bildschirm. Ich spürte, wie mir Tränen über die Wangen liefen. Die schwarzhaarige Schöne hatte vollkommen recht. Die Natur hatte bei mir neben allem anderen auch noch am Temperament gegeizt. In den ersten Monaten nach der

Hochzeit schliefen wir zusammen in einem Bett. Aber dann zog Mischa aus, angeblich, weil er mich nicht wecken wollte, wenn er morgens zur Arbeit ging. Wann waren wir zum letzten Mal miteinander intim gewesen? Am 9. Juni, bevor er nach London fuhr. Und jetzt hatten wir November! Auch alles andere stimmte genau – ich war eine Schmarotzerin, eine faule Trine, die keine Kopeke verdienen konnte …

Da klappte die Eingangstür, und ich hörte Natascha fröhlich rufen: »Die Zeitungen sind da!«

Hastig schaltete ich das Videogerät aus, fuhr mir mit der Hand über die Wangen und rief: »Legen Sie sie auf die Garderobe!«

Aber Natascha hatte nichts gehört und kam ins Arbeitszimmer gestürzt. Als sie meine roten Augen sah, fragte sie sofort: »Sie haben geweint? Was ist passiert? Ist Rosa ermordet worden?«

Man mußte schon so einfältig wie Natascha sein, um zu glauben, ich sei bei einer mexikanischen Seifenoper in Tränen ausgebrochen.

»Sie haben die Decken nicht richtig ausgeschüttelt«, erwiderte ich böse, »und ich kriege wieder meine Allergie!«

»Wird sofort erledigt«, sagte Natascha erschrocken und legte die Decken zusammen.

Ich sah trübsinnig zu, wie rasch und geschickt ihre kleinen Hände arbeiteten.

»Meine Güte«, murmelte sie vor sich hin, »weswegen regt die sich so auf? Keine Sorgen, den ganzen Tag nichts zu tun, ein schöner Mann, der ihr jeden Wunsch erfüllt – lebt wie im Paradies!«

Das war zuviel. Als Natascha draußen war, heulte ich los wie ein Schloßhund. Dabei bin ich kein bißchen hysterisch und habe das letzte Mal richtig geweint, als meine Mutter starb. Aber jetzt liefen mir die Tränen übers Gesicht, als hätte ich gerade ein Pfund Zwiebeln geschnitten.

Erst nach zwei Stunden hatte ich mich wieder so weit beruhigt, daß ich klar denken konnte. Wie sollte es nun weitergehen? Sollte ich so tun, als wäre nichts geschehen, die Kassette in den Mülleimer werfen und ruhig weiterleben wie bisher? Nein, das ging jetzt nicht mehr. Meine Mutter hatte mir eingebleut: »Eheleute dürfen keine Geheimnisse voreinander haben. Mann und Frau sind wie ein einziger Körper.«

Sie hatte leicht reden gehabt. Mein Vater schien gar nicht zu ahnen, daß es auf der Welt außer seiner Gattin noch andere Frauen gab. Nein, ich mußte mit Mischa sprechen.

Ich holte mein Telefonbuch. Welche Frau kennt die Telefonnummern ihres Mannes nicht auswendig? Bitte schön – Sie haben eine vor sich. Ich rufe Mischa nie im Büro oder auf dem Handy an.

Das Handy antwortete nicht, also mußte ich es in der Firma versuchen.

»Hallo«, ertönte eine angenehme Frauenstimme, »womit kann ich dienen?«

»Ich hätte gern Mischa gesprochen.«

»Bist du das, Sweta?« kam es erfreut vom anderen Ende.

»Nein«, antwortete ich tonlos und spürte, wie es mir die Kehle zuschnürte, »nein, sagen Sie ihm, seine Frau möchte ihn sprechen.«

Die Stimme wurde augenblicklich kalt und offiziell: »Herr Gromow ist zu einer Außenstelle gefahren. Rufen Sie ihn auf dem Handy an.«

Mit zitternden Händen drückte ich erneut mehrere Knöpfe. Sweta! Na bitte! Seine Geliebte kannte schon das ganze Büro! Eine größere Schande hatte ich noch nicht erlebt. Ich probierte es wieder und wieder, bis schließlich Mischas Stimme im Hörer ertönte: »Hallo!«

»Mischa, komm bitte sofort nach Hause.«

»Was ist passiert?« fragte mein Gatte erschrocken. »Bist du krank?«

»Mir fehlt nichts«, versicherte ich ihm. »Wir müssen miteinander reden.«

»Entschuldige, meine Liebe, ich habe furchtbar viel zu tun. Vor neun kann ich nicht da sein.«

»Komm bitte sofort, es ist etwas Unangenehmes passiert!«

»Was denn? Hast du dich mit Natascha überworfen?«

Mein Mann sprach wie immer in freundlichem Ton, aber aus seiner Frage hörte ich einen spöttischen Unterton heraus. Na klar, das Schlimmste, was mir passieren konnte, war ein Streit mit unserer Hausangestellten.

»Reg dich nicht auf, meine Liebe«, redete Mischa in beruhigendem Ton auf mich ein. »Wir werfen sie raus und suchen uns eine neue. Wenn du dich aufregst, bekommst du gleich deine Migräne. Schick sie nach Hause, leg dich hin und ruh dich aus.«

Ich warf das Telefon auf die Couch und starrte wütend zum Fenster hinaus. Auf der Straße liefen Menschen hin und her – Männer mit Aktentaschen, Frauen mit Einkaufsbeuteln, Großmütter mit Kinderwagen ... Alle hatten ein Ziel, nur für mich gab es in diesem Fest des Lebens keinen Platz. Ich brauchte nicht aus dem Haus zu gehen, ich hätte gar nicht gewußt, wohin.

Dann aber handelte ich wie ein Automat.

Ich legte die Kassette auf Mischas Bett. Dazu schrieb ich einen Zettel: »An meinem Tod ist niemand schuld.« Den befestigte ich mit einer Sicherheitsnadel an seinem Kopfkissen. Danach ging ich in die Diele und zog mich an. Zu Hause meinem Leben ein Ende zu setzen, hatte keinen Sinn. Natascha würde es sofort bemerken, den Notarzt rufen, und die Tragödie geriete zur Farce.

Ziellos schlenderte ich über den Prospekt und spürte, wie meine Wildlederstiefel allmählich durchweichten. Zum ersten Mal hatte ich keine Angst, mich zu erkälten. Warum auch? Eine Leiche kriegt keinen Schnupfen.

Stundenlang lief ich ziellos durch Moskau. Mir wollte einfach nicht einfallen, wie ich auf würdige Weise aus dem Leben scheiden könnte. Von einem Hausdach springen? Ich habe schreckliche Höhenangst. Mich vergiften? Womit? Aufhängen? Dazu fehlte der Strick, und kaufen konnte ich keinen, denn meine Handtasche mit Handy, Geldbörse und Schlüsseln lag zu Hause auf der Garderobe.

Dann war die Stadt plötzlich zu Ende, und ich stand auf einer endlosen Chaussee. Graue Novemberdämmerung legte sich langsam über die Hauptstadt. Meine Nase kitzelte, ich mußte lauthals niesen und spürte, wie es in meinem Hals zu kratzen begann. Nein, diesen verzögerten Abschied von meinem traurigen Leben mußte ich rasch beenden, sonst wurde ich noch ernsthaft krank. Auf der leeren Chaussee flog ein Paar Scheinwerfer auf mich zu, der Fahrer bediente verzweifelt die Lichthupe, aber da lag ich schon über dem Kühler des Wagens. Es krachte und quietschte fürchterlich, alles drehte sich vor meinen Augen. Mit dem Gesicht in einer eisigen Pfütze liegend, hörte ich jemanden rufen: »Um Gottes willen, nein!!!«

Ich konnte nur noch träge denken: Hoffentlich war's das.

2. Kapitel

Mein Bett schaukelte aus einem unerfindlichen Grund gleichmäßig hin und her. Mit Mühe öffnete ich die Augen ein wenig, und mein Blick fiel auf eine niedrige, mit Kunstleder bezogene Decke. Sofort war ich hellwach – ich wurde in einem Auto gefahren!

Blinzelnd setzte ich mich auf und sah entsetzt, daß die Stiefel an meinen Beinen klatschnaß waren, als seien es Kompressen. Auch Rock und Mantel sahen nicht besser aus.

»Du bist ja wieder munter!« hörte ich eine Frauenstimme sagen.

Die schlanke Blondine am Steuer fuhr sofort rechts heran und hielt.

»Raus mit der Sprache, du blöde Kuh, was schmeißt du dich vor meinen Wagen? Warum hast du dir gerade mein Auto ausgesucht? Ist dir überhaupt klar, du dämliche Trine, daß du hättest tot sein können?«

Ich sah in ihr wutverzerrtes Gesicht und nickte langsam. Meine Retterin funkelte mich mit ihren großen blauen Augen an, als wollte sie mich damit durchbohren. Der hellbraune Lippenstift war verwischt, und kurze Haarsträhnchen standen ihr nach allen Seiten. Wahrscheinlich sah ich um den Kopf herum auch nicht besser aus. Ich hob die Hand und fuhr mir übers Haar.

»Auch noch schön will sie sein!« rief die Frau wütend. »Du bist mir vielleicht eine! Wenn du dein Leben satt hast, dann ersäuf dich doch zu Hause in der Badewanne! Weißt du überhaupt, was du da angerichtet hast? Wenn ich dich nun tot gefahren hätte! Das wär's dann gewesen, ab hinter Gitter! Und ich habe Kinder! Ach, was soll's ...«

Die Fortsetzung dieses wütenden Wortschwalls hörte ich nicht mehr. Ich war wirklich zu nichts zu gebrauchen. Nicht einmal einen richtigen Selbstmord brachte ich zustande! Dicke Tränen rollten mir über die Wangen ...

»Ist ja gut, ist ja gut«, murmelte die Frau und kam zu mir auf den Rücksitz. »Putz dir die Nase.«

Völlig unerwartet nahm sie mich in den Arm. Ich barg meine Stirn in ihrem nach Parfüm duftenden Kragen aus Kaninchenfell und heulte laut los.

»Hör auf, das bringt doch nichts«, sagte meine Samariterin jetzt im Befehlston. »Erzähl mir deinen Kummer, wenn du willst.«

Ich schluchzte noch einmal tief auf. Dann sprudelte es aus mir heraus wie ein Wasserfall. Ich erzählte ihr alles – über Mama, die Harfe, Mischa und die Videokassette …

Das ging so über eine halbe Stunde. Schließlich meinte die Blondine seufzend: »Und jetzt weißt du nicht, wohin?«

Ich nickte.

»Also los, fahren wir.«

»Wohin?«

»Zu mir! Oder willst du auf der Straße schlafen?«

Ihr Lada schnürte lange durch endlose Gassen und hielt schließlich vor einem neungeschossigen Plattenbau. Die Haustür schaute ohne Glasscheiben in die Welt, im Fahrstuhl hatte jemand auf allen Knöpfen Zigaretten ausgedrückt. Wir fuhren in den sechsten Stock, die Blondine wühlte in ihrer Handtasche, fluchte dann kurz vor sich hin und drückte auf den Klingelknopf. Hinter der Tür ertönte vielstimmiges Gebell, und da sprang sie auch schon auf.

»Mama ist da!« rief ein Junge von etwa elf Jahren.

Ich zuckte unwillkürlich zurück. In der engen Tür drängte sich ein ganzes Knäuel von Hunden und Katzen, alle durcheinander.

»Rein mit dir!« Meine Retterin schob mich vor sich her. »Was stehst du da wie angewurzelt? Die beißen nicht!«

Irgendwie drängte ich mich durch das Gewühl. Der Junge hüpfte neben seiner Mutter auf und ab.

»Hier, nimm!« Sie drückte ihm eine große Einkaufstasche in die Hand. »Trag sie in die Küche.«

Fröhlich trällernd lief der Junge den langen Korridor entlang, die Meute hinter ihm her.

»Da bist du ja endlich«, brummte ein junger Mann. »Beeil dich, sonst werden die Kartoffeln kalt.«

»Gleich, gleich«, schnaufte die Blondine und zog sich die Stiefel aus. Dann zu mir: »Leg ab, steh nicht herum.«

Ich streifte gehorsam meine nassen Stiefel ab und fragte schüchtern: »Haben Sie vielleicht ein Paar Pantoffeln für mich?«

»Schau dort nach«, meinte die Hausfrau und wies auf einen ganzen Berg von Schuhen in einer Ecke. »Und dann ab mit dir ins Bad.«

Nach langem Suchen fand ich endlich zwei ungleiche Pantoffeln und schlurfte in die angegebene Richtung. Als ich in den Spiegel sah, erschrak ich vor mir selbst. Eine blasse, verdreckte Visage unter völlig verwirrtem Haar starrte mir entgegen.

»Hallo!« An der Tür klopfte es.

Ich öffnete. Der junge Mann hielt mir ein fadenscheiniges, aber sauberes Handtuch hin.

»Für mich?«

»Na klar, für dich, womit willst du dich denn abtrocknen?« meinte der Hausherr grinsend und entfernte sich.

Als ich mich wieder etwas in Ordnung gebracht hatte, erschien ich schüchtern in der Küche.

Sie war groß, hatte zwei Fenster und war angenehm warm. Um einen runden Tisch saßen mehrere Personen – die Blondine, der junge Mann, ein Mädchen und der Bengel. Die Hunde wuselten um ihre Beine, während die Katzen sich frech auf der Spüle niedergelassen hatten.

»Also«, kommandierte die Hausfrau, »machen wir uns bekannt! Ich bin Katja. Das ist mein ältester Sohn Serjosha.«

Der junge Mann lächelte, wobei sich sein Schnurrbärtchen verzog, und sagte: »Guten Abend!«

»Und das ist seine Frau Julia.«

Das junge Mädchen warf mir einen raschen Blick zu und lächelte ebenfalls.

»Und ich bin Kira«, mischte sich der Junge ein, »der jüngere Sohn und Bruder von dem da …«

Sein mit Tinte befleckter Zeigefinger bohrte sich in Serjoshas Brust.

»Mach ruhig weiter«, zischte Julia, »laß dich nicht unterbrechen!«

Unter dem Tisch ertönte ein unzufriedenes Knurren.

»Schluß da unten mit dem Tschetschenienkrieg«, rief Katja.

Die Hunde verstummten sofort, statt dessen miauten nun die Katzen.

»Wie viele Tiere Sie haben«, sagte ich erstaunt, »das ist ja ein ganzer Zoo.«

»Na, so viele sind es auch wieder nicht«, erklärte Kira. »Nur drei Hunde und zwei Katzen. Das hier sind unsere Möpse Mulja und Ada.«

Zwei völlig gleiche Schnauzen wandten mir ihre großen vorstehenden Augen zu. Echte Monster. Ihr Unterkiefer stand vor, sie hatten fast keine Nase und tiefe Falten auf der Stirn ...

»Und das ist unsere Staffordshire-Dame Rachel«, plapperte der Kleine weiter und holte unter dem Tisch ein riesiges rothaariges Tier mit schwerem, bösem Blick hervor. »Die schwarz-rote Katze da ist Semiramis, und der weiße Kater heißt Klaus ... Außerdem ...«

Voller Eifer lief er in die Ecke, wo der Kühlschrank stand, und zog ein großes Terrarium hervor, in dem dickbäuchige Hamster herumkollerten.

»Der graue heißt Kescha, der rothaarige Petja und der schwarze Leonardo. Außerdem habe ich noch die Kröte Gertrud. Soll ich sie herbringen?«

»Gertrud stellst du morgen vor«, warf Julia ein. »Greifen Sie zu, sonst wird alles kalt.«

Ich schaute mir das Angebot an. Da stand ein großer Emailletopf mit gekochten Kartoffeln, daneben eine Pfanne mit fettigen, gebratenen Hühnerkeulen und dazu eine riesige Schüssel mit Salat, den man sehr großzügig mit Mayonnaise angerichtet hatte ... In unserem Hause wurde Derartiges nicht gegessen. Hühnerbeine sind das reine Cholesterin. Mischa ißt nur Brüstchen, möglichst nicht paniert, dazu gekochten Blumenkohl ...

»Genieren Sie sich nicht«, sagte Serjosha lächelnd, »bedienen Sie sich.«

Seufzend griff ich zu. Ob ich wohl statt des Desserts um eine Verdauungstablette bitten konnte? Nach diesem Fett-Bombardement würde meine Leber bestimmt den Aufstand proben. Aber was für eine merkwürdige Familie das war! Der ältere Sohn schon fast dreißig, der jüngere dem Aussehen nach kaum elf, und das Alter der Mutter unbestimmbar ...

»Wie heißt du überhaupt?« Katja unterbrach mein tiefes Nachsinnen.

Ich fuhr zusammen. Mein Vater war ein großes Original gewesen. Als ich das Licht der Welt erblickte, gab er der Tochter, ohne lange nachzudenken, den Namen seiner verstorbenen Mutter. Das wäre nicht weiter schlimm gewesen, hätte die Maria, Tatjana oder Jelena geheißen ... Nein, man taufte mich ... Jefrossinja. Natürlich wurde ich in der Schule und im Konservatorium von allen nur Frossja gerufen. Es gehörte zu den unangenehmsten Momenten in meinem Leben, wenn ich mich unbekannten Menschen vorstellen mußte. Dann murmelte ich: Jefrossinja. Also Frossja, kam regelmäßig die Antwort. Es war zum Heulen, aber jeder reagierte so. Dabei trage ich den Namen der Zarenfamilie – Romanowa.

Serjosha, Julia, Katja und Kira blickten mich erwartungsvoll an. Selbst die Hunde wurden still und öffneten die Mäuler. Wieder mußte ich staunen, wie häßlich diese Möpse waren. Schon wollte ich sagen ... Nein, um nichts in der Welt den richtigen Namen! Jefrossinja haßte ich so wie meinen Mann und die Harfe. Lieber sagte ich das Erstbeste, was mir in den Sinn kam. Und schon rutschte mir heraus: »Tatjana.«

»Okay«, platzte Kira heraus, »also nennen wir dich Tanja.« Wofür es von seiner Mutter sofort eine Kopfnuß setzte.

Niedergeschlagen nahm ich einen Löffel voll von dem widerwärtigen Salat. Warum mußte ich immer solches Pech haben?

Zur Nacht bereitete man mir ein Lager auf der Couch. Es war furchtbar unbequem, schmal und hart. Das Kissen knüllte sich zusammen, die Wolldecke stach mit harten Grannen durch das Laken. Ich drehte mich lange von einer Seite auf die andere und dämmerte schließlich ein. Aber es sollte nicht sein.

Plötzlich öffnete sich die Tür des Zimmers mit einem leisen Quietschen. Ich schlug die Augen auf. Da ich nichts erkennen konnte, glaubte ich, es sei ein Luftzug gewesen. Langsam fielen mir die Augen wieder zu. Plötzlich plumpste mir etwas Heißes, Schweres mit unheildrohendem Ton mitten auf die Brust.

»A-a-a!« kreischte ich auf.

Nackte Füße platschten über das Parkett, dann ging das Licht an. »Was ist los?« fragte Serjosha und blinzelte ins Licht. »Schreist du immer so im Schlaf oder nur, wenn du zu Besuch bist?«

»Etwas hat mich angefallen«, stammelte ich und versuchte mich aufzurichten.

»Du meine Güte«, meinte der Bursche seufzend. »In diesem Haus zieht wohl nie Ruhe ein! Das ist doch bloß Mulja. Du liegst im Wohnzimmer, und auf der Couch schläft sie sonst immer. Sie will halt auf ihren Platz. Wo ist das Problem? Rück ein bißchen zur Seite.«

»Wer ist denn Mulja?«

»Unsere englische Möpsin«, erklärte mir der Bursche. »Ada, die andere, schläft bei den Hamstern. Keine Angst, Mulja beißt nicht, sie schnarcht nur ein bißchen. Gute Nacht.«

Das Licht ging aus, und ich war wieder allein. Der Mops machte es sich ganz ungeniert auf mir bequem. So klein das Hündchen wirkte, es war ziemlich schwer und heiß. Ich versuchte den Mops zur Seite zu schieben, aber Mulja dachte gar nicht daran, das Feld zu räumen. Sie streckte ihre Pfoten aus und lag da wie ein Stein. Angewidert betrachtete ich das Geschöpf. Mit einem schmutzigen Hund zusammen in einem Bett schlafen! Auf den ersten Blick wirkte Mulja allerdings recht sauber und roch nach Pfefferminz. Plötzlich begann sie mit ihren Vorderpfoten leicht zu scharren, die Hinterbeine zitterten, und der Mops winselte leise mit geschlossenen Augen. Ich mußte lächeln: Auch Hunde konnten also träumen. Das Winseln hörte nicht auf. Ich strich leicht über Muljas Bäuchlein. Sie schnaufte und beruhigte sich wieder. Ihr Fell fühlte sich glatt wie Seide an. Ganz mechanisch streichelte ich sie noch einmal, weil es so angenehm war. Dann seufzte ich auf. Das war's, nun hatte ich einen Hund angefaßt, und ich mußte mir die Hände waschen gehen. Aber ich hatte keine Lust aufzustehen. Mit einem Mal kam mir das Sofa sehr bequem vor, die Wärme des Mopses durchströmte meinen Körper, sein leises Schnaufen war gar nicht unangenehm. Einige Minuten lang hörte ich auf das gleichmäßige Atmen und fuhr ihm noch einmal ganz unbewußt leicht übers Fell. Dabei berührte ich sein Schnäuzchen. Der Hund schlug seine riesigen verschlafenen Augen auf und leckte meine Hand mit einer rosigen, schrecklich langen Zunge. Es war nur eine kurze Berührung, als ob jemand mit einem feuchten, warmen, weichen Lappen über meine Hand gefahren wäre. Ich zuckte zusammen, denn mir fiel ein, daß Hunde Würmer haben ... Mulja seufzte und schaute mich unverwandt an. Ganz unerwartet für mich selbst wurde mir plötzlich so wohl, als sei mir ein schwerer Stein vom Herzen gefallen. Dieses Tier hatte sicher kein Ungeziefer, schließlich lebte es in einer Familie ... Ich drehte mich vorsichtig zur Seite und schloß die Augen. Die Möpsin schnaufte, kroch unter die Decke und machte es sich zu meinen Füßen bequem. Ich wollte sie wegstoßen, aber sie brummte nur friedlich. Nach wenigen Minuten waren meine eiskalten Füße pudelwarm, und ich schlief endlich tief ein.

3. Kapitel

»Gib das her, gib das sofort wieder her!« brüllte Mischa.

»Hol's dir doch!« schrie Natascha zurück.

Was läuft denn da zwischen den beiden? dachte ich träge und öffnete die Augen. Da entrang sich meiner Brust ein wilder Schrei. Auf dem Kissen, direkt neben meinem Gesicht, blickte mich ein Affenschnäuzchen an! Mit einem Sprung war ich an der Tür, riß sie auf und stieß mit dem Kopf gegen Serjoshas Kinn.

»Au!« rief der Bursche und faßte sich ins Gesicht.

»Verzeihung!« stammelte ich. »In meinem Bett ist ein Affe ...«

»Affen gibt's bei uns nicht, außer Kira vielleicht«, erwiderte Serjosha. Als er auf das Sofa schaute, mußte er laut lachen. »Das ist doch bloß Mulja! Du bist noch nicht richtig munter.«

Ich fuhr herum. Die Möpsin saß mitten auf meinem Lager. Sie werden es nicht glauben, aber sie grinste über ihre ganze häßliche Visage.

»Alles okay?« warf er hin und war schon im Korridor. Dort wurde er laut: »Wie lange brauchst du denn noch? Wegen dir komme ich zu spät!«

»Ich kann meine Stiefel nicht finden«, nörgelte Kira, »und meine Mütze. Ich fahr jetzt ohne.«

»Ohne Mütze auf keinen Fall«, mischte sich Katjas Stimme ein. »Willst du dir eine Meningitis holen?«

»Ist doch egal!« antwortete der Junge empört. »Und warum darf Julia ohne?«

»Wenn du so alt bist wie ich, kannst du meinetwegen

im November nackt herumlaufen«, parierte das Mädchen.

»Schluß mit der Diskussion«, erklärte Katja. »Raus mit euch!«

Man hörte Fußgetrappel.

»Moment, und wer führt die Hunde aus?« fragte Serjosha.

»Ich«, antwortete Katja. »Macht, daß ihr fortkommt.«

Die Tür klappte. Dann war es still. Ich schaute zur Uhr – erst acht. Standen die immer in der halben Nacht auf?

Plötzlich ein Ruf von der Straße: »Mama, wirf die Autoschlüssel runter, ich hab sie am Garderobenhaken vergessen.«

»Auch das noch!« sagte Katja ärgerlich und rief: »Fang auf!«

Was wohl die Nachbarn von dieser Familie denken mochten? Oder kamen die alle so früh aus den Federn?

Plötzlich sprang Mulja vom Sofa und trabte in den Korridor.

»Los, Mädels, Gassi gehen«, verkündete Katja und steckte ihren Kopf ins Wohnzimmer.

Ohne Make-up wirkte sie jünger und netter, nur die Haare standen ihr nach wie vor nach allen Seiten.

»Schon munter?«

Ich nickte.

»Nimm dir was zu essen, der Kaffee steht auf dem Tisch, den Rest findest du im Kühlschrank.«

»Und wo gehen Sie jetzt hin?« fragte ich schüchtern.

»Meine Krokodile ausführen«, erklärte Katja.

Ich wich unwillkürlich zurück. Alligatoren hatten sie in diesem Haus also auch.

»Mulja, Ada, Rachel!« rief Katja.

Das Hundeknäuel kollerte die Treppe hinunter.

In der Küche herrschte das reine Chaos. Auf dem Tisch standen Teller mit Resten von etwas Gelbem herum, dazwischen eine offene Dose Nescafé, eine leere Schüssel und ein paar Stückchen Käse. Der emaillierte Teekessel war kalt.

Ich setzte mich an den Tisch und ließ den Kopf hängen. Eine halbe Stunde später kam Katja zurück und meinte: »Ist das kalt draußen! Warum trinkst du keinen Kaffee?«

»Das Wasser ist kalt.«

»Mach dir's doch warm.«

»Ich kann das Gas nicht mit Streichhölzern anzünden.«

»Wie das?« fragte Katja verwundert.

Ich setzte zu einer umständlichen Erklärung an: »Also, wir haben einen Elektroherd ...«

»Und alle deine Freundinnen auch?« Katja ließ nicht locker und drehte dabei an einem schwarzen Knopf.

Ich verstummte verlegen und blickte in die blaue Flamme.

»Also«, meinte Katja, »wenn ich dich richtig verstanden habe, willst du nicht mehr nach Hause zurück, oder?«

»Lieber sterbe ich.«

»Gut. Wir haben beschlossen, daß du erst mal eine Weile hierbleibst. Gewöhn dich ein, denk über alles nach, und dann sehen wir weiter.«

»Ich hab aber kein Geld, ich kann euch nichts bezahlen ...«

»Hab ich dich darum gebeten?« erwiderte Katja lächelnd. »Allerdings – bedienen wird dich hier keiner.«

»Nein, das geht doch nicht«, murmelte ich.

»Moment mal«, kam es von Katja, »du kannst unsere Hausangestellte sein. Wie du siehst, haben wir eine große Wohnung, das waren mal zwei, dann die Kinder und die Hunde. Außerdem kommen dauernd Gäste, Verwandte oder Freunde. Es läuft einfach nicht rund. Ich bin kaum zu Hause, gehe um halb acht weg und komme nach der Abendschau. Wir essen fast nur Fertiggerichte, putzen irgendwann und waschen ein paarmal im Jahr. Ich wollte schon lange eine Hilfe einstellen, da tauchst du auf. Besser kann es gar nicht sein – uns wäre beiden geholfen. Du hast einen Fleck, wo du wohnen und arbeiten kannst, und ich habe eine Unterstützung.«

»Verstehen Sie«, warf ich ein, um Katja etwas zu bremsen, »ich kann überhaupt nicht kochen ...«

»Na und?« gab Katja lachend zurück. »Dann lernst du es eben! Das wäre ja noch schöner! In der Woche ist sowieso den ganzen Tag keiner da. Kira geht morgens zur Schule, dann zum Sport. Er ist Turner. Serjosha taucht vor acht nie hier auf, und Julia auch nicht. So viel ist gar nicht zu machen. Morgens alle auf den Weg bringen, die Hunde ausführen, sie und die Katzen füttern, einkaufen, kochen, und schon hast du frei.«

Allein die Aufzählung all dieser Pflichten machte mir Kopfschmerzen.

»Ich zahle dir hundert Dollar im Monat«, verkündete Katja. »Kost und Logis natürlich frei. Und was die Klamotten betrifft, da mach dir keine Sorgen. Serjosha holt heute abend die Koffer vom Hängeboden, da wird sich schon was für dich finden.«

Hundert Dollar! Ob Mischa unserer Natascha wohl auch so einen Hungerlohn zahlte?

»Na, was ist?« drängte Katja. Ich hatte wohl keine Wahl. Mein Kopf nickte fast wie von selbst.

»Na wunderbar«, sagte Katja erleichtert und sprang auf. »Also: Ich laufe jetzt los und komme gegen vier Uhr nachmittags zurück. Unser Geld liegt in der Kommode im Schlafzimmer. Die Schlüssel hängen an der Garderobe. Kannst du Auto fahren?«

»Nein«, sagte ich niedergeschlagen.

»Macht nichts«, meinte Katja obenhin. »Auch das kann man lernen. Und außerdem sind wir jetzt per du.«

Sie lief in den Korridor, schlüpfte in eine schwarze Jacke und hatte schon die Türklinke in der Hand.

»Ach, da ist noch etwas ...«

»Was denn?« fragte ich ergeben, denn ich erwartete weitere Anweisungen von meiner neuen Arbeitgeberin.

»Laß dich nicht hängen. Aus der Bredouille kommst du genauso heraus, wie du hineingekommen bist«, warf Katja hin und war schon weg.

Ich schaute mich in der Wohnung um. Sie war in der Tat sehr groß. Von dem langen Korridor gingen nach links und rechts Zimmer ab. Ganz vorn das Wohnzimmer, dann die Küche, in der man noch sehen konnte, wo die alte Zwischenwand gewesen war. Gegenüber das Kinderzimmer. Dort sah es besonders wild aus. Überall auf dem Fußboden lagen Sachen herum. Auf dem Schreibtisch, auf dem Fußboden und auf den Regalen Bücher und Spielsachen bunt durcheinander. Neben dem Bett ein ganzes Häufchen Schokoladenpapier ... Daneben befand sich das Zimmer, in dem Serjosha und Julia schliefen. Dort war es nicht ganz sauber, aber wesentlich ordentlicher als bei Kira. Auf die Küche folgte das Zimmer der Hausfrau. Mir fiel auf, daß es das kleinste war – kaum zehn Quadratmeter groß. Eine Liege, ein Sessel und ein Schrank ... Man konnte sich kaum drehen. Am Kopfende ein Stapel Bücher. Ich nahm das oberste – Marinina, darunter – Daschkowa. Sie schmökerte also auch gerne Krimis. Welchen Beruf sie wohl hatte? Not herrschte nicht in diesem Haus. Die Möbel waren zwar einfach, aber alle neu, in jedem Zimmer ein Fernsehapparat, und offenbar hatten sie zwei Autos.

Die letzten beiden Zimmer waren ordentlich aufgeräumt. Tagesdecken auf den Betten, und keine Sachen lagen herum. Eines davon war wohl für mich bestimmt.

Zwei Stunden lang mühte ich mich, etwas Ordnung in das Chaos zu bringen. Ich trug den Müll hinaus, spülte das Geschirr und machte die Betten. Danach war ich so erschöpft, daß mir richtig schlecht wurde. Ich fiel in der Küche auf einen Stuhl und rührte mir mit kaltem Wasser einen abscheulichen Kaffee zusammen. Als mein Magen revoltieren wollte, dachte ich: Ich muß wohl lernen, wie man das Gas anzündet. Da schrillte ohrenbetäubend das Telefon. Ich fuhr zusammen und nahm den Hörer ab.

»Tanja«, schallte es heraus, »ich bin's, Katja. Zieh dich rasch an und fahre zur Wolodajewgasse 9, Wohnung Nr. 7. Das ist an der Metrostation Teatralnaja. Dort wohnt Kostja Katukow.«

»Was soll ich da?« fragte ich verwundert.

»Unterbrich mich nicht!« sagte Katja scharf. »Er gibt dir eine kleine schwarze lederne Aktentasche, die bringst du zur Metrostation Dynamo. Punkt zwölf warte ich dort auf dich am ersten Wagen Richtung Zentrum.«

»Ich soll einfach so hingehen und eine Tasche verlangen?«

»Genau. Du sagst: ›Kostja, Katja braucht die Dokumente‹. Dann gibt er sie dir.«

»Aber ich habe noch gar kein Abendbrot fertig, bin gerade beim Aufräumen.«

»Unwichtig, beeil dich!« versetzte Katja und legte auf.

Etwas ratlos suchte ich ihre Weisung auszuführen. Das Geld fand sich tatsächlich im Schlafzimmer, und die Schlüssel hingen am Garderobenhaken. Aber was sollte ich anziehen? Mein Mantel war über und über mit Dreck verschmiert, und die Stiefel fühlten sich immer noch feucht an. Ich öffnete den großen Kleiderschrank neben der Tür. Dort entdeckte ich eine Jacke in Altrosa, und in Katjas Schlafzimmer Hosen und Pullover, die mir einigermaßen paßten. Als ich die Sachen anzog, die nach fremdem Parfüm dufteten, mußte ich niesen. Merkwürdig, daß ich die Schrecken der letzten Stunden überstanden hatte, ohne krank zu werden. Auch von meiner Allergie war nichts zu spüren.

In dem Haufen Schuhwerk fand ich nur ein Paar abgeschabte Turnschuhe in meiner Größe. Ich schnürte sie fest zu und trat vor die Tür. Die Hunde schauten mich mit feuchten Augen an. Ohne zu überlegen, sagte ich zu ihnen: »Seid nicht traurig, Mädels, ich bin bald zurück.« Mulja und Ada wedelten mit ihren dicken Ringelschwänzen, und Rachel schnaufte leise.

Die Metrostation war gleich nebenan. Ich muß bekennen, daß ich dieses Verkehrsmittel jahrelang nicht benutzt hatte, seit meiner Heirat nicht ein einziges Mal. Mischa hatte einen Chauffeur, der mich fuhr, wohin ich wollte.

An der Kasse suchte ich in der fremden Geldbörse, zückte einen Zehnrubelschein und bat: »Bitte vier Fünfer.«

»Was?« bellte die Alte hinter der Glasscheibe. »Was für Fünfer?«

»Fünfkopekenstücke für den Automaten«, antwortete ich. »Damit ich auf den Bahnsteig komme.«

»Meine Liebe, du hast die letzten fünf Jahre wohl verschlafen?« erwiderte die Verkäuferin unerwartet freundlich. »Jetzt haben wir Tickets, und dein Schein da reicht gerade mal für zwei Fahrten.«

Ich nickte und hielt eine Sekunde später ein kleines Rechteck aus Pappe in der Hand. Ich mußte etwa 20 Minuten fahren. Das gesuchte Haus stand nicht weit von der genannten Station hinter dem Telegrafenamt. Froh, mein Ziel so einfach erreicht zu haben, klingelte ich. Drinnen rührte sich nichts. Ich läutete noch einmal. Hinter dem Spion bewegte sich ein Schatten, als ob jemand den ungebetenen Gast beäugte.

»Zu wem wollen Sie?« ertönte es dumpf hinter der Tür.

»Guten Tag, Kostja«, sagte ich höflich. »Wir kennen uns nicht, aber Sie können ruhig öffnen. Mich schickt Katja nach der schwarzen ledernen Aktenmappe.«

Die Tür öffnete sich einen Spalt weit. Ich lächelte, so freundlich ich konnte.

»Warte«, befahl die Stimme, und die Tür klappte wieder zu.

Verwundert über diese merkwürdige Art, Gäste zu empfangen, lehnte ich mich ans Treppengeländer. Dann ging die Tür wieder auf, ein Arm mit einer teuren goldenen Uhr am Handgelenk kam hervor und hielt mir etwas hin, das eher wie eine Kartentasche aussah.

»Hier, nimm und verschwinde.«

»Vielen Dank«, antwortete ich.

Die Tür wurde wieder geschlossen. Nein, was für unhöfliche Menschen es doch gab!

An der Metro wurden Hot Dogs verkauft. Eine dicke Frau, die im November schon Filzstiefel trug, zwinkerte mir zu und rief: »Nimm einen! Schön heiß! Mit Senf!«

Ich wandte mich entrüstet ab. Dieses Zeug voller Toxine rührte ich nie an. Eher wäre ich verhungert. Kleider machten eben Leute. Wenn ich in meinem Nerzmantel aus unserem Mercedes gestiegen war, hatten sich die Händlerinnen nicht getraut, mir etwas Derartiges anzubieten.

Bis zur Station Dynamo brauchte ich 15 Minuten. Ein Glück, daß ich nicht umsteigen mußte. Auf dem Bahnsteig sah ich Katja auf einer Bank sitzen, neben ihr ein riesiger Kerl, dick wie ein Faß. Auf dem mächtigen Hals, der wie eine Säule wirkte, saß ein kleines flaches Köpfchen. Als ich herantrat, stand Katja nicht auf. Sie hatte ein zerquältes, graues Gesicht, eingefallene Augen und blasse Lippen, wirkte krank und angeschlagen.

»Her damit!« blaffte der Mann, als er sah, daß ich vor Katja stehenblieb.

»Gib ihm die Tasche«, murmelte die mit versagender Stimme.

Ich hielt ihm die Kartentasche hin. Der Dicke nahm sie mit der linken Hand und öffnete sie etwas ungeschickt damit. Sein rechter Arm hing bewegungslos herab. Wohl ein Invalide.

»Sauerei«, zischte der Mann und wies die geöffnete Tasche vor, die absolut leer war. »Willst du mich reinlegen?«

Katja wurde noch bleicher und fragte fast im Flüsterton: »Das hat dir Kostja so gegeben? Hast du hineingeschaut? Hast du vielleicht was verloren?«

Ich fühlte mich tief getroffen. Was dachte die von mir?

»Es war Kostja, und er hat mir diese Tasche gegeben. Es gehört nicht zu meinen Gewohnheiten, in fremde Taschen zu schauen.«

»Halt die Klappe!« fuhr mich der Mann an.

Ich verstummte erschrocken.

»Meinen Sie mich?«

»Dich, elende Laus, wen denn sonst?« kam die Antwort.

Katja sank noch mehr in sich zusammen und murmelte: »Er hat mich betrogen.«

»Nein, mein Kätzchen«, säuselte der Dicke unerwartet zärtlich. »Du hast mich betrogen! Und weißt du, was jetzt mit dir passiert?«

Katja spannte sich, in ihren großen blauen Augen las ich das blanke Entsetzen, aber ihre Stimme klang fest: »Laß mich gehen, ich hole es selbst.«

»Das wäre ja noch schöner!« wieherte der Fleischberg. »Für wie blöd hältst du mich? Nein, die soll gehen.«

Ein dicker Wurstfinger mit schmutzigem Nagel fuhr in meine Richtung. Er trug ziemlich unpassend, wie ein Sattel auf der Kuh, einen offenbar sündhaft teuren Ring mit riesigen Steinen, die aus der Entfernung wie Brillianten blitzten.

»Sie kann das nicht«, antwortete Katja, »dafür ist sie nicht die Richtige. Ich rufe Lena an.«

»Das fehlte noch, daß du mich allen deinen Weibern vorstellst«, knurrte das Monster. »Wenn ich sage, die, dann macht es die.«

Katja senkte den Kopf.

»Hör zu«, schnarrte der Mann mich an. »Hier waren Papiere drin, mehrere Blätter, und Negative. Die beschaffst du und bringst sie hierher, genau in zwei Wochen, am

17. November um ein Uhr mittags. Wenn nicht, dann kann sich deine Katja die Radieschen von unten angucken!«

Er ruckte ärgerlich mit dem rechten Arm, dessen Bewegung Katjas linker fast synchron folgte. Der Schal, der zwischen ihnen gelegen hatte, fiel dabei herunter, und ich starrte entsetzt auf die Handschellen.

Die arme Katja war an diese riesige Speckseite gekettet.

»Was glotzt du so?« zischte der Dicke.

»Wie?« fragte ich verständnislos.

»Mach deine Kullern zu, sonst fallen sie dir noch raus!« warf der Mann wütend hin. Heb den Schal auf und deck das Armband wieder zu.

»Was?« Ich begriff immer noch nicht.

»Hör mal, du Schlampe, du bist nicht zufällig aus der Klapsmühle abgehauen?« schimpfte der Dicke weiter.

»Heb den Schal auf und leg ihn über die Handschellen, wir wollen kein Aufsehen erregen«, flüsterte Katja niedergeschlagen und fügte dann hinzu: »Ich hab dir doch gesagt, Slawa, sie ist nicht die Richtige.«

»Halt endlich das Maul«, knurrte der. Und dann zu mir: »Alles klar?«

»Nein«, erwiderte ich und schüttelte den Kopf. »Wo soll ich denn die Papiere hernehmen?«

»Von wo du willst. Mußt nur suchen.«

»Moment mal, Slawa«, mischte sich Katja ein. »Laß mich es ihr erklären.«

»Meinetwegen, aber schnell«, befahl der Kavalier. »Wir drücken uns schon viel zu lange hier herum.«

»Tanja«, sagte Katja freundlich, »fahre bitte noch einmal zu Kostja und versuche herauszufinden, wo er die Dokumente hingelegt hat. Tu, was du kannst, sonst geht die Sache hier schlimm aus.«

Als sie sah, wie mein Gesicht immer länger wurde, fügte sie rasch hinzu: »Keine Angst, wahrscheinlich hat Kostja nur die Taschen verwechselt, er hat zwei, die gleich aussehen. Serjosha und Julia sagst du, ich sei nach Kemerowo auf Dienstreise gefahren. Das kommt häufig vor. Sie werden sich nicht wundern. Verstanden?«

Ich nickte.

»Kluges Mädchen. In zwei Wochen sehen wir uns wieder. Jetzt merk dir gut: Es sind drei Blatt blaues, ungewöhnliches Papier. Nicht zu verwechseln. Dazu vier Fotos plus Negative. Auf ihnen sind verschiedene Personen abgebildet, meistens Männer. Das alles liegt in einem roten Aktendeckel mit der Aufschrift ›Kombinat‹. Verstanden?«

Ich nickte wieder.

»An die Arbeit!« befahl der Dicke und sprang auf. Auch Katja erhob sich.

»Tanja«, flüsterte sie mir zu, »gib dir die größte Mühe. Wenn aber irgend etwas passiert und wir uns nicht wiedersehen, dann laß meine Kinder nicht im Stich, sie haben nur mich, sei ihre Mutter, ich flehe dich an …«

»Los geht's!« Der Kerl setzte sich mit einem jähen Ruck in Bewegung und zerrte Katja mit sich. Die folgte ihm gehorsam, wandte sich aber noch einmal um und rief: »Ich bitte dich, laß sie um Gottes willen nicht im Stich! Sie sind jetzt in deiner Hand!«

»Los, los«, blaffte die Fettblase. Und weg waren sie.

Ich ließ mich auf eine Bank fallen. Erst jetzt wurde mir klar, wie erschöpft ich war. So viele neue schwere Aufgaben hatte ich bewältigen müssen – zuerst das Putzen, dann die Fahrten und jetzt auch noch diese unheimliche Begegnung. Langsam begann mein Kopf zu arbeiten. Warum hatte ich nicht nach der Miliz gerufen? Wahrscheinlich hätte der Dicke das gar nicht zugelassen … Und was meinte Katja, als sie von ihren Kindern sprach? Ich bekam rote Ohren, und Schweißtropfen rannen mir den Rücken hinab. Langsam begriff ich, was sie da gesagt hatte. Wenn ich die Dokumente nicht fand, würde man Katja einfach umbringen, und ich sollte Serjosha, Kira, Julia, drei Hunden, zwei

Katzen, mehreren Hamstern und der Kröte Gertrud die Mutter ersetzen. Mein Gott, dabei kannte ich nicht einmal ihren Familiennamen!

4. Kapitel

Es war halb ein Uhr mittags. Ich fuhr noch einmal zur Metro Teatralnaja. Diesmal rührte sich auf mein Klingeln überhaupt nichts. Nachdem ich mehrfach versucht hatte, klopfte ich leicht an die Tür. Die gab unerwartet nach.

Ich stand in einer ziemlich geräumigen Diele, die mit teuren lederbezogenen Möbeln, Farbe Milchkaffee, eingerichtet war.

»Guten Tag!« rief ich. »Kostja! Sind Sie da?«

Aber es blieb mäuschenstill, nur das Rauschen einer Toilettenspülung war zu hören. War er weggegangen und hatte die Tür nicht richtig zugemacht?

Für alle Fälle schaute ich in ein Zimmer. Auf einer breiten, mit dunkelgrünem Velours bezogenen Liege erblickte ich einen Mann, der friedlich schlief. Erfreut trat ich heran und sagte laut: »Kostja, Katja bittet um ihre Dokumente. Die in der roten Mappe mit der Aufschrift ›Kombinat‹.«

Doch der Kerl rührte sich nicht. Wie konnte man nur so fest schlafen!

In einer so zweideutigen Lage war ich zum ersten Mal. Als Frau ungebeten in einer fremden Wohnung, allein mit einem fremden Mann. Aber ich mußte ihn wecken, schließlich brauchte ich die Papiere.

»He«, rief ich ein wenig lauter, »wachen Sie auf!«

Keine Reaktion, er schnaufte nicht einmal, wie man das tut, wenn man munter wird. Ich überwand mich und faßte ihn leicht an die Schulter. Da rollte der Körper herum und lag nun auf dem Rücken. Ein Schrei fuhr aus meiner Brust. Die Züge des sicher einst gutaussehenden Mannes waren zur Todesgrimasse verzerrt. Viel war von seinem Gesicht allerdings nicht mehr übrig: Wo die Nase gewesen war, gähnte ein Loch, ein Auge war geschlossen, das andere starrte glasig zur Decke. Der Mund stand offen, der Unterkiefer war zur Seite gerutscht, aber das Schlimmste waren die Arme: Aus seinen Ärmeln ragten nur noch blutige Stümpfe hervor.

»He«, flüsterte ich und spürte, wie sich mein Magen zusammenkrampfte. »He, sind Sie etwa tot?«

Aber der Besitzer dieser Gemächer starrte weiter schweigend zur Lampe an der Decke. Und ich umkrampfte immer noch seine Schulter!

Wie von selbst ließ meine Hand los, und meine Beine liefen zum Fenster. Da stieg mir die Übelkeit auch schon bis zum Hals, ich stürzte ins Bad und warf mich über das Toilettenbecken. Lange, lange schüttelte es mich ordentlich durch. Als es vorüber war, lehnte ich mich erschöpft an die Waschmaschine. Was sollte ich jetzt tun? Die Miliz rufen? Ganz unmöglich. Erstens müßte ich erklären, wie und weshalb ich in diese Wohnung gekommen war. Zweitens, und das war das Wichtigste, hätten sie einen Ausweis von mir verlangt ... Nein, das ging wirklich nicht. Mischa hatte wahrscheinlich schon eine Vermißtenanzeige aufgegeben, und meinen Gatten wiederzusehen, war das letzte, was ich wollte. Es gab nur einen Ausweg: Fort von diesem Ort, bevor jemand kam und mich hier fand. Allerdings sah ich im Bad nur eine Zahnbürste und ausschließlich Männerkosmetik auf der Konsole. Dieser Kostja war also offenbar Junggeselle.

Ich nahm meinen ganzen Willen zusammen, kniff die Augen zu, damit mein Blick nicht zufällig noch einmal auf die Leiche fiel, und schlich auf Zehenspitzen zur Tür. Dabei griffen meine Hände ganz automatisch nach der Handtasche, und die Beine trugen mich ins Treppenhaus. Da sprang der Fahrstuhl an. Erschreckt stürzte ich die Treppe hinunter und holte erst wieder tief Luft, als ich in der Metro saß. Das hätte mir noch gefehlt, daß irgendeine neugierige Hausfrau mich gesehen und der Miliz beschrieben hätte.

Ich machte es mir auf dem Sitz bequem, streckte die Beine aus und schloß die Augen. Im nächsten Augenblick stieß mich jemand heftig an. Ein dickes Weib, das eine speckige Tasche auf Rädern hinter sich herzottelte, zischte böse: »Mach dich nicht so breit, es kommt ja keiner durch.«

Ich zog die Beine an. Eine andere in einem schrecklichen grünen Mantel trompetete: »Genau, solchen sollte man die Stelzen brechen. Wenn du keine Benimmse hast, dann fahr doch Taxi, du kannst dir's leisten!«

Ihr rotes Gesicht blickte mich wütend an, die Lippen waren ein einziger dünner Strich. Ich seufzte und dachte bei mir, wie schön es jetzt wäre, von unserem Fahrer im Mercedes kutschiert zu werden.

Katjas Wohnungstür ging schwer auf. Ich mußte erst das Knäuel winselnder und miauender Hausbewohner zur Seite schieben. Die Möpse umsprangen mich wie ihre leibliche Mutter. Rachel dagegen empfing mich kühl. Die Staffordshire-Dame lief in die Küche und kam mit ihrer Leine im Maul zurück, die sie aus einem unerfindlichen Grund auf die Schwelle legte. Ich wusch mir die Hände und ließ mich auf die Couch fallen. Ich fühlte mich völlig fertig und zerschlagen. Die Beine waren wie Blei und die Kehle ausgetrocknet. Jetzt eine Runde schlafen. Zuvor zur Prophylaxe zwei Aspirin. Aber mir fehlte die Kraft, auch nur einen Finger zu rühren.

Ein Dialog lauter Stimmen holte mich in die Gegenwart zurück.

»Nicht mal Brot ist da!« rief Kira. »Ich hab Hunger, Julia, mach Spiegeleier mit Zwiebeln und Toast!«

»Kein Brot da, sagst du doch selbst«, antwortete das

Mädchen und befahl: »Lauf ins Geschäft und kauf irgendwas, das schnell geht.«

»So ein Mist!« brüllte Serjosha. »Wer hat die Pfütze im Korridor gemacht?«

»Wer es nicht halten konnte!« rief Kira fröhlich.

»Lauf los und hol Pelmeni, du Psychologe!« schimpfte sein älterer Bruder und fügte, schon ruhiger, hinzu: »Ein kleines Pfützchen. Rachel war es also nicht. Na, ihr Möpse, raus mit der Sprache! Wer war's?«

Es klatschte zweimal.

»Laß sie in Ruhe!« hörte ich Julia rufen. »Die können doch nichts dafür, wenn sie keiner rechtzeitig ausführt. Wo bleibt bloß Katja? Sie wollte doch längst hier sein. Nichts eingekauft, die Hunde nicht ausgeführt ...«

Ich hob ein wenig den Kopf von meinem Kissen und rief: »Katja mußte auf Dienstreise fahren!«

Im Korridor war es plötzlich ganz still. Dann stürzten Julia und Serjosha ins Wohnzimmer.

»Wohin ist sie gefahren?« riefen sie im Chor.

Da hatten wir's: Ich kann überhaupt nicht lügen. Und ich brauchte es bisher auch nicht, denn wenn ich es recht bedachte, gab es in meinem Leben keinerlei Geheimnisse.

»In eine Stadt, die mit K anfängt ...«

»Klar«, meinte Serjosha, »Kemerowo. Na, unsere Mutter ist schon eine, hätte ja gestern abend was sagen können.«

»Sie wußte schon, warum«, fiel Julia ein. »Sie konnte sich denken, daß wir nicht einverstanden sind, wenn sie im Urlaub arbeitet ...«

»Sie hat Urlaub?« fragte ich verdutzt.

»Ja«, antwortete Serjosha. »Seit gestern. Und heute rennt sie prompt wieder einem Zuverdienst hinterher. Dabei habe ich ihr doch gesagt, daß wir auch ohne wunderbar auskommen. Und jetzt ruft sie nicht an, damit wir ihr nicht die Meinung sagen können!«

»Hör mal, Tanja«, fragte Julia langsam, »bist du schon lange zu Hause?«

Ich schaute auf die Uhr. Um Gottes willen! Ich hatte fast vier Stunden geschlafen.

»Gegen drei bin ich zurückgekommen.«

»Na wunderbar«, empörte sich Julia, »keine Hunde ausgeführt und keinen Gedanken ans Abendbrot verschwendet!«

Ich starrte verblüfft in ihr ärgerliches Gesicht.

»Hätte ich mit den Hunden ausgehen sollen?«

»Was denn sonst?« warf Serjosha ein. »Aufs Klo gehen sie nicht. Hast du die Pfütze im Korridor gesehen?«

»Entschuldigt«, stammelte ich, »ich hatte noch nie Tiere zu Hause ...«

»Dann ist ja alles klar«, faßte Serjosha den unangenehmen Dialog zusammen. »Also, ich bring die Mädels jetzt runter.«

Die Tür klappte, und man hörte Kira rufen: »Pelmeni sind da!«

»Ich komme schon«, rief Julia. Gleich darauf hörte man sie unwillig sagen: »Warum hast du denn solche teuren gekauft? Das nächst Mal nimmst du ›Darja‹!«

»Die kann doch keiner essen!« erklärte Kira im Brustton der Überzeugung. »Die haben so dicken Teig, und was drin ist, schmeckt wie Hanfseile.«

»Das sind natürliche, ökologisch reine Sehnen«, erklärte Serjosha wichtig. »Wer tut denn Fleisch in Fertigpelmeni!«

»Hör auf, mir kommt gleich der Kaffee hoch!« rief Julia.

War das eine laute Familie! Von diesem Lärm brummte mir der Schädel. Ich sollte mich wohl besser hinlegen, denn ich spürte einen Migräneanfall kommen. Aber daran war jetzt nicht zu denken. Julia erschien auf der Schwelle und erklärte: »Also: Serjosha führt die Hunde aus, Kira ist noch mal nach Brot losgelaufen, ich koche Pelmeni, und du wischst die Pfütze im Korridor auf.«

»Womit?«

Julia mußte lachen. »Mit dem Lappen natürlich.«

»Wo ist der?«

»Wie bei allen Leuten – im Bad. Bewahrst du deine zu Hause im Schlafzimmer auf?«

Ich spürte, wie es in meinem Kopf zu hämmern begann, und schleppte mich in den Korridor. Gütiger Himmel, ich wußte nicht einmal, wo Natascha bei uns die Lappen aufbewahrte. Unter dem Waschbecken lag ein Stück altes Handtuch. Ich machte es ordentlich naß und klatschte es im Korridor auf den Fußboden. Aber statt zu verschwinden, wurde die Pfütze davon noch größer. Ich schob das Wasser auf dem Fußboden hin und her.

»Hör mal«, fragte Julia, als sie sah, was ich da tat, »hast du noch nie einen Fußboden aufgewischt?«

Natürlich nicht, ich hatte bisher die Hände immer für die Harfe schonen müssen. Außerdem war Hausarbeit bei meiner schwachen Gesundheit nie etwas für mich gewesen.

»Na, mit dir haben wir uns ja was angelacht«, meinte Julia seufzend und nahm mir den Lappen weg. Sie holte ein rotes Eimerchen, wrang das, was einmal ein Handtuch gewesen war, geschickt aus, und im Nu war der »See« vom Fußboden verschwunden. Ich stand da wie ein Baumstumpf im Walde. Aha, der Lappen mußte also ausgewrungen und nicht naß gemacht werden.

»Wirst du das Wasser aus dem Eimer ins Klo schütten können?« fragte Julia spöttisch und entfernte sich.

Nachdem ich diesen Auftrag erfüllt hatte, ging ich ins Wohnzimmer und legte mich wieder hin. In meinem Kopf hämmerte es gnadenlos.

»Tanja«, war jetzt Kiras fröhliche Stimme zu hören, »komm essen!«

»Keinen Hunger«, antwortete ich träge.

»Los, komm!« Der Junge gab nicht nach.

Ich mußte also aufstehen. Auf dem Tisch dampfte eine volle Schüssel Pelmeni.

»Wie viele willst du?« fragte Serjosha. Ohne meine Antwort abzuwarten, füllte er meinen Teller bis zum Rand mit den heißen Teigtaschen. »Ketchup, Senf und saure Sahne nimmst du dir selbst ...«

Ich stocherte mit der Gabel in dem Essen herum. Alle anderen schoben sich die klebrigen Dinger aus Teig, die abscheulich aussahen, geschickt in den Mund. Interessant war, daß sie zu den Pelmeni Brot aßen. Von gesunder Ernährung hatte man hier offenbar noch nie etwas gehört.

»Das tut gut – was Heißes bei dem kalten Wetter«, murmelte Serjosha und kniff wohlig die Augen zusammen.

»Schlaf nicht ein«, sagte Julia und knuffte ihn in die Seite. »Du mußt nachher noch das Geschirr spülen.«

»Das macht Kira«, kam es von ihm.

«Das könnte euch so passen!« heulte der Junge auf. »Wißt ihr, was für Hausaufgaben ich noch habe? Soll doch Julia ...«

»Ich habe mir auch Arbeit mitgebracht«, meinte die obenhin. »Morgen ist unser neues Heft fällig. Also, Serjosha, es hilft dir nichts ...«

»Moment«, sagte der Bursche, »wißt ihr nicht mehr, was Mama gestern gesagt hat?«

»Was denn?« fragte der Rest der Familie einstimmig.

»Nina Michailowna hat uns aus Petersburg Tanja geschickt ...«

»Na und?« drängte Julia.

»Weshalb hat sie sie wohl geschickt? Damit sie uns in der Wirtschaft hilft. Sie ist jetzt unsere Hausangestellte. Mama hat ihr ein Gehalt festgesetzt – 100 Dollar. Stimmt's?«

Alle nickten.

»Was streiten wir uns dann?« erklärte Serjosha und wandte sich mir zu: »Heute ist dein erster Arbeitstag, frisch ans Werk! Keine Angst, wir helfen dir schon, wenn wir können.«

»Na gut«, murmelte ich schicksalsergeben. »Wo steht euer Geschirrspüler?«

»Haben wir nicht«, säuselte Julia, »bei uns gibt es nur Schwamm und Spülmittel. Auf jetzt, ich habe zu tun.«

Sie schlüpfte aus der Tür. Kira folgte ihr auf dem Fuße, und als letzter ging, laut gähnend, Serjosha. Nun war ich allein mit einem ganzen Berg Geschirr. Nie hätte ich gedacht, daß so wenige Menschen, die nur Pelmeni gegessen hatten, so viel Abwasch hinterlassen können!

Vier tiefe Teller, davon drei leer und einer noch voll, Messer, Gabeln, Löffel, ein Topf voller ekliger, fetter Brühe, eine Schaumkelle ...

Auf der Gummiunterlage des Spülbeckens lag ein Schwamm, der mit Kaffeesatz bekleckert war. Kein besonders einladender Anblick. Und damit sollte ich das Geschirr waschen? Den hätte ich nicht einmal mit der Zange angefaßt! Aber ich hatte keine Wahl.

Ich nahm das Stück Schaumstoff mit zwei Fingerspitzen wie eine tote Maus und versuchte damit das Fett abzuwaschen. Aber der Teller, den ich bearbeitete, wollte und wollte nicht sauber werden. Er glitt mir aus den Fingern und fiel in das klebrige Spülbecken.

»Tanja!« sagte jemand hinter meinem Rücken verwundert.

Ich drehte mich um. Julia schaute mich lächelnd an.

»Hast du schon mal Geschirr gespült? Nimm das Spülmittel und richtig heißes Wasser. Wecken ist übrigens morgen früh um sieben.«

Sie entfernte sich kopfschüttelnd. Ich kippte gehorsam etwas flüssige Seife in das Wasser. Jetzt ging es besser voran. Nach etwa einer Stunde überschaute ich die Früchte meiner Arbeit und war zufrieden. Aus dem Korridor war kein Laut mehr zu hören. Meine Familie schlief. Ich schlich mich ins Wohnzimmer und fand auf der Couch Mulja friedlich schnarchend vor. Nachdem ich die knurrende Möpsin, die mir schwer schien wie ein Wackerstein, ein wenig zur Seite geschoben hatte, ließ ich mich aufs Kissen fallen und streckte die schmerzenden Beine aus. So müde hatte ich mich noch nie gefühlt. Als mir schon die Augen zufielen, dachte ich noch: Heute hast du nicht gebadet und keine Maske aufgelegt. Was hieß Maske, ich hatte mir die Zähne nicht geputzt! Womit auch? Ich besaß ja nicht einmal eine Zahnbürste.

Der Morgen begann mit einem vielstimmigen Aufschrei.

»Das ist ja furchtbar!« kreischte Julia. »Schon neun Uhr! Serjosha, schnell!«

»Was, neun?« brüllte jetzt Serjosha. »Los Kira, auf geht's!«

Alle zusammen kamen ins Wohnzimmer gerannt, und es klang in meinen Ohren wie eine Kreissäge: »Tanja, warum hast du uns nicht geweckt?«

»Sollte ich das?« fragte ich verwundert und versuchte, noch halb im Schlaf, herauszufinden, wie spät es war.

Mein Blick fiel auf den Wecker. Zehn nach neun. Was die sich nur so aufregten? Wer stand schon in solcher Herrgottsfrühe auf?

»Natürlich hättest du müssen!« trompetete Serjosha und rannte hinaus. Bald darauf klappte die Wohnungstür. Ich war mit den Hunden allein. Kaum hatte mein Kopf das Kissen wieder berührt, da klingelte es draußen.

»Halt fest!« rief Julia und warf mir eine Handtasche zu. »Entschuldige, hab aus Versehen deine erwischt.«

Sie griff sich ein winziges Etwas und sagte: »Gassi gehen nicht vergessen!«

Verwundert starrte ich auf die Handtasche. Das war nicht meine und auch nicht die von Julia. Gehörte sie vielleicht Katja?

Von unten rief jemand: »Tanja, wirf die Autoschlüssel runter, ich hab sie an der Garderobe vergessen!«

Ich steckte den Kopf durch die Lüftungsklappe und sah Serjosha neben seinem alten weißen Ford stehen.

»Vergiß die Hunde nicht!« erinnerte mich der Bursche.

Ich ging in die Küche und setzte erst einmal Wasser auf. Als ich das zehnte Mal vergeblich versucht hatte, das Gas anzuzünden, wäre ich beinahe hysterisch geworden. Die Streichhölzer fielen mir aus der Hand, es wollte einfach nicht brennen. Schließlich hatte ich einen Einfall. Ich nahm ein Stück Zeitungspapier, zündete es an und hielt es an den Brenner. Dieser Sieg im Kampf gegen den Alltag beflügelte mich. Aber nun wollte ich erst einmal Kaffee trinken. Im Kühlschrank lag nur noch ein Stück Butter. Offensichtlich sollte ich einkaufen gehen. Da fiel mir die Handtasche wieder ein. Als ich gestern voller Entsetzen aus der Wohnung des ermordeten Kostja gestürzt war, hatte ich sie mechanisch im Flur gegriffen, weil es zu meinen Gewohnheiten gehört, nie ohne ein solches elegantes Accessoire auszugehen ... Ich hatte also aus Versehen etwas mitgenommen, was mir nicht gehörte. Und was nun? Ich entschied, die Probleme in der Reihenfolge zu lösen, wie sie auftauchten. Jetzt waren erst einmal die Hunde dran.

Mit dem forschen Ruf: »Gassi gehen!« führte ich die Schar in den Hof. Die Möpsinnen erledigten ihr Geschäft gleich neben der Haustür. Rachel lief immerhin bis zur Blumenrabatte. So einfach war das also. Da ich die Sache für erledigt hielt, kommandierte ich: »Nach Hause!«

Rachel schaute mich mit ihren klugen Augen an und sagte höflich: »Wau!«

»Rein mit euch!« wiederholte ich.

Die Hunde wechselten verständnislose Blicke, gehorchten aber. Was ihnen wohl nicht paßte? Pipi hatten sie doch gemacht.

Zu Hause zündete ich noch einmal ein Stück Zeitungspapier an, machte mir Wasser heiß und rührte Kaffeepulver ein. Und wie nun weiter? Wie es wohl Katja ging? Woher die Dokumente nehmen? Vielleicht sollte ich alles stehen- und liegenlassen und zu Mischa zurückkehren? Aber ich wurde das Bild nicht los, wie die schmale Katja an das Nilpferd von Kerl gekettet war. Ich sah deutlich ihr blasses Gesicht und hörte, wie sie mit angsterfüllter Stimme rief: »Tanja, wenn wir uns nicht wiedersehen, dann laß meine Kinder nicht im Stich, sie haben niemanden! Sie sind jetzt in deiner Hand!«

Mir wurde plötzlich ganz heiß. Die brachten sie um, wenn ich die verdammten Dokumente nicht fand! Und den Rest meiner Tage hätte ich mit der Schuld zu leben, einen Menschen in den Tod geschickt zu haben. Zur Miliz gehen? Das nun auf keinen Fall …

Als mich die trüben Gedanken total zu überwältigen drohten, kam Rachel in die Küche und machte wieder ihr höfliches: »Wau.«

Ich schaute sie an. »Was willst du denn?«

»Wau.«

»Entschuldige schon, ich verstehe dich nicht.«

Da kullerten auch die beiden Möpse herein und starrten mich mit ihren dunklen Augen an, die aussahen wie reife Pflaumen. Es war ganz offensichtlich, daß die Hunde etwas von mir wollten.

»Wau«, wiederholte Rachel. Mulja und Ada wedelten mit ihren dicken Schwänzen. Um das Bild vollständig zu machen, tauchten nun auch noch die beiden Katzen auf und miauten, als sollten sie gleich abgeschlachtet werden. Es war zum Verrücktwerden.

»Was wollt ihr denn alle von mir?!«

Da packte Rachel ihren leeren Napf und warf ihn mir vor die Füße: »Wau!«

Endlich fiel bei mir der Groschen. Die Tiere hatten Hunger!

Im Kühlschrank hatte ich ein Stück Butter gesehen, und auf dem Tisch lag ein Weißbrot. Ich strich ein paar Butterbrote und hielt das erste Mulja hin. Die Möpsin kräuselte die Schnauze und schnappte sich den Bissen. Das Stück Butter und das Brot waren im Nu verzehrt. Allerdings rührten die Katzen dieses Futter nicht an und miauten im Chor weiter wie ein alter Dudelsack.

Ich ging in die Diele. Ich sollte jetzt vielleicht lieber noch einmal zu dieser schrecklichen Wohnung fahren. Ich wollte nach den Dokumenten suchen, ohne einen Blick auf die Leiche zu werfen. Vielleicht lagen sie irgendwo in einem Schreibtisch oder Sekretär. Zugleich konnte ich die Handtasche zurückbringen.

5. Kapitel

Die Tür zu Kostjas Wohnung war verschlossen. Ein Papierstreifen mit Siegeln schmückte sie. Nachdem ich mehrmals vergeblich an der Klinke gerüttelt hatte, lehnte ich mich ratlos an den Türrahmen. Die Tasche war mir heruntergefallen. Etwas klirrte darin. Ich hob sie auf. Sie hatte sich beim Herunterfallen von selbst geöffnet; ich entdeckte einen Paß auf den Namen Margarita Wolkowa. Von dem Foto schaute mich eine noch recht junge, aber nicht sehr sympathische Person mit einem aufgesteckten altmodischen Zopf an. Außerdem enthielt das Täschchen eine billige Puderdose, einen Kamm, ein nicht gerade sauberes Taschentuch und ein Schlüsselbund.

Eine Sekunde lang starrte ich auf die beiden merkwürdigen Schlüssel. Dann steckte ich einen ins Schlüsselloch. Er paßte und drehte sich leicht im Schloß. Der Papierstreifen fiel herunter. Die Tür öffnete sich geräuschlos. Ich schlüpfte hinein und drückte sie hinter mir zu. Wenn das jemand meiner Mutter erzählt hätte, die hätte das nie geglaubt!

Im Korridor war es dämmrig und im Zimmer fast ganz

dunkel. Allerdings hatten wir einen trüben Tag, die Wolken hingen zum Greifen tief. Auf der Liege war niemand mehr. Dafür war alles ringsherum mit einem Puder bestreut, das wie Talkum aussah.

Möglichst geräuschlos ging ich zum Schreibtisch und begann, die Schubladen aufzuziehen. Ich wühlte alles durch, fand aber nichts von Interesse. Zigaretten, Büroklammern, Rechnungen, eine Packung Analgin, ein paar Briefe …

Plötzlich hörte ich, wie das Türschloß knackte. Mich durchfuhr ein unsagbarer Schreck. Mein Körper reagierte schneller als der Verstand. Mit einem Satz war ich auf dem Fensterbrett und versteckte mich hinter der Übergardine, wie es die Heldin aus einem meiner Lieblingskrimis getan hatte.

Die Portiere war dick, und ich konnte den Eintretenden nicht sehen. Ich hörte nur, wie die Person im Zimmer hin und her ging.

»Hallo!« Eine melodische weibliche Stimme drang an mein Ohr. »Stell dir vor, wir sind zu spät gekommen. Jemand war vor uns da! Die Tür war nicht abgeschlossen, sondern nur zugeschlagen, und die Schubladen des Schreibtischs stehen offen … Die Miliz? Kaum, wozu braucht die Familienfotos? Nein, ein anderer hat was gerochen, aber wer?«

Eine Weile war Schweigen. Dann fügte die unsichtbare Unbekannte hinzu: »Meinst du, Rita hat sie mitgenommen? Vielleicht hat er es ihr erzählt. Okay, heute abend nehme ich mir die blöde Kuh vor. Jetzt muß ich erst mal zur Arbeit. Mach's gut, Slawa, bis zum nächsten Kontakt.«

Wieder waren die leisen Schritte zu hören, dann rauschte die Wasserspülung. Offenbar hatte die Unbekannte die Toilette benutzt. Bald darauf klappte die Wohnungstür. Ich stand für alle Fälle noch einige Minuten regungslos. Dann versuchte ich, von dem Fensterbrett herunterzuklettern.

Das gelang mir nur mit Mühe. Die Beine waren wie Stein, mein Rücken ganz steif. Durch das Fenster hatte es stark gezogen, so daß mir meine untere Körperhälfte wie ein Stück Eis vorkam. Eine Nierenentzündung hätte mir jetzt gerade noch gefehlt! Es war schon merkwürdig: Die Migräne, die mich gestern abend befallen wollte, war wieder verflogen. In der Regel werde ich von einem solchen Anfall einmal monatlich heimgesucht. Er dauert drei Tage, die ich in einem abgedunkelten Schlafzimmer mit dem Nachttopf am Bett verbringe. Natascha macht mir dann ständig kühle Kompressen …

Als ich wieder auf dem Boden gelandet war, erhob ich mich und wollte zur Tür gehen. Da wurde mir klar, daß ich an dem stillen Örtchen einfach nicht vorbeikam. Die Toilette war mit schwarzen Fließen ausgekleidet, was schön aussah, aber ziemlich düster wirkte. Kostja war offenbar einer von der feinen Sorte gewesen. Alles Ton in Ton – die Toilettenbürste, die Konsole und selbst der Klorollenhalter.

Bevor ich die Toilette verließ, griff ich mir das Handy, das ich auf die Konsole gelegt hatte. So war das mit mir, immer legte ich das Ding irgendwo ab, um die Hände frei zu bekommen, und dann vergaß ich es. Das hätte noch gefehlt - es hier in der Wohnung eines Ermordeten zurückzulassen!

Ehe ich die Wohnung verließ, schaute ich durch den Spion und überzeugte mich, daß die Luft rein war. Ich wartete einen Moment ab, nahm dann die Handtasche und lief die Treppe hinunter. Der eisige Novemberwind blies mir ins Gesicht. Über die Straße fegte leichter Schnee, und ich trug immer noch Turnschuhe. Etwas anderes Passendes hatte ich noch nicht entdeckt. Meine Wildlederstiefel waren inzwischen wieder trocken, aber sehr dünn und für Schneematsch überhaupt nicht geeignet. Der war dick und tief, obwohl wir schon Frost hatten. Ein merkwürdiges Wetter!

Fröstelnd schlug ich die Arme um die Schultern, lief zur

Metrostation und setzte mich dort auf eine Bank. So war das also! Diese Dokumente suchte eine Frau, die der Meinung war, Rita hätte sie genommen. Ob das Margarita Wolkowa war, deren Tasche ich immer noch mit mir herumschleppte?

Ich holte den Paß heraus, und nach zwei Sekunden wußte ich die Adresse – Twerskoi Boulevard – die alte Gorkistraße, der Stolz der Moskauer. Die große Uhr über meinem Kopf zeigte Punkt zwölf. In meinem Kopf arbeitete es fieberhaft. Für die Fahrt hin und zurück brauchte ich etwa zwanzig Minuten. Eine Stunde für das Gespräch mit der Dame ... Die Dokumente und ab nach Hause. Vor sieben Uhr abends tauchte sowieso niemand auf. Bis dahin hatte ich die Hunde ausgeführt, eingekauft und vor allem die Papiere beschafft.

Von dem Gedanken beschwingt, stieg ich in einen Zug, ließ mich auf die Sitzbank fallen und zog die Beine an. Der Wagen war fast völlig leer. Die wenigen Fahrgäste hatten alle Bücher vor der Nase. Ich hatte noch nie daran gedacht, daß man in der Metro lesen konnte. Für die Rückfahrt wollte ich mir einen Krimi kaufen und so das Angenehme mit dem Nützlichen verbinden.

Das große Haus, das vom Anfang des Jahrhunderts stammte, hatte eine leuchtende zartrosa Fassade. Vom Hof aus sah es allerdings grau und trübe aus. Entweder hatte die Farbe nicht gereicht, oder man dachte, daß es für die Rückseite auch so schön genug sei. Wie in vielen alten Häusern gab es hier keinen Fahrstuhl, so daß ich die endlos hohen Stockwerke zu Fuß überwinden mußte.

Die Tür ging sofort auf, und eine sehr interessante Frau von etwa 40 Jahren fragte freundlich: »Zu wem möchten Sie?«

Ich hielt ihr die Handtasche hin und fragte: »Gehört die Ihnen, Margarita Fjodorowna?«

Ihre Gesichtszüge erstarrten, sie wich einen Schritt

zurück und rief dann erschrocken: »Sie kommen von der Miliz? Mich holen?«

Ich überlegte fieberhaft, wie ich mich verhalten sollte. Aber Margarita deutete mein Schweigen offenbar falsch, denn sie heulte auf und rief: »Ich flehe Sie an, stürzen Sie mich nicht ins Unglück! Hören Sie mich an! Ich habe Kostja nicht umgebracht! Ich sage Ihnen alles …«

Ihre Augen hatten jetzt einen fieberhaften Glanz, Stirn und Hals waren von roten Flecken überzogen, die Wangen kreidebleich.

»Kommen Sie herein«, bat Margarita, »ich erzähle Ihnen alles. Sie werden sofort erkennen, daß ich nichts damit zu tun habe. Kommen Sie doch rein!«

Meine erste Regung war, sie zu beruhigen, ihr die Tasche zurückzugeben und sie um die Dokumente zu bitten. Dann kam mir der Gedanke: Und wenn sie sie nicht herausrückt? Vielleicht sollte ich der Dame erst einmal die Möglichkeit geben, sich auszusprechen. Einer Unbekannten hätte sie bestimmt nicht ihr Herz ausgeschüttet, aber einer Mitarbeiterin der Miliz …

Ich nickte schweigend und folgte ihr in die Küche. Dort blitzte alles vor Sauberkeit: geputzte Kacheln, ein glänzendes Spülbecken und ein sauberer Elektroherd, ein hübscher weißer Wasserkocher …

»Kaffee oder Tee?« Die Frau machte sich hektisch am Elektroherd zu schaffen.

»Tee, am liebsten ceylonesischen, ohne Zucker«, bat ich und sprach gleich weiter: »Weshalb haben Sie Kostja Katukow ermordet?«

Margarita fuhr herum. »Wie ich schon sagte, ich habe damit nichts zu tun!«

Ich grinste. Wenn man wie ich seit Jahren fast die gesamte Kriminalliteratur liest, lernt man logisch denken. Außerdem habe ich wie alle Musiker ein ausgezeichnetes Gedächtnis.

»Wir wollen doch bei der Wahrheit bleiben. Diese Handtasche lag in Katukows Wohnung, darin sind Ihr Paß und Schlüssel zu seiner Tür. Ich glaube nicht, daß er sie einer völlig fremden Person anvertraut hätte.«

»Sie verstehen mich falsch«, suchte sich Margarita herauszuwinden. »Ich habe mit dem Mord nichts zu tun. Kostja kannte ich natürlich sehr gut.«

»Na, dann mal schön der Reihe nach!« befahl ich mit fester Stimme. Und fügte hinzu, was Milizionäre immer in solcher Situation sagen: »Ein freiwilliges Geständnis kann Ihnen vor Gericht helfen.«

Margarita griff nervös nach einem Päckchen »Parlament«. Ich wollte sie schon bitten, nicht zu rauchen, überlegte es mir aber und sagte nichts. Sollte sie sich entspannen. Dicke Rauchwolken stiegen zur Decke, und mit ihnen begann ihr Redeschwall zu fließen.

Margarita ist Kassiererin in einem Supermarkt. 24 Stunden lang – von Mittag bis Mittag – sitzt sie an der Kasse, dann hat sie 24 Stunden frei. Sie verkauft teure Lebensmittel, die sich nicht jeder leisten kann. Der Supermarkt liegt mitten im Zentrum, seine Stammkunden sind wohlhabend. Tagsüber erscheinen dort Damen in solchen Kleidern und Pelzmänteln, daß man eine Modenschau umsonst hat. Wenn es auf Mitternacht zugeht, kommen einfacher gekleidete Kunden, meist Schauspieler der umliegenden Theater. Sie können erst nach der Vorstellung an ihr tägliches Brot denken. Nach ein Uhr nachts taucht dann ein ganz besonderes Publikum auf. Junge Männer mit schwarzen Lederjacken fahren in riesigen Jeeps oder auch weniger auffälligen Autos vor, meist in Begleitung von langbeinigen, stark geschminkten Mädchen. Die lassen die Milchprodukte links liegen, bedienen sich kräftig bei alkoholischen Getränken und Konserven. Aber sie benehmen sich in der Regel höflich und lassen Margarita ein dickes Trinkgeld zurück. Ihre Schichtpartnerin, die hübsche zwanzigjährige Olga, beklagt sich ständig, daß die Burschen sie anmachen und für Geld einladen wollen. Aber Rita ist noch keiner der Banditen frech gekommen. Überhaupt lassen die Kunden sie in Ruhe. Entweder ist sie nicht hübsch genug oder wegen ihres Alters bereits aus dem Rennen.

Kostja erschien einmal um halb eins in der Nacht an ihrer Kasse. Er stellte mehrere Konservendosen, eine Dose Würstchen und eine Flasche Chili-Ketchup aufs Band. Margarita gab die Preise ein und fragte: »Wissen Sie, daß dieser Ketchup sehr scharf ist? Das reine Höllenfeuer.«

»Tatsächlich?« fragte der Käufer verwundert. »Danke für den Tip, dann nehme ich etwas anderes.«

Sie unterhielten sich noch ein wenig, und einen Tag später kam Kostja wieder. Dann wurde er Stammkunde, und Rita wußte bald, daß der Junggeselle nicht auf den Rubel schauen mußte. Mit seinen dunklen Haaren und graublauen Augen, mit seinem netten Lächeln hatte er ihr schon beim ersten Mal gefallen. Er duftete immer gut, trug teure Sachen und legte stets sein Handy und die Autoschlüssel neben der Kasse ab, wenn er bezahlte. Nach und nach erschien Rita zur Arbeit, als wollte sie ausgehen, arbeitete lange an ihrem Make-up und ruinierte sich fast für französisches Parfüm.

Nach einem Monat hatten sie ein lockeres Verhältnis. Besondere Hoffnungen machte sich keiner von beiden. Aber wenn sie sich einmal in der Woche trafen, dann spulten sie das volle Programm ab. Das geschah meist in Katukows Junggesellenwohnung. Er war ein ausgezeichneter Liebhaber – sanft, zärtlich und immer bemüht, seiner Partnerin Genuß zu bereiten. Und das nicht nur im Bett. Er schenkte ihr Blumen und nette Kleinigkeiten, überhäufte sie mit Komplimenten. Wahrscheinlich hatte er auch andere Frauen. Mehrmals fand Margarita im Bad fremde Haarspangen, aber daraus machte sie keine Tragödie.

Heiraten wollte sie Kostja nicht. Zwei gescheiterte Ehen

hatten ihr die Lust auf Familienleben gründlich vergällt. Es machte ihr auch nichts aus, daß Kostja wenig von sich erzählte. Sie wußte nur, daß er im Theater »Rampe« spielte, hatte dort aber noch nie ein Stück gesehen.

»Ich bekomme keine großen Rollen«, meinte Kostja lachend. »Ich warte noch auf meine Stunde.«

Das Verhältnis dauerte ein halbes Jahr. Die Kassiererin war für Kostja offenbar etwas Besonderes, denn nach zwei Monaten gab er ihr einen Schlüssel zu seiner Wohnung. Jeden Donnerstag kam Rita zu ihm, wenn sie nicht gerade arbeitete, kochte, bügelte seine Hemden und putzte manchmal die Wohnung ... Dann aßen sie gemeinsam vor dem Fernseher und gingen anschließend miteinander ins Bett. Ein Hauch von Familienleben, aber mehr wollten beide nicht.

Als Margarita eine Blinddarmentzündung hatte, zeigte sich Kostja von seiner besten Seite. Er brachte sie ins Krankenhaus, drückte dem Chirurgen ein Pfund in die Hand und besuchte sie sogar danach mit einem Mitbringsel. Rita besah sich das Glas mit den hausgemachten Bouletten und mußte lachen. Die hatte eindeutig eine andere Geliebte zubereitet, denn zu solcher Qualität war nur eine Frau fähig. Kostja selber hätte sicher eine Dose Würstchen im Supermarkt gekauft ... Aber das kränkte sie nicht, sondern freute sie sogar. Kostja schien sie wirklich zu schätzen, wenn er eine andere Frau gebeten hatte, für sie zu kochen.

Am Tag zuvor war sie wie immer um zwölf Uhr mittags zu ihm gefahren. Sie hatte ihre Handtasche auf die Flurgarderobe gelegt und wollte sich noch ein wenig zurechtmachen, als sie Kostja auf dem Sofa liegen sah. Sie wunderte sich und dachte, ihr Geliebter sei krank. Sie rief seinen Namen. Die schreckliche Wahrheit wurde ihr erst klar, als sie sein Gesicht erblickte. Ohne recht zu begreifen, was sie da tat, drehte sie den Unglücklichen auf die Seite und legte eine Decke über ihn. Das war dumm, aber ihre Hände hatten es wie von selbst getan. Das Denken setzte erst später ein und befahl Margarita: Nichts wie weg. Die Polizei zu rufen traute sie sich nicht. Sie sprang ins Treppenhaus, schlug die Tür hinter sich zu und dachte den ganzen Weg nach Hause krampfhaft darüber nach, ob sie in der Wohnung irgendwelche Spuren hinterlasen hatte. Offenbar nicht. Sachen von ihr gab es in Kostjas Wohnung keine. Höchstens ihre Telefonnummer könnte in seinem Büchlein stehen. Aber das war nicht weiter schlimm. Erst zu Hause bemerkte sie, daß ihre Handtasche mit dem Paß noch auf Kostjas Garderobe lag. Ein Glück, daß ihre Nachbarin und Freundin Nadja gerade den Schlüssel zu ihrer Wohnung hatte. Am Abend zuvor waren alle Bewohner ihres Hauses benachrichtigt worden, daß das Unternehmen »Mosgas« in ihrem Aufgang die Gasherde austauschen wollte. Rita wollte ihr Rendezvous nicht verpassen, und Nadja hatte ihre Wohnung mit übernommen.

Den ganzen Tag zermarterte sich Margarita das Hirn, wie sie in die verschlossene Wohnung gelangen könnte. Aber ihr fiel nichts ein. In dieser Nacht tat sie kein Auge zu. Um neun Uhr morgens rief sie im Supermarkt an und meldete sich krank. In ihrem Kopf ging alles durcheinander, und die Angst wuchs mit jeder Minute.

»Glauben Sie mir, ich war es nicht!« wiederholte Margarita immer wieder und zog nervös die Nase hoch. »Warum sollte ich ihn denn umbringen? Ich hatte doch überhaupt keinen Grund!«

»Ich denke, Sie sagen die Wahrheit«, erklärte ich. »Überlegen Sie gut, hat Kostja Ihnen vielleicht Papiere zur Aufbewahrung gegeben – einige blaue Blätter und dazu ein paar Fotos ... Wahrscheinlich lag alles in einer roten Mappe mit der Aufschrift ›Kombinat‹.«

»Nein.« Rita schüttelte den Kopf. »Er hat mich nie gebeten, etwas für ihn aufzubewahren.«

»Kennen Sie eine seiner anderen Frauen?«

»Nein«, erwiderte Rita ergeben und fügte hinzu: »Auch keine Männer ...«

»Er hat Sie nie jemandem vorgestellt?«

»Nein«, antwortete die Kassiererin mutlos, und erneut glaubte ich ihr. Selbst in meiner langen Ehe mit Mischa hatte ich nur zwei andere Paare kennengelernt. Zu Hause rief kaum jemand an. Alle Kontakte liefen über Mischas Handy.

Wieder in der Metrostation angekommen, setzte ich mich auf eine Bank und holte tief Luft. Wissen Sie, warum ich keine Zweifel hatte, daß Margarita die Wahrheit sagte? Sie hatte berichtet, sie sei gegen zwölf Uhr mittags gekommen und habe die Tür aufgeschlossen. Dann sei sie vor Entsetzen aus der Wohnung gerannt, hätte ihre Handtasche liegengelassen und die Tür ganz mechanisch hinter sich zugeworfen ... Später hätte sie den verdächtigen Gegenstand gern geholt, aber die Tür war zu! Ich traf um eins ein und fand die Wohnungstür offen. Das heißt, jemand war zwischen zwölf und eins dagewesen, hatte die Dokumente an sich genommen und das Weite gesucht. Es mußte jemand gewesen sein, der Kostja nahestand, denn auch er oder sie hatte einen Schlüssel benutzt. Daß die Tür mit einem Dietrich geöffnet wurde, konnte ich vergessen. An Katukows Tür war mir sofort die teure, komplizierte Schließanlage aufgefallen. Mischa hatte das gleiche Modell an unserer Wohnung einbauen lassen. Mein Gatte, ein sehr genauer, geradezu penibler Mann, hatte das Angebot lange studiert und sich schließlich für dieses Produkt entschieden. Der Schlüssel sieht aus wie ein Stöckchen, an dem mehrere Bärte befestigt sind. Das Schloß ist magnetisiert, aber fragen Sie mich nicht, wie das funktioniert. Mit einem Dietrich ist es nicht zu öffnen. Die eisenbeschlagene Tür zu Kostjas Wohnung hätte man nur mit einem Schweißbrenner aufschneiden können. Das aber hätte das schöne rote Leder ruiniert ... Das hieß, noch jemand mußte einen Schlüssel haben. Aber wer?

Das Nächstliegende war – eine weitere Geliebte. Wahrscheinlich hatte sie die Dokumente an sich genommen. Doch wo sollte ich die Dame suchen?

Zufällig fiel mein Blick auf die große Uhr am Bahnsteig. Schon vier! Wie lange saß ich wohl auf dieser Bank und zermarterte mir das Hirn? Ich mußte mich beeilen, denn zu Hause warteten ungeduldige Hunde und ein leerer Kühlschrank auf mich. Ich schwankte noch einige Minuten, fuhr dann mit der Rolltreppe wieder ans Tageslicht und suchte nach einem Zeitungskiosk.

Neben McDonalds fand ich einen halberfrorenen Verkäufer mit einem Stand. Als er eine potentielle Kundin auf sich zukommen sah, lebte er auf und fegte mit einer Bürste den Schnee von der Plastikfolie, die über seinem Angebot lag. Ich vertiefte mich in die Neuerscheinungen. Einiges von Interesse war dabei. Er hatte neue Sachen von Marinina und Daschkowa. Daneben lockte ein Krimi der Malyschewa mit buntem Einband und etwas weiter auch die Poljakowa. Sie schreibt so gut, daß man ein Buch von ihr einfach nicht mehr aus der Hand legen kann.

Noch vor kurzem hätte ich, ohne nachzudenken, alle genommen, und unser Chauffeur hätte das Paket lächelnd zum Mercedes getragen. Aber jetzt mußte ich allein mit der Metro fahren und außerdem unterwegs noch einkaufen gehen. Also entschied ich mich für die Serowa in billiger Aufmachung …

Plötzlich erklang hinter meinem Rücken eine so bekannte Stimme, daß es mir einen Stich ins Herz gab: »Jana, bist du sicher, daß du deinen Fuß in dieses billige Etablissement setzen willst?«

Ich wandte nur leicht den Kopf und nahm allen meinen Willen zusammen, um nicht vor Entsetzen aufzuschreien. Aus seinem luxuriösen Mercedes, der kaum zwei Schritt von mir entfernt hielt, war mein Mann ausgestiegen. Neben ihm stand in halboffenem Pelz eine schwarzhaarige

Person. Es war tatsächlich Jana Molotowa, die Hauptakteurin der Videokassette, die mein Leben so grundlegend verändert hatte.

»Ich will jetzt einen Hamburger«, erklärte sie in launischem Ton, »so ein abscheuliches fettes Brötchen mit viel Cholesterin!«

»Dein Wunsch sei mir Befehl«, antwortete Mischa lachend, legte den Arm um ihre Schulter und ging mit ihr auf die Tür mit dem großen M zu.

Mit zitternden Händen zog ich die Mütze tief ins Gesicht. Das war völlig überflüssig, denn in diesem Aufzug würde mich mein Mann wohl kaum erkennen. So kam es auch. Sein Blick glitt über die Person, die da in einer billigen chinesischen Jacke und schmutzigen Turnschuhen vor ihm stand, und er ging achtlos weiter. Die Dame umgab mich mit einem Hauch von teurem Parfüm. Das war eindeutig Coco Chanel. Mein Lieblingsparfüm aus einem fernen, anderen Leben ...

Unvermittelt saß mir ein dicker Kloß im Hals. So lief das also! Die Frau war weg, hatte sich wahrscheinlich das Leben genommen, und Mischa zog schon mit der nächsten um die Häuser, als sei nichts passiert! Sogar zu McDonalds ging er mit ihr! Dazu hätte ich ihn nie bewegen können ... Gerne hätte ich gewußt, ob mein Gatte mein Verschwinden überhaupt der Miliz gemeldet hatte. Oder war er froh, mich los zu sein, und hatte dieses Weib sofort zu sich geholt und ihr alle meine Sachen überlassen? Sehr wählerisch war sie wohl nicht, wenn sie ohne weiteres mein Parfüm benutzte ... Aber warum das teure Zeug umkommen lassen?

Mir schnürte es die Kehle zu und Tränen liefen mir über die Wangen. Meine Güte, mich brauchte jetzt niemand mehr, nur noch Katja ...

»Hallo, meine Dame«, sprach mich der Verkäufer leise an.

Tränenumflort schaute ich ihn an.

»Seien Sie nicht traurig«, murmelte der Mann, »wenn Ihr Geld nicht reicht, dann schenke ich Ihnen die Serowa.«

Da erst bemerkte ich, daß ich das Bändchen krampfhaft an die Brust drückte. Es war schon ganz zerknittert.

6. Kapitel

Ich verließ die Metro und tauchte in den Supermarkt ein. Ich hatte ein Abendbrot zuzubereiten. An Fleisch, Huhn und Fisch rauschte ich mit hocherhobenem Kopf vorbei. Ich steuerte auf die Gefriertruhen zu. Nach einigem Wühlen fand ich ein Paket Pommes Frites, wobei mir sofort der Duft von etwas Gebratenem in den Sinn kam. Grillhähnchen! Weshalb mich abplagen, wenn ich etwas Fertiges kaufen konnte. Ein Hähnchen reichte für die Bande auf keinen Fall. Wenn ich die Hunde mitzählte, brauchte ich mindestens drei. Was fraßen eigentlich die Katzen? Von Fisch und Milch hatte ich irgendwann schon einmal gehört. Zwei Tüten H-Milch wanderten in meinen Korb. In der Fischabteilung sah ich zunächst nur wenig appetitliche gefrostete Stücke von etwas Undefinierbarem. Auf den Schildchen jede Menge unbekannte Namen … Ein Glück, daß ich in einer Ecke noch ein Lachsfilet entdeckte …

Mein Korb füllte sich allmählich: Französisches Öl, verschiedene Gemüse, eine Avocado und eine Büchse Krabben … Als ich endlich an der Kasse anlangte, war ich ganz außer Atem. Die hübsche Kassiererin schaute zuerst auf mich, dann auf meine Einkäufe und fragte höflich: »Gleich eingeben oder zuerst zusammenrechnen?«

»Wie ist es besser?« erwiderte ich verwirrt.

»Erst zusammenrechnen«, antwortete die Kassiererin seufzend. So eine Ladung hatte sie am Vortag schon einmal gehabt. Dann reichte das Geld nicht, aber die Kasse hatte schon alles registriert.

Ich wollte gerade schnippisch antworten, schließlich hätte ich eine Kreditkarte, aber ich konnte mich gerade noch rechtzeitig bremsen. Mit der Kreditkarte war es vorbei, und wie viele Scheinchen in der Geldbörse waren, wußte ich nicht. Ehrlich gesagt, hatte ich überhaupt nicht an Geld gedacht, als ich meinen Korb füllte.

»Rechnen Sie schon zusammen!«

Das Mädchen tippte alles flink in ihren Taschenrechner. Die Summe war nicht so riesig – umgerechnet etwa 100 Dollar –, aber natürlich reichte das Geld nicht. Drei Flaschen französisches Mineralwasser mußte ich zurückgeben.

Zuerst war ich darüber ärgerlich, denn ich trinke nur dieses Wasser, aber dann freute es mich sogar. Die Flaschen waren ziemlich schwer, und ich hatte sie schließlich nicht nur bis zum Auto, sondern bis nach Hause zu tragen. Außerdem riß bei einer Tasche auch noch der Griff, und ich mußte Büchsen, Flaschen und Pakete fluchend wieder einsammeln.

Die Wohnungstür wollte nicht aufgehen. Ich stocherte hilflos mit dem Schlüssel im Schloß herum. Aber da wurde von innen geöffnet. Auf der Schwelle stand Serjosha mit einer Rolle Toilettenpapier in der Hand.

»Also, Tanja«, sagte er und runzelte die Brauen, »raus mit der Sprache, wo bist du gewesen?«

Eine gute Frage, natürlich war ich auf dem Ball und hatte den Tag durchgetanzt! Ich ließ meine Einkaufstaschen fallen und sagte müde: »Einkaufen.«

»Hervorragend«, sagte mein Arbeitgeber, »und warum sind die Hunde nicht ausgeführt worden?«

»Wieso?« gab ich empört zurück. »Die haben doch gleich an der Haustür gepinkelt …«

»Gepinkelt schon«, sagte Serjosha grinsend. »Schau dir das an.«

Er riß die Tür zum Wohnzimmer auf, und ich erstarrte. Sechs duftende Haufen waren über das ganze Zimmer verteilt. Erst jetzt wurde mir bewußt, daß weder Mulja noch Ada, noch Rachel mir entgegengesprungen waren. Wahrscheinlich drückten sie sich vor Scham in den Ecken herum …

»Eins verstehe ich nicht«, meinte Serjosha nachdenklich, als er sich das Bild besah. »Woher diese Mengen? Sie haben doch nichts Fettes gefressen, aber das sieht aus, als hätten sie ein ganzes Stück Butter verdrückt!«

»Ich habe ihnen zum Frühstück Butterbrote gemacht«, gestand ich niedergeschlagen.

»Den Hunden?!« Jetzt verlor Serjosha ein wenig die Beherrschung. »Bist du wahnsinnig? Butter verabreicht man ihnen als Abführmittel!«

»Aber es war doch nichts anderes da!«

»Und was ist das?« Serjosha fuchtelte mit einem Paket vor meiner Nase herum.

Ich schaute mir die unappetitlichen dunkelbraunen Kügelchen an und fragte verwundert: »So ein Zeug fressen die?!«

»Das ist das beste Trockenfutter, das es gibt!«

»Entschuldige, das habe ich nicht gewußt.«

»Naja, was soll's, räum das da weg«, knurrte Serjosha und drückte mir das Toilettenpapier in die Hand.

Während ich damit beschäftigt war, trafen Julia und Kira ein. Der Junge inspizierte meine Einkäufe und rief begeistert: »Grillhähnchen! Pralinen!«

»Wieso denn das? Haben wir schon Neujahr?« fragte Julia ärgerlich.

Der konnte man es auch nie recht machen. Wenn ich nichts einkaufte, war es nicht richtig, wenn ich mit vollen Taschen kam, auch nicht.

»Und was ist das?« rief Kira.

»Eine Avocado«, antwortete ich.

Sofort biß der Junge in die grüne Schale, kaute ein wenig und meinte dann enttäuscht: »Das schmeckt ja nach gar nichts – wie Watte!«

»So ißt man die nicht«, erklärte ich. »Zuerst muß sie geschält und halbiert werden. Dann füllt man sie mit etwas, zum Beispiel mit Krabbensalat.«

Als Julia die Büchse Krabben in meiner Hand sah, entfuhr ihr ein Pfiff, und sie fragte: »Wieviel Geld hast du denn ausgegeben?«

»Nicht viel, ungefähr hundert Dollar.«

Alle schwiegen erschrocken, dann sagte das Mädchen: »Entschuldige, aber wir planen fürs Essen ungefähr 2000 Rubel die Woche ein.«

Die lebten eine ganze Woche lang von weniger als hundert Dollar? Wie sie das wohl machten?

»Aber ich habe doch nur das Notwendigste gekauft – Öl ...«

»Französisches.« Serjosha grinste. »62 Rubel die Flasche! Russisches gibt's bereits für 13. Und wenn wir schon mal dabei sind – geh nicht mehr in den Supermarkt, im Großmarkt ist alles zwei, drei Rubel billiger.«

»Wo finde ich denn einen Großmarkt?« fragte ich verdutzt.

»Gleich nebenan, nur zwei Stationen mit dem Bus.«

Um drei Rubel einzusparen, sollte ich mich in einen Bus zwängen und sonstwohin fahren. Dabei war der Supermarkt nur ein paar Schritte entfernt! Wie konnte man bloß so geizig sein!

»Und auch noch Lachs!« rief Julia empört. »Wozu den – für 200 Rubel das Kilo!«

»Die Katzen wollen schließlich auch was haben!«

»Du willst Semiramis und Klaus mit Lachs füttern?!« Julia konnte es gar nicht fassen.

Nun war Serjosha an der Reihe. »Gib zu, Tanja, du hast früher bei einem Millionär als Haushälterin gearbeitet!«

»Ich wollte euch doch nur was Gutes tun!« Ich suchte mich ungeschickt zu rechtfertigen. »Pelmeni essen ist schädlich, Huhn mit Gemüse viel gesünder. Übrigens ist in den Keulen viel Cholesterin, in der Brust aber nicht.«

Wieder verstummten alle. Dann sagte Julia seufzend: »Weißt du eigentlich, wo wir arbeiten?«

Ich schüttelte den Kopf.

»Mama ist Chirurgin«, erklärte mir Julia. »Serjosha arbeitet bei einer Werbeagentur, und ich studiere an der Journalistenfakultät und verdiene mir bei einer Zeitung etwas dazu. Jeden Tag Avocado, Lachs und Pralinen – das können wir uns einfach nicht leisten ... Natürlich steckt der eine oder andere Patient Katja manchmal einen kleinen Umschlag zu, und auch Serjosha verdient nicht schlecht, aber wir müssen für den Urlaub sparen, Kleidung kaufen und die Wohnung abzahlen. Benzin brauchen wir ebenfalls, Kira treibt Sport, und dann haben wir noch vier Großmütter, die allein von ihrer Rente nicht leben können!«

»Wieso vier?« fragte ich verwundert.

Serjosha nahm eine Trüffelkugel aus dem Papier und steckte sie in den Mund.

»Unsere Mutter war viermal verheiratet, da kannst du nachzählen, wie viele Schwiegermütter sie hat.«

»Sie unterstützt die Mütter aller ihrer Ex-Männer? Wieso?«

Julia lächelte rätselhaft. »Es hat sich halt so ergeben.« Sofort wurde sie wieder ernst. »Begreif endlich: 2000 in der Woche, mehr ist für Essen nicht drin.«

»Hört endlich auf, mit Tanja zu schimpfen«, mischte sich unerwartet Kira ein. »Sie hat es nicht gewußt! Wollt ihr sie jetzt erschießen?«

»So kommen wir aber nicht bis zum nächsten Gehalt hin«, faßte Julia die Diskussion zusammen.

»Ich habe noch hundert Dollar in meiner Sparbüchse. Die hol ich jetzt!« rief der Junge und lief hinaus.

»Kira hat ja recht.« Julia seufzte. »Also, her mit diesen Hähnchen, wenn sie nun mal da sind!«

Aber mir war das Essen vergangen. Ich schützte Kopfschmerzen vor, zog mich ins Wohnzimmer zurück und legte mich auf die Couch.

Offenbar mußte ich meine Lebensgewohnheiten grundlegend ändern. Bisher hatten hundert Dollar für mich überhaupt nichts bedeutet. Plötzlich waren sie eine enorme Summe.

Die Tür quietschte, und kleine Krallen klapperten übers Parkett. Ich schluchzte auf und drückte mein Gesicht ins Kissen. Da stupsten mich samtene Schnäuzchen am Hinterkopf. Ich lugte vorsichtig zur Seite, und schon leckten mir zwei weiche Zungen die Tränen ab. Es war kaum zu glauben: Mulja und Ada kamen mich trösten. Wenigstens jemand hatte Mitleid mit mir nutzloser Person. Mit einem Mal fand ich die Möpse gar nicht mehr häßlich. Im Gegenteil, ihre platten Visagen waren ganz bezaubernd. Sie rochen auch überhaupt nicht nach Hund, von ihrem Fell kam ein leichter Pfefferminzduft, und die Schnäuzchen rochen nach Haferbrei.

»Weine nicht, Tanja«, sagte plötzlich einer der Möpse. Vor Schreck fuhr ich hoch. Am Fußende des Sofas saß Kira.

»Weine nicht«, sagte der Junge noch einmal, »ich helfe dir.«

»Wie willst du mir denn helfen?«

»Schau her.« Er drückte mir ein Blatt Papier in die Hand.

Ich überflog die Zeilen: »Tagesplan. Wecken um sieben, Frühstück, Hunde ausführen. Sie müssen dreimal pinkeln und einmal kacken. Danach Geschirr waschen, Wohnung aufräumen …«

Ich schaute Kira entgeistert an. Er hatte peinlich genau alle meine Pflichten aufgelistet.

»Lies weiter.« Das nächste Blatt trug die Überschrift

»Speisekarte«. Frühstück: Buchweizengrütze, Brot, Käse. Abendbrot: Würstchen, Pelmeni, Bouletten.

»Das sollen nur Beispiele sein«, erklärte mir Kira. »Manchmal kannst du natürlich auch Bratkartoffeln machen oder Spiegeleier braten.«

Tief gerührt schielte ich zu meinem unerwarteten Helfer hinüber. Das war wirklich eine gute Idee. Mit solch einem Spickzettel konnte ich kaum etwas vergessen.

»Tanja!« rief Serjosha von draußen. »Komm her, so schnell du kannst!«

Bestimmt war wieder etwas Schlimmes passiert! Ich stürzte in die Küche.

»Brust oder Keule?« fragte Julia, als sei nichts gewesen. »Die Hähnchen sind Spitze!«

»Auch das Öl ist hervorragend«, fügte Serjosha hinzu. »Fast wie aus Wologda.«

Ich spürte, wie eine eiserne Fessel in meiner Brust zersprang. Alle wollten mich offenbar aufmuntern.

Da rief Kira aus dem Korridor: »Hier liegt ein Handy, Serjosha, hast du eins im Dienst bekommen?«

»Nein!« rief sein Bruder zurück.

»Wem gehört es dann?« wollte der Junge wissen.

Beinahe hätte ich geantwortet: Mir. Aber ich besann mich gerade noch rechtzeitig. Ich hatte ja jetzt kein Handy mehr, das war zusammen mit Schlüsseln und Geldbörse in meinem früheren Leben geblieben. Dieses hatte ich im Bad von Kostjas Wohnung ganz mechanisch mitgenommen, weil ich gewohnt war, stets so ein Ding bei mir zu haben. Nun wurde ich auch noch zur professionellen Diebin – zuerst die Handtasche, jetzt dieses Ding von Siemens ...

»Wem gehört es denn nun?« beharrte Kira.

»Ich habe es auf der Straße gefunden«, antwortete ich gedehnt. »Ich würde es gern dem Besitzer zurückgeben, aber wie kriegt man den heraus?«

»Ganz einfach«, antwortete Serjosha und schaute sich

das Handy an. »Es ist bei B-Line angemeldet. Man muß nur hinfahren und nachfragen, auf welchen Namen es registriert ist. Mach das, Tanja. Der Besitzer wird sich freuen. Vielleicht kriegst du sogar einen Finderlohn!«

Schweigend schlug ich meine Zähne in eine Hähnchenbrust. Mit mir ging es wirklich voran. Zumindest hatte ich so leicht und überzeugend gelogen, als hätte ich mein Leben lang nichts anderes getan.

Das Geschirrspülen gelang mir diesmal schneller als am Abend zuvor, und nach einigem Zögern wischte ich sogar noch den Gasherd ab. Ohne Krusten und Flecke wirkte er gleich viel netter.

Nachts konnte ich nicht einschlafen. Auf meiner Couch hatte sich außer Mulja inzwischen auch Ada niedergelassen. Immer wieder versuchte ich, meine Beine zwischen ihnen auszustrecken. Aber eigentlich hinderte mich mein völlig verwirrter Kopf am Schlafen. Wo sollte ich Kostjas Geliebte finden? Die Frau, die ebenfalls einen Schlüssel zu seiner Wohnung hatte? Da fiel mir eine ganz einfache Lösung ein. Am nächsten Tag wollte ich sofort zu Margarita fahren, mir bei ihr den Schlüssel holen, in Kostjas Wohnung zurückkehren, das Handy an seinen Platz legen und nach einem Telefonbuch suchen. Vor Freude strampelte ich mit den Beinen, worauf die Möpsinnen ein empörtes Knurren hören ließen.

Die Klingel des Weckers empfand ich wie einen Hammerschlag. Die Hunde fuhren kurz hoch, und auch ich stieg eilig aus dem Bett. Ich lief auf den Korridor hinaus und brüllte, so laut ich konnte: »Alles aufstehen, es ist Zeit!«

Die Antwort war ein vielstimmiges Stöhnen. »Noch eine Minute«, ließ sich Kira hören, »nur noch ein bißchen, ich krieg die Augen nicht auf.«

Schwankend schlurfte Julia ins Bad, nach ihr Serjosha. Ich zündete mit Hilfe der Zeitung das Gas an, setzte den Teekessel auf und schaute ins Wohnzimmer. Jetzt hatte sich auch noch Rachel auf der Couch eingefunden. Die Hunde dachten gar nicht daran, unter der warmen Decke hervorzukommen.

In der Küche trank jeder rasch einen Schluck Tee, und Serjosha machte sich ein Butterbrot. Julia drückte auf einen Knopf, der Fernseher leuchtete auf und meldete: »Einen schönen Samstagmorgen. Wer sich am arbeitsfreien Tag entschieden hat, so früh aufzustehen …«

»Was, heute ist Sonnabend?« brüllte Kira los und ließ beinahe die Tasse fallen. »Bist du verrückt geworden, Tanja? Warum hast du uns heute geweckt?«

»Na, wirklich«, meinte Serjosha gedehnt, »so etwas hat mir schon lange keiner mehr angetan!«

»Da hast du voll ins Schwarze getroffen!« kam es von Julia. »Ein richtiger Freundschaftsdienst!«

Ich kam mir wie eine komplette Idiotin vor. Ich rannte auf den Korridor, und da es in dieser Familie nun mal so üblich war, rief ich: »Mulja, Ada, Rachel, Gassi gehen!«

Die Hunde gehorchten aufs Wort, und ich lief, so schnell mich meine Beine trugen, in den Hof hinaus. Diesmal spazierte ich mit ihnen eine volle halbe Stunde umher. Danach bewegten sich die klugen Kerlchen von selbst zu unserer Haustür zurück. Serjosha, Julia und Kira drängten sich im Korridor.

»Also, Tanja«, schnaufte das Mädchen und mühte sich, seine Stiefel zu schließen. »Wenn wir nun mal so zeitig aufgestanden sind, fahren wir heute auf den Markt. Es ist schon Winter, Kira braucht eine warme Jacke und feste Schuhe.«

»Wann seid ihr zurück?«

»Bestimmt nicht vor sieben. Vergiß die Hunde nicht!« ließ Serjosha fallen, und schon waren alle drei draußen.

Als ich die Autoschlüssel am Haken sah, mußte ich lachen. Und schon kam der gewohnte Ruf: »Tanja, wirf die Schlüssel runter, wir haben sie vergessen!«

Ohne hinzuschauen, warf ich den Bund durch die Lüftungsklappe und zog mich an. Ich wollte rasch die notwendige Fahrt hinter mich bringen, um mich dann in Ruhe meinen Haushaltspflichten widmen zu können.

Diesmal stieß ich vor Margaritas Haustür auf eine große Menschenmenge. Dazwischen ein Notarztwagen und ein Kleinbus der Miliz. Ich drängte mich zum Eingang durch. Aber ein junger Sergeant stoppte mich. »Einen Moment, wir haben einen Leichnam abzutransportieren.«

Ich trat gehorsam zur Seite und sah eine Trage, auf der einer dieser häßlichen schwarzen Plastiksäcke lag. Wahrscheinlich war ein Hausbewohner verstorben.

Die Tür zu Margaritas Wohnung stand weit offen. Verwundert schaute ich hinein. Ein kleiner stämmiger Kerl mit einer Mappe in der Hand fragte ärgerlich: »Zu wem wollen Sie?«

»Zu Margarita Wolkowa.«

«Wie stehen Sie zu ihr?«

Der scharfe Kommandoton ließ keinen Zweifel aufkommen: Ich hatte einen Vertreter der Staatsmacht vor mir. Aber die Wahrheit zu sagen schien mir in dieser Situation unpassend. Ganz von selbst kam die Antwort: »Ich bin eine Kollegin und soll nachsehen, warum sie nicht zur Arbeit kommt ...«

»Name?«

»Wessen Name?«

»Vielleicht meiner?« fragte der Milizionär lächelnd.

»Den weiß ich nicht«, antwortete ich verblüfft. »Ich sehe Sie doch zum ersten Mal.«

Der Mann schaute mich einen Moment durchdringend an und sagte dann scharf: »Ihre Personalien, aber ein bißchen plötzlich!«

Ich fuhr zusammen. Jetzt hatten sie mich. Doch meine Zunge, die schon zwei Tage lang kräftig log, machte gleich weiter: »Jana, Jana Molotowa ...«

Der Beamte notierte etwas und erklärte dann: »Fahren Sie in Ihren Supermarkt zurück und teilen Sie Ihrer Leitung mit, daß Frau Wolkowa nicht mehr kommt.«

»Warum?« fragte ich ziemlich töricht.

»Sie ist verstorben«, erklärte der Ermittler. »Adresse und Telefonnummer!«

»Wessen?«

»Na vielleicht meine?«

»Die weiß ich nicht!«

Nun wurde der Mann ernsthaft böse. »Schluß mit dem Unsinn!«

»Ich mache keinen Unsinn«, gab ich empört zurück. »Woher soll ich denn Ihre Adresse und Telefonnummer wissen?«

Der Ermittler seufzte tief auf. »Bürgerin, nennen Sie mir bitte Ihre Adresse und Telefonnummer.«

Ganz mechanisch gab ich die Adresse von Mischas Wohnung an. Als mir das bewußt wurde, erschrak ich tief. Was hatte ich jetzt nur angerichtet? Da hatte ich der Miliz schon den Namen seiner Geliebten verraten und jetzt auch noch seine Adresse! Warum hatte ich mir nicht einfach eine ausgedacht?

»Woran ist Margarita gestorben, an einem Herzanfall?«

Der Kommissar antwortete in ruhigem Ton: »Das wird man Ihnen noch mitteilen. Gehen Sie.«

»Das ist ja furchtbar, sie wirkte immer ganz gesund …«

Der Milizionär schob mich schweigend zur Tür. Da klingelte das Handy, das in meiner Tasche lag. Ich nahm es heraus. »Hallo!«

»Sweta, bist du's?«

»Entschuldigung, falsch verbunden.«

Aus dem Gerät erklang das Besetztzeichen.

Der Milizionär schaute mißtrauisch auf den Markenartikel von Siemens und fragte unerwartet: »Sie arbeiten also in einem Supermarkt?«

»Ja«, rief ich zurück, denn ich lief bereits die Treppe hinunter. »Als Kassiererin.«

Vor der Tür drängten sich noch immer die aufgeregten Hausbewohner.

»Nadja hat sie gefunden!« berichtete eine Frau lispelnd. »Sie ist zu ihr hineingegangen, da sieht sie Rita zwischen Tisch und Fenster in einer Blutlache. Sie wäre beinahe in Ohnmacht gefallen! Wer bekommt jetzt eigentlich die Wohnung? Margarita hat doch niemand.«

»Wo soll denn bei einem Herzanfall Blut herkommen?« platzte ich heraus.

Die Frau verstummte und fragte nach einer Weile giftig: »Wer redet denn von einem Herzanfall?«

»Das ist die offizielle Todesursache.«

»Sie ist ermordet worden!«

»Wie?« stammelte ich mit bleichen Lippen.

Das war eher eine rhetorische Frage, aber die mitteilsame Alte nahm es wörtlich und erzählte noch einmal die ganze Geschichte in allen Einzelheiten.

»Mit einem Messer, aus der Küche. Hat nicht lange gelitten, die Arme. Denk doch mal selber nach, wenn sie von alleine gestorben wäre, wozu dann die viele Miliz?«

Meine Beine waren plötzlich schwer wie Blei. Mit letzter Mühe schleppte ich mich zur Metrostation und ließ mich auf meine geliebte Bank fallen. Dieses Verkehrsmittel gefiel mir in den letzten Tagen immer besser. Es ist sauber, hell und warm, vor allem aber schaut keiner, was man macht, jeder rennt mit hängender Zunge vorbei und hat keinen Blick für den anderen.

Ich spielte am Saum meiner Jacke und mußte eine untröstliche Bilanz ziehen: Zwei Leichen und keine Spur von den Dokumenten. Jetzt war auch die letzte Hoffnung dahin, noch einmal in Kostjas Wohnung zu gelangen und sein Telefonbuch zu finden. Rita hatte allerdings beiläufig erwähnt, er sei Schauspieler im Theater »Rampe«.

Vielleicht sollte ich dorthin gehen und mich etwas unter seinen Kollegen umhören? Möglicherweise ergab das ja etwas.

7. Kapitel

Ich bin kein großer Theaterfan und suche diese Musentempel selten auf, aber die »Rampe« kenne ich. Vor einigen Jahren lief dort ein Skandalstück, das man gesehen haben mußte, wenn man zur feinen Gesellschaft gehören wollte. Natürlich hatte auch Mischa für uns einen Platz ergattert, in der dritten Reihe. Ich erschien im schwarzen Kleid und Brillantohrringen. Ich mache mir nichts aus Schmuck, aber Mischa sagte oft: »Die Frau ist das Schaufenster der Familie. Häng dir ein paar mehr von diesen Klunkern um, sonst denken die anderen noch, meine Geschäfte gehen schlecht.«

Der Haupteingang des Theaters war verschlossen. Ich mußte mir einen Zugang vom Hof suchen. An der Hintertür saß ein kräftiger Mann an einem Tisch und las Zeitung.

»Zu wem möchten Sie?«

Ich war eine Sekunde lang verwirrt, dann murmelte ich: »Wegen Kostja Katukow ...«

»Der hat gekriegt, was ihm gebührt!« erklärte der Pförtner unerwartet böse. »Hat sich an anderer Leute Frauen vergriffen und das Leben genossen ...«

»Na, hören Sie mal, der Mann ist ermordet worden ...«

Der Pförtner winkte nur ab. »Der hat sich schon lange eine Kugel verdient! Ein Dreckskerl war das, aber kein Mann! Was die Weiber an dem gefunden haben, ist mir ein Rätsel. Der war ein Nichts, trug die Nase hoch. Ein Künstler! Von wegen! Hatte hier drei Rollen, jede aus zwei Sätzen. Solche Mimen gibt es in Moskau wie Sand am Meer. Ich durfte im vergangenen Jahr auch einmal auf die Bühne raus. In der ›Bojarin Morosowa‹ habe ich einen

Koffer getragen. Und mach ich vielleicht so ein Gewese drum?«

Bestimmt hatte Kostja ihn einmal schwer gekränkt ...

»Gehen Sie in Zimmer 12«, erbarmte sich der Pförtner schließlich, »dort finden Sie unseren Verwalter Lew Valerjanowitsch, der kümmert sich um die Beerdigung.«

Ich ging einen engen Korridor entlang, auf dem ein ziemlich abgetretener roter Teppich lag. Es roch nach billiger Kosmetik, Staub und Schweiß. Zimmer 12 war das letzte in der Reihe. Ich klopfte an.

»Wer ist denn da so förmlich?« kam es von drinnen.

Ich stieß die Tür auf und trat in ein Büro, das etwa so groß war wie der Kleiderschrank in meinem früheren Schlafzimmer. Unbegreiflich, wie auf so winzigem Raum ein Tisch, Stühle und ein vorsintflutlicher Panzerschrank Platz fanden. Am erstaunlichsten aber war der Bewohner dieser Höhle. Ein baumlanger Mann von fast zwei Metern Größe, der ein unbeschreibliches Kleidungsstück aus Leder trug. Das rosafarbene Hemd paßte überhaupt nicht zu dem giftgrünen Halstuch, ein goldenes Armband und ein großer Ring im linken Ohr gaben ihm etwas Zigeunerhaftes. Auch sein Haar wirkte zigeunerhaft – dunkle, fast schwarze Kräusellöckchen. Hinten hatte sie der Bursche zu einem Schwänzchen gebunden, aber vorn fielen sie ihm frei in die Stirn. Zu dem exotischen Äußeren paßte der Geruch – der schwere, erstickende Duft eines unbekannten Parfüms. So riechen welkende Lilien. Ich bekam auf der Stelle Kopfschmerzen.

»Sie wollen zu mir?« fragte der Verwalter.

»Der Pförtner hat mir gesagt, mit dem Begräbnis von Kostja Katukow sei Lew Valerjanowitsch befaßt«, antwortete ich.

»Das muß ich wohl machen.« Der »Zigeuner« seufzte. »Kostja hatte keine Verwandten.«

»Es heißt, er hätte viele Frauen gehabt.«

»Ja, das war schlimm.« Lew Valerjanowitsch grinste. »Man kann sie gar nicht zählen. Manchmal hatte er gleich mit fünfen ein Verhältnis! Stellen Sie sich das vor! Das hält der stärkste Kerl nicht aus! Er vertrat so eine Theorie: Jede Frau hat ein gewisses Etwas, man muß es nur finden ... Aber, Moment mal« – der Schwadroneur hielt plötzlich inne –, »in welchem Verhältnis standen Sie zu ihm?«

Ich schwieg bedrückt. Eine Antwort auf diese einfache Frage hatte ich mir nicht zurechtgelegt.

»Sie brauchen mir nichts zu sagen!« rief Lew Valerjanowitsch aus. »Ich weiß schon! Sie sind von der Miliz und ermitteln in diesem Mordfall! Hab ich recht?«

Mir war neu, daß ich den Eindruck machte, als käme ich von den Sicherheitsorganen. Aber Lew Valerjanowitsch war schon der zweite, der mich für eine Milizionärin hielt.

»Natürlich habe ich recht«, antwortete sich der Verwalter selbst. »Ich besitze nämlich übersinnliche Fähigkeiten. Ich kann Kopfschmerzen vertreiben und habe ein scharfes Gespür für Menschen! Selbst unsere Schauspieler wagen nicht, mich anzulügen! Wenn Sie also dachten, Sie könnten vor mir verbergen, daß Sie sonst in einer blauen Uniform stecken, dann haben Sie sich geirrt.«

Er ließ ein lautes, häßliches Lachen hören, hoch zufrieden mit sich und seinem Scharfblick. Zum ersten Mal erlebte ich, wie einfach Lügen doch war. Man brauchte sich sein Gegenüber nur richtig anzuschauen und zu sagen, was derjenige hören wollte. Lew Valerjanowitsch zum Beispiel brauchte ich nichts zu erklären. Er wußte alles selber und war auch noch schrecklich stolz darauf. Aber konnte ich lächelnd von dannen gehen, diese Bühne verlassen, da es in meinem Inneren so traurig aussah? Vielleicht sollte ich besser ein wenig mitspielen?

Ich seufzte tief auf und sagte entwaffnet: »Ja, mit einem Mann wie Ihnen hat man es nicht einfach. Ehrlich gesagt, hatte ich vor, Ihnen zu erzählen, ich sei eine seiner früheren Geliebten und wolle den Tag des Begräbnisses erfahren. Aber Sie haben mich sofort durchschaut!«

Lew Valerjanowitsch rieb sich die Hände. »Das hätte ich Ihnen nie geglaubt! Sie sind überhaupt nicht der Typ, der Kostja interessiert hat!«

»Wieso? Bin ich zu alt? Wie alt war er eigentlich?«

»Achtunddreißig. Was das Alter betrifft, so irren Sie, das hat für ihn nie eine Rolle gespielt. Einmal hat er ein halbes Jahr lang eine Dame beglückt, die schon weit über die fünfzig war. Seine Frauen hatten alle eines – sie waren unglücklich.«

»Geht das etwas genauer?« fragte ich und setzte mich in dem Sessel zurecht. »Am besten mit Name, Vorname und Adresse ...«

Der Verwalter grinste. »Ich habe natürlich nicht Kostjas Liebesregister geführt. Aber wir haben in unserem Theater jede Menge junger hübscher Schauspielerinnen, die er nie angerührt hat.«

»Warum nicht?«

»Er hat etwas anderes gebraucht – Frauen mit kleinen Mängeln, die nicht allzu gut verdienten, nicht besonders klug und begabt waren und im Leben Pech gehabt hatten. Die sind in der Regel korrekt angezogen und lösen Kreuzworträtsel, wenn sie Metro fahren. Meist sind sie hervorragende Hausfrauen und Mütter, aber stinklangweilig und ohne jede Neigung zum Abenteuer. Bei ihnen läuft alles nach Plan – einkaufen, putzen, Wäsche waschen ... Ich kann bei solchen Frauen nur gähnen, aber Kostja war auf sie spezialisiert. Besonders wichtig war ihm, daß die Dame sozial etwas unter ihm stand und ihn anhimmelte. Schauspielerinnen sind anders. Die verlangen bald einen Pelzmantel, Pralinen und Blumen. Sie wissen, was sie wert sind, und lassen einen ihre Launen spüren. Kostja dagegen wollte selber verehrt werden. Das ging bis zur Lächerlichkeit. Stellen Sie sich vor: Wir spielen ›Don Quichotte‹. Da gibt es drei Hauptrollen, fünf Nebenrollen und eine Menge Kleindarsteller, die zwei Sätze von der Art: ›Hier ist Ihr Essen‹ zu sagen haben. Kostja hatte zwei solcher Auftritte. Insgesamt war er vielleicht eineinhalb Minuten auf der Bühne. Der Vorhang fällt, alle verbeugen sich, die Zuschauer sind begeistert. Da tritt eine Dame mit einem riesigen Ding von Blumenkorb aus dem Publikum hervor. Unser Don Quichotte wirft sich in die Brust, weil er denkt, der ist für ihn. Doch die Person geht geradewegs auf Kostja zu und überreicht ihm die Rosen. Die Leute fallen fast um vor Lachen, aber ihm gefällt es ...«

»Nennen Sie mir doch wenigstens einen Namen«, forderte ich.

Nachdenklich drehte Lew Valerjanowitsch ein Schächtelchen Büroklammern zwischen den Fingern. Dann sagte er mit einem Seufzer: »Es gibt eine Dame, die alles von ihm weiß, seine größten Geheimnisse kennt, aber sie muß man zu nehmen wissen.«

»Wer ist das?«

Der Verwalter lächelte. »Lena Litwinowa, die Frau unseres Pförtners. Kostja hat mit ihr eine kleine Affäre angefangen, womit er selbst seine Regeln verletzte. Eigentlich ließ er sich mit Verheirateten nicht ein. Hier ist es ihm aber doch passiert. Das ging so ein halbes Jahr. Senja, ihr Mann, sah rot vor Eifersucht. Er hat sich sogar mit Kostja geprügelt. Nur mit Mühe haben wir sie trennen können. Danach hat Lena die Scheidung eingereicht. Sie hoffte wahrscheinlich, ihr Kavalier werde sie aus Anstand heiraten. Da hatte sie sich aber geirrt. Ein Jahr lang hielt er noch an ihr fest, aber dann, ciao bambino, sorry! Von da an hat sie Kostja nicht mehr aus den Augen gelassen – die reine Gestapo! Soll ich sie anrufen?«

Und ohne meine Antwort abzuwarten, griff er zum Hörer und legte los: »Lena? Hast du viel zu tun? Gleich kommt eine Frau zu dir, genauer gesagt, eine Mitarbeiterin der Kriminalpolizei. Sie ermittelt im Mordfall Kostja. Sei bitte nett zu ihr ...«

Aus dem Hörer klangen schrille Töne, dann wurde aufgelegt.

»Okay«, ließ der Verwalter verlauten und wandte sich wieder mir zu. »Gehen Sie in den Bügelraum.«

»Wohin?«

»Lena ist unsere Kostümschneiderin. Sie müssen über die Bühne, dann nach links, danach beim Feuerlöscher rechts die eiserne Treppe hinunter. Ach was, ich bringe Sie hin ...« Er stand auf. Da konnte ich sehen, daß er Schuhe mit ungeheuer dicken Sohlen trug. Das mußten mindestens zehn Zentimeter sein. Eigentlich war das etwas für kleinwüchsige Männer.

Der Weg durch das Labyrinth des Theaters nahm fast zehn Minuten in Anspruch. Allein hätte ich ihn nie gefunden. Schließlich stoppte Lew Valerjanowitsch vor einer abgeschabten Tür, riß sie auf und rief: »Lena, du hast Besuch!«

»Ich erwarte niemanden«, kam es von drinnen.

Der Verwalter schob mich hinein und raunte mir zu: »Keine Bange, sie hat nur miese Laune.«

Wir traten in einen großen Raum, in dem Unmengen von Kleidern, Mänteln und anderen Sachen hingen. Es roch stark nach Staub. Ich wollte schon niesen, aber es kitzelte gar nicht in meiner Nase ...

An einem breiten Bügelbrett beim Fenster hantierte eine Frau mit einem schweren vorsintflutlichen Bügeleisen. Auf den ersten Blick konnte ich nichts Außergewöhnliches an ihr finden. Frauen dieser Art von unbestimmtem Alter und Konfektionsgröße 50 bilden die Masse der Fahrgäste in der Metro. Auch ihr Gesicht war nichts Besonderes: rund, mit dicker Kartoffelnase und ziemlich leer dreinblickenden blauen Augen.

»Ich hab zu tun«, warf sie mir hin und ließ ihr Eisen auf

einen knallroten Gehrock plumpsen. »Keine Zeit, mit Ihnen die Zunge zu wetzen.«

»Was für ein tolles Bügeleisen Sie haben! So was hab ich ja noch nie gesehen!« Ich war ehrlich entzückt.

»Das stimmt«, ließ sie hören und spuckte mit Genuß auf die glühende Fläche. »Alle diese Tefals und Mulinex taugen höchstens für 'ne Bluse. Wenn man einen richtigen Stoff in Form bringen will, braucht es Gewicht.«

Ächzend stellte sie das schwere Stück auf einen Untersatz und erklärte so grantig wie zuvor: »Sie haben sich umsonst herbemüht. Ich weiß nichts und will auch nichts wissen. Er ist tot und damit gut. Sicher hat er jemand schrecklich in Wut gebracht ...«

»Zum Beispiel Senja«, warf Lew Valerjanowitsch grinsend ein, »oder irgendein Weib, das schließlich zum Messer gegriffen und den Schönling abgestochen hat.«

Ich registrierte, daß der Verwalter nicht wußte, wie man Kostja ins Jenseits befördert hatte, und seufzte leise auf. Es war schwer mit einer Frau zu reden, die so aggressiv gestimmt war. Und ich hatte keine Ahnung, wie ich sie beruhigen konnte.

Lena hatte sich zum Fensterbrett zurückgezogen und fauchte wie eine wütende Katze: »Was willst du damit sagen?«

»Gar nichts«, antwortete Lew Valerjanowitsch sanft. »Ich denke nur, eins der Weiber, die Kostja an der Nase herumgeführt hat und angeblich heiraten wollte, hatte es satt, ewig zu warten, und hat zum Beil gegriffen. Oder ein betrogener Ehemann ...«

»Laß Senja aus dem Spiel«, kam es von Lena, »er ist ein Heiliger ...«

»Ach ja?« meinte der Verwalter und grinste immer noch. »Deswegen bist du wohl von ihm weggerannt ...«

Lenas rundes Gesicht lief puterrot an. Sie biß sich auf die Lippen. Aber Lew Valerjanowitsch redete weiter, als sei nichts geschehen. »Hör auf, uns die Dumme vorzuspielen. Die Sache ist ernst. Daß du ein Verhältnis mit Kostja hattest, pfeifen die Spatzen von den Dächern. Sei froh, daß ich die Majorin direkt zu dir gebracht habe. Hier könnt ihr in Ruhe reden – ohne Protokoll und Zeugen. Das ist kein Verhör, sondern eine nette Unterhaltung, stimmt's?«

Er sah mich erwartungsvoll an. Das war mir vielleicht einer – sogar einen Rang hatte er mir ganz nebenbei verpaßt. Aber was er tat, kam mir sehr gelegen, und so nickte ich hoheitsvoll.

»Du stehst nicht unter Verdacht«, fuhr der Verwalter mit süßer Stimme fort, »und besser ist, du läßt hier alles raus. Bei der Kriminalpolizei an der Petrowka ist es sehr ungemütlich – eiserner Tisch, eiserner Stuhl, alles am Boden angeschraubt und Gitter vor den Fenstern. Hier dagegen sind wir wie zu Hause. Um so ein Gespräch kommst du doch nicht herum. Wenn nicht ich, dann hätte ein anderer über dich gequatscht. Ich versteh dich doch, deswegen habe ich die Majorin ohne Aufsehen zu dir gebracht. Eine andere, zum Beispiel Lena Grekowa, wäre mit Sicherheit durchs ganze Theater gelaufen und hätte gerufen: ›Wo ist die Litwinowa, sie hat Besuch von der Polizei!‹ Hier wird so viel über dich getratscht, reicht es dir noch nicht?«

Lena seufzte hörbar auf. Das fiebrige Rot wich langsam aus ihren Wangen.

»Kluges Mädchen«, lobte der Verwalter. »Macht hier euren Schwatz, ich bin schon weg!«

Bei diesen Worten schlüpfte er zur Tür hinaus, und wir waren allein. Völlig unerwartet seufzte die Büglerin noch einmal, ließ sich auf einen Hocker fallen, schob mir einen abgeschabten Stuhl hin und sagte hoffnungslos: »Na gut, dann setzen Sie sich schon. Lew hat wohl recht. Reden wir hier, wenn es nicht anders geht. Ich habe ihn nicht umgebracht. Und auch Senja würde nie zum Messer greifen. Daß er in seiner Wut mit der Pistole um sich ballert, traue ich ihm schon zu, aber mit dem Messer – niemals!«

»Wie kommen Sie darauf, daß Kostja mit einer Hieb- und Stichwaffe umgebracht wurde?« Ich versuchte, mich wie eine Kriminalbeamte auszudrücken.

»Stimmt das etwa nicht?« fragte Lena verständnislos zurück.

Ich zuckte die Schultern. »Katukow ist durch einen Kopfschuß getötet worden.«

Die Schneiderin lief wieder rot an. »Um Gottes willen, das hätte Senja nie ...«

Um sie ein wenig zu beruhigen, sagte ich friedlich: »Wir gehen davon aus, daß eine der Geliebten des Opfers die Täterin war, eine Frau, die einen Schlüssel zu seiner Wohnung hatte.«

Hektisch griff Lena in ihre Westentasche und zündete sich eine lange braune Zigarette an, die nach Vanille duftete. Merkwürdig, der Rauch störte mich überhaupt nicht, im Gegenteil, er war mir sogar angenehm.

»Ich hatte einmal einen Schlüssel«, sagte Lena langsam, »aber ich habe damit die Tür nicht aufgekriegt, sie hatte ein sehr kompliziertes Schloß. Am Ende hat er ihn mir abgenommen, brauchte ihn wohl für eine andere ... Er war ein Schwein, ein richtiger Bock, ich hasse ihn ...«

Unvermittelt schlug sie die Hände vors Gesicht und heulte auf wie eine Alarmsirene.

»Dieser verdammte Schweinehund! Recht ist ihm geschehen!« kam es mehrmals aus ihrem verzerrten Mund.

Plötzlich tat sie mir leid. Wahrscheinlich liebte Lena Kostja noch immer ... Ich stand auf, trat an sie heran und legte ihr die Arme um die Schultern. Lena drückte ihr Gesicht gegen meinen Bauch und sagte dumpf: »Sie können das sicher nicht verstehen. Bestimmt haben Sie einen Mann und keine Sorgen ...«

Ich antwortete achselzuckend: »Ganz im Gegenteil, ich

verstehe Sie sehr gut. Ich habe gerade meinen Mann verlassen, weil er fremdgegangen ist ...«

»Tatsächlich?« sagte Lena verwundert und sah zu mir auf.

»Ja«, bestätigte ich, »ich habe vor Wut fast den Verstand verloren, als ich es erfuhr ... Erzählen Sie mir alles, davon wird Ihnen bestimmt leichter.«

Lena zückte ihr Taschentuch, schnaubte kräftig hinein und verkündete: »Also, dann hör zu, was es für blöde Weiber auf der Welt gibt.«

Lena Litwinowa hatte früh geheiratet, kaum achtzehn war sie damals gewesen. Sie bekam einen tollen Mann, der nicht trank und nicht rauchte, sondern ständig etwas für die Wohnung bastelte. Iwan war Ingenieur und träumte davon, das Perpetuum mobile zu erfinden. Das Werkzeug und der ewige Dreck störten Lena ein wenig. Aber wenn sie sich umsah, dann mußte sie zugeben, daß sie es sehr gut getroffen hatte. Andere Ehemänner tranken, und danach setzte es Prügel. Oft kamen Nachbarinnen zu ihr, um bis zum nächsten Lohn zu borgen. Wenn sie ihnen half, meinten sie mit einem neidischen Seufzer: »Du weißt gar nicht, wie gut du es hast.«

Mit ihrem Neid redeten sie das Unglück förmlich herbei. Eines Tages kam Lena nach Hause und fand ihren Mann, in Tränen aufgelöst, im Bett. Er antwortete auf keine Frage, sondern schluchzte, daß es ihn schüttelte. Die erschreckte Lena rief den Notarzt an. Der wies Iwan in eine psychiatrische Klinik ein. Manische Depression hieß das Leiden, das man bei ihm feststellte. Acht Jahre lang lief die arme Frau nun von einem Krankenhaus zum anderen, aber das Ergebnis war überall das gleiche. Kaum war ihr Mann halbwegs geheilt entlassen, verfiel er nach kurzer Zeit in die nächste Depression. Dann saß er da und starrte auf einen Punkt. Später kamen Selbstmordversuche hinzu. Am Ende gelang es ihm auch, sich umzubringen, allerdings nicht zu Hause, sondern in der Klinik. Freunde rieten ihr, vor Gericht zu gehen. Aber Lena war im Grunde froh, daß man nicht besser auf ihren Mann aufgepaßt hatte, denn damit endete für sie ein langjähriger Alptraum. Eine Zeitlang lebte sie für sich allein. Sie hatte eine eigene Wohnung, und niemand kümmerte sich um sie. Dann wurde sie langsam unruhig. Sie ging auf die Dreißig zu, und es war wohl Zeit, wieder zu heiraten, ein ordentliches Leben zu beginnen, ein Kind zur Welt zu bringen ... Verehrer hatte sie genug, aber keiner war ihr seriös genug. Sie besuchten sie gern, aßen ihre wunderbaren Piroggen, legten sich mit ihr ins Bett, aber keiner machte ihr einen Antrag. Die Zeit verging. Als sich dann schließlich der in jeder Hinsicht positive Senja fand, überlegte Lena nicht lange, sondern folgte ihm zum Standesamt. Zweifel hatte sie schon – der Bräutigam sah nicht besonders gut aus, war nicht besonders klug oder wohlhabend, und vor allem regte sich bei Lena gar nichts, wenn er ihre Hand nahm ...

Im Januar heirateten sie, und dann kam der Alltag. Nur das Fernsehprogramm wechselte. Senja ging nicht gerne aus. Obwohl er als Pförtner im Theater arbeitete, hatte er noch nie ein Stück gesehen.

Einmal kam er nach Hause und fragte: »Sag mal, Lena, hast du deine Werkstatt nicht satt?«

Lena, die seit ihrer Lehre dort als Zuschneiderin arbeitete, konnte nur seufzen. Er hatte ihren wunden Punkt getroffen.

»Bei uns im Theater wird eine Kostümschneiderin gesucht«, erklärte er. »Da gibt es hundert Rubel mehr. Hast du Lust?«

Der arme Pförtner hatte natürlich keine Ahnung, was er damit anrichtete! Schon am zweiten Tag stieß Lena auf Kostja. Katukow kam ein Kostüm abholen. Verwirrt und mit ungeschickten Fingern versuchte die Neue ihm den Gehrock zuzuknöpfen. Als sie damit fertig war, nahm

Kostja zärtlich ihre Hand und flüsterte: »Was für ein süßes Händchen, wie bei einer Prinzessin!«

Lena wurde puterrot. Sie war schon über dreißig, aber so ein Kompliment hatte ihr noch nie einer gemacht. Und Kostja, ein Meister der Verführung, entfachte in ihr ein wildes Feuer.

Ihr Verhältnis war im Theater natürlich sofort Tagesgespräch. Was tat Senja nicht alles, um seine Frau von ihrem Liebhaber zu trennen: Er schloß sie ein, nahm ihr die Kleider weg und verabreichte ihr sogar eine Tracht Prügel! ... Aber Lena war wie von der Kette gelassen. Als der wütende Senja mit den Fäusten auf Kostja losging, erwies sich der freche Liebhaber als stärker und schlug den betrogenen Ehemann im ehrlichen Kampf zusammen. Nach diesem Zwischenfall verlangte Lena die Scheidung. Nach einem halben Jahr war sie frei. Wahrscheinlich hatte sie erwartet, daß der Künstler ihr nun Herz und Hand anbot, aber an ihrem Verhältnis änderte sich gar nichts.

Lena suchte ihren Liebhaber stets am Sonnabend um elf Uhr morgens auf. Sie schleppte schwere Einkaufstaschen heran, kochte und putzte. Dann folgte das Bett, oder man ging irgendwohin aus ... Gegen zwölf Uhr nachts brachte Kostja die Dame seines Herzens mit dem Taxi nach Hause. Früher war das Lena recht gewesen. Sie wollte Senja nicht offen herausfordern und schlief brav in ihrem Bett. Aber nach der Scheidung deutete sie Kostja an, daß sie durchaus öfter kommen und auch bis zum Morgen bleiben könnte ...

Der grinste nur und meinte: »Entschuldige, ich bin die ganze Woche sehr beschäftigt. Es ist doch gut, wenn wir uns nicht so oft sehen. Dann ist es immer wie ein Feiertag, und wir kriegen einander nicht satt ...«

Wer weiß, wie lange das noch so weitergegangen wäre. Eines Tages jedoch entdeckte Lena in einem Geschäft eine riesige doppelte Bettdecke aus Schaffell. Kostja, dem immer kalt war, gefiel das Ding bestimmt.

Lena kaufte sie sogleich, um ihm eine Freude zu machen. Die Verkäuferin händigte ihr ein riesiges, schweres Paket aus, das sie kaum tragen konnte. Lena überlegte. Das Ding erst in ihre Wohnung befördern wollte sie nicht. Ins Theater, das ganz in der Nähe lag, konnte sie es auch nicht schleppen, da hätte es nur unnötiges Gerede hervorgerufen. Es blieb nur eins, Kostja das Geschenk sofort zu überreichen. Katukow wohnte nicht weit von der »Rampe« entfernt, und Lena hatte einen Schlüssel zu seiner Wohnung. Ein kleines »aber« blieb allerdings. Kostja bestand darauf, daß seine Geliebte ihn ausschließlich sonnabends besuchte.

»Das ist dein Tag, meine Liebe«, pflegte er zärtlich zu sagen. »An anderen Tagen möchte ich dich hier nicht sehen. In der Woche ist oft meine Mutter hier. Sie ist eine sehr strenge Person und könnte Unsinn daherreden …«

Lena schwankte zwar, dachte aber dann, daß jede Regel ihre Ausnahme habe. Erst als sie in Kostjas Diele stand, wurde ihr klar, daß sie eine Dummheit gemacht hatte. In der Küche trällerte eine Frauenstimme. Offenbar kochte Mama ihrem Söhnchen gerade ein gutes Essen. Lena wollte nur ihr Geschenk ablegen und sofort wieder verschwinden, da schwebte bereits eine Dame herbei und fragte drohend: »Was machen Sie hier?«

Lena stand wie vom Donner gerührt. Die Frau, die in geblümter Schürze vor ihr stand, war einer strengen Mutter gar nicht ähnlich. Und wenn doch, dann mußte sie einen Jungbrunnen haben, denn der eleganten Blondine hätte sie nicht mehr als dreißig gegeben.

»Zu wem wollen Sie?« fragte die »Mutter«.

Lenas Zunge war wie Blei, sie stammelte nur: »Hab hier eine Decke gekauft, wollte sie nur …«

»Ich verstehe überhaupt nichts«, sagte die Frau und rief: »Kostja, komm doch mal!«

Die Tür zum Bad ging auf, und heraus kam unser Schauspieler in Bademantel und nassen Haaren.

»Was ist, Nina?« fragte er die Blondine in seinem bekannten zärtlichen Ton.

Lena war tief getroffen. Wilde Eifersucht stieg in ihr hoch. Bisher hatte sie geglaubt, so rede Kostja nur mit ihr. Inzwischen hatte Katukow das Handtuch vom Gesicht genommen. Als er Lena erblickte, fuhr er zusammen, aber dann lachte er laut auf: »Ich hab dir doch gesagt, komm nur am Sonnabend!«

»Und das ist wohl deine Mutter?« fauchte Lena und wies mit dem Finger auf die Blondine, die ihr unverschämt zulächelte.

»Nein«, meinte Kostja lachend. »Macht euch bekannt, das ist Nina.« Dann zu der Frau in der Schürze: »Und das ist ...«

»Moment mal«, unterbrach die ihn, »laß mich raten ... Rita?«

»Ach, eine Rita hast du auch noch?« fragte Lena erschüttert und sank in der Diele auf einen Stuhl.

Nina schaute Lena mitleidig an und stieß Kostja unauffällig in die Seite. Der meinte nur: »Los, laß uns reden.«

Mit weichen Knien schlich Lena in die Küche. Die Blondine war verschwunden. Kostja setzte sich an den Tisch und sagte vorwurfsvoll: »Du bist selber schuld! Dein Tag war der Sonnabend!«

Lena spürte, wie ihr die Tränen über die Wangen liefen.

»Du liebst mich nicht!«

Kostja spielte versunken mit seinem Feuerzeug.

»Nein, ich liebe dich.«

»Wozu dann diese Nina?«

Ihr Liebhaber trat zum Fenster, schaukelte auf den Fersen hin und her, fuhr sich mit den Fingern durch das prächtige Haar und meinte: »Gut, ich will versuchen, es dir zu erklären.«

Fast eineinhalb Stunden lang bemühte sich der Schauspieler, Lena zwei einfache Gedanken zu vermitteln. Erstens sei er nicht dafür gemacht, mit einer einzigen Frau zu leben. Zweitens habe er außer ihr noch zwei weitere Geliebte – Nina und Rita.

»Und die wissen von mir?« fragte Lena schluchzend.

Kostja nickte. Lena heulte laut los. Katukow ließ Baldrian in ein Glas tropfen. Er hatte sich schon damit abgefunden, daß das wohl nicht sein Tag war und er einen Hysterieanfall ertragen mußte.

Gegen Abend hatte sich Lena wieder beruhigt. Kostja rief ein Taxi und sagte: »Danke für die Decke. Ich erwarte dich am Sonnabend.«

Lena nickte. Aber als der Sonnabend herankam, tauchte sie nicht auf. Sie konnte sich nicht einfach zu dem Mann auf die Couch legen, wo er sich bereits mit anderen vergnügt hatte. Kostja besuchte sie noch ein paarmal, aber der alte Zauber wollte sich nicht einstellen. Einen Monat lang sahen sie sich nur noch im Theater. Schließlich kam Kostja an ihren Arbeitsplatz und fragte sie geradeheraus: »Wenn ich es richtig verstehe, ist Schluß mit uns?«

Lena nickte nur.

»Dann gib mir meinen Schlüssel zurück.«

»Brauchst ihn wohl für eine Neue?« zischte Lena und wühlte in ihrer Tasche. »Genügt es dir nicht, daß du mein Leben zerstört hast? Kommt jetzt die nächste dran?«

»Du willst doch, daß wir uns nicht mehr sehen«, sagte Kostja nur und ging.

Nach außen tat er, als sei nichts geschehen. Er lächelte ihr zu, wenn sie sich begegneten, erkundigte sich nach ihrer Gesundheit, brachte ihr auch mal ein Blumensträußchen. Manche im Theater glaubten, sie hätten immer noch etwas miteinander …

Ich wartete ab, bis Lena geendet hatte, und näherte mich dann vorsichtig dem wunden Punkt: »Wissen Sie nicht zufällig, wo Nina und Rita wohnen?«

Lena putzte sich mit einem nicht sehr sauberen Taschentuch die Nase und schwieg beharrlich.

Da entschloß ich mich vorzugehen wie eine echte Kriminalbeamte. »Eine seiner Geliebten hat Kostja umgebracht. Finden Sie es gerecht, wenn diese Tat ungesühnt bleibt?«

Lena starrte zum Fenster hinaus. Schließlich überwand sie sich und sagte: »Nina ist Friseuse. Sie arbeitet im Salon »Eldorado« an der Kustanajewskaja. Ihr Familienname ist Nikitina. Rita ist Kassiererin in einem Supermarkt an der Twerskaja. Da war noch eine Dritte – Jana – Lehrerin in der Schule Nr. 2593 in dem neuen Viertel Kurakino. Eine Grundschullehrerin. Kann mir vorstellen, was die den Kleinen beibringt! Wahrscheinlich brauchte Kostja immer mindestens drei Frauen – ein richtiger Bock!«

Und wieder vergoß sie bittere Tränen. Ich schlich mich aus der Tür, irrte lange in den Korridoren herum, bis ich den Ausgang fand. Draußen war es naßkalt. Wenn Liebe solche Leiden schuf, konnte ich von Glück reden, daß mich dieses Gefühl noch nicht gepackt hatte.

8. Kapitel

Die Uhr zeigte Punkt drei, als ich den Großmarkt erreichte. Wenn ich in Katjas Familie lebte, mußte ich wohl ihre Regeln akzeptieren.

Zu beiden Seiten eines langen Ganges unzählige Stände. Was sollte ich zum Abendbrot kochen? Da fiel mein Blick auf ein Suppenhuhn. An diesem Geflügel hatte ich mich schon versucht. Damit wären gleich Suppe und Hauptgericht gesichert. Durch Erfahrung gewitzt, griff ich nicht nach dem Erzeugnis einer französischen Firma für 50 Rubel das Kilo. Am Ende der Reihe fand ich einheimische Produktion für 30 Rubel. Ein solcher Vogel sah zwar nicht besonders gut aus – etwas bläulich und mit faltiger Haut. Der Kopf mit den geschlossenen Augen baumelte an einem dünnen Hals, die gelben Krallen waren drohend in Richtung Käufer gespreizt ... Der Ärmste hatte zu Lebzeiten bestimmt wenig zu fressen bekommen und war eher eines natürlichen Todes gestorben, vielleicht sogar an Altersschwäche.

»Was zögerst du?« fragte die Händlerin, ein dickes Weib in schmutziger, blutverschmierter Schürze. »Nimm ihn, billiger kriegst du ihn nirgends!«

Der Preis war akzeptabel, aber das Produkt weckte in mir keinerlei Appetit.

»Kannst ruhig zugreifen«, redete die Alte auf mich ein. »Ganz frisch, ist gerade noch gackernd herumgelaufen, nicht gefrostet, nur gekühlt.«

Und sie stieß mit dem Finger in das leblose Körperchen.

»Vielleicht nehme ich lieber ein importiertes ...«

»Die dort vorne?« fragte die Händlerin verächtlich zurück. »Kauf meine, wenn dir deine Gesundheit lieb ist. Ausländisches Geflügel wird mit Hormonen vollgepumpt und mit Antibiotika geimpft! Bei uns dagegen ist alles Natur!«

Seufzend suchte ich mir eine Hähnchenleiche aus. Die Frau hatte recht, russische Geflügelfarmen hatten bestimmt kein Geld für teure Medikamente, und die Hühner fraßen ökologisch reines Futter – Getreide und Würmer.

Als ich meinen Einkauf verpackt hatte, suchte ich mich zu erinnern, was bei Natascha außer dem Huhn noch in der Suppe schwamm. Es waren wohl Möhren, Zwiebeln, Kartoffeln und Nudeln gewesen. Als Beilage zum Hauptgang konnte ich Reis kochen.

Mit Tüten und Beuteln beladen, schleppte ich mich nach Hause, führte die Hunde aus, die vor Freude an mir hochsprangen, und machte mich dann ans Kochen.

Zunächst spülte ich das Hähnchen sorgfältig ab. Bei

genauerem Hinsehen wirkte es noch kümmerlicher. Durch die Haut konnte man die Rippen spüren, und die Schenkel sahen aus wie unreife, faltige Eierfrüchte. Setzte man es nun mit heißem oder mit kaltem Wasser an? Als der Topf endlich auf dem Feuer stand, begann ich Zwiebeln zu schälen. Wieviel Gemüse brauchte man wohl für die Suppe? Ich entschied, daß fünf Zwiebeln, sechs Möhren und acht Kartoffeln reichen müßten.

Als das Wasser fröhlich kochte, schaltete ich den Fernseher ein und sang laut mit. Kochen war gar nicht so schwer, man mußte sich nur dazu entschließen. Endlich war auch das Gemüse geschnitten. Ich atmete tief auf und wollte mir erst einmal eine Tasse Kaffee gönnen.

Da kam ein grüngelber Schaum aus dem Topf gekrochen. Ich wollte ihn mit dem Löffel abschöpfen, aber das eklige Zeug wuchs ständig nach. Das Wasser brodelte wild, der Dampf verbrühte mir die Hände, mir wurde heiß, aber der Schaum nahm nicht ab. In meiner Not drehte ich das Gas ab. Die Suppe wallte noch einmal auf und kam dann zur Ruhe. Der widerliche gelbgrüne Schaum sank in sich zusammen. Verständnislos starrte ich auf den Topf und drehte das Gas wieder voll auf. Von neuem bildeten sich an der Oberfläche diese widerlichen Bläschen ... Nachdem ich etwa fünf Minuten hin und her probiert hatte, wurde mir klar, daß ich die Flamme nicht zu groß stellen durfte. Sehr stolz auf mich, füllte ich den Topf bis zum Rand mit Gemüse. Dann dachte ich über die Beilage nach. Das Kilopaket Reis schien mir wenig zu sein. Ob das wohl zum Abendbrot für alle reichte? Wahrscheinlich hätte ich zwei kaufen sollen ... Ich schüttete die weißen Körnchen in eine Kasserolle, goß Wasser darüber und schloß den Deckel.

Noch nie im Leben war ich so zufrieden mit mir gewesen. Sogar die Tasse Pulverkaffee schmeckte gleich viel besser. Das war ein guter Tag für mich. Ich war ganz nahe daran, die Dokumente zu finden. Klar, sie mußten entweder bei Nina oder bei Jana sein. Am nächsten Tag wollte ich zunächst die Friseuse aufsuchen …

Da begann es auf dem Gasherd zu zischen. Ich schaute mich um und sprang erschrocken auf. Über dem Reis tanzte gefährlich der Deckel, und aus der Kasserolle quoll weißer Brei. Ich schaute verblüfft zu. Welches Geheimnis hatte den Reis in kurzer Zeit so an Masse zunehmen lassen? Der Topf war eindeutig zu klein.

Ich kippte das Ganze in ein größeres Gefäß und goß noch etwas Wasser hinzu. Zehn Minuten später war der Reis noch mehr aufgequollen, und ich mußte das Ganze wiederholen. Eine halbe Stunde später hatte ich eine riesige Schüssel voll von dieser klebrigen Masse.

Ich nahm einen Teelöffel und kostete von meiner »Beilage«. Da fehlte eindeutig Salz. Das war kein Problem, man konnte es auch jetzt noch hinzugeben. Aber wie hatte es Natascha geschafft, daß die Reiskörner einzeln auf den Teller kamen, während sie bei mir einen einzigen großen Klumpen bildeten? Nein, billige Lebensmittel verdarben eben beim Kochen. Hätte ich Reis für 25 Rubel das Kilo gekauft, wäre bestimmt alles gut gegangen.

Seufzend starrte ich auf die riesige Schüssel voller Reis. Vielleicht mußte man etwas Butter beigeben?

Da stürzte Kira in die Küche und verkündete: »Hab ich einen Hunger!«

»Du bist früh dran«, sagte ich und schaute auf die Uhr.

»Unser Trainer ist krank geworden«, meinte Kira. »Was riecht denn hier so komisch?«

»Meine Hühnersuppe«, erklärte ich stolz und nahm den Deckel ab.

Meinem Blick bot sich etwas Unbeschreibliches, das noch am ehesten an Gemüsebrei mit herausragenden dürren Beinchen erinnerte. Ich schöpfte etwas von dem Gebräu in einen tiefen Teller. Das Gemüse war zerkocht, und man konnte nicht mehr erkennen, wo Möhre, Zwiebel und

Kartoffeln geblieben waren. Kira nahm sich einen Löffel voll, murmelte: »Ziemlich dick, die Suppe«, und schob den Löffel in den Mund.

Im nächsten Augenblick sprang er auf, rannte zur Spüle, spuckte alles aus und rief: »Pfui Teufel! Hast du schon mal gekostet?«

Ich nippte vorsichtig an meiner Suppe. Die Zunge nahm sofort einen sehr bitteren Geschmack wahr, als hätte man Chinintabletten in das Wasser getan.

»Was ist denn da drin?« fragte Kira.

Ich spülte mir erst einmal sorgfältig den Mund aus, bevor ich antwortete: »Nichts Besonderes, Hähnchen und Gemüse.«

»Na so was!« meinte Kira verwundert. »Bei Mama ist das alles flüssiger, und die Sachen schwimmen einzeln drin herum. Aber das hier ist ja ein Alptraum! Hast du vielleicht statt Salz etwas anderes hineingekippt?«

Ich probierte den Inhalt des Salzstreuers mit der Zunge. Nein, da war alles in Ordnung. Der nächste Reinfall erwartete mich mit dem Hähnchen. Es ließ sich überhaupt nicht schneiden, nicht einmal mit dem größten Messer, das wir finden konnten. Nachdem Kira und ich mit großer Mühe die Brust ausgelöst hatten, stellten wir fest, daß das edelste Stück des Hähnchens nicht weiß, sondern gelb war. Der Geschmack erinnerte an geschnittenen Gummischuh mit Senf.

»Das fressen nicht mal die Hunde«, faßte Kira traurig zusammen. So kam es auch. Mulja und Ada wandten sich beleidigt ab. Rachel schnappte zunächst gierig nach einem Stück Hühnerfleisch, spuckte es aber sogleich wieder aus.

»Da hast du ja was Schreckliches gekocht«, meinte Kira schließlich. »Nicht einmal Rachel will es haben. Und die sucht sogar noch im Müll nach Freßbarem.«

Den Reis probierte der Junge erst gar nicht. Er ging in sein Zimmer, wo er laut zu singen begann. Erschlagen ließ ich mich am Küchentisch nieder und besah mein Werk. Wie konnte das nur passieren?

Zehn Minuten später erschien Kira wieder in der Küche und schob mir ein zerlesenes Buch zu. »Hier, nimm.«

Auf dem roten Einband prangte eine große Pirogge. Darüber der Titel: »Schmackhafte und gesunde Küche«.

»Das hat Julia mal gekauft«, erklärte mir der Junge. »Sie hat bloß nie Zeit zum Kochen. Vielleicht kannst du es gebrauchen. Da ist alles ganz einfach erklärt. Zum Beispiel Hühnerbrühe: Man nehme ein Huhn, senge es ab und nehme es aus. Vorsicht mit der Gallenblase, wenn sie platzt, wird die ganze Suppe bitter und damit ungenießbar ...

Mir fiel es wie Schuppen von den Augen. Du meine Güte, ich hätte das Hähnchen erst ausnehmen, gar kochen und dann das Gemüse hinzugeben müssen!

»Hör mal, Tanja«, meinte Kira und blinzelte mir listig zu, »ich verrate dich nicht. Komm, laß uns die Spuren der Tat schnell verwischen.«

»Wie meinst du das?«

»Wir kippen die Suppe und das andere einfach weg. Serjosha und Julia sagen wir am besten gar nichts. Stell dir vor, wie die sich über dich lustig machen!«

Ich warf das »wohlschmeckende« Abendbrot bereitwillig in den Müll und brachte den Eimer gleich hinaus. Kira lief nach Pelmeni, und als Serjosha und Julia endlich heimkamen, warf ich die Teigtaschen mit geübtem Schwung in das brodelnde Wasser. Zum Glück hatte ich jetzt ein Kochbuch für junge, unerfahrene Hausfrauen, und wie man Pelmeni gart, war dort ausführlich beschrieben.

Am nächsten Tag gegen zwölf Uhr betrat ich den Friseursalon. Die vier hübschen Mädchen, die geschickt mit ihren Fönen hantierten, schauten sich nicht einmal nach mir um. Schließlich zischte eine Schwarzhaarige unfreundlich durch die Zähne: »Wir arbeiten nur auf Anmeldung.«

Eine andere, eine mollige Blondine, die an ein frisch gebackenes Brötchen erinnerte, fügte von oben herab hinzu, nachdem sie meine chinesische Jacke und die Turnschuhe gemustert hatte: »Dort an der Wand hängt unsere Preisliste. Vielleicht lesen Sie die erst mal durch.«

Ich sah mir das Blatt an. »Schneiden – 300 Rubel, Waschen – 150 Rubel, Legen – 200 Rubel.«

»Gegenüber ist noch ein Salon«, teilte mir die Dunkelhaarige mit.

»Der wird Ihnen eher passen«, gab die Blonde ihren Senf dazu.

Mit einem Mal fühlte ich mich sehr gekränkt. Sah ich wirklich aus wie eine Bettlerin? Und wenn ich auch wenig Geld in der Tasche hatte, wer gab diesen unverschämten Dingern das Recht, mit einer Kundin in diesem Ton zu reden? Wäre ich im Nerz aufgetaucht, dann hätten sie sicher ihr süßestes Lächeln aufgesetzt.

Ich spürte, wie Wut in mir aufstieg. Ich räusperte mich und sagte etwas zu laut: »Gestatten Sie, daß ich mich vorstelle: Major Romanowa von der Kriminalpolizei. Ich ermittle im Mordfall Kostja Katukow. Wer von Ihnen ist Nina Nikitina?«

Augenblicklich wurden alle Föne ausgeschaltet. Der Dunkelhaarigen fiel er sogar aus der Hand.

»Das bin ich«, murmelte die Blondine und fügte rasch hinzu: »Kommen Sie bitte in unser Dienstzimmer, hier können wir nicht reden.«

Unter den neugierigen Blicken der Kundinnen bogen wir um die Ecke, gingen einen Korridor entlang und kamen schließlich in ein winziges Zimmerchen, in dem nur ein kleiner Kühlschrank und zwei Stühle standen. Auf dem Fensterbrett sah ich eine Büchse Nescafé und einen Wasserkessel, aber Nina hatte wohl nicht die Absicht, mir etwas vorzusetzen. Sie lehnte sich an die Wand, verschränkte die Arme über der Brust und stieß hervor: »Ich weiß von nichts. Kostja habe ich am Dienstag zum letzten Mal gesehen. Da war er quicklebendig. Mehr sage ich nicht.«

Ich quälte mir ein freundliches Lächeln ab.

»Hat er Ihnen einen Wohnungsschlüssel gegeben, Nina?«

»Na und?« entgegnete das Mädchen. »Er hatte mehrere davon.«

Ich nickte.

»Und wo ist Ihrer?«

Nina blaffte mich an: »Seit voriger Woche verschwunden. Man hat mir die Handtasche geklaut mit allem, was drin war – Paß, Fahrerlaubnis, Kosmetik. Wenn Sie es nicht glauben wollen, fragen Sie im 12. Revier nach, ich hab den Diebstahl angezeigt. Bei Leutnant Kornukow.

»Und wann war dieser bedauerliche Vorfall?«

»Hab ich doch schon gesagt, vorige Woche, am Sonntag. Ich war auf dem Petersburger Markt, dort muß es passiert sein …«

»Kannten Sie Kostja schon lange?«

Nina wandte mir ihre Schulter zu. »Was heißt lange? Wir haben uns einmal die Woche getroffen. Außer der Bettgeschichte war da nichts. Manchmal hab ich ihm was gekocht. Danach eine gute Nummer, und jeder ging seiner Wege.«

Da fiel mir genau zum richtigen Moment der Theater-Verwalter Lew Valerjanowitsch ein. Mit gerunzelten Brauen sagte ich leise: »Also, meine Liebe. Sie müssen mir schrecklich dankbar sein, daß ich mich persönlich zu Ihnen begebe und Ihnen keine Vorladung zu uns in die Petrowka schicke. Waren Sie schon mal da? Ein eiserner Tisch, ein eiserner Stuhl, alles am Fußboden angeschraubt … Hier unterhalten wir uns ganz freundschaftlich, ohne Protokoll. Wenn Ihnen das aber nicht recht ist, kann ich auch anders.«

Jetzt sah ich in Ninas blauen Augen die nackte Angst. Sie mäßigte sofort ihren Ton: »Möchten Sie vielleicht einen Tee?«

Ich mußte innerlich grinsen und nickte hoheitsvoll.

Fünf Minuten später hatte ich eine Tasse mit einem unbeschreiblichen Gebräu in der Hand. Es war Früchtetee von Pickwick. Das ist wohl eher eine Mixtur aus chemischen Fruchtaromen, aber Nina schmeckte sie offensichtlich, denn sie schlürfte genußvoll aus ihrer Tasse und kam ins Reden. Ich hörte ihr aufmerksam zu. Etwas Neues erfuhr ich allerdings nicht.

Auch Nina traf sich mit Kostja einmal in der Woche. Nur wußte sie im Unterschied zu Lena von ihren »Rivalinnen«. Daß es im Leben ihres Liebhabers noch andere Frauen gab, war für sie kein Problem. Heiraten wollte sie ihn nicht, kochen, putzen und waschen waren nicht gerade ihre Lieblingsbeschäftigungen. Zwar bereitete sie Kostja zuweilen eine Suppe, aber ohne jede Hingabe. Die Rendezvous, die zu nichts verpflichteten, waren ihr gerade recht. So hatte sie regelmäßig einen Mann, ohne sich besonders um ihn mühen zu müssen. Kostja war zudem nicht geizig, machte ihr Geschenke, fuhr sie, wohin sie wollte, lud sie ab und zu in ein Restaurant ein. Außerdem war er ein hilfsbereiter Freund. Als Ninas Mutter sich das Bein gebrochen hatte, rief sie ihn in ihrer Not an. Ehrlich gesagt, sie hatte erwartet, er werde Ausflüchte machen, aber Kostja brummte nur: »Komme vorbei.« Eine halbe Stunde später war er da, trug die alte Frau ins Auto und drückte sogar dem vielbeschäftigten Arzt in der Aufnahme ein paar Scheine in die Hand, damit sie nicht auf dem Korridor übernachten mußte …

Mehr erfuhr ich von Nina nicht. Als ich den Friseursalon verließ, sah ich nebenan ein Geschäft mit der Aufschrift »Tüll« und ging hinein, warum, wußte ich selbst nicht. Ich ließ mich neben dem großen Schaufenster nieder und dachte nach. Irgend etwas an dieser Geschichte stimmte nicht. Rita, Lena und Nina hatten übereinstimmend berichtet, Kostja sei stets großzügig gewesen und habe die Damen seines Herzens regelmäßig ausgeführt …

Außerdem hatte er ihnen Geschenke gemacht, besaß ein Auto, ein Handy und eine gemütlich eingerichtete Wohnung, die frisch renoviert war … Daraus ergab sich ganz natürlich die Frage, woher der Mann das Geld nahm. Im Theater verdiente er höchstens ein paar Kopeken, ein besonderer Schauspieler war er nicht, Film und Fernsehen interessierten sich nicht für ihn.

Als ich eine Weile nachgegrübelt hatte, fiel mir noch etwas auf. Woher wußte Nina, daß Kostja tot war? Sie hatte selbst gesagt, daß sie ihn nur einmal in der Woche sah und ihn manchmal – höchst selten – anrief. Wer hatte ihr den Tod ihres Geliebten mitgeteilt? Die Miliz? Natürlich nicht, denn dann hätte sie sich auf das Gespräch mit mir gar nicht eingelassen.

Ich stand am Fenster und sah abwesend zu, wie hier und da ein Fußgänger auftauchte. Das Wetter war abscheulich. Vom Himmel fiel etwas Undefinierbares, weder Regen noch Schnee, das sich unter den Füßen sofort in eine trübe Brühe verwandelte. Mütter mit kleinen Kindern gingen bei solchem Wetter nicht vor die Tür, Rentner verschoben den Gang zum Arzt oder zur Apotheke auf später. Sie alle saßen in ihren warmen Küchen und tranken duftenden Kaffee oder, noch besser, hatten es sich auf der Couch mit einem Buch über geheimnisvolle Morde bequem gemacht. Wie spannend es doch war, aus sicherer Entfernung gefährlichen Ermittlungen zu folgen. In der Praxis aber war das ein harter Job – nasse Füße, ein hungriger Magen und ein leerer Kopf waren keine Seltenheit. In einem Krimi konnte man solche Szenen rasch überblättern und erfahren, wie es ausging. Aber im Leben …

Plötzlich flatterte aus dem Friseursalon ein Mädchen in einer hübschen Fuchsjacke heraus. Als ich genauer hinsah, war es Nina. Was sie wohl bewog, mitten am Tage von ihrer Arbeit fortzulaufen? Ohne zu zögern, klappte ich meine Kapuze hoch und ging ihr nach.

Nina lief schnell und achtete nicht auf die Pfützen. Daß ihr jemand folgen könnte, darauf kam sie offenbar nicht, denn sie sah sich nicht ein einziges Mal um. Nach zehn Minuten war ich rechtschaffen müde und durchgefroren. Aber Nina lief von einem Hof zum anderen und steuerte hartnäckig auf ein bestimmtes Ziel zu. Erst als ein bekanntes Haus vor uns auftauchte, wurde mir klar, was sie so magisch anzog. Dort hatte Kostja Katukow gewohnt. Ich verharrte einen Moment an der Haustür, zählte bis hundert und schlich ihr dann leise nach.

Von allen Türen des Treppenabsatzes blickten »Spione« auf mich. Kostjas Tür war nicht mehr versiegelt. Ich holte einen Kaugummi hervor, brachte ihn mit raschen Bewegungen der Kiefer in den richtigen Zustand und beklebte damit die kleinen Linsen an allen Türen. Zu Unrecht halten manche Leser Kriminalromane für Trivialliteratur. Wo sonst lernt man solche Dinge? Ich wollte an der Tür warten, bis die Lügnerin, die mir frech ins Gesicht gesagt hatte, man habe ihr die Schlüssel gestohlen, wieder herauskam.

Die Minuten schleppten sich quälend dahin. Nach einer halben Stunde ging die Tür der Wohnung gegenüber auf. Eine ungepflegte Frau schaute heraus, riß den Kaugummi von ihrem Spion und bellte: »Was stehst du hier rum? Dein Schatz hat den Löffel abgegeben, kannst ihn im Leichenschauhaus besuchen.«

Ich drehte ihr den Rücken zu.

»Was sind die Weiber doch blöd«, keifte die Alte weiter. Da roch es von ihrer Küche her angebrannt, und mit einem Schreckenschrei verschwand sie hinter der Tür. Inzwischen war fast eine Stunde vergangen. Vielleicht hatte Nina gar nicht Kostjas Appartement aufgesucht, sondern wohnte selbst in diesem Haus? Aber da knackte es leise im Schloß, die Friseuse trat heraus und wandte sich dem Fenster zu.

»Wohin so eilig?« fragte ich höflich.

Nina erstarrte zur Salzsäule und ließ vor Schreck ein ziemlich großes Paket fallen. Von dem Aufprall platzte das Papier, und auf dem Treppenabsatz flatterten Dollarnoten auseinander.

»Herr im Himmel«, murmelte sie entgeistert, bückte sich rasch und sammelte die Geldscheine mit zitternden Händen ein. »Wie kommen Sie denn hierher ...?«

»Ganz einfach«, antwortete ich in aller Ruhe. »Auf zwei Beinen. Und Sie haben offenbar den Schlüssel wiedergefunden? Die sind ja schnell auf dem 12. Revier. Haben den Dieb erwischt und Ihnen sogar schon die Schlüssel zurückgegeben ... Und die Scheinchen sind wohl auch aus dem verlorenen Portemonnaie? Oder wollten Sie Katukows Notgroschen als letztes Geschenk mitnehmen?«

Nina schluchzte plötzlich auf. »Jetzt glauben Sie mir sicher gar nichts mehr.«

»Das sehen Sie richtig«, gab ich zurück und fuhr fort: »Wenn Sie den Schlüssel nun einmal haben, gehen wir doch hinein und reden dort. Ich denke, Sie müssen mir einiges erklären.«

Die Friseuse nickte, und wir traten in die Diele. Jetzt konnte man bereits riechen, daß die Wohnung seit einigen Tagen leer stand. Es war ein Gemisch von Staub, Feuchtigkeit und etwas Saurem.

»Das Geld gehört mir«, sagte Nina unerwartet, als sie sich auf der Liege niederließ. »Ich wollte es holen, damit es sich kein anderer nimmt.«

»Na klar«, sagte ich nickend. »Sie haben es auf dem Markt verloren und jetzt hier wiedergefunden.«

»Sie machen sich lustig über mich!« rief Nina empört.

»Das lag nicht in meiner Absicht«, antwortete ich, und es war die reine Wahrheit. »Aber sagen Sie mir, wenn es kein Geheimnis ist: Warum haben Sie Ihr Geld bei Kostja aufbewahrt?«

»Das glauben Sie mir sowieso nicht«, gab Nina deprimiert zurück.

»Versuchen Sie mich doch zu überzeugen.«

Nina zückte eine Zigarette und sagte: »Ich wohne in einer Gemeinschaftswohnung. Mit Nachbarn ... Ach!« Sie winkte nur ab und verstummte wieder.

»Nur heraus mit der Sprache«, ermunterte ich sie.

»Hören Sie, Genossin Major ...«

Mir rutschte heraus, was ich irgendwo einmal gelesen hatte: »Zum Teufel, ich bin nicht deine Genossin!«

Die Friseuse fuhr zusammen, wurde blaß und fragte dann: »Wie soll ich Sie denn ansprechen?«

Ich überlegte einen Augenblick und antwortete: »Mit Vor- und Vatersnamen heiße ich Tatjana Andrejewna.«

Nina zog die Nase hoch und begann ein Geständnis abzuspulen, wobei mein Vor- und Vatersname alle Minute einmal vorkam.

Sie bewohnte zwei Zimmer in einer Gemeinschaftswohnung, in der außerdem noch eine sechzigjährige Frau, eine ehemalige Lehrerin, mit ihrem Sohn hauste. Die Lehrerin war eine nette, intelligente Dame. Mit ihr gab es nie Ärger in der Küche, sie kippten sich gegenseitig kein Shampoo in die Suppe und streuten auch keine Steinchen ins Gehackte ... Dafür war der Sohn die reinste Plage, ein drogensüchtiger Ganove. Zwei Wochen in Freiheit und dann wieder fünf Jahre hinter Gittern. Solange er einsaß, lebten Nina und Viktoria Fjodorowna friedlich miteinander, sahen sogar manchmal zusammen in der Küche fern. Kaum aber war das »Kind« wieder draußen, ging die Hölle los.

»Der knackt jedes Schloß«, schluchzte Nina. »Wieviel Geld er mir weggeschleppt hat, kann ich gar nicht sagen. An die Dollars ist er allerdings nicht herangekommen, die spare ich für eine eigene Wohnung ... Ich habe sie bei Kostja deponiert. Einen besseren Ort gab es nicht.«

»Na so was«, kommentierte ich grinsend. »Der beste Ort ist sicher ein Schließfach in der Bank hinter einer dikken Stahltür ...«

Nina grinste zurück.

»Genau. Und wenn die nächste Krise kommt, gehört mein bißchen Erspartes der Bank. Bei Kostja war alles dafür eingerichtet. Nicht umsonst hat er als Aufbewahrer gearbeitet.

»Als was?« fragte ich verständnislos.

Nina seufzte tief auf und griff nach der nächsten Zigarette. Ich wollte schon streng verkünden, daß ich seit meiner Kindheit an einer schweren Allergie litt, da fiel mir plötzlich auf, wie frei ich atmete. Kein bißchen Kratzen in der Kehle. Sehr merkwürdig.

»Ach, tun Sie doch nicht so, als ob Sie nicht wüßten, was das ist«, rutschte es Nina heraus.

»Natürlich weiß ich es«, log ich, »aber der Ordnung halber müssen Sie es selbst erklären.«

»Also gut, Tatjana Andrejewna«, antwortete Nina schicksalsergeben.

Ich warf der Friseuse einen mißtrauischen Blick zu. Wollte sie mich jetzt auf den Arm nehmen? Aber das Mädchen saß niedergeschlagen auf der Liege und knüllte ein Papiertaschentuch in den Händen.

»Kostja hat im Theater nicht gerade Karriere gemacht«, begann sie ihren Bericht. »Er bekam nur winzige Rollen und wurde ignoriert. Damit verdiente er fast nichts ...«

Das störte ihn aber nicht weiter, denn er hatte längst eine andere Beschäftigung. Die Schauspielerei war inzwischen wohl eher ein Hobby. Aber auf die Frage einer Dame: »Wo arbeitest du?« konnte er immer stolz erklären: »Ich diene den Musen in einem großen Moskauer Theater ...«

Die Mädchen lagen ihm reihenweise zu Füßen. Schließlich sah er gut aus, war intelligent, und dann noch die geheimnisvolle Welt der Bühne ...

Bloß Geld hatte Kostja nie und mußte sich irgendwie durchschlagen. Vor sieben Jahren änderte sich das. Einer seiner Bekannten, der berühmte Geiger Lenja Maslow, wollte in Urlaub fahren. Er war stolzer Besitzer einer Amati. Lenja wollte das kostbare Instrument, für das er viele tausend Dollar hingelegt hatte, nicht in der leeren Wohnung zurücklassen. Auch ein Schließfach in der Bank schien ihm nicht das Richtige zu sein. Als gelernter Sowjetbürger hatte er in den Jahren des wilden Kapitalismus in Rußland jedes Vertrauen zu den Banken verloren. Da er wußte, daß Kostja im Grunde eine ehrliche Haut war, bat er ihn, auf sein Wertstück aufzupassen.

Katukow packte das Instrument in dem schwarzen Futteral in seine Klappcouch und ging 24 Tage lang nicht aus dem Haus, um das gute Stück nicht aus den Augen zu lassen. Lenja, frisch erholt, gab ihm dafür 300 Dollar. Kostja wollte sie anfangs nicht nehmen, aber sein Freund steckte sie ihm fast mit Gewalt in die Tasche. Eine Woche später rief Lenja wieder an. Diesmal brauchte ein Künstler seine Hilfe, der mehrere Kleinplastiken einige Tage lang sicher aufbewahrt haben wollte. Und auch der zahlte dafür keine schlechte Gebühr.

Kostjas Dienstleistung sprach sich herum. Er bewahrte Geld, Wertgegenstände, Tafelsilber, Videogeräte, Dokumente und alte Bücher auf. Für die Einnahmen ließ er seine Wohnung renovieren und zugleich mehrere Geheimverstecke einrichten. Bald kamen Aufträge ganz anderer Art. So mußte er sich zum Beispiel in den Zug setzen und ein merkwürdig schweigsames Mädchen nach Wladiwostok begleiten. Besonders aufregend war die Reise nicht, denn seine Begleiterin tat den Mund nicht auf und antwortete auf seine Aufforderungen, etwas zu essen oder Tee zu trinken nur mit Ja oder Nein. Dafür wurde diese Arbeit ordentlich bezahlt. Dann mußte Kostja auf eine Datsche in Snegir fahren und Punkt acht Uhr abends jemandem telefonisch mitteilen: »German Sergejewitsch ist verstorben.« Was es damit für eine Bewandtnis hatte, interessierte Kostja nicht.

Im letzten Jahr konnte sich Kostja vor Aufträgen kaum retten. Da er niemandem absagen wollte, weil ihn die Honorare reizten, bezog er Nina in seine Geschäfte ein. Sie hatte die einfacheren Dinge zu erledigen, zum Beispiel einem bekannten Dirigenten einen Blumenkorb zu bringen ... Auf kriminelle Dinge ließ sich Kostja nicht ein. So ganz genau wußte das Nina allerdings nicht, denn der Liebhaber hüllte sich über seine Tätigkeit in Schweigen ... Die Kunden schätzten an ihm ja gerade, daß er absolut ehrlich war und den Mund halten konnte.

»Kennen Sie die Verstecke?« fragte ich, als der Quell endlich versiegte.

Nina nickte, trat ans Fenster und drückte mit dem Finger auf einen kaum sichtbaren Nagel. Es knackte leise, als hätte man eine Konservendose geöffnet. Nun konnte die Friseuse das Fensterbrett hochklappen.

»Schauen Sie.«

Ich blickte in das schmale Gelaß, und unwillkürlich entfuhr mir ein Pfiff. Es war voller Geldscheine. Wieviel mochte das wohl sein?

»Verstehen Sie jetzt«, fragte Nina leise, »daß ich nur mein Geld genommen habe? Wenn ich stehlen wollte, dann hätte ich alles mitgehen lassen.«

Das klang vernünftig, aber ich fragte trotzdem mit finsterer Miene: »Und die anderen?«

Nina kannte fünf Verstecke. Zwei – im Tischbein und in der Küchenwand – waren leer. Zwei weitere – unter der Wanne und im Sesselboden – enthielten ebenfalls Geld, eine alte goldene Taschenuhr und ein Telefonbuch. Aber von blauen Blättern und Fotos weit und breit keine Spur.

»Hat Kostja die Sachen nur in seiner Wohnung aufbewahrt?«

Nina zuckte die Schultern. »Mir hat er zumindest nichts übergeben. Vielleicht Jana?«

»Jana?«

»Also«, meinte Nina ärgerlich, »er hat nicht viel von ihr erzählt. Aber ich glaube, sie kennen sich seit ihrer Kindheit – wohl eine Sandkastenfreundschaft. Er hat ihr vertraut wie sich selbst ...«

»Na schön«, sagte ich seufzend. »Gehen wir ...«

Aber Nina hatte es nicht eilig. Sie runzelte angestrengt die hübsche Stirn. »Was soll denn jetzt damit werden?« Sie wies mit dem Finger auf das Geheimfach mit dem Geld.

Ich schaute sie verwirrt an.

Nina mußte unwillkürlich lächeln. »Ich weiß!«

Sie stürzte zum Schreibtisch, holte ein einfaches Notizbuch heraus und erklärte freudig: »Kostja war der reine Buchhalter. Er hat alles genau aufgeschrieben.«

Ich klappte das abgeschabte Heftchen auf. Da waren endlose Zahlenreihen: »Erhalten 9.06. 815.79 ...

Zurückgegeben 12.06. 514.28 ...«

In der Spalte »Zurückgegeben« stand hinter jeder Summe ein Kreuz, nur die letzten vier Zeilen waren leer.

»Sie können das Notizbuch mitnehmen«, meinte die Friseuse lächelnd, »die Personen feststellen, sie anrufen und ihnen sagen, sie sollen sich ihre Sachen abholen. Ich gebe Ihnen den Schlüssel, und wie die Geheimfächer aufgehen, wissen Sie ja. Nehmen Sie nur!« Und Nina drückte mir das Notizbuch in die Hand. Offenbar wollte sie die Verantwortung für den fremden Besitz loswerden.

»Aber die Einträge sind verschlüsselt«, murmelte ich.

»Na und?« meinte Nina. »Sie haben doch sicher eine ganze Abteilung, die so was herausbekommen kann, oder?«

Da mußte ich wohl oder übel nicken. Ich steckte das Notizbuch ein und nahm den Schlüssel entgegen.

9. Kapitel

Gegen fünf Uhr nachmittags war ich wieder auf dem Heimweg. In meinem Kopf ging es wild durcheinander. Offenbar hatte Kostjas Mörder die Dokumente mitgenommen. Aber wer war das? Oder ich hatte Glück, und Kostja hatte die Papiere Jana übergeben? Wie sollte ich die Klarnamen in dem Notizbuch herausfinden?

Als ich mich unserer Wohnung näherte, gingen mir andere Dinge durch den Sinn. Ob die Hunde wohl auf mich warteten oder wieder im Korridor Pfützen gemacht hatten? Und was sollte ich zum Abendbrot kochen?

Wie der Wind schoß ich in den nächsten Laden und nahm ein paar fertige Bouletten mit. Wie das wohl andere Frauen machten? Dachten die den ganzen Tag über die Hauswirtschaft nach? Wie brachten sie es fertig, um acht Uhr morgens aus dem Hause zu gehen und um neunzehn Uhr zurückzukommen, dabei Essen zu kochen und die Wohnung sauberzuhalten? Schließlich hatte nicht jede eine Hausangestellte!

Die Hunde empfingen mich mit Freudengeheul. Als ich sah, daß sie sich gut benommen hatten, rief ich freudig: »Mulja, Ada, Rachel – Gassi gehen!«

Wie der Blitz kollerten sie die Treppe hinunter. Mulja ließ sich wie gewöhnlich direkt neben der Tür nieder, und Rachel lief zur Blumenrabatte. Ich folgte ihr mit meinem Blick. Ada drehte sich ein wenig an einer Stelle und kauerte sich dann hin ... Ich fiel fast in Ohnmacht: Unter ihrem dicken Hintern bildete sich eine hellrote Pfütze.

»Ada«, murmelte ich fassungslos, »was ist mit dir?«

Die Möpsin hörte auf meinen Ruf. Als sie näher kam, zog sich eine Spur roter Tröpfchen durch den Schnee. »Nach Hause«, rief ich entsetzt, »schnell nach Hause!«

Die Hunde liefen gehorsam wieder nach oben. In der

Wohnung angekommen, griff ich mir sofort das Telefon und fragte nach einer Tierklinik.

»Mein Hund hat Blutungen, überall rote Pfützen, wahrscheinlich schwebt er in Lebensgefahr.«

»Ist er überfahren worden?« fragte mein unsichtbarer Gesprächspartner.

»Nein, heute morgen war er noch ganz gesund.«

»Sie müssen ihn herbringen«, beschied mich der Arzt.

Ich stürzte aufgeregt in der Wohnung hin und her. Schließlich fand ich im Schrank ein Badetuch, in das ich die friedlich schnaufende Ada einhüllte und mit ihr auf die Straße lief. Die Möpsin war furchtbar schwer. Bald war mein rechter Arm ganz steif, aber ich drückte den warmen Körper fest an mich. Wenn es um Leben und Tod geht, soll man nicht knickrig sein. Ich winkte also mit der linken Hand nach einem Taxi. Sofort hielt ein alter Lada neben mir.

»Wohin?« fragte ein junger Mann in schwarzer Jacke.

»Zur Samsonowstraße …«

»Kenne ich«, meinte der Fahrer. »In die Tierklinik? Steig ein.«

Ich bückte mich, stieg ein und wiegte Ada sanft in meinen Armen. Die Möpsin sah schlecht aus. Ihre Schnauze war traurig gerunzelt, die Augen hatte sie nach oben verdreht, und sie hechelte flach, als fehle es der Luft an Sauerstoff. Mitleid stieg in mir hoch. Das arme schutzlose Geschöpf war offenbar dem Tode nahe. Mir kamen die Tränen, ich küßte sie auf die schwarze Schnauze und flüsterte: »Ada, halt durch, gleich sind wir da …«

Die Möpsin starrte mich mit ihren blauen Augen an und verlor das Bewußtsein. Ich heulte laut los.

Als ich ins Wartezimmer stürzte und mehrere Leute erblickte, die mit brav dasitzenden Tieren warteten, rief ich schluchzend: »Bitte lassen Sie mich vor, mein Hund blutet!«

»Natürlich, natürlich!« Die Wartenden blickten mitleidig drein.

Ich stürzte ins Behandlungszimmer und rief: »Ada liegt im Sterben!«

Ein junger Mann, dürr wie ein Besenstiel, blätterte weiter in seinen Papieren und sagte ungerührt: »Seien Sie so nett und legen Sie das Tier auf den Behandlungstisch.«

Ich hielt ihm mein Bündel mit der Möpsin, die offenbar ihren letzten Schnaufer tat, direkt unter die Nase.

Der Tierarzt seufzte auf, nahm mir Ada ab und trug sie zu einem riesigen mit Metall ausgeschlagenen Trog auf Beinen. Er agierte geschickt und offenbar auch richtig, denn die Möpsin hielt ganz still. Die Untersuchung dauerte etwa zehn Minuten. Der junge Mann hörte Adas Lunge sorgfältig ab, schaute ihr in Augen, Ohren und Maul und erklärte dann mit einem Seufzer: »Die Hündin ist läufig.«

»Wird sie das überleben?« fragte ich schüchtern, und als ich sah, daß der Arzt sein Gesicht von mir abwandte, fügte ich rasch hinzu: »Keine Sorge, wenn eine Operation nötig sein sollte, wir können bezahlen, das Geld haben wir.«

Jetzt wandte sich der Arzt mir wieder zu, und ich sah, daß er sich krampfhaft das Lachen verbiß.

»Wie lange haben Sie den Mops?«

»Kaum eine Woche.«

»Haben Sie Erfahrung mit Haustieren?«

»Ich hatte nie eins, denn ich leide an einer schrecklichen Allergie. Ich wundere mich schon, daß ich jetzt nicht dauernd niesen muß, wo ich doch nun mit Hunden zusammenlebe!«

Der Tierarzt trommelte mit den Fingern auf sein Stahlbecken.

»In England praktizierte in den vierziger Jahren ein wunderbarer Arzt, eigentlich ein ganz gewöhnlicher Pferdedoktor namens James Herriot. Die Welt erfuhr nur deshalb von ihm, weil er in seiner Freizeit herrliche Bücher schrieb, in denen er einfach und verständlich von Katzen, Hunden, Pferden und ihren Besitzern erzählte. Er tat das mit solcher Liebe, daß Tausende Menschen, die seine Bücher lasen, zu echten Tierfreunden wurden. Heute empfiehlt sogar die Veterinärakademie, Herriots Erzählungen zu lesen. Ihm fiel eine merkwürdige Sache auf. Einige seiner Patienten kamen per Zufall zu ihrem Tier. Jemand tat eine von einem Auto verletzte Katze leid, oder er nahm einen jungen Hund mit, den er winselnd und allein auf der Straße fand. Das waren Menschen, die zuvor stark an Allergien gegen Tierhaare oder Leder gelitten hatten. Kaum hatten sie aber Hündchen oder Kätzchen lieb gewonnen, da war die Allergie plötzlich verschwunden. Bei Allergien ist noch vieles unerforscht. Ich bin der Meinung, sie sind ein Protest gegen das Leben, nicht gegen einen bestimmten Stoff.«

»Wie meinen Sie das?«

»Nehmen wir an, in Ihrem Hause lebt auch ihre verehrte Schwiegermutter, die ein Schoßhündchen hat. Sie nörgelt ständig an Ihnen herum ... Natürlich halten Sie sich nach Kräften zurück und können ihr nicht antworten, wie Sie gern möchten. Davon bekommen Sie eine Allergie auf den Hund. Ich habe Damen erlebt, die sind vor Langerweile allergisch geworden ...«

Ich hörte ihm mit offenem Mund zu und streichelte dabei mechanisch Adas Fell. Ich kann wirklich nicht sagen, daß ich Möpse und Staffordshires von ganzem Herzen liebe, aber sie sind freundlich und zärtlich und haben einen wunderbaren Charakter!

»Ihr Hund ist völlig gesund«, fuhr der Arzt fort. »Er hat ein natürliches Problem, das man mit der Periode der Frau vergleichen kann. Nur daß es bei einer Hündin 21 Tage lang dauert und nur zweimal im Jahr auftritt. Passen Sie auf, wenn Sie unterwegs einem Rüden begegnen, sonst riskieren Sie, Nachwuchs zu bekommen ...«

»Eine Hündin hat tatsächlich ihre ‚Tage'«? fragte ich verblüfft.

Der junge Mann tätschelte Ada den dicken Hintern.

»Richtig. Kaufen Sie in unserer Apotheke ein Spezialhöschen und an der Metrostation Einlagen. Die Möpsin ist noch jung und kann damit noch nicht umgehen. Später gibt sich das. Jetzt soll sie erst mal im Höschen herumlaufen, damit Teppich, Sofadecke und Möbel keinen Schaden nehmen.«

»Aber sie verdreht ja die Augen so seltsam!«

»Sie will schlafen, hier ist es warm und angenehm. Warum sollte sie nicht ein Nickerchen machen?«

»Und sie schnarcht so komisch ...«

»Auch das ist normal, so ist ihr Rachen beschaffen. Sie werden bald unterscheiden lernen, ob es ihr dabei gut oder schlecht geht.«

»Sie sieht aber so leidend aus!«

»Ach, das arme Ding«, meinte der Tierarzt grinsend und wusch sich die Hände. »Dem geht es wirklich schlecht. Muß regelmäßig fressen, dann auf dem Sofa zwischen Kissen und Decken schlafen. Schauen Sie sich die Figur an: Sieht ja richtig verhungert aus, die Arme.«

Er ging zu seinem Schreibtisch und nahm eine Karteikarte.

»Name?«

»Tatjana«, teilte ich mit, ohne nachzudenken.

Der Arzt runzelte die Brauen. »Nicht den der Hündin, Ihren ...«

»Das ist meiner«, antwortete ich bedrückt.

»Ach so«, brummte der Doktor verlegen und schrieb ihn sorgfältig aufs Papier.

Ich ging zur Metro mit Ada auf dem Arm. Sicher hätte sie selber laufen können, aber ihre Leine lag zu Hause, und rundherum war zu viel Gewühl. Ada ließ nur ihr Schnäuzchen sehen, schnaufte noch ein wenig, und bald erklang ein gleichmäßiges Atmen.

Vor der Metrostation fand ich einen Tisch mit medizinischen Artikeln, vor dem ein kaum vierzehnjähriger Junge herumhüpfte, um sich die Kälte zu vertreiben. Ich sprach ihn an: »Ich brauche die besten Einlagen.«

Der fliegende Händler begann mir sein Warensortiment anzupreisen: »Da gibt es ganz verschiedene, alles Importware, mit Klebestreifen. Wollen Sie die?«

Ich schüttelte heftig den Kopf. Die Höschen, die ich in der Apotheke erstanden hatte, waren winzig klein. Einlagen mit Klebestreifen wurden direkt am Bauch des Mopses befestigt.

»Für den Tag oder für die Nacht?« fragte der Bursche weiter.

Ich schaute ihn verblüfft an. Wie sich doch die Welt verändert hatte! Vor zehn Jahren wäre der Knirps rot geworden wie ein Krebs, wenn er in der Apotheke auch nur eine Packung »Damenhygiene« erblickt hätte. Und jetzt beschrieb er mir diese Dinger in allen Einzelheiten. Bald wußte ich genau, wie lang, breit, saugfähig und wunderbar weich Damenbinden Marke »Always Ultra« waren. Mal sehen, wie er reagierte, wenn ich ihm mitteilte, daß ich die Einlagen für meine Möpsin wollte.

»Die kleinsten, die Sie haben, sie sind für meinen Hund ...«

Der junge Händler zuckte mit keiner Wimper. Er tippte mit seinen eiskalten Fingern auf eine grüne Schachtel und verkündete: »Für eine läufige Hündin nimmt man ›Diana Nova‹. Wollen sie denn keinen Nachwuchs?«

Ich steckte die Neuerwerbung ein und blickte dabei flüchtig auf die Uhr. Ich mußte so schnell wie möglich nach Hause. Zum Glück war es in der Wohnung friedlich. Nur auf dem Fußboden im Korridor sah ich bunte Papierfetzen. Auch Mulja und Rachel sprangen uns nicht entgegen. Als ich verwundert die Fetzen aufhob, wurde mir plötzlich klar, was passiert war. Allein geblieben, hatten die beiden die abgestellte Einkaufstasche untersucht, die gefrorenen Bouletten herausgeholt und wahrscheinlich mit großem Appetit verspeist.

»Na wartet, bis ich wieder da bin, dann gibt es was!« versprach ich und schlüpfte noch einmal in meine Jacke.

Bald brodelte im Topf fröhlich das Wasser. Meine Güte, da streiten kluge Köpfe darüber, welches das Lebensmittel des Jahrhunderts sei. Natürlich das Würstchen! Dem Fleischer, der die Idee hatte, durchgedrehtes Fleisch in Därme zu stopfen, sollte man ein Denkmal setzen. So einfach – rein ins Wasser und fertig!

Zehn Minuten später erklang Stimmengewirr im Korridor, und Serjosha kam mit langem Schritt in die Küche.

»Grüß dich, Tanja! Hast du was zu beißen?«

»Na klar!« gab ich seelenruhig zurück. »Setz dich hin.«

Julia, Kira und Serjosha versammelten sich erwartungsvoll um den Tisch. Ich fragte: »Wie viele von diesen wunderbaren Würstchen möchtet ihr?« und nahm den Deckel ab.

»Vier!« rief der Ältere.

»Fünf!« forderte der Jüngere.

»Na, mal langsam«, mischte sich Julia ein. »Für jeden erst mal drei, das genügt. Nun, Tanja, zeig, was du kannst!«

Ich aber stand da wie vom Donner gerührt. In dem heftig brodelnden Wasser schwammen merkwürdige Gebilde, die sich wanden wie Schlangen, nur nicht aus Papier, sondern aus einer fleischähnlichen Masse. Ich spießte solch ein Gebilde auf die Gabel und holte es heraus.

»Was ist denn das?« fragte Serjosha erstaunt und starrte auf das, was einmal ein Würstchen gewesen war.

Ich sagte gar nichts. Kira nahm mir die »Schlange« geschickt ab, biß hinein und meinte: »Kann man essen, sieht schlimmer aus, als es ist.«

Julia lächelte gezwungen. »Macht nichts, die essen wir auch so, setz dich, Tanja.«

»Na, weißt du«, murmelte Serjosha unzufrieden vor sich hin, »du solltest den Orden ›Zwei linke Hände‹ kriegen.«

Ich spürte, wie mir die Tränen in die Augen stiegen, und lief schnell ins Bad. Nur nicht auch noch vor der hungrigen Meute losheulen. Ich verriegelte die Tür. Als ich mein Gesicht in einen Bademantel drückte, hörte ich hinter mir Julias helle Stimme: »Dir sollte man die Zunge festbinden, Serjosha! Du siehst doch, daß Tanja das noch nicht kann, und machst dich lustig über sie! Sie hat die Würstchen platzen lassen, wem ist das noch nicht passiert? Man muß sie loben und ihr Mut zusprechen, und nicht auf ihr herumhacken! Hast du schon vergessen, wie das mit dir war?«

»Was war denn mit mir? Ich hab doch gar nichts gemacht!« erwiderte Serjosha. »Wo Mutter die nur immer auffliest?«

»Weiß ich auch nicht«, seufzte Julia. »Aber wenn sie nun mal bei uns wohnt, können wir doch nicht so mit ihr umgehen. Sie ist schon ein bißchen merkwürdig, aber das ist kein Grund, sie auszulachen!«

»Wißt ihr noch, wie Mama Kaleria Lwowna angeschleppt hat, deren Tochter sie nicht aus dem Krankenhaus zu sich nehmen wollte?« fragte Kira. »Sie hat behauptet, sie könnte Küchenschaben so dressieren, daß sie genau zur Fütterungszeit herauskommen.«

»Stimmt«, brummte Serjosha, »und dann haben wir drei Wochen lang Kakerlaken gezüchtet.«

»Oder Valja, die Sommer wie Winter barfuß auf der Straße herumlief?«

»Dann gab's da noch Shenja, die sich nachts an den Heizkörper gekettet hat, um die Erdströme abzuleiten«, erinnerte sich Serjosha. »Oder Ljussja, die sich nicht waschen wollte. Wenn die den Arm gehoben hat, ist mir gleich schlecht geworden …«

»Seht ihr«, faßte Julia zusammen. »Im Vergleich zu denen ist Tanja der reine Engel, bloß kochen kann sie nicht.«

»Aber auch nicht waschen, putzen und bügeln«, ließ Serjosha hören. »Außerdem – warum schaut sie nicht im Kochbuch nach?«

Ich hätte vor Wut am liebsten losgeschrien. Diese Schwarte hatte ich den ganzen Tag in der Metro studiert. Danach eine Suppe zu kochen muß der absolute Alptraum sein. Dafür steht man bestimmt zehn Stunden am Herd! Na und Würstchen ... Die werden in dem Buch überhaupt nicht erwähnt. Sie kommen nur in dem Rezept für Soljanka vor. Aber da steht auch bloß: »Würstchen heiß machen«. Ob man sie mit heißem oder kaltem Wasser ansetzt und wie lange sie kochen müssen, wird nicht verraten. Werden denn in Rußland alle Frauen als perfekte Köchinnen geboren, und nur ich nicht?

»He, Tanja, komm wieder raus!« tönte es aus der Küche.

Ich zog noch einmal kräftig die Nase hoch und folgte dem Ruf.

»Oh, ich kann nicht mehr!« Julia lachte Tränen und zeigte mit dem Finger auf Ada. »Die sieht ja aus wie ein Sumo-Kämpfer!«

Jetzt mußte auch ich lachen. Julia hatte ins Schwarze getroffen. Unsere Möpsin, deren dicker Hintern in einem schwarzen engen Höschen steckte, sah in der Tat sehr komisch aus.

»Warum hast du ihr den Schlüpfer angezogen?« fragte Serjosha.

»Sie ist läufig«, erklärte ich stolz und schenkte allen Tee ein. »Sie könnte unsere Möbel beschmutzen.«

»Na, so was!« Julia staunte. »Jetzt gibt es sogar schon Höschen für Hunde! Für Rachel haben wir eins aus Kiras Shorts gemacht, das sah ziemlich schlimm aus. Aber die sind richtig niedlich, sogar mit Spitze! Die würde ich glatt anprobieren!«

»Genau das Richtige für dich«, prustete Kira los. »Vor allem das Loch für den Hundeschwanz!«

»Das hast du gut gemacht, Tanja«, meinte Julia. »Auf die Idee muß man erst mal kommen!«

Ich war ihr aufrichtig dankbar. Julia hatte mich so gelobt, als hätte ich die entzückenden Höschen selbst genäht.

»Das mag schon sein«, meinte Serjosha seufzend. »Aber wenn wir uns jetzt nur noch von Pelmeni ernähren, dann haben wir bald alle Gastritis und Verstopfung und sterben unter schrecklichen Qualen. Das wird demnächst passieren, denn etwas anderes kann Tanja nicht kochen.«

Er stand abrupt auf und ging hinaus.

»Mach dir nichts draus«, meinte Julia obenhin, »er ist einfach kaputt.«

»Wahrscheinlich hat er Streß auf der Arbeit«, erläuterte Kira. »Bestimmt hat er sich wieder mit seinem Chef gestritten. Ein richtiger Blödmann! Der behauptet …«

»Iß«, warf Julia ein und stoppte damit Kiras Mitteilungsdrang. »Und du, Tanja, hol bitte die Konfitüre.«

Aber ich wollte nichts Süßes. Wart's nur ab, Serjosha, kochen lerne ich bestimmt. Und zwar so, daß du mich noch auf Knien und mit Tränen in den Augen um Nachschlag anflehen wirst. Dann werde ich über dich lachen.

10. Kapitel

Kaum war am nächsten Morgen um acht die Tür hinter meinen Hausbewohnern ins Schloß gefallen, da machte auch ich mich eilig zum Ausgehen fertig. Ich lebte inzwischen in ständiger Zeitnot. Ich mußte dringend die Lehrerin Jana aufsuchen, dann einkaufen und kochen … War mir ein Tag früher endlos erschienen, so rauschte er jetzt an mir vorbei wie eine Rakete.

»Tanja«, kam Serjoshas gewohnter Ruf vom Hof, »wirf die Schlüssel runter!«

Der hatte seine Gedanken auch nicht beisammen. Aber anderen wegen geplatzter Würstchen Vorwürfe machen!

Ich warf das Schlüsselbund durch die Lüftungsklappe, rief nach den Hunden, ließ sie ihr Geschäft erledigen und stürzte dann zur Metrostation.

Diese Geliebte Kostjas arbeitete buchstäblich am Ende der Welt. Das Schulgebäude stand an einem Abhang, hinter dem nur noch dunkler Wald kam.

Im Parterre griff ich mir einen flinken Jungen und fragte ihn streng: »Wo ist das Arbeitszimmer der Unterstufenlehrerin Jana?«

»Oh«, rief der Zweitkläßler, »das ist meine Lehrerin Jana Michailowa. Aber die ist krank!«

Das schien ihn gar nicht traurig zu stimmen. Ich klopfte an eine Tür, die das Schild »Sekretariat« trug. Eine nette Frau, für ihr Alter schon sehr füllig, fragte mich lächelnd: »Was kann ich für Sie tun?«

»Sagen Sie bitte ..., Jana ...«

»Ach, ist das nicht schlimm?« entfuhr es der Sekretärin. »Einfach ein Alptraum, die Lehrer sind alle schockiert!«

»Was ist denn passiert?«

»Das wissen Sie nicht?«

»Nein.«

»Jana Michailowa ist vorgestern von Banditen überfallen worden. Die haben sie fast totgeschlagen.«

»Wie das?« fragte ich erschrocken.

»Schrecklich!« Die Frau schluchzte auf. »Wir sind so schutzlos!«

»Wo ist das denn geschehen?«

Die Sekretärin beruhigte sich ein wenig.

»Jana hatte ihren Schülern für die letzten zwei Stunden frei gegeben. Das darf sie eigentlich nicht, aber wir haben zur Zeit die Grippe in der Stadt, und in der Klasse saßen nur noch fünf Schüler. Sie schaute bei mir herein, wir rauchten zusammen eine Zigarette, und dann ging sie nach

Hause. Sie wohnt gleich nebenan, allein … Sie sollen ihr an der Haustür aufgelauert haben …«

Ich ließ mir die Adresse geben und ging zu einem fünfgeschossigen Plattenbau. Die Wohnung Nr. 19 war natürlich verschlossen. Ich klingelte bei Nr. 18. Ein ziemlich zerrupftes Mädchen schaute heraus. Es roch nach Küchendunst, und ein Kind schrie.

»Was wollen Sie?« fragte sie und suchte ihre zerzauste Mähne zu bändigen.

»Ich wollte zu Frau Michailowa.«

»Kommen Sie rein, wenn Sie schon mal da sind«, sagte das Mädchen.

Ich trat in die Diele und war erstaunt. Die war nicht größer als bei Katja, aber man konnte bequem darin stehen und sogar sitzen. Und das nur, weil Schuhe und Kleidung ordentlich in Schränken verstaut waren. Überhaupt glänzte die Wohnung vor Sauberkeit. Die Küche, in die ich dann kam, hatte blitzende Fliesen und rosafarbene Wände. Der kleine Junge, der in einem hohen Kinderstuhl strampelte, trug fleckenlos reine Sachen. An den Wänden überall Regale, auf denen Dosen, Tassen und Töpfe ordentlich aufgereiht standen. Man sah, hier hatte jedes Ding seinen Platz … Als mir einfiel, in welchem Chaos ich unsere Küche zurückgelassen hatte, schämte ich mich beinahe.

»Sie sind doch von der Miliz«, sagte das Mädchen eher bestätigend als fragend und stellte sich sogleich vor: »Machen wir uns bekannt – ich bin Anja. Ich habe Jana gefunden. Ich war zu Tode erschrocken. Ich wollte schnell nach Brot laufen, da hat sie sich über die Schwelle geschleppt. Sie war nicht zum Anschauen …«

Die Lehrerin war gegen zwölf Uhr mittags nach Hause gekommen. Plattenbauten sind hellhörig, und Anja bekam zufällig mit, wie die Tür der Nachbarwohnung ging. Dann waren mehrere schwere polternde Laute und ein schwacher Schrei zu vernehmen. Anja wunderte sich. Jana lebte zurückgezogen und lud normalerweise keine Gäste ein ... Aber Anja hatte keine Zeit, darüber nachzudenken, was mit ihrer Nachbarin sein könnte. Ihr Kind fing laut an zu schreien und wollte zu essen haben. So fütterte Anja zunächst ihren Sohn und brachte ihn zu Bett ... Dann fiel ihr ein, daß sie kein Brot im Hause hatte. Während Petja schlief, wollte sie es rasch besorgen.

Aber dazu kam sie an diesem Tag nicht mehr. Die Tür der Nachbarwohnung stand einen Spalt offen, und das Mädchen erblickte auf der Schwelle etwas, das wie ein Bündel aussah und mit dunkler Farbe beschmiert war. Plötzlich ertönte ein schwaches Stöhnen, und Anja begriff, daß sie Jana vor sich hatte. Doch in welcher Verfassung!

Das ganze Gesicht der Unglücklichen war von Blutkrusten bedeckt, Arme und Beine verdreht und aus ihrem halboffenen Mund ertönte ein unheimliches Stöhnen.

Anja wurde übel. Aber sie nahm sich zusammen, lief zum Telefon und rief nacheinander Notarzt und Miliz an. Die waren rasch zur Stelle. Jana wurde ins Krankenhaus gebracht und Anja in deren Wohnung gebeten. Als sie bei der Nachbarin eintrat, fiel ihr die Kinnlade herunter. Das stets ordentlich aufgeräumte Zimmer sah schrecklich aus. Der Inhalt der Schränke war auf dem Boden verstreut. Papiere und Schulhefte lagen durcheinander im Korridor. Die Küche war völlig verwüstet. Die unbekannten Vandalen hatten den Inhalt aller Schubkästen und Regale ausgekippt ... Selbst im Bad hatten sie aus irgendeinem Grunde den Korb mit Schmutzwäsche ausgeschüttet, den Deckel des Spülkastens zerschlagen und das Innere herausgerissen. Wahrscheinlich waren Diebe in die Wohnung eingedrungen, die die vorzeitige Rückkehr der Besitzerin nicht erwartet hatten. Sie schlugen die Frau zusammen und flüchteten.

»Aber wer bricht schon in die Wohnung einer armen Lehrerin ein?« fragte ich verwundert.

Anja seufzte. »Jana besaß wunderbaren Schmuck – alte Ohrgehänge, Ringe und Broschen. Sie war nicht so arm, wie Sie denken. Mal kaufte sie sich einen Pelz, dann neue Stiefel, dann eine Waschmaschine ... Wahrscheinlich hat ihr Mann einiges hinterlassen, der war ein großer Sammler.«

»Und wo ist er jetzt?« fragte ich.

Anja zuckte die Achseln. »Er ist verstorben. Jana ist Witwe. Bei uns ist sie erst vor fünf Jahren eingezogen, nachdem sie ihren Mann begraben hatte. Sie hat gesagt, in der alten Wohnung könne sie nicht bleiben, da erinnere sie alles an ihn. Wir haben uns ein bißchen angefreundet. Eigentlich wollte ich heute zu ihr ins Krankenhaus gehen, denn sie hat praktisch keine Verwandten. Aber ich weiß nicht, wohin mit Petja. Und sie liegt in der 257. Klinik in der Soldatowstraße. Das ist sehr weit weg. Oh, ich glaube, bei mir brennt etwas an!«

Anja stürzte zu ihrem Herd und zog eine große Pfanne aus der Röhre, in der ein Brathuhn appetitlich glänzte. In der Küche verbreitete sich ein Duft, daß einem das Wasser im Munde zusammenlief. Ich konnte nicht an mich halten und fragte: »Wie gelingt Ihnen das so gut?«

Anja lächelte. »Das ist ein Familiengeheimnis, aber ich verrate es gern. Nehmen Sie ganz gewöhnliches feines Salz und bestreuen Sie damit den Boden einer tiefen Bratpfanne. Waschen Sie das Huhn und legen Sie es mit dem Rücken auf das Salz, schalten Sie die Röhre ein und schieben Sie den Braten hinein. Das ist alles.«

»Alles?«

»Ja«, bestätigte Anja. »Ungefähr nach einer Stunde – das hängt von der Größe des Vogels ab – ist das Hühnchen fertig. Sehen Sie?«

Ich schaute in die Pfanne. Das wunderbar gebratene Geflügel lag tatsächlich auf kleinen Salzkörnchen. Die unter dem Vogel gelegen hatten, waren gelb geworden, aber am

Rand waren sie noch ganz weiß. Und es schien tatsächlich ganz gewöhnliches Kochsalz zu sein.

»Am besten nehmen Sie ein Importhuhn«, erklärte Anja.

»Warum?«

»Unsere sind sehnig und braten schlecht, außerdem riechen sie merkwürdig!«

»Aber sie sind billiger!«

»Dafür fast ungenießbar«, gab Anja spitz zurück.

Ich seufzte, denn mir fiel meine »Hühnersuppe« ein.

»Meine Mutter nannte dieses Rezept immer ›minus zehn‹.«

»Und was bedeutet das?«

Anja mußte lachen. »Ein Päckchen Salz hat mal zehn Kopeken gekostet. Da man weder Öl noch teure Folie, saure Sahne oder etwas anderes für das Gericht braucht, kostete es ganze zehn Kopeken.«

Neben der Metrostation schlug sich eine Frau, die sich bereits in mehrere Tücher gehüllt hatte, mit den Armen die Seiten, um sich warmzuhalten. Das Wetter war in der Tat abscheulich. Es war kalt, glatt und irgendwie ungemütlich. An so einem Tag saß man besser zu Hause. Draußen Würstchen zu verkaufen war bestimmt keine angenehme Beschäftigung. Aber mir stieg plötzlich verführerischer Duft in die Nase. Meine Beine trugen mich ganz von selbst zu dem kleinen Wagen.

»Womit willst du sie?« fragte die Verkäuferin mit heiserer Stimme und mußte husten.

Schlagartig wurde mir klar, was ich hier eigentlich tat. Ich war drauf und dran, einer kranken Frau auf der Straße etwas zu essen abzukaufen.

»Keine Angst«, brummte das Weib grinsend. »Aids habe ich nicht, bin nur ein bißchen erkältet, und die Würstchen sind garantiert frisch. Also, womit?«

»Mit Senf«, sagte ich fast gegen meinen Willen.

Die Verkäuferin klappte den Deckel auf, holte ein langes Brötchen heraus, schob geschickt ein rosafarbenes Würstchen hinein, träufelte Senf darauf und gab mir das Ganze, in eine Serviette eingeschlagen. »Guten Appetit.«

Aus dem Augenwinkel stellte ich noch fest, daß sie Essen und Geld mit derselben bloßen Hand nahm, aber meine Zähne gruben sich schon in das Würstchen. Das Brot war weich, der Senf nicht zu scharf. Noch nie hatte mir etwas so geschmeckt. Nicht einmal bei »Maxim«, wo ich mit Mischa zuweilen gewesen war, hatte es etwas Derartiges gegeben. Als ich den Hot Dog hinuntergeschlungen hatte, leckte ich mir die Lippen, ließ alle Regeln der Hygiene und der gesunden Ernährung sausen und holte mir am Stand daneben auch noch einen Becher heißen Kaffee. Bisher hatte ich nie Instant-Getränke zu mir genommen, denn davon trägt die Leber nicht wiedergutzumachenden Schaden davon. Aber heute geschah ein Wunder nach dem anderen. Die süße hellbraune Flüssigkeit, die man wohl kaum Kaffee nennen konnte, rann angenehm in meinen Magen und erwärmte mich von innen. Der Verkäufer, ein einfacher Mann um die Fünfzig, meinte: »Das Beste bei Frost ist doch, etwas Heißes in den Bauch zu kriegen. Da sieht die Welt gleich ganz anders aus, stimmt's?«

Ich lief zur Metro, sprang in den Zug, ließ mich auf einen Sitz fallen, zog die Beine an und fühlte mich rundherum wohl.

Die 257. Klinik lag zum Glück nicht weit von der Metrostation entfernt. Drinnen gab es einen Informationsstand, aber der hatte schon geschlossen. Ich irrte durch die vielen Etagen, bis ich schließlich zu einer Tür mit dem Schild »Intensivstation« kam. Gerade trat eine sympathische Frau mit grünem Häubchen auf den Gang heraus. Die fragte ich: »Verzeihung, liegt hier Jana Michailowa?«

»Ja«, antwortete die Frau. »In welchem Verhältnis stehen Sie zu ihr?«

»Ich komme von der Miliz.«

»Ihren Dienstausweis, bitte.«

Das hatte ich nicht erwartet. Bisher hatte das noch nie jemand von mir verlangt. Es gab eine Pause, die Frau mit dem grünen Häubchen runzelte schon die Brauen, da schallte es aus einer anderen Tür: »Oxana Stepanowna, kommen Sie, schnell, Frau Markowa geht es schlecht!«

Die Frau, die offenbar Ärztin war, ließ mich stehen und eilte davon. Ich aber steckte den Kopf durch die Tür der Intensivstation, wo ich an einem Tischchen ein schmales junges Mädchen erblickte. Das fragte ich in weinerlichem Ton: »Sagen Sie mir, meine Liebe, wie geht es Jana Michailowa? Ich bin ihre Tante.« Offenbar war mein Studium am Konservatorium doch nicht ganz umsonst gewesen. Seit einiger Zeit entdeckte ich an mir beträchtliches schauspielerisches Talent.

Das Mädchen antwortete in ernstem Ton: »Ihr Zustand ist sehr kritisch, allerdings ohne negative Dynamik.«

»Was?« fragte ich verständnislos.

Das Mädchen hörte auf, den Hippokrates zu spielen, und meinte sachlich: »Ihr Zustand ist ernst, aber stabil.«

»Kann ich mit ihr reden?«

»Die Patientin ist intubiert.«

»Wie?« Ich verstand wieder nicht.

Erneut mußte die Schwester in eine normale menschliche Sprache übersetzen: »Sie hat ein Röhrchen in der Kehle. Und überhaupt darf man nur im äußersten Notfall auf die Intensivstation.«

»Ich bin ein Notfall«, versicherte ich ihr.

»Nichts da!« erklärte die Karbolmaus streng. »Es wird ihr bald wieder besser gehen. Schreiben Sie sich ihre Telefonnummer auf, morgen können Sie sie anrufen.«

Da ich heute nichts mehr herausbekommen würde, fuhr ich nach Hause. Als ich in der Diele meine Tasche mit dem Huhn und dem Paket Salz abstellte, sah ich, daß Kira bereits da war. Mitten auf dem Fußboden lag seine neue Daunenjacke, etwas weiter Ranzen, Stiefel und Schal.

»Kira, wo bist du?« rief ich.

Keine Antwort. Erschrocken lief ich in sein Zimmer, wo ich den Jungen auf dem Bett liegend fand.

»Was ist mit dir?«

Kira hob nur leicht den Kopf. »Mein Hals tut so weh.«

Die Augen des Jungen glänzten fiebrig, die Stirn war heiß, er war eindeutig krank! Was in dieser Lage zu tun war, wußte ich zum Glück. Ich selbst hatte als Kind oft krank im Bett gelegen.

Eine halbe Stunde später trank Kira bereits, mit sich und der Welt zufrieden, in der Küche heißen Tee. Ich hatte drei Löffel Zucker in seine Tasse gegeben und mit Apfelessig aufgefüllt. Dann zog ich dem Jungen einen warmen Schlafanzug aus Flanell an und legte ihm eine kühle Kompresse um den Hals. Seine Füße steckte ich in dicke Schafwollsocken. »Die pieken«, nörgelte Kira.

»Macht nichts, dafür sind sie warm.«

»Und der Tee ist sauer!«

»Dafür hilft er!«

»Der Schal kratzt, nimm ihn ab.«

»Erst in einer Stunde«, erklärte ich entschieden und fügte hinzu: »Ein krankes Kind darf ein wenig launisch sein. Wenn du mir drei vernünftige Wünsche sagst, versuche ich sie zu erfüllen.«

Kira belebte sich sichtlich. »Und was dürfen sie kosten?«

Ich schaute in die Geldbörse, überlegte kurz und antwortete: »Hundert Rubel.«

»Krabbenstäbchen, eine Packung ›Pringles‹ und ein neuer Krimi aus der Reihe ›Schwarzer Kater‹«, kam es wie aus der Pistole geschossen. »Und zwar sofort.«

»Na schön«, willigte ich ein. »Ich schiebe nur das Huhn in die Backröhre, dann laufe ich los.«

Kira schaute verwundert zu, wie ich Salz in die Pfanne streute.

»Bist du sicher, daß das etwas Eßbares wird?«

»Absolut«, erklärte ich und lief zur Metrostation.

Eine halbe Stunde später war bei uns alles in bester Ordnung. Die Wohnung durchzog ein verführerischer Duft, nicht schlechter als bei Anja. Kira war unter die Decke gekrochen, hatte die Nase in dem neuen Krimi und knabberte Chips dazu. Ich saß in der Küche und blätterte in Katukows Notizbuch. Wie gut haben es doch die echten Milizionäre, sie verfügen über Codeknacker. Aber was sollte ich tun? Die Zahlenreihen waren endlos. In Mathematik hatte ich in der Schule immer eine Drei gehabt, und die auch nur, weil die Lehrerin Mitleid hatte.

»Ein Zahlencode, toll!« hörte ich plötzlich hinter mir Kira sagen.

»Marsch, ins Bett mit dir«, befahl ich automatisch. »Warum hast du die Socken ausgezogen?«

»Weil sie stechen«, nörgelte Kira, »lieber nehme ich Mulja mit ins Bett.«

Ich mußte daran denken, wie die Möpsin mich gewärmt hatte, und gab nach.

»Dann nimm auch gleich Ada mit, einen Mops für jeden Fuß.« Kira kicherte und fragte dann: «Weshalb hast du deine Notizen chiffriert?«

»Das ist nicht mein Notizbuch. Ich wollte es lesen, aber es geht nicht.«

»Warum nicht?«

»Na, weil es verschlüsselt ist.«

»Quatsch«, erklärte Kira und tippte mit dem Finger auf eine Zeile: »Hier steht: Sokolow, Juri Nikolajewitsch, 10000 Dollar.«

Mir blieb der Mund offenstehen. »Wie hast du denn das rausgekriegt?«

Kira mußte lachen. »Das ist doch kinderleicht, Mr. Watson. Ein Kinder-Code, den kennt jeder.«

»Ich nicht.«

»Nimm das Alphabet«, erklärte mir Kira, »und ordne

jedem Buchstaben eine Zahl zu: Das A kriegt die 1, das B die 2 usw. Verstanden? Einfacher geht es nicht. Manchmal werden Vokale und Konsonanten auch absichtlich vertauscht. Häufig sind Kombinationen aus drei Zahlen. Meinetwegen 642. Da muß man wissen, welche Ziffer die ist, auf die es ankommt – die 6, die 4 oder die 2 … Man kann auch ein Gitter darüber legen, dann tauchen die notwendigen Zahlen in bestimmten Kästchen auf.«

»Woher weißt du denn das alles?«

»Lies Kriminalromane, sie sind eine unerschöpfliche Wissensquelle!« verkündete Kira altklug.

Da hatte er schon recht, nur in den Krimis, die ich bisher gelesen hatte, war es nie um Zahlencodes gegangen. Und ich hatte auch erst als verheiratete Frau damit angefangen. In der Kindheit hätte es meine Mutter nie zugelassen, daß ich Conan Doyle, Stevenson oder Nick Carter auch nur angefaßt hätte.

Jetzt wurde es laut in der Diele, und Julias Stimme rief: »Oh, das riecht aber gut!«

»Hör mal, Kira«, flüsterte ich, »kannst du das Notizbuch für mich entschlüsseln?«

»Das ist leichter, als zwei Finger abschlecken«, erklärte mein Helfer.

Bevor ich ihn für seine Ausdrucksweise rügen konnte, war James Bond schon verschwunden. Der schmerzende Hals, der heiße Kopf und der Husten waren vergessen. Nur zwei Hauspantoffeln standen einsam neben der Spüle.

Das Brathuhn schlug wie eine Bombe ein. Serjosha leckte sich die Lippen und fragte: »Ich hoffe, das ist keine Gips-Imitation?«

Ich blitzte ihn böse an, brach eine knusprige Keule ab und legte sie Julia auf den Teller. Die zweite bekam der hocherfreute Kira.

»Moment mal!« Serjosha wurde unruhig. »Und was kriege ich?«

Ich spürte eine tiefe innere Befriedigung, setzte mein schönstes Lächeln auf und antwortete: »Ich fürchte, Sergio, dir wird das vielleicht nicht schmecken.«

»Sergio, das ist cool!« Kira wollte sich totlachen. »So nennen wir dich jetzt immer!«

Julia ließ sich nicht von der Köstlichkeit ablenken, Serjosha nahm sich schließlich die Flügel vor und verputzte sie im Handumdrehen.

»Einsame Klasse«, erklärte er und leckte sich die Finger. »Hör mal, Tanja, wenn du so gut kochen kannst, warum hast du dich so verstellt?«

Ich sammelte gelassen die abgenagten Knochen ein und überging diese Frage mit Schweigen.

11. Kapitel

Am nächsten Tag gegen acht Uhr morgens hielt ich das entschlüsselte Notizbuch in der Hand. Kostja Katukow hatte tatsächlich wie ein Bürokrat pedantisch Buch geführt.

»17. Mai, Kowaljow Roman Stepanowitsch, Dokumente. Zurückgegeben am 24. Mai.

2. Juni, Paschina Ljudmila Wassiljewna, Ring, Ohrringe, Armband. Zurückgegeben am 27. Juni …« usw.

Die letzten Eintragungen lauteten:

»Sokolow Juri Nikolajewitsch, 10 000 Dollar.

Romanowa Jekaterina, Dokumente.

Firsow Pjotr Mokejewitsch, Uhr.

Filimonowa Galina Antonowna, Notizbuch.«

Daneben Telefonnummern und Adressen. Ob privat oder dienstlich, war nicht vermerkt. Die Spalten neben diesen Namen waren leer – kein Kreuzchen, kein Häkchen. Galina Filimonowa war Kostjas letzte Kundin gewesen …

Etwas verblüffte mich nun doch. Ich rief: »Hör mal, Kira, wie ist Euer Familienname?«

»Romanow«, kam die Antwort.

Wir hatten tatsächlich denselben Familiennamen! Das mußte ich genauer wissen. »Und der eurer Mutter?«

»Wir sind alle Romanows«, erklärte mir der Junge und erschien auf meiner Schwelle.

»Zieh die Socken wieder an«, befahl ich ganz automatisch und fuhr fort: »Ich dachte, du und Serjosha, ihr heißt nach eurem Vater.«

»Also, erstens hätten wir dann verschiedene Namen«, stellte Kira bedeutungsvoll fest. »Zweitens haben wir keinen Papa und hatten nie einen. Uns hat der Klapperstorch gebracht.«

Darauf wußte ich keine Antwort.

»Tanja«, fragte Kira vorsichtig, »hat ein sterbenskrankes Kind nur einmal drei Wünsche frei oder jeden Tag, solange es so krank ist?«

Ich unterdrückte ein Lächeln. »Jeden Tag, aber nur, wenn es ihm richtig schlecht geht.«

»Es ist fast schon tot«, rief Kira und hüpfte freudig. »Und mit welcher Summe kann das arme Wesen rechnen?«

»50 Rubel.«

Der Junge zog ein langes Gesicht.

»Hast du denn deinen Krimi schon durchgelesen?« fragte ich verwundert.

Kira schüttelte den Kopf. »Ein Puzzle hätte ich gern.«

»Was?«

»Diese kleinen Pappdinger, aus denen man ein Bild zusammensetzen kann. Aber die sind teuer. Hör mal, Tanja, kann man nicht die Wünsche von heute und morgen zusammenlegen? Dann wünsche ich mir heute ein Puzzle – am besten ein großes mit einem Auto drauf. Und für morgen habe ich gar keinen Wunsch.«

»Darüber muß ich erst nachdenken«, sagte ich.

Der Junge lief polternd in sein Zimmer zurück.

Ich wählte die Telefonnummer von Juri Sokolow aus

dem Notizbuch. Am anderen Ende hörte ich ein dumpfes »Hallo«.

»Juri Nikolajewitsch? Ich bin eine Bekannte von Kostja Katukow, dem Sie Geld zur Aufbewahrung gebracht haben.«

»Nanu«, kam es verdutzt aus dem Hörer, »Kostja ist doch tot ...«

»Das stimmt. Ich wollte Ihnen Ihre Dollars zurückgeben.«

»Das gibt's doch nicht!« rief der Mann entgeistert. »Kommen Sie nur, kommen Sie schnell!«

»Koslowski Nr. 8?«

»Stimmt genau.«

Vom Erfolg beflügelt, griff ich nach der Jacke und rief: »Bin in zwei Stunden wieder da!«

»Vergiß das Puzzle nicht!« rief mir der »Sterbende« hinterher.

In Kostjas Wohnung kam ich nun, als sei ich hier zu Hause. Ich klappte das Fensterbrett auf, nahm die grünen Scheine heraus und zählte sie sorgfältig ab. Es waren exakt hundert – kein besonders dickes Päckchen, aber auch kein kleines. In meinem früheren Leben hatte ich ständig eine Kreditkarte in meiner Geldbörse aus Schlangenleder gehabt. Die deutete zwar an, daß ich viel Geld besaß, aber das konnte man nicht anfassen. Wenn ich irgendwo bezahlte, hatte ich immer nur dieses Stückchen Plastik in der Hand, nie richtige Dollars. Wenn ich es verlor, konnte man es leicht sperren lassen, so daß ein Fremder nicht an unser Geld kam. Jetzt hatte ich dieses Bündel grüner knisternder Scheine direkt vor mir. Es einfach in die Jackentasche stecken, konnte ich nicht. Ohne lange nachzudenken, schob ich meinen Pullover hoch und verstaute das Vermögen in meinem BH. Dann schaute ich in den Spiegel. Das leidenschaftslose Glas zeigte mir eine Dame mit üppigem Busen und schlankem Hals. Das gefiel mir, und ich machte mich auf den Weg.

Nach Juri Sokolows angenehmer Tenorstimme hatte ich einen mittelgroßen hageren Mann erwartet. Aber der jetzt vor mir stand, war ein echter Riese. Ungefähr zwei Meter groß, ein Hals, so dick wie der Hintern unserer Rachel, Hände wie Kohlenschaufeln und ein mächtiger Bierbauch.

»Sie kommen von Kostja Katukow?«

Vor Schreck piepste ich wie eine Maus, die in der Falle saß: »Ja.«

»Treten Sie ein«, befahl die Kreuzung von Elefant und Nilpferd.

Das erschien mir ziemlich riskant, aber ich gehorchte. In dem großen, mit viel Gerümpel vollgestopften Zimmer nahm der Hausherr an einem Konzertflügel Platz und zündete eine Tischlampe an. Das war durchaus sinnvoll. Bei dem trüben Wetter war es hier schon morgens dämmrig wie am Abend. Als ich das Gesicht des Dicken bei Licht erblickte, fiel ich fast vom Stuhl. Vor mir saß der berühmte, geradezu als genial geltende Pianist Juri Sokolow. Einst hatten wir zusammen am Konservatorium studiert, Juri allerdings drei Studienjahre höher, schon damals ein hoffnungsvoller Jungstar. Diese Figur hatte er auch damals schon, versuchte ständig abzunehmen, aber ohne jeden Erfolg. Wahrscheinlich quälte er sich immer noch mit seinem Gewicht, denn auf einem Tischchen sah ich mehrere Dosen mit Medikamenten, darunter das sehr teure Vitaminpräparat »Vitaform«. Das rief sofort unangenehme Erinnerungen in mir wach.

Ich hatte mich vor einigen Jahren von der Fernsehwerbung verführen lassen und per Telefon Vitaform bestellt. Die Lieferung kam spätabends nach dem Essen gegen 23.00 Uhr. Natascha war schon schlafen gegangen, und Mischa öffnete fluchend die Tür. Wenige Minuten später stürzte er in mein Schlafzimmer und wäre fast mit Fäusten auf mich losgegangen. »Wie kann man nur so blöd sein und jeden Mist kaufen, der im Fernsehen gezeigt wird?!«

Als ich sein vor Wut rot angelaufenes Gesicht erblickte, konnte ich mich nicht genug wundern. Mein intelligenter, immer etwas langweiliger, reicher Mann, den nichts aus der Ruhe bringen konnte, war plötzlich außer sich! Und weswegen? Warum regte er sich über eine Dose Vitamintabletten für zehn Dollar so auf? Erst im März hatte ich mir im TV-Shop einen Brillantring für 500 Dollar bestellt. Er hatte nur gelächelt und gemeint: »Dazu brauchst du jetzt noch die passenden Ohrringe.«

Dies war das erste und einzige Mal, daß mein Gatte Unwillen über mich geäußert, mich angebrüllt und sogar mit den Füßen aufgestampft hatte. Das unglückselige Päckchen flog in den Müll.

Am nächsten Tag erschien Mischa gegen zehn Uhr morgens mit einer Schachtel, die ein buntes Hologramm zierte. Ich drehte sie verlegen in den Händen. »Für ein langes Leben« stand darauf. Daneben der Preis. Nun kapierte ich überhaupt nichts mehr. Dieses Multivitaminpräparat kostete 70 Dollar, kein Vergleich mit dem gestern so verachteten Vitaform.

»Entschuldige«, sagte mein Mann reumütig, »ich weiß auch nicht, was gestern in mich gefahren ist.«

»Das kommt vor«, erklärte ich großmütig und gab ihm damit zu verstehen, daß ich ihm verzieh.

»Du bist einfach wunderbar, meine Liebe!« sagte mein Mann gerührt. »Aber nimm bitte diese Vitamine. Vitaform ist nichts für dich.«

»Warum?«

»Das Zeug gefällt mir nicht«, antwortete er nur.

Ich schwieg betreten. Aber schließlich war mein Gatte ansonsten ein makelloser Charakter. Einen kleinen Tick durfte auch er haben.

Ich nahm gehorsam die von ihm empfohlenen Vitamine, aber Vitaform machte mir immer von da an ein unangenehmes Gefühl.

»Sie sind mein rettender Engel«, erklärte Juri strahlend und blinzelte dabei kurzsichtig.

Ich beruhigte mich ein wenig. Schon im Konservatorium sollte er eine Brille tragen. Aber er lehnte das immer ab. Er erklärte, das Ding störe ihn beim Spielen, rutsche auf der Nase herum und lenke ihn im unpassendsten Moment ab. Eine dümmere Ausrede gab es kaum. Ich hätte auch im Stahlhelm Harfe spielen können, aber Juri war damals bereits sehr eigen.

Ich stellte fest, daß der eitle Kerl noch immer keine Brille trug. Also würde er mich nicht erkennen. So war es auch.

»Wie ist Ihr Name, Sie wunderbare Frau?«

»Tatjana«, antwortete ich und bat: »Drehen Sie sich bitte einen Moment um.«

Der Pianist ging zum Fenster, ich zog die Dollars aus meinem BH und legte sie auf das Zeitungstischchen.

»Zählen Sie bitte nach.«

Juri winkte ab. »Nicht nötig, ich bin absolut sicher, daß nichts fehlt.«

»Überprüfen Sie es trotzdem.«

Sokolow knisterte mit den Scheinen. Als er sie wieder aus der Hand gelegt hatte, erzählte ich ihm eine Geschichte, die ich mir unterwegs ausgedacht hatte.

»Ob Sie mir wohl eine Bitte erfüllen können, Juri Nikolajewitsch?«

»Ihnen, meine Liebe, erfülle ich jede Bitte.«

»Ich habe mit Kostja zusammengearbeitet. Vor allem habe ich Botengänge für ihn erledigt. Ich weiß, wo Katukow die Dinge aufbewahrt, die ihm seine Kunden übergeben haben. Nach seinem Tod wollte ich das Geschäft weiterführen, aber ich kenne keine der Personen, die ihm so vertrauten. Es sind immer noch einige sehr wertvolle Dinge vorhanden, die an ihre Besitzer zurückgegeben werden müssen. Kennen Sie Leute aus Ihrem Bekanntenkreis, die mit Kostja zu tun hatten?«

»Wie sind Sie denn überhaupt auf mich gekommen?« fragte Juri verwundert.

»Bei den Dollars lag ein Zettel.« Eine andere Ausrede fiel mir in der Eile nicht ein.

Der Pianist erklärte verlegen: »Uns hat Jana Michailowa miteinander bekannt gemacht.«

»Jana?!«

»Ja, sie ist mit meiner Frau befreundet und hat Kostja empfohlen. Das war ein richtiger Glücksfall! Ich glaube, Sie werden ihn nur schwer ersetzen können.«

»Weshalb?«

»Wissen Sie, er konnte einfach alles. Was man auch von ihm wollte – er hat es gemacht. Und stets ohne jedes Aufsehen. Er nannte nur seinen Preis. Ich habe ihn seinerzeit an Galina Filimonowa weiterempfohlen. Ihr Sohn ist ein richtiger Lebemann. Er saß wegen irgendeiner Sache in Untersuchungshaft. Sie heulte sich fast die Augen aus. Die Anwälte zockten sie nur ab, und der Prozeß wollte nicht zustande kommen ... Da habe ich Kostja gebeten, ihr einen guten Juristen zu besorgen. Er hat die Sache mit leichter Hand erledigt, und der Junge kam mit einer Bewährungsstrafe davon. Weiter ist mir leider niemand bekannt. Kostja hat sehr delikate Dinge erledigt, und nicht jeder hat herausposaunt, daß er ihn kennt.«

Ich ließ den Kopf hängen. Auch hier würde ich wohl nicht mehr erfahren.

Juri hielt mir drei Scheinchen hin. »Nehmen Sie das.«

»Nicht nötig.«

»Wieso? Das war Kostjas Gebühr für die Aufbewahrung. Sie sind eine ehrliche Frau, haben mir das Geld zurückgebracht und müssen deshalb auch bezahlt werden. Wie wollen Sie denn das Geschäft betreiben? Für nichts?«

Da hatte er wohl recht. Ich mußte die Dollars annehmen.

»Könnten Sie Frau Filimonowa anrufen und mich empfehlen?«

»Mit dem größten Vergnügen«, antwortete der Pianist und griff sofort nach dem Telefon.

Galina Filimonowa sagte sehr vorsichtig: »Hallo«.

»Ich möchte Ihnen das Notizbuch zurückbringen, das Sie bei Kostja Katukow hinterlegt haben.«

»Kommen Sie bloß nicht hierher«, stotterte die Frau erschrocken. »Wir treffen uns in der Stadt.«

Wir verabredeten uns für zwei Stunden später im Café »Feuervogel«.

Als ich in der Diele in meine Jacke schlüpfte, stellte ich Juri wie nebenbei die Frage: »Sagen Sie bitte, hat Kostja vielleicht etwas bei Ihnen hinterlegt?«

»Bei mir?« fragte der Pianist verblüfft zurück. »Warum sollte er?«

Ich zuckte die Schultern. »Es hätte ja sein können, er wollte ein paar Dokumente und Fotos woanders ...«

»Da muß ich Sie enttäuschen.« Sokolow schüttelte den Kopf. »Er hätte sich wohl kaum an mich gewandt. Sicher hatte Kostja Menschen, die ihm wesentlich näherstanden ...«

Ich wandte mich zur Tür.

»Entschuldigung«, rief Juri mir hinterher. »Haben Sie eine Schwester?«

»Nein, wieso?«

»Ja, wissen Sie«, druckste der Pianist, »am Konservatorium hatte ich eine Studienkollegin, Jefrossinja Romanowa, eine wahre Schönheit. Sie war zart wie eine Elfe. Aber wenn sie sich an ihre Harfe setzte, machte sie immer ein ganz trauriges Gesicht ... Ich war in sie verliebt, habe ihr das jedoch nie zu sagen gewagt. Ein so grober Klotz wie ich taugt doch nicht zum Romeo. Ich habe mich zwei Jahre lang herumgequält und dann beschlossen, daß ich es per Telefon versuche. Ich habe angerufen, aber da war ihre Mutter dran und hat mich nach allen Regeln der Kunst verhört: Wer, woher, weshalb ... Am Schluß hat sie erklärt, ihre Tochter sei verlobt, und ich solle zum Teufel gehen. So habe ich ihr meine Liebe nie gestanden. Jetzt würde ich mich natürlich nicht mehr um ihre Mutter scheren, doch damals war ich ein Junge aus der Provinz, gut erzogen, voller törichter Grundsätze. Mir hat noch lange das Herz weh getan, wenn ich im Saal ihr rotblondes Haar aufblitzen sah. Es hatte eine wunderbare Farbe – wie ein Spinnennetz, wenn es in der Sonne glitzert ...«

Ich zog meine Mütze tiefer ins Gesicht und wich ins Treppenhaus zurück.

»Sie gleichen ihr wie ein Ei dem anderen«, beharrte der Pianist und kniff die Augen zusammen.

»Das soll es geben!« rief ich und war schon auf der Treppe.

Wieder in der Metro, nahm ich die Strickmütze ab und besah mich in meinem Taschenspiegel. Blasse Haut, ausdruckslose Augen und kaum sichtbare Brauen. Diese wirren Strähnen sollten also wunderbare Locken sein? Ein später Zorn auf meine Muter stieg in mir auf. Warum hatte sie sich immer eingemischt? Wer hatte ihr das Recht gegeben, über mein Leben zu verfügen? Auch wenn sie das Beste für mich wollte! Übrigens, Juri hatte der glücklosen Harfenistin auch gefallen, und wer weiß, wie mein Leben verlaufen wäre, hätte damals ich den Telefonhörer abgenommen ...

Ich spürte, wie Verbitterung von mir Besitz ergriff. Meine Mutter hatte ihr Töchterchen vor den Gefahren des Lebens schützen wollen. Sie hatte mich stets unter ihrem Flügel gehalten. Und nun waren Jahre meines Lebens sinnlos verflogen. Mit einem Mal wurde mir klar: Meine Mutter war schuld, daß ich mit fast vierzig überhaupt nichts konnte. Vielleicht nicht ganz – ein Brathuhn war mir schon recht gut gelungen ...

Aus Bitterkeit und Frust wurde Zorn auf mich selbst. Jefrossinja, du bist mir vielleicht eine! Mama liegt längst im

Grab, aber du lebst immer noch nach ihren Regeln. Überhaupt, Frossja gibt es nicht mehr, sie ist tot, von einem Auto überfahren. In dieser Metro sitzt jetzt Tatjana, ein ganz anderer Mensch – klug, geschickt, einfallsreich, begabt, eine Künstlerin. Auf sie ist Verlaß, ihr gelingt alles.

Ich werde die Dokumente finden, dachte ich bei mir und schloß die Augen. Ich werde Katja retten, ich werde mit dieser verdammten Wohnung fertig, und ich lerne kochen!

»Station Puschkinskaja«, kam es aus dem Lautsprecher.

Ich trat auf den Bahnsteig hinaus. Als die Türen hinter mir zuschlugen, war mir so, als hätte ich in der Ecke eine zarte Frau mit unglücklichem Gesicht zusammengekrümmt hocken sehen. Mein rechter Arm winkte ihr einen Gruß nach – leb wohl, Frossja, hoffentlich sehen wir uns nie wieder!

12. Kapitel

Ein Glück, daß es in Kostjas riesigem Haus keinen Fahrstuhlführer gab. Wäre das Gebäude etwas kleiner oder säße am Eingang eine wachsame Hauswartsfrau, dann hätte man mich schon längst verhaftet. Ich ging also noch einmal in Kostjas Wohnung und holte das Notizbuch. Nach kurzer Überlegung nahm ich auch die goldene Uhr an mich. Ich konnte doch nicht ständig hier ein und aus gehen!

Als ich den »Feuervogel« betrat, fragte ich mich, wie ich die Frau, mit der ich verabredet war, erkennen sollte. Der große Saal mit den simplen Plastiktischchen und ziemlich geschmacklosen Stühlen war voll. Die Gäste ließen es sich bei Kuchen, Brötchen und Pizza wohl sein.

Ich schaute mich eine Weile um, bis ich bemerkte, daß eine Dame mir aus einer Ecke zuwinkte. Ich trat an ihren Tisch heran und fragte: »Sie sind Galina Filimonowa?«

Die Dame nickte. Ihre Aufmachung war tadellos:

eleganter Pelzmantel, dezentes Make-up, herbes Parfüm, eine teure Handtasche ... Aber sie blickte mich gespannt und nervös an. Die dicke Puderschicht konnte nicht verbergen, daß sie leichenblaß war.

»Geben Sie es mir«, forderte sie im Ton eines Menschen, der gewohnt ist zu befehlen.

Ich legte das abgeschabte Notizbuch auf den Tisch. Mit einer schnellen Bewegung schnappte sie es und ließ es in ihre Manteltasche gleiten. Erst dann entspannte sie sich.

»Lassen Sie uns auf Kostja anstoßen. Ein wunderbarer Mensch ist von uns gegangen!«

Ich schaute mich zur Theke um – keine Spur von etwas, das einer Flasche auch nur nahekam.

»Hol zwei leere Gläser!« schnarrte die Dame im Kommandoton.

Nach meiner dummen Gewohnheit, jedem zu gehorchen, wollte ich schon aufstehen, aber dann setzte ich mich wieder hin und entgegnete im gleichen Tonfall: »Hol sie doch selber!«

Galina zog die Brauen hoch. Sie hatte wohl noch nie erlebt, daß ihr jemand widersprach. Schweigend stand sie auf, ging zum Tresen und ließ sich zwei Gläser geben. Aus ihrer Tasche nahm sie einen eleganten Flachmann. Mir goß sie nur eine Winzigkeit ein, sich selbst aber füllte sie das Glas bis zum Rand und leerte es in einem Zug. Ihre Augen begannen zu glitzern, und ihrer Brust entrang sich ein genußvoller Seufzer.

Na, meine Liebe, dachte ich bei mir, du bist ja eine ganz gewöhnliche Säuferin.

»Ein wunderbarer Mensch ist nicht mehr«, wiederholte Galina und schenkte sich das nächste Glas ein. »Der konnte einfach alles ...«

»Ja, ja«, bestätigte ich, »Ihnen hat er sehr geholfen.«

»Und ob!« bestätigte die Dame im Brustton der Überzeugung.

Der Alkohol wirkte bei ihr offenbar sofort. Ihre Wangen röteten sich, die Spannung wich aus dem Gesicht, die Sorgenfalten glätteten sich, und aus Galina Filimonowa, der hochmütigen Dame der Gesellschaft, wurde vor meinen Augen eine ganz gewöhnlichen Klatschbase, die nur einen unmäßig teuren Pelzmantel trug.

»Mein Sohn Wolodja ist ein ziemlicher Tunichtgut«, plapperte sie los, froh, eine Zuhörerin gefunden zu haben. »So einen Dummkopf hat die Welt noch nicht gesehen! Urteilen sie selbst. Als er am Ende des zweiten Semesters mit der Prüfung fertig war, hat er das mit seinen Kumpels gefeiert. Sie waren blau wie die Haubitzen ...«

Irgendwann ging ihnen der Schnaps aus. Wolodja wurde zum nächsten Kiosk geschickt. Der war bereits geschlossen. Der Junge sah nicht mehr richtig durch, verschaffte sich mit Gewalt Einlaß, schlief dann aber drinnen ein, ohne etwas mitzunehmen. Eine Stunde später fand ihn der Verkäufer, der noch einmal zurückgekommen war. Es gab eine Schlägerei. Wolodja, der schon als Kind Karate trainiert hatte und alle möglichen Dans und Gürtel besaß, verpaßte dem empörten Verkäufer eine ordentliche Tracht, und auch die Milizionäre, die inzwischen herbeigeeilt waren, bekamen ihr Teil ab.

»Ich bring euch alle um!« schrie Wolodja und fuchtelte mit einem Knüppel, den er sich irgendwo gegriffen hatte, in der Luft herum.

Irgendwie gelang es den Männern, ihn zu überwältigen. Auf dem Revier besahen sich die Milizionäre den Schaden. Der wildgewordene Student hatte sie an ihrer empfindlichsten Stelle getroffen, der Milizionärsehre. Einem hatte er das Nasenbein gebrochen, einem anderen einen Zahn ausgeschlagen und einem dritten ein ordentliches Veilchen verpaßt ...

Zunftgeist ist eine Kraft. Als Galina von der Miliz angerufen wurde, hatte man ihr Söhnchen bereits in das berüchtigte Untersuchungsgefängnis Butyrka befördert. Schreckliche Dinge wurden ihm vorgeworfen – Raub und ein Anschlag auf Mitarbeiter der Staatsorgane. Darauf standen bis zu zehn Jahre Gefängnis unter Beschlagnahme des Eigentums!

Galina Filimonowa ging hektisch daran, die Sache beizulegen. Der junge Verkäufer zog für ein ordentliches »Honorar« seine Anzeige zurück. Die Milizionäre, die ein erkleckliches Sümmchen »für medizinische Behandlung« erhielten, ließen sich erweichen ... Aber aus der Untersuchungshaft konnte Wolodja nur mit Gerichtsbeschluß entlassen werden. Das Gremium aber wollte erst am 13. Dezember zusammentreten. Die Richterin, zu der sich Galina durchkämpfte, zuckte nur die Achseln. »Das ist sicher alles nicht so schlimm, aber Gesetz ist Gesetz. Sie müssen bis zum Winter warten.«

»Aber wir haben doch erst Mai!« rief die Mutter entsetzt aus. »Für so eine Dummheit soll er fast acht Monate in der Zelle schmoren?«

»Das wird ihm eine Lehre sein«, kam es von der Gesetzeshüterin. »Die Sitzungstage sind alle verplant, keine Chance!«

In ihrer Verzweiflung suchte Galina alle ihre Bekannten auf. Sie mußte einen Weg zum steinernen Herzen der Richterin finden. Da kam ihr Kostja, den Juri empfahl, wie gerufen.

Er hörte sich ihre Geschichte in aller Ruhe an und gab ihr dann die Telefonnummer der Anwältin Tamara Swerjewa. Galina suchte sie unverzüglich auf. Die Anwältin erklärte nüchtern: »4000 Dollar, dann haben Sie ihr Goldstück Ende Mai wieder.«

So kam es auch. Am 20. Mai fand der Prozeß statt. Die strenge Richterin verlas mit fester Stimme das Urteil: Ein Jahr Straflager. Galina schwanden fast die Sinne. Dann aber folgte die Mitteilung, ihr Sohn falle unter die Amnestie und sei ein freier Mann.

»Gütiger Gott!« rief Galina aus, die inzwischen ihr elegantes Fläschchen bereits ausgetrunken hatte, »solange ich lebe, werde ich für Kostja beten!«

»Sagen Sie«, fragte ich nun zurück, »hat Kostja Sie nie um einen Gefallen gebeten?«

Galina mußte lächeln. »Natürlich, sogar mehrmals.«

»Worum ging es da?«

»Ich bin Gynäkologin in einer Klinik«, erzählte Galina bereitwillig, denn der Schnaps hatte ihr die Zunge vollends gelöst. »Er hat mir oft Patientinnen geschickt, einmal ein zwölfjähriges Mädchen, ein anderes Mal eine Dame, die anonym bleiben wollte. Ich bin immer gut bezahlt worden. Was Kostja dabei verdient hat, interessierte mich nicht.«

»Dokumente hat er Ihnen nie zur Aufbewahrung gegeben?«

»Mir? Nein! Übrigens, hier ...«

Die Dame hielt mir 300 Dollar hin. Wahrscheinlich war das Kostjas normaler Tarif.

Ich nahm die knisternden Scheine, ohne mit der Wimper zu zucken. Meine Mühe war schließlich auch ihr Geld wert.

Auf dem Nachhauseweg tauschte ich eines dieser grünen Dinger ein und bekam dafür ein ganzes Päckchen Rubel. Fühlte sich das angenehm in der Geldbörse an! Früher hatte mich Geld völlig kaltgelassen, es war einfach da. Als wenig bekannte Harfenistin hatte ich kaum 100 bis 120 Rubel im Monat verdient. Später gar nichts mehr, da hielt mich Mischa aus. Jetzt hatte ich zum ersten Mal eine große Summe in der Tasche, die ich nur meiner eigenen Findigkeit verdankte. Das wollte ich feiern.

Für den Anfang kaufte ich das größte Puzzle, das ich finden konnte – aus 1500 Teilen. Dazu kamen Chips, mehrere neue Krimis, eine Büchse Krabben und eine Cola.

In der Fleischerzeile des Marktes rief ein fülliger Mann aus Leibeskräften: »Schweinefleisch, billig, fast umsonst ...«

Ich trat an seinen Stand und fragte: »Was brüllst du denn so?«

»Der Teufel soll ihn holen!« sagte die verhärmte Frau vom Nachbarstand. »Wenn der einen gekippt hat, dann schreit er wie ein angeschossener Keiler. Uns macht es schon nichts mehr aus, aber die Käufer winken ab und laufen auch bei uns vorbei. Kaufen Sie bei mir, ich mache Ihnen einen guten Preis.«

Da hatte ich eine geniale Idee. »Sagen Sie, wie bereitet man Schweinefleisch schnell zu, so daß es gut schmeckt? Wie machen Sie das zum Beispiel?«

Die Verkäuferin war gar nicht verwundert über meine Frage, sondern antwortete nüchtern: »Ich nehme mir ein gutes Stück und brate es eben.«

»Und wie geht das?«

»In der Röhre.«

»Ich kaufe das größte Stück, das Sie haben«, versprach ich, »wenn Sie mir ganz genau erklären, wie man das macht. Ich kann überhaupt nicht kochen, und Fleisch brate ich zum ersten Mal.«

Jetzt mußte die Händlerin lächeln. »Hör zu. Du wäschst das Fleisch, stichst mit dem Messer Löcher hinein und spickst es mit Knoblauchzehen. Dann brauchst du es nur noch zu salzen und zu pfeffern ...«

»Wieviel nimmt man da?«

»Einfach nach Gefühl! Das Ganze wickelst du in Alufolie, aber ordentlich, damit kein Löchlein bleibt. Nimm die Folie am besten doppelt. Und ab damit in die Röhre. Dort muß es eineinhalb bis zwei Stunden braten. Deine Leute werden sich die Finger lecken.«

»Und das war's?«

»Das war's.«

»Geben Sie mir dieses.« Ich zeigte mit dem Finger auf ein wunderschönes Stück, das dalag wie gemalt.

Die Verkäuferin seufzte: »Soll ich dir was sagen?«

»Was denn?«

»Nimm das nicht.«

»Warum nicht, das sieht doch so gut aus!«

»Wir sind hier auf dem Markt«, murmelte die Händlerin leise. Sie drehte das Stück Fleisch um und zeigte auf die Sehnen, die kaum zu erkennen waren. »Wenn ich nicht ein bißchen mogele, verkaufe ich nichts! Du mußt dir Fleisch immer von allen Seiten zeigen lassen. Das zarteste ist das da.«

Sie wies mit ihrer Gabel auf ein unscheinbares Stück, das ich nie genommen hätte. Vertrauen gegen Vertrauen, dachte ich bei mir, zahlte und ging.

In Hochstimmung kam ich zu Hause an. Ich hatte Geld verdient, gut eingekauft und etwas Wichtiges dazugelernt.

Nach zwei Stunden versammelten sich die Hunde vor der Röhre und rührten sich nicht mehr vom Fleck. Als ich die Pfanne herauszog, durchströmte die ganze Küche ein himmlischer Duft. Ich klappte die Folie auf, und eine Dampfwolke schlug heraus. Rachel bellte ungeduldig, die Möpse wedelten aufgeregt mit ihren dicken Schwänzen und winselten leise. Neugierig lief Kira herbei, nahm sich ein Stückchen und raunte: »So was Feines habe ich ja noch nie gegessen!«

Auch Serjosha und Julia hatten noch nie etwas von gebratener Schweineschulter gehört. Sie waren so begeistert von dem Fleisch, daß sie die zerkochten Kartoffeln glatt übersahen.

»Also, Tanja«, murmelte Serjosha, »das war ein Festessen! Man könnte heulen, so gut hat das geschmeckt.«

Ich überließ sie ihrem Wohlbehagen und ging zum Telefon. Immer noch warteten einige Besitzer auf ihre Sachen. Pjotr Firsow war zu Hause und erklärte kategorisch: »Wenn Sie mir meine goldene Uhr zurückgeben wollen, müssen Sie das gleich tun. Morgen früh um sieben geht mein Flieger.«

»Aber es ist doch schon spät! Vor neun kann ich nicht bei Ihnen sein ...«

»Dann müssen wir es halt verschieben. In zwei Monaten bin ich wieder da.«

Ich sollte eine Taschenuhr, deren Deckel mit großen, wie echt wirkenden Steinen belegt war, zwei weitere Monate lang aufbewahren? Das fehlte mir noch!

»Wo wohnen Sie?«

»In Nowoperedelkino«, kam die Antwort.

Das haute mich fast um. Zu dieser gottverlassenen Ecke der Hauptstadt brauchte ich ja bis Mitternacht!

»Das ist ein Ding!« hörte ich plötzlich Serjosha rufen. »Woher kommen die vielen Scheinchen in der Schachtel?«

»Das ist Wirtschaftsgeld!« rief ich und schlüpfte schon in meine Stiefel.

Das schwarze Wildleder sah gar nicht gut aus. Überall weiße Wasserspuren. Für lange Gänge durch den Moskauer Schneematsch waren die dünnen Dinger halt nicht geeignet. Aber andere Stiefel hatte ich nicht. Sollte ich mir von dem Geld vielleicht neue kaufen? Tragen konnte man sie schließlich noch, wenn sie auch einen schlimmen Anblick boten. Kira brauchte dringend ein paar ordentliche Jeans, seine waren überall durchgescheuert ...

Serjosha schaute schweigend zu, wie ich mich mit den Reißverschlüssen abquälte. Dann fragte er streng: »Tanja, wo hast du die Dollar her?«

»Verdient.«

»Wie?«

Ich richtete mich ächzend auf und fragte zurück: »Was tut das zur Sache?«

»Eine ganze Menge!«

»Ich habe Schulden eingetrieben.«

»Und wo willst du jetzt hin?«

»Etwas erledigen«, antwortete ich ausweichend und knöpfte meinen Mantel zu.

»Du bist ja schon wie unsere Mutter«, warf Julia kritisch ein. »Trickst genauso herum und hast ständig etwas zu verbergen! Hoffentlich kriegst du nicht auch solche Scherereien wie sie.«

»Wann kommst du zurück?« Serjosha ließ nicht locker.

Ich überschlug kurz, wie lange ich für Hin- und Rückweg brauchen würde, und sagte: »Ich denke, gegen Mitternacht. Aber macht euch keine Sorgen, falls es etwas später wird.«

»Okay«, murmelte Serjosha und griff nach seiner Jacke.

»Und wohin willst du jetzt noch?« fragte ich mißtrauisch.

»Weißt du, Tanja, ich kann nicht zusehen, wie sich jemand in Gefahr begibt, der so gut kocht. Ich fahr dich hin.«

»Das geht nicht«, sagte ich erschreckt. »Ich hab ein Rendezvous!«

»Und wenn's mit dem Kaiser von China ist«, gab Serjosha mit einem frechen Grinsen zurück und knöpfte sich die Jacke zu. »Keine Angst, ich werde euch schon nicht die Lampe halten! Ich sitze ganz ruhig in meinem Ford, und du vergnügst dich mit deinem Rendezvous, so lange du willst.«

»Da geht es um geschäftliche Dinge ...«

»Also, von Logik hast du wohl noch nie etwas gehört!« Serjosha wurde ernst. »Erst erzählst du uns, du gehst zu einem Rendezvous, jetzt ist es mit einemmal geschäftlich ... Wenn man dir zuhört, kann man auf schlimme Gedanken kommen. Nun kriegst du mich erst recht nicht los!«

Er schob mich zur Tür hinaus. Im Hof wühlte der selbsternannte Chauffeur zunächst alle seine Taschen durch, seufzte dann auf und rief nach oben: »Julia, wirf die Schlüssel runter!«

Genau wie bei mir flog der Schlüsselbund durch die Lüftungsklappe und schlug knapp neben der Kühlerhaube auf.

»Hat Katja oft Probleme?« fragte ich, als Serjosha sich an einer Ampel eine Zigarette ansteckte.

»Ziemlich oft«, antwortete Katjas liebender Sohn. »Eigentlich dürfte man sie gar nicht allein aus dem Haus lassen. Es ist einfach furchtbar mit ihr. Andere Mütter sind mindestens hundert Kilo schwer, sitzen zu Hause und bekochen die Ihren. Unsere dagegen ...« Er winkte wortlos ab.

»Aber sie ist doch Chirurgin! Das heißt, sie operiert Blinddärme, Brüche ...?«

»I wo, sie ist auf die Schilddrüse spezialisiert – feinste Arbeit, die mancher Mann nicht zuwege bringt. Sie ist eine Spitzenkraft, die Patienten stehen bei ihr Schlange. Nur ...« Er blies Ringe in die Luft, denen er träumerisch nachschaute.

Wohl oder übel mußte ich seinen Rauch schlucken, aber er kratzte nicht im Hals wie sonst. Der Geruch erinnerte mich an meinen Vater, wie er mit einem dicken Buch in einem Sessel saß.

Ich verscheuchte die ungebetenen Gedanken und fragte Serjosha: »Was heißt, nur ...?«

»Einmal mußte ich zu der Station, wo sie Chefin ist. Ich kam zur Unzeit, denn sie war gerade bei der Visite. Alles läuft hektisch über den Gang, Mutter im hellblauen Chirurgenanzug vorneweg, klein, zart, dem Anschein nach noch keine dreißig. Mit ihrem Gefolge stürmt sie durch die Krankenzimmer. Ein neuer Patient ist eingeliefert worden, der sich noch nicht auskennt ... Man trägt ihr vor: Iwanow, Iwan Iwanowitsch, wird zur Operation vorbereitet, Laborergebnisse, Analysen, Befinden ...

Unsere Mutter nickt hoheitsvoll und wetzt in Gedanken schon das Skalpell ... Da wird es dem Patienten zu bunt. Was das soll, erregt er sich, er sei zu einer berühmten Kapazität, Dr. Romanowa, eingewiesen worden, und nun setzt man ihm so ein junges Ding vor die Nase ... Sei die überhaupt schon fertig mit Studieren? Die Ärzte stoßen sich belustigt an, und die Schwestern senken verlegen den Blick. Da erklärt Semjon Petrowitsch, ein Chirurg, groß, dick, mit Brille, wie man sich eben einen Professor vorstellt, mit Würde: ›Beruhigen Sie sich, mein Lieber, das ist Dr. Romanowa!‹

Dann folgt eine Szene wie aus dem Stummfilm. Und das passiert immer wieder. Ein Patient hat sie schon einmal nach dem Schieber geschickt. Sie hat ihn auch tatsächlich gebracht. Als er ihr einen Schokoladenriegel zusteckte, hat sie ihn genommen und höflich Danke gesagt. Nichts von würdigem Auftreten, alles erledigt sie im Laufen ... Und erst zu Hause ...«

»Kocht sie schlecht?«

»Weiß ich nicht«, sagte Serjosha, »sie ist ja nie da.«

»Rund um die Uhr in der Klinik?«

»Sie ist irgendwie nicht normal.« Der Bursche stöhnte. »Mit jedem hat sie Mitleid. Was für Leute sie uns schon angeschleppt hat! Eine alte Frau, die ihre Verwandten nicht mehr zu sich nehmen wollten. Die wohnte eben eine Weile bei uns. Eine Obdachlose, die vor unserer Haustür geschlafen hat. Und dann die Familie! Jetzt ist November, da sitzen sie in ihren Nestern überall im weiten Rußland. Aber kaum riecht es nach Frühling, beginnt wieder die Völkerwanderung in die Hauptstadt: Großmütter, Tanten, Onkels, Nichten, Neffen, Verwandtschaftsgrad unklar ... Sie war viermal verheiratet und hat es fertiggebracht, sich mit niemandem zu überwerfen. Sämtliche Verflossenen mit ihren neuen Frauen und deren Kinder – sie alle sind uns liebe Gäste ... Weißt du, woher wir die Tiere haben?«

»Woher?«

»Die zweite Frau des dritten Mannes unserer Mutter züchtet Möpse und verkauft sie. Mulja und Ada waren Ausschuß, nicht absetzbar. Bei der einen stimmt was am Gebiß nicht, und bei der anderen sitzt der Hintern nicht richtig. Sie sollten eingeschläfert werden. Mutter war gerade zu Besuch und hatte Kira bei sich. Da haben sie sie eben mitgenommen und einen Monat lang aufgepäppelt. Unsere Katzen kommen aus dem Müll!«

»Auch der schneeweiße Klaus?« rief ich verwundert aus. »So ein herrlicher Perser!«

»Jetzt ist er so herrlich«, knurrte Serjosha. »Nach fünf Vitamindiäten und Intensivfütterung. Als unsere Julia ihn in der Mülltonne gefunden hat, sah er aus wie eine nackte Maus. Und Semiramis war so ausgehungert, daß wir dachten, sie schafft es nicht. Sie hatte sich nur von Kartoffelschalen ernährt! Jetzt dreht sie ihr Schnäuzchen weg, wenn man ihr Rindfleisch zumutet. Sie nimmt nur Kalb!«

»Und Rachel?«

Serjosha verstummte und schaute angestrengt nach vorn.

»Wie ist die Staffordshire-Hündin zu euch gekommen?«

»Unser Nachbar aus Wohnung Nr. 3«, brummte Serjosha unwillig. »Er hat geheiratet, da war Rachel kaum ein halbes Jahr alt. Seine junge Frau machte ihm ständig Szenen: Mal hatte die junge Hündin ein Pfützchen gemacht, dann mußte sie gefüttert und ausgeführt werden. Entweder ich oder der Hund! hat seine Frau geschrien. Als ich einmal abends nach Hause kam, saß das Rotfellchen vor der Haustür und heulte. Es war saukalt. Das Hündchen war schon ganz erfroren. Ich dachte, es sei weggelaufen, und brachte es den Leuten wieder. Da hat mir das Weib auf der Schwelle erklärt: ›Wir haben den Köter rausgejagt. Hier kommt er nicht mehr rein!‹ Also mußte ich Rachel mitnehmen.«

Ich lächelte in mich hinein. Offenbar hatten sie alle das weiche Herz ihrer Mutter geerbt. Wo sie wohl die Kröte Gertrude aufgelesen hatten?

»Wie alt ist Katja?«

»Achtunddreißig.«

Ich stutzte. »Wie alt bist du?«

»Vierundzwanzig.«

»Sie hat dich mit vierzehn gekriegt?!«

»Nein«, stöhnte Serjoscha. »Katja hat mit achtzehn zum ersten Mal geheiratet – meinen Stiefvater. Das ist eine komplizierte Geschichte. Ich habe eine Schwester, Olja. Unsere Eltern waren schon lange tot. Uns beide hat die Großmutter aufgezogen. Als Olja mit achtzehn Philipp geheiratet hat, war ich erst zwei. Bald darauf starb Großmutter. Olja nahm mich zu sich. Aber Olja und Philipp haben nur sechs Monate zusammengelebt, dann hat sich Olja davongemacht, und ich bin bei Philipp geblieben. Der war kein schlechter Kerl, doch allein mit so einem kleinen Kind … Da ist ihm Katja in die Fänge geraten – genauso jung wie meine Schwester. Aber auch sie hat es nicht länger als ein halbes Jahr mit ihm ausgehalten. Nur – bei der Scheidung hat sie mich mitgenommen, sozusagen als Ersatz für die gescheiterte Ehe. So hat ein unglücklicher Junge eine Mutter und ein Heim gefunden.«

Er lachte laut auf.

»Und Kira?«

»Ist eigentlich Katjas Neffe. Mama hat eine Schwester Inna, die hat Kira geboren.«

»Und wo ist diese Schwester jetzt?«

»Hat sich nach Israel abgesetzt, in ein besseres Leben. Kira war damals gerade zwei Monate alt. Inna hatte versprochen, ihn bald nachzuholen, aber in den ganzen zwölf Jahren hat sie nur zwei Neujahrskarten geschickt, und die ohne Absender.«

»Ist Katja Jüdin?«

»Warum fragst du das? Hast du was mit den Nazis zu tun?« erkundigte sich Serjosha.

»Ich möchte es einfach nur wissen.«

»Nein, Mutter ist keine Jüdin.«

»Wie hat es ihre Schwester dann nach Israel geschafft?«

»Katjas Mutter hat in dritter Ehe einen Geschiedenen

mit Kind geheiratet«, erklärte mir Serjosha. »So ist unsere Mutter zu dieser Schwester gekommen. Der Mann aus jüdischer Familie ist bald darauf gestorben, und Inna ist bei Katjas Mutter geblieben. Aber die Gene sind ein schreckliches Ding. Inna ist offenbar nach ihrer Mutter geraten. Die hat ihr Kind auch im Stich gelassen.

Ja, dachte ich bei mir, die Gene ... Nicht von ungefähr hatte Katja so eine bunte Familie.

»Katjas Mutter, die Erde möge ihr leicht sein«, fuhr Serjosha in einem Ton fort, als berichte er die gewöhnlichste Geschichte der Welt, »war wie unsere Mutter. Zum Abendbrot fanden sich um ihren Tisch immer acht bis zehn Esser ein. Freundinnen haben jahrelang in ihrem Haus gelebt, dazu alle möglichen Pechvögel, Hunde, Katzen – das reine Chaos!«

Er schüttelte den Kopf.

»Und wie hast du unsere Mutter kennengelernt?« fragte er mich unvermittelt.

»Sie hat mich auf der Chaussee aufgelesen, in einer Pfütze«, gab ich zurück.

»Alles klar«, meinte Serjosha unbeeindruckt. »Ich glaube, wir sind da.«

Ich schaute hinaus. Der Ford hielt vor einem großen Plattenbau, in dessen Erdgeschoß es einen Supermarkt gab.

13. Kapitel

Während mich ein jämmerlich quietschender Fahrstuhl in die siebzehnte Etage hievte, rasten in meinem Kopf die Gedanken durcheinander. Früher hatte ich immer gedacht, ein Kind bringe nur Scherereien, sei ein wahrer Sargnagel für die Eltern ... Jetzt ging mir plötzlich durch den Sinn, es wäre gar nicht so schlecht, einen Sohn wie Serjosha oder Kira zu haben, warum nicht auch eine Tochter ...?

Der Fahrstuhl hielt mit einem Ruck. Ich stieg aus und stand vor einer verschlossenen Tür. Sie wirkte wie eine uneinnehmbare Festung: Eine glatte Stahlplatte ohne Türgriff und Schlüsselloch. Wie die wohl geöffnet wurde?

Ich drückte auf die Klingel, hörte aber keinen Ton. Nach zwei Minuten ertönte es von der Decke: »Wer ist da?«

»Romanowa. Ich bringe die Uhr.«

Die Tür öffnete sich langsam nach innen, und auf der Schwelle erschien ein kleiner alter Herr in Samtjacke und warmen Hausschuhen.

»Treten Sie ein! Sie schickt der Himmel.«

Zwei weitere Türen aus Stahl und Holz waren zu passieren. Der Alte klapperte mit unzähligen Klinken und Riegeln. Dann stapfte er mit festem, schnellem Schritt über einen langen Korridor vor mir her. Verwundert über so viel Forschheit in diesem Alter lief ich hinterdrein.

»Kommen Sie, kommen Sie, meine Liebe«, spornte er mich an und eilte vor mir in ein Zimmer.

Als ich ihm folgte, fiel mir vor Staunen fast die Kinnlade herunter. An zwei Wänden des etwa zwanzig Quadratmeter großen Raumes standen vom Boden bis zur Decke mit Büchern vollgestopfte Regale. An der dritten Wand hingen unzählige Bilder, und die vierte war ein einziges, riesiges Fenster. Eine Nische war mit Porzellanfigürchen gefüllt. An Möbeln fehlte es auch nicht – man konnte sich kaum drehen. Da gab es zwei brokatbezogene Sofas, mehrere Plüschsessel, eine hölzerne Trittleiter, eine Knabenfigur, die eine Laterne hochhielt, sieben oder acht Sitzkissen, einen runden Tisch mit Spitzendecke und mehrere Stühle …

Pjotr Firsow wand sich geschickt zu einem Sessel durch und bot mir Platz an.

Ich holte die Taschenuhr hervor, legte sie auf den Tisch und sagte: »Sie haben ja ein richtiges Museum, auf das Sie aufpassen müssen!«

Firsow lächelte zufrieden und rieb sich die Hände. »Meine Sicherheitsanlage ist ans nächste Milizrevier angeschlossen.«

»Warum haben Sie dann Ihre Uhr Kostja zur Aufbewahrung gegeben?« fragte ich verwundert. »Wahrscheinlich, weil sie Ihr teuerstes Stück ist – immerhin Gold mit Brillanten.«

Der alte Herr mußte lachen. »Da sind Sie reingefallen. Sie ist nur vergoldet, und die Steine sind Bergkristall. Aber in einem haben sie recht. Es ist das teuerste Stück, das ich besitze. Man kann mir alles stehlen, das wäre traurig, aber die Uhr ... Mein Großvater hat sie als Geschenk bekommen. Für ihn war sie ein Talisman. Er hat sie meinem Vater vermacht und der wieder mir. Sie ist eine Rarität für unsere Familie, ein Außenstehender versteht das nicht. Erzählen Sie, wie die Uhr in Ihre Hände gelangt ist. Ehrlich gesagt, als ich von Kostjas Tod gelesen habe ...«

»Sie haben davon gelesen?«

»Ja, im ›Moskowski Komsomolez‹ hat es gestanden.« Er hielt mir eine ziemlich zerknüllte Seite des Boulevardblatts hin. Ich strich sie glatt und überflog den Artikel. Da stand: »Der Schauspieler des ›Rampe‹-Theaters Konstantin Katukow wurde gestern in seiner Wohnung tot aufgefunden.«

»Ich habe einen furchtbaren Schreck gekriegt«, redete Firsow weiter. »Und plötzlich erscheinen Sie, wie vom Himmel gefallen. Wie sind Sie an die Uhr gekommen?«

»Wir waren Partner. Nach Kostjas Tod habe ich das Geschäft übernommen.«

»Na, wunderbar!« rief der alte Herr erfreut. »Wenn die AAD jetzt Ihnen gehört, warum bringen Sie mir die Uhr dann zurück? Ich fliege morgen nach Amerika, behalten Sie sie einfach in Verwahrung.«

»Was bedeutet AAD?« frage ich verwundert.

Firsow mußte lachen. Ein lustiger alter Herr.

»Agentur für außergewöhnliche Dienstleistungen. So hat Kostja seine Firma genannt. Wußten Sie das nicht?«

»Schon«, brummte ich, »aber ich selber benutze diese Abkürzung nie. Die Uhr kann ich leider nicht mitnehmen, denn meine Wohnung ist noch nicht so hergerichtet wie die von Kostja.«

»Verstehe«. Firsow wurde plötzlich wieder ernst. »Soviel ich weiß, war er immer sehr umsichtig. Ehrlich gesagt, ich habe ihn nach seinen Verstecken gefragt. Aber er hat mir nur versichert, es sei alles in Ordnung. Er genoß einen sehr guten Ruf. Ohne ihn werden Sie es schwer haben, mein Kind. Er hat die delikatesten Aufträge ausgeführt.«

»Was meinen sie damit?«

Firsow blickte nachdenklich drein. »Seine Mutter, die gute Seele, hat sich manchmal bei mir beklagt, daß Kostja sie hin und wieder nicht aus dem Haus gehen ließ. Bleib in der Wohnung, Mama, bat er. Wenn es klingelt, fragst du nach dem Namen und sagst das und das. Eine sehr hilfsbereite und verläßliche Dame.«

»Er hat eine Mutter?«

»Wundert Sie das? Jeder Mensch hat Mutter und Vater ...«

»Sind seine Eltern noch am Leben?«

»Seinen Vater habe ich nie kennengelernt. Er soll sehr früh gestorben sein, schon kurz nach der Geburt des Jungen.«

»Und die Mutter?«

»Ob sie heute noch lebt, weiß ich nicht. Kostjas Mutter und ich waren Kollegen. Als sie in Rente ging, haben wir uns aus den Augen verloren. Erst als ich vor einem halben Jahr nach Amerika fliegen wollte, hat mich Kostja gefragt, ob er meinen Wagen benutzen darf. Seine Mutter sei krank und sein Cabrio kaputt. Wir haben uns geeinigt. Er hat meinen Shiguli gefahren, ihn warten und pflegen lassen. Dafür hat er die Uhr da in Verwahrung genommen. Als ich sie ihm im vorigen Monat brachte, habe ich mich nach der

Gesundheit seiner Mutter erkundigt. Er hat gesagt: »Danke der Nachfrage, sie klagt über dies und jenes.«

Nachts wälzte ich mich auf meiner Couch hin und her. Vergeblich versuchte ich, Mulja, Ada und Rachel zur Seite zu drängen. Die Hunde knurrten und ließen mich nicht die Beine ausstrecken. Schließlich gab ich auf und rollte mich zusammen. Mulja hatte das gemütliche Plätzchen zwischen meinem Kopf und den Knien sofort für sich entdeckt. Ada machte es sich in meiner Kreuzgegend bequem, und Rachel schnaufte tief auf, drängte sich an die Lehne und legte ihre schweren Pfoten über mich. Eigentlich störten die Hunde mich nicht, sie brauchten nur viel Platz. Im Sommer würde ich bestimmt nicht gern zwischen dieser Meute schlafen wollen, aber im Winter war es mollig warm. Die Heizkörper in der Wohnung waren eindeutig zu klein. Jetzt, da draußen klirrender Frost herrschte, war es nachts hier drinnen bitterkalt.

Aber ich konnte nicht einschlafen, weil mir immer noch der Kopf schwirrte. Angestrengt versuchte ich, Ordnung in meine Gedanken zu bringen. Was hatte ich denn nun eigentlich an Tatsachen in der Hand? Irgendwer hatte Kostja Katukow ermordet. Aus welchem Grund? Nehmen wir an, wegen der Dokumente. Es gab natürlich auch genügend andere Motive. Je mehr ich über diesen Schauspieler erfuhr, desto seltsamer erschien er mir. Er hatte Geheimfächer in seiner Wohnung, bewahrte Wertsachen auf, und ... verteilte die Schlüssel an seine Geliebten! Und zwar gleich an drei auf einmal! Dabei glaubte er, seine Weiber würden nie miteinander in Berührung kommen. Entweder war er ein kompletter Idiot oder ein Masochist, der sich absichtlich in Streßsituationen brachte. Bisher war es im Prinzip ja auch gut gelaufen. Die Frauen waren sich gegenseitig nicht ins Gehege gekommen, und die Wertsachen hatten sicher an ihrem Platz gelegen. Die Scherereien fingen erst vor kurzem an, wenn man den Tod eine Schererei nennen konnte. Warum hatte er mir eine leere Tasche ausgehändigt? Schon merkwürdig. Warum durfte ich seine Wohnung nicht betreten? Nur seinen Arm mit der goldenen Uhr hatte ich zu Gesicht bekommen …

Bei diesem Gedanken fuhr ich hoch wie von der Tarantel gestochen. Mulja und Ada plumpsten auf den Boden. Für ihr beleidigtes Winseln hatte ich jetzt keinen Sinn. Die Armbanduhr!

Musiker, selbst mit so wenig Talent und Fleiß ausgestattete wie ich, haben ein hochentwickeltes visuelles Gedächtnis. Zwei Bilder standen mir gestochen klar vor Augen. Ein starker Arm von einem Umfang wie meine Taille schiebt eine schwarze Ledertasche durch den schmalen Türspalt. Am Handgelenk blitzt eine so strahlend goldene, teure Uhr, daß es schon wieder vulgär ist. Das reine Renommierstück. Das Zifferblatt groß wie eine Untertasse, darauf eine Nixe mit blanker Brust. Wenn ich Mischa so ein Ding geschenkt hätte, wäre es augenblicklich aus dem Fenster geflogen. Ich habe sie im Kaufhaus GUM herumliegen sehen und mich immer gewundert, wer diesen teuren Kitsch wohl kauft, da man für weniger eine echte und sehr elegante Longines haben kann.

Das zweite Bild: Die Liege, auf der Kostja zur ewigen Ruhe gebettet ist. Ich greife nach seiner Schulter, er sinkt auf den Rücken, und an seinem schrecklich verstümmelten Arm tatsächlich eine flache Longines mit einem teuren Armband aus Schlangenleder. Sie war mir sofort ins Auge gefallen, weil ich wenige Tage zuvor eine ähnliche in der Hand gehabt hatte, die ich meinem Mann zu Neujahr schenken wollte. Ich war mir nicht sicher gewesen, ob sie ihm gefallen würde …

Mein Auge hatte also den Widerspruch registriert, aber mein Hirn begriff erst jetzt! Das war nicht Kostja gewesen, der mir die Tasche mit den Dokumenten herausgereicht hatte. Es war ein anderer, der nicht wollte, daß ich die Wohnung betrat, und der die lästige Zeugin rasch wieder loszuwerden gedachte. Gott im Himmel, und ich hatte es diesem Kerl auch noch leicht gemacht! Ich hatte gesagt: »Guten Tag, Kostja. Wir kennen uns nicht, aber Sie können ruhig öffnen. Mich schickt Katja nach der schwarzen ledernen Aktenmappe.«

Damit ich schnell wieder verschwinde, hatte er mir die Tasche herausgereicht. Ich hatte ihm geholfen, weil ich so nett gezwitschert hatte: »Die Papiere liegen in einer schwarzen Aktentasche!«

Und er gab mir, was ich verlangte. Wer war dieser geheimnisvolle Unbekannte? Das konnte doch nur der Mörder gewesen sein!

Ich spürte, wie mir eiskalt wurde. Ich suchte nach meinen Pantoffeln und schlurfte in die Küche. Eigentlich kann ich Leute nicht leiden, die nachts an den Kühlschrank gehen. Nach Mitternacht soll man nichts mehr essen, sonst drohen Magengeschwüre! Aber meine Hände öffneten wie von selbst die Kühlschranktür und griffen nach einem Stück Mortadella. Zwei rosafarbene Scheiben machten sich gut auf schwarzem Brot. Ich goß mir noch ein Glas Tomatensaft ein und ließ zwei Schokoladenriegel mitgehen. So bewaffnet, zog ich mich auf meine Couch zurück, hüllte mich fest in meine Decke und biß mit Genuß in das schädliche, belegte Brot, ein Gemisch aus Eiweißen und Kohlehydraten. Dabei steht in jedem Buch über gesunde Ernährung, daß man Eiweiße und Kohlenhydrate voneinander getrennt zu sich nehmen soll. Ich leckte mir die Lippen und stellte fest, daß sich mein Gewissen kein bißchen regte. Zu gut hatte das Brot geschmeckt. Es folgte die Schokolade. Die Hunde wurden beim Knistern der Verpackung munter, blinzelten träge ins Licht und begannen mit den Schwänzen zu wedeln.

»Nein, meine Kleinen«, erklärte ich kategorisch, »das ist nichts für euch, das darf nur Mama.«

Es war mir einfach so herausgerutscht. Ich mußte über mich lächeln. Noch nie hatte ich mich so genannt. Aber ich fühlte mich gut dabei, wenigstens den Hunden eine Mutter zu sein. Die Schokolade schmolz herrlich zart im Mund. Ich konnte mir gut vorstellen, was passiert wäre, wenn Mischa seine Frau um zwei Uhr nachts unter Hunden auf einem durchgesessenen Sofa mit einem belegten Brot in der Hand und dabei vollkommen glücklich erblickt hätte! Wahrscheinlich hätte er mich am nächsten Morgen in die Psychiatrie einweisen lassen!

Dann mußte ich wieder an Kostja denken. Wie in einem rückwärts laufenden Film suchte ich mir alle Erlebnisse noch einmal ins Gedächtnis zu rufen. Jemand hatte Katja entführt und verlangte gewisse Dokumente. Wenn ich wenigstens wüßte, was darin stand. So suchte ich etwas und wußte selbst nicht, was. Übrigens hatte Katja das Monster beim Namen genannt. Sascha? Senja? Slawa! Stimmt, sie hatte gesagt: «Siehst du, Slawa, sie ist nicht die Richtige.«

Was mich betrifft, so hatte sie sich offenbar geirrt. Ich war genau die Richtige für dieses Problem ... Der Dickwanst, der aussah wie ein Gorilla und bei dem die Kauwerkzeuge offenbar besser ausgebildet waren als der Denkapparat, hieß also Slawa. In der vollen Form des Namens konnte das Rostislaw, Mstislaw oder auch Wjatscheslaw sein. Immerhin schon etwas. Katja hatte die Papiere bei Kostja hinterlegt. Sie mußten von großer Wichtigkeit sein, wenn sie sie nicht im Hause behalten wollte. Aber Kostja wurde ermordet. Das mußte jedoch nicht wegen der Papiere geschehen sein, denn Slawa hatte sie ja nicht bekommen! Wer war die Frau, die Kostjas Wohnung durchsuchte, jene geheimnisvolle Unbekannte, die das Telefon benutzt hatte, während ich mehr tot als lebendig auf dem Fensterbrett hinter der Gardine stand? Sie hatte zuerst im Schreibtisch nachgesehen, dann mit etwas geklirrt und geklappt und schließlich in den Hörer gesagt: »Wir sind zu spät gekommen. Jemand war vor uns da!«

Daraufhin starb die Kassiererin Rita. Ihr Zimmer wurde auf den Kopf gestellt. Unbekannte überfielen Jana. Mein Gott, die Verbrecher nahmen denselben Weg wie ich. Sie suchten die Papiere bei Kostjas Geliebten!

Entsetzt schaute ich auf die Uhr. Es war vier Uhr morgens. Bestimmt eine sehr ungewöhnliche Zeit für einen Anruf, aber hier ging es schließlich um Leben und Tod!

Ich hatte Mühe, die Nummer exakt zu wählen. Am anderen Ende läutete es lange. Dann eine Stimme: »Hallo!«

»Nina, hören Sie, machen Sie niemandem auf ... Haben Sie verstanden?«

»Ja«, antwortete eine Männerstimme. »Und wer sind Sie?«

Ich schwieg erschrocken.

»Wer sind Sie? Stellen Sie sich vor!« forderte der Mann.

Ich warf den Hörer auf die Gabel. Nina hatte doch gesagt, sie lebe allein. Und jetzt nahm um vier Uhr morgens ein Kerl den Hörer ab und verlangte von mir, ihm meinen Namen zu nennen! Was bedeutete das? Daß ich offenbar zu spät gekommen war, daß Ninas Wohnung bereits von der Miliz durchsucht wurde und die hübsche Friseuse möglicherweise nicht mehr unter den Lebenden weilte!

Bis zum Morgen brachte ich kein Auge zu. Der folgende Tag ging völlig durcheinander. Zuerst weckte ich Julia und Serjosha. Kira schlief noch fest. Das Fieber war zwar längst weg, und der Hals tat ihm auch nicht mehr weh, aber bei einer schweren Erkältung muß ein Kind mindestens noch eine Woche lang das Bett hüten, sonst drohen schwere Folgen für Herz, Lunge, Leber und Nieren. Kira hatte überhaupt nichts dagegen, noch ein Weilchen zu Hause zu bleiben.

Um den Jungen nicht zu wecken, stritten sich Julia und Serjosha heute nur im Flüsterton auf dem Flur.

»Wo sind meine Schuhe?« zischte Serjosha.

»Da auf dem Haufen liegen sie doch, mach die Augen auf«, antwortete Julia.

»Da ist nur ein schwarzer und ein brauner!«

»Was fragst du mich? Ich hab sie nicht an.«

»Und wo sind die Handschuhe?«

»Unter dem Stuhl.«

»Das ist keine Wohnung, sondern ein einziger Sauhaufen!«

»Selber schuld. Du läßt doch alles fallen, wo du gehst und stehst!«

»Wohin soll ich es denn sonst fallen lassen?«

»Vielleicht aufs Regal. Aber das schaffst du ja nicht.«

»Und was bist du für eine Hausfrau? Schau dir den Fußboden an – überall Staub, Dreck und Hundeborsten!«

»Erstens haben Hunde keine Borsten, sondern Haare«, gab Julia schlagfertig zurück. »Und zweitens kannst du auch mal den Staubsauger in die Hand nehmen. Ich habe heute keine Zeit. Ich bin für das nächste Heft verantwortlich und komme erst gegen elf nach Hause.«

»Und wir haben einen Großeinsatz, der geht bis Mitternacht. Außerdem ist Putzen Frauensache.«

»Ich bin keine Putze und arbeite mehr als du!« Julia ließ sich nicht unterkriegen. »Und was ist nach deiner Meinung Männersache?«

»Geld verdienen!«

»Das ist gut!« Julia lachte triumphierend. »Ich verdiene mehr! Also mußt du die Wohnung putzen!«

»Was schreit ihr denn so?« warf Kira maulend dazwischen. »Warum laßt ihr mich nicht schlafen?«

»Weil du längst wieder gesund bist«, antwortete ihm sein älterer Bruder. »Du machst die Wohnung sauber.«

»Der Kopf tut mir immer noch weh, und ich bin von der Krankheit geschwächt«, stöhnte Kira. »Wozu überhaupt putzen, die Wohnung wird doch bald wieder dreckig.«

»Wo ist mein Schal?« fing Serjosha wieder an.

»Jetzt laß mich endlich in Ruhe!« fauchte Julia. »Meiner hängt immer an derselben Stelle.«

»Wenn das so ist, dann fahr mit der U-Bahn«, erklärte ihr Serjosha. »Wenn du mir nicht hilfst, nehme ich dich auch nicht mit!«

»Na und?« konterte Julia. »Da fahre ich eben mit Katjas Lada.«

Man hörte ein Trappeln und Scharren, dann schlug die Tür zu. Gleich darauf vom Hof der alltägliche Ruf: »Wirf die Schlüssel runter! Ich habe sie am Haken vergessen!«

»Meine auch!« rief nun Julia. »Sie liegen neben dem Barometer!«

Ich beförderte beides durch die Lüftungsklappe und mußte lachen. Die waren mir vielleicht gut! Beide hatten ihre Gedanken sonstwo und machten sich gegenseitig Vorwürfe. In einem hatten sie allerdings recht. Die Wohnung sah wirklich schlimm aus. Die Scheuerleisten waren mit einer gleichmäßig dicken Staubschicht bedeckt, die Farbe des Läufers in Kiras Zimmer war nicht mehr zu erkennen, im Bad waren Glaskonsole und Spiegel mit Zahnpasta und eingetrocknetem Seifenschaum bespritzt, und der riesige Korb quoll über vor Schmutzwäsche ... In der Küche konnte man nichts finden, an die Toilette mochte ich gar nicht denken, und in der Diele lag ein Berg von Schuhen und Pantoffeln. Ich mußte wirklich einmal aufräumen. Aber zuerst mein Auftrag, dann die Hauswirtschaft. Obwohl ...

Ich schritt entschlossen ins Kinderzimmer und fragte: »Kira, willst du dir hundert Rubel verdienen?«

»Wer will das nicht?« fragte der Junge zurück.

»Wenn du die Wohnung saubermachst, bekommst du das Scheinchen.«

»Das ist aber zu wenig«, begann das neue Aschenputtel mit mir zu handeln. »Schau mal, wie viele Zimmer wir haben!«

»Übertreibe nicht, sonst bekommst du gar nichts.«

»Kinderarbeit ist in unserem Lande verboten!«

»Also gut, hundert Rubel und eine Packung Pringles!«

»Und für die Toilette noch einen Krimi!«

»Meinetwegen«, sagte ich. »Mach es ordentlich, wie deine Mutter.«

»Die putzt schlecht!« Kira mußte kichern. »Sie schiebt den Schmutz nur in die Ecken.«

Aber ich ließ nicht locker. »Du hast bis fünf Uhr nachmittags Zeit. Halb sechs bin ich wieder da, dann mach ich das Abendbrot und die Wäsche.«

»Okay«, sagte Kira und kroch aus dem Bett. »Bring mir aber eine Tüte Kerne mit.«

»Niemals«, schnarrte ich, als ich mir schon die Stiefel anzog. »Nur über meine Leiche!«

»Warum?« fragte der Junge verwirrt. »Die schmecken so gut.«

Damit brachte er mich ein wenig aus der Fassung. Warum war ich eigentlich dagegen? Ich hatte seinen Wunsch abgebügelt, wie es meine Mutter mit meinen Wünschen getan hatte. Wurde ich ihr etwa immer ähnlicher?

»Kürbis oder Sonnenblume?« fragte ich seufzend. Wie meine Mutter wollte ich auf keinen Fall werden.

14. Kapitel

Während mich die Metro durchrüttelte, schloß ich die Augen, streckte die Beine aus und überdachte noch einmal meine gesamte Theorie. Die Dokumente mußten bei Kostjas Mutter oder bei Jana sein. Inzwischen hatte ich in der Klinik angerufen und erfahren, der Verletzten gehe es schon etwas besser und ich dürfe sie besuchen. Das wollte ich zuerst erledigen und dann zum Theater fahren. In Kostjas Personalakte waren bestimmt Verwandte angegeben ... Außerdem machte ich mir große Sorgen um Nina. Ihr Telefon nahm niemand ab, und im Friseursalon hatte man mir kurz angebunden mitgeteilt, Ninas Schicht beginne erst um drei. Auf dem Weg nach Hause wollte ich als letztes bei ihr vorbeischauen.

»Was fläzt du dich so hin?« drang eine böse Stimme an mein Ohr. »Zieh die Flossen ein, hier kommt ja kein Mensch durch!«

Ich öffnete die Augen und sah eine abstoßend dicke Frau mit schmutzigem Kopftuch vor mir.

»Was glotzt du so?« fauchte die »Schönheit«. »Bist wohl gewöhnt, im Auto die Stelzen auszufahren.«

Und sie trat mich mit einem plumpen Schuh von mindestens Größe 40 schmerzhaft vors Schienbein. Das Weib triefte nur so von Haß. Wahrscheinlich war sie am Morgen mit dem Vorsatz aus dem Haus gegangen, sich mit jemandem anzulegen. Eine Sekunde lang war ich wieder die schüchterne, unsichere Frossja und hätte beinahe eine Entschuldigung gemurmelt.

Aber da erwachte Tatjana in mir, und ich lockte das Weib mit dem Finger. »Schau mal, hier.«

Von dieser Reaktion völlig überrascht, warf die Vettel einen Blick in meine geöffnete Tasche. Dort blinkte matt eine schwarze Spielzeugpistole, die einer echten aufs Haar glich. Kira hatte mich gebeten, ihm Munition für das Ding zu kaufen. Um mich nicht im Kaliber zu irren, hatte ich die »Waffe« vorsichtshalber mitgenommen.

»Oh«, machte die Dicke nur.

»Denk immer daran«, erklärte ich völlig ruhig, »daß du auch mal an die Falsche geraten und dir ein Löchlein im Kopf holen kannst. Dann sagst du gar nichts mehr.«

Dabei ließ ich meine Hand langsam in die Tasche gleiten. Wie von Hunden gehetzt, stürzte die Dicke zum anderen Ende des Wagens. Meine Beine zog ich ein. Es war wirklich nicht in Ordnung, andere Menschen zu behindern.

Jana lag nicht mehr auf der Intensivstation, sondern in einem gewöhnlichen Krankenzimmer. Neben ihrem Bett hatte sie einen Tropf, und am Kopfende blinkten Geräte. Ich trat zu ihr und rief halblaut: »Jana!«

Sie sah schlimm aus. Ein winziges Gesicht, nicht größer als eine Faust, gelbliche Haut, tief eingefallene Augen, blaßblaue Lippen. Ihr Haar war nicht zu sehen, aus Binden hatte man so etwas wie ein Häubchen gezaubert, in der Nase steckte ein durchsichtiges Röhrchen, und mehrere Schläuche endeten unter ihrer Bettdecke.

»Jana, hören Sie mich? Ich bin von der Miliz.«

Die Frau öffnete die Augen, und ich fuhr unwillkürlich zurück. Der rechte Augapfel war rot, fast bräunlich, wenigstens sah der linke einigermaßen normal aus. Die dünnen blutleeren Lippen zitterten, aus ihnen kam kein Laut.

»Wenn Sie mich hören können, dann schließen Sie bitte einmal die Augenlider.« Die faltigen Lider senkten sich langsam und hoben sich wieder.

Ich freute mich, der Kontakt war hergestellt.

»Wer hat Sie so zugerichtet?«

Unerwartet stiegen Jana Tränen in die Augen.

»Sie kennen ihn?« riet ich.

Die Lider senkten sich.

»Können Sie mir seinen Namen sagen?«

Jana lag ganz still.

»Hören Sie, wenn ich den richtigen Namen errate, dann schließen Sie wieder die Augenlider. Sascha, Ljoscha, Mischa, Oleg, Andrej, Petja, Pawel, Slawa ...«

Ihre Augen bewegten sich ein wenig.

»Slawa?«

Ihre Lider sagten ja.

»Versuchen Sie sich zu konzentrieren und mir zu sagen, wo er wohnt.«

Mit der ganzen Kraft, die Jana noch hatte, öffnete sie ein

wenig die Lippen und flüsterte: »Mama, geh zu Mama, Netschajewski 15, Wohnung 107, Mama.«

Dann fiel ihr Kopf zurück, und tödliche Blässe breitete sich von der Stirn bis zum Hals aus. Ein Gerät heulte auf, aufgeregt blinkte ein Lämpchen.

»Hallo!« rief ich, »ist jemand da?«

Eine Schwester mit hoher gestärkter Haube stürzte herein, nach ihr eine beleibte Ärztin. Ampullen, Spritzen und andere Gerätschaften wurden gebracht. Mich schob man in den Korridor hinaus.

Nach einer Viertelstunde kam die Dicke schnaufend aus dem Zimmer und schimpfte wütend: »Nein, diese Verwandten ... Man redet und erklärt, aber sie können es nicht lassen, bis die Patienten in Ohnmacht fallen.«

»Entschuldigung, ich habe doch gar nichts getan!«

»Bestimmt haben Sie gejammert und geheult«, zischte die Ärztin. »Wer sind Sie überhaupt?«

»Ihre Freundin.«

»Ihre Freundin!« rief die Ärztin empört. »Machen Sie, daß Sie nach Hause kommen! Wer hat Sie überhaupt hier hereingelassen?«

Mich hat niemand aufgehalten, wollte ich schon sagen, dann überlegte ich es mir anders und fragte: »Wird sie wieder gesund?«

»Das hoffe ich«, erklärte die Dicke. »Es sind nur eine Menge Risikofaktoren dabei.«

»Welche denn?«

»Diabetes zum Beispiel, außerdem ihr Alter.«

»Sie ist doch noch gar nicht alt.«

»Wie man's nimmt.« Die Ärztin lächelte. »Sie hat sich gut gehalten, aber immerhin ist sie schon achtundvierzig.«

»Wieviel?« fragte ich verwundert.

»Achtundvierzig«, wiederholte die Ärztin und meinte: »Sie sind mir ja eine schöne Freundin!«

»Über unser Alter haben wir nie gesprochen!«

Die Ärztin entschwebte so leichtfüßig, wie man ihr das bei der Körperfülle gar nicht zugetraut hätte. Ich lehnte mich mit dem Rücken an die Fensterbank und bedauerte zum ersten Mal, daß ich nicht rauchte. Ich mußte meine Hände irgendwie beschäftigen. Wieso hatte ich geglaubt, Jana sei noch ein junges Mädchen? Vielleicht, weil sie die Kleinen unterrichtete? Womit sie wohl Kostjas Interesse erregt hatte? Jetzt aber war es an der Zeit, beim Verwalter des Theaters, Lew Valerjanowitsch, die Adresse seiner Mutter zu erfragen.

Der junge Mann war an seinem Platz.

»Wissen Sie das Neueste?« rief er mir schon an der Schwelle entgegen.

»Was denn?«

»Nein, das nehme ich Ihnen nicht ab!« neckte mich Lew Valerjanowitsch. »Sie machen das nicht überzeugend. Eine Schauspielerin wird nicht aus Ihnen. Ob Sie das von Lena Litwinowa gehört haben?«

»Sie ist ermordet worden«, sagte ich träge, und in meinem Kopf hämmerte es gnadenlos.

»Um Gottes willen!« Der Verwalter winkte mit seiner beringten Hand ab. »Sie ist quicklebendig. In ihrer Wohnung wurde eingebrochen! Die haben alles weggeschleppt und nur die nackten Wände dagelassen.«

Ich spürte, wie mir ein Schweißtröpfchen den Rücken hinunterlief.

»Ist sie da?«

»Nein, sie ist natürlich zu Hause und versucht wieder Ordnung zu schaffen.«

»Geben Sie mir bitte ihre Adresse und Telefonnummer.«

»Das erste – bitte schön, das zweite um nichts in der Welt.«

»Warum denn das?« Ich war nun völlig durcheinander.

»Weil wir ihr Nümmerchen nicht haben«, trällerte der

Bursche und blätterte im Telefonbuch. »Sie wohnt weit draußen, in Krasnogorsk ...«

Als ich die Adresse hatte, verlangte ich: »Und jetzt möchte ich den Fragebogen sehen, den Katukow ausgefüllt hat, als er bei Ihnen eingestellt wurde.«

Lew Valerjanowitsch wühlte schweigend in einem Berg von Mappen und warf mir schließlich eine zu.

Katukow, Konstantin Sergejewitsch, geboren 1961 in Moskau. Studiert, gewohnt ... Ach ja, da waren die Eltern. Vater – Katukow, Sergej Petrowitsch, Oberst, 1961 verstorben. Mutter – Katukowa, Anna Fjodorowna, Direktorin der Schule Nr. 2762 ... Aber keine Wohnadresse! Die war sicher nicht schwer herauszufinden. Ich brauchte nur zu der angegebenen Schule zu gehen. Vielleicht war sie dort immer noch Direktorin.

Die Uhr zeigte vier, als ich ganz außer Puste die Tür des Friseursalons öffnete. Alle Friseusen schauten wie auf Kommando zu mir. An dem Platz, wo beim letzten Mal Nina gearbeitet hatte, stand jetzt ein spitznasiges Mädchen in blauem Kittel. »Guten Tag«, sagte sie höflich.

»Wo ist Nina Nikitina?«

»Sie hat sich drei Tage frei genommen. Ihr Cousin aus Irkutsk ist zu Besuch gekommen«, erklärte mir eine dunkelhaarige Frau, die an einem Tischchen mit Telefon saß. »Möchten Sie einen Termin bei ihr?«

»Geben Sie mir bitte ihre Adresse.«

Die Dunkelhaarige zischte böse: »Glauben Sie, zu Hause macht sie es billiger? Garantiert nicht!«

»Kann ich sie anrufen?«

»Auf der Straße ist ein Münztelefon«, schnarrte die Chefin abweisend, für die ich nun keine potentielle Kundin mehr war. »Da können Sie telefonieren, so lange Sie wollen.«

Aber der blaue Apparat, der draußen an der Wand hing, akzeptierte nur Telefonkarten. Und die konnte man nur in der Metro kaufen. Ich spuckte wütend aus und fuhr nach Hause. Wahrscheinlich war alles in Ordnung, und der Mann, der heute nacht den Hörer abgenommen hatte, war jener unerwartete Gast aus Sibirien.

Auf dem Weg nach Hause füllten sich meine Einkaufstaschen immer mehr. Bei einer Ukrainerin mit heiserer Stimme, die Sonnenblumenkerne anbot, erfuhr ich das Rezept für echten ukrainischen Borschtsch.

»Du mußt ein möglichst großes und fettes Stück Fleisch für die Brühe nehmen. Mit Schwein wird der Borschtsch besonders gut, obwohl ihr Russen ja Rind bevorzugt ...«

Auf dem Weg zur Metro zählte ich immer wieder die notwendigen Zutaten für diese Wundersuppe auf, um nichts zu vergessen. Du meine Güte, war Kochen schwer! Die Alte, bei der ich das Fleisch kaufen wollte, behauptete nun wieder kategorisch, einen richtigen Borschtsch könne man nur aus Rind zubereiten.

»Da hast du mit einemmal Suppe und Hauptgericht«, erklärte mir die Frau, die wie ein Berg hinter ihrem Stand thronte. »Wenn du die Brühe fertig hast, jagst du das Fleisch durch den Wolf und servierst es mit Makkaroni! Das reicht für drei Tage.«

Die Aussicht, drei Tage lang nichts Neues kochen zu müssen, begeisterte mich so, daß ich sofort das größte und fetteste Stück Suppenfleisch erwarb. Neidvoll blickte ich auf andere Frauen, die ihre Taschen auf Rädern hinter sich herzogen. Vielleicht besaß Katja auch so ein Ding?

Nicht weit von unserem Haus ging ein Mann mit einem Säufergesicht auf und ab. Brust und Rücken waren mit Fotos von Möbeln der verschiedensten Art behängt. Als er sah, daß ich meine Taschen einen Augenblick auf dem schmutzigen Asphalt abstellte, kam er sofort angelaufen und fragte hoffnungsvoll: »Interessieren Sie sich für Polstermöbel?«

»Nein.«

»Schauen Sie nur«, bedrängte mich die lebende Litfaßsäule, »ich habe hier eine wunderbare Garnitur, einheimisches Produkt und gar nicht teuer.«

Um ihn nicht zu sehr zu entmutigen, sah ich mir seine Fotos an.

»Diese merkwürdige Kommode da interessiert mich, ganz schmal, zwei Meter hoch, mit den kleinen Schubfächern.«

»Das ist keine Kommode«, erklärte mir der Mann wichtig, »sondern ein Schuhschrank. Ganz oben kommen die Schuhe rein, die Sie wenig tragen. Unten die, die Sie jeden Tag brauchen. Eine sehr praktische Angelegenheit. Drinnen sind Leisten, auf die Sie Stiefel, Schuhe und Hausschuhe stellen. Alles sortiert und ordentlich verstaut.«

»Und was wollen Sie für das Ding haben?«

»Es gehört zu einer Flurgarderobe, schauen Sie, hier.« Er wies auf einen hohen, schmalen Kleiderschrank aus etwas, das wie Nußbaum aussah, einen Spiegel und eine Hutablage.

»Was kostet das alles zusammen?«

Der Mann lächelte. »Das kriegen Sie fast umsonst. »500 insgesamt und kostenlose Anlieferung.«

In meiner Schachtel hatte ich jetzt 300 Dollar von dem Pianisten, 300 von Galina Filimonowa und noch einmal das gleiche, das mir der nette Alte gestern abend gegeben hatte. Die umgetauschten hundert Dollar waren allerdings bereits für Lebensmittel draufgegangen.

»Wo muß ich bezahlen, und wann kommen die Sachen?«

»Das Geld geben Sie mir. Wohin soll geliefert werden?«

Ich wies mit dem Kopf auf das nächste Haus. Der Schnapsbruder runzelte die Brauen. »Leg noch hundert Rubelchen drauf, und du kriegst alles in einer Viertelstunde. Und am besten noch zwanzig für jeden der Möbelträger, dann stellen sie die Möbel auch gleich auf.«

Ich zückte einen meiner grünen Scheine.

»Nimmst du den oder soll ich erst tauschen?«

»Ich tausche selber«, erklärte der Mann, schnappte sich den Schein und schrieb mir mit einer Hand, die entweder von der Kälte oder vom Schnaps zitterte, mit krakeliger Schrift eine Quittung aus.

Zu Hause angekommen, ließ ich meinen kritischen Blick durch die Wohnung schweifen und war sehr zufrieden mit dem, was ich da sah. Staub und Hundehaare waren spurlos verschwunden. Das Bad glänzte vor Sauberkeit.

»Aus dem Klo könnte man Tee trinken«, erklärte mir Kira stolz. Ich belohnte ihn mit Sonnenblumenkernen und Chips. Als ich ihm die hundert Rubel hinhielt, erklärte ich: »Wenn du einmal in der Woche saubermachst, hast du ein ständiges Einkommen.«

»Na, und ob!« jubelte Kira und verschwand mit dem Lohn in seinem Zimmer.

In den folgenden drei Stunden hetzte ich zwischen Herd, Kühlschrank und Waschmaschine hin und her. Katja besaß natürlich keinen Waschautomaten, sondern ein uraltes Gerät. Ich mußte ständig Wasser ablassen und nachfüllen. Was mich sehr stutzig machte: Das Wasser, das aus dem Schlauch lief, war dunkelblau. Was da wohl so schmutzig war – die Unterwäsche, die Socken, die Jeans oder Serjoshas Pullover?

Gegen neun Uhr abends herrschte in der Wohnung eine nie gekannte Ordnung. Serjosha tauchte in der Tür auf, als unsere »Möwe« gerade unter Stöhnen und Schnaufen zum Schleudern ansetzte.

»Was ist denn hier los?« murmelte der Bursche. »Ist unser Korridor größer geworden?«

Ich lachte zufrieden. Die von außen so flach wirkende »Kommode« hatte den ganzen Berg von Schuhen verschlungen, und es war sogar noch Platz frei. In dem Kleiderschrank, der sich eng an die Wand schmiegte, waren die

Jacken und Mäntel verschwunden. Jetzt konnte man sich in der Diele wieder bewegen.

»Das gibt's doch nicht!« äußerte Serjosha staunend und warf die Stiefel ab. Mit einem Seufzer hob ich sie auf und stellte sie in den Schuhschrank. Was ich nicht bedacht hatte: Sie würden ihre Schuhe auch weiterhin in irgendeine Ecke werfen. Aber jetzt wußte ich wenigstens, wohin damit.

»Das gibt's doch nicht!« wiederholte Serjosha immer wieder und bewegte sich langsam auf die Küche zu. »Der Fußboden ist so sauber, daß man gar nicht drauftreten möchte.«

»Das habe ich gemacht!« rief Kira. »Den ganzen Tag hab ich geschuftet!«

»Mir fehlen die Worte!« sagte sein Bruder ehrfurchtsvoll.

Als er dann auch noch die Riesenschüssel mit dem dunkelroten Borschtsch erblickte, in deren Mitte ein Häubchen saurer Sahne schwamm, verschlug es ihm endgültig die Sprache. Er und Kira verschlangen auf der Stelle zwei volle Teller und richteten ihre Blicke begierig auf die Makkaroni. Sie wollten gerade mit dem zweiten Gang beginnen, als Julia, eine Tüte Pelmeni in der Hand, in die Küche trat.

»Ich denke, du kommst erst um elf!« rief Serjosha.

»Was gibt es denn heute?« fragte Julia und sog begierig die Luft ein.

»Schiffer-Makkaroni und Borschtsch«, rief die männliche Hälfte der Familie im Chor. »Das haut dich einfach um!«

»Habt ihr für mich auch noch was übriggelassen?«

»Setz dich«, befahl ich und nahm den Deckel vom Topf.

Eine ganze Weile war nur Besteckklappern und gleichmäßiges Kauen zu hören. Vom Herd her sah ich auf meine Lieben. Serjosha hatte sich die Jeans aufgeknöpft und blinzelte so selig, als wolle er jeden Augenblick ein Nickerchen machen. Julia, die ihre strengen Eßvorschriften offenbar völlig vergessen hatte, löffelte begeistert meinen Borschtsch. Kira, von einem Ohr zum anderen mit Ketchup beschmiert, versuchte mit der Gabel die letzten Makkaroni zu erwischen … Die Katzen saßen rund und satt auf dem Fensterbrett. Ihnen hatte ich die Fleischabfälle vorgesetzt. Mulja und Ada hatten ebenfalls von dem Fleisch abbekommen. Und für Rachel hatte ich auf dem Markt für ganze zehn Rubel einen saftigen Knochen erstanden. Sie knurrte von Zeit zu Zeit vor Behagen. Selbst die quirligen Hamster und die Kröte Gertrud hatten ein ordentliches Abendbrot zu verdauen. In der Küche breitete sich wohlige Schlaffheit aus … Unerwartet durchströmte mich ein tiefes Glücksgefühl. Wie lange hatte ich das nicht erlebt! In den letzten dreißig Jahren war ich entweder krank oder gekränkt gewesen, hatte Dinge tun müssen, zu denen ich überhaupt keine Lust gehabt hatte. Das Kochen eben war kein Zuckerschlecken gewesen, aber was für ein herrliches Gefühl, die Familie so zufrieden zu sehen!

»Also, Tanja«, murmelte Julia, »du bist einfach ein Wunder! Ich gehe jetzt und werfe die Waschmaschine an …«

»Gewaschen habe ich längst, nur zum Aufhängen bin ich noch nicht gekommen.«

»Du bleibst jetzt hier sitzen«, kommandierte Julia. »Hast dich den ganzen Tag abgerackert. Ich hänge die Wäsche auf, und Serjosha macht den Abwasch.«

»Der bestimmt nicht!« meinte Kira und kicherte.

Wir schauten uns verdutzt an. Der ältere Bruder schlief bereits fest. Sein Kopf ruhte auf der zusammengerollten Semiramis, und seine Beine hatte er auf einem Hocker ausgestreckt. Wie man in dieser Lage schlafen konnte, war mir ein Rätsel. Aber Serjosha schnarchte leise und reagierte auch nicht, als sich sein Pieper in der Hosentasche meldete.

»Dann spüle ich eben das Geschirr«, sagte ich lachend.

Julia lief ins Bad. Plötzlich schrie sie auf: »Um Gottes willen!«

Ich stürzte zu ihr und blieb wie angewurzelt auf der Schwelle stehen. Im Waschbecken lag ein riesiger Haufen dunkelblauer Sachen. Beim genaueren Hinsehen konnte man Schlüpfer, einen Büstenhalter und ein Hemd unterscheiden, das früher einmal weiß gewesen war.

»Was ist denn das?« fragte ich entgeistert.

Julia seufzte niedergeschlagen. »Du hast Weißes und Buntes zusammen gewaschen ...«

»Muß man das etwa getrennt ...?«

»Natürlich, du siehst doch, etwas hat gefärbt ...«

Julia begann in dem Haufen der verdorbenen Sachen zu wühlen. Sie zerrte einen winzigen Pullover hervor, der einem Säugling zu klein gewesen wäre.

»Das habe ich nicht da hinein getan«, erklärte ich kategorisch. »Kindersachen waren nicht dabei! Was geht hier vor ...?«

»Das ist der Pullover vom Pferd.« Julia lachte plötzlich laut los. »Schau mal, Kira, wie der eingelaufen ist!«

»Wessen Pullover?« fragte ich verständnislos. »Vom Wildpferd!« stieß Julia stöhnend hervor. »Hilfe, ich kann nicht mehr!«

»Wem soll der gehören?« Ich begriff überhaupt nichts.

Jetzt war hinter uns Serjoshas schläfrige Stimme zu vernehmen. »Diese widerwärtigen Verwandten haben mir diesen Spitznamen verpaßt. Das Pferd – das bin ich. Aber weißt du, Tanja, die anderen haben auch schöne Spitznamen. Kira ist der freche Dachs, und Julia unser Ferkelchen ... Was ist mit meinem Pullover?«

»Eingegangen«, verkündete das Ferkel, »und zwar mächtig, kann man nur noch wegwerfen ...«

»Vielleicht läßt er sich ja wieder hinziehen?« fragte ich niedergeschlagen.

»Ach, weißt du, Tanja«, sagte Serjosha im Brustton der

Überzeugung, »einer Frau, die so gut kochen kann, verzeihe ich alles.«

Ich schwieg bedrückt.

»Mach dir nichts draus.« Julia winkte ab.

»Den Pullover konnte ich sowieso nicht leiden«, behauptete Serjosha.

»Gib her!« Kira griff sich den Pullover und rannte damit in den Korridor. Von dort war böses Knurren zu hören und dann Kiras ungeduldige Stimme: »Halt doch mal still!«

Ins Bad kam Mulja geschritten, mit dem Kleidungsstück angetan, das noch vor kurzem Serjosha gehört hatte.

»Einsame Klasse!« jubelte Kira. »Genau das richtige Outfit bei Frostwetter!«

»Ada braucht auch noch was!« verlangte Julia.

»Kein Problem«, kam es locker von Serjosha. »Tanja macht wieder mal große Wäsche, und dann kriegt sie das auch noch hin!«

Als ich sein wieherndes Lachen hörte, wurde mir klar, warum sie ihn Wildpferd nannten.

»Hat Katja auch einen Spitznamen?«

»Na klar!« riefen Julia und Kira im Chor. »Sollen wir dir ebenfalls einen verpassen?«

»Nicht nötig«, antwortete ich bedrückt. »Ich habe wohl schon einen. Ich bin die dumme Ziege.«

15. Kapitel

Am nächsten Morgen, als die beiden Älteren aus dem Haus waren und der Jüngere eine Aufgabe aus dem Geschichtsbuch erhalten hatte, verließ ich fluchtartig die Wohnung. In meinem Kopf ging es bunt durcheinander. Nina war zu meinem Glück am Leben. Ich hatte sie gegen 22.00 Uhr abends erreicht und ihr äußerste Vorsicht angeraten. Aber sie hatte dafür überhaupt kein Verständnis.

»Wer soll denn was von mir wollen?«

»Man könnte bei Ihnen einbrechen ...«

»Bei mir gibt's doch nichts zu holen ...«

Ich knallte den Hörer auf die Gabel. Wie konnte man nur so dumm sein!

Sicher waren die Dokumente entweder bei Jana oder bei Kostjas Mutter. Wer wohl am Netschajewski Prospekt 15 wohnte? Etwa der Gorilla Slawa? Allzu oft tauchte dieser Name auf. Ob es überhaupt immer derselbe Mann war? Ganz bestimmt! Wenn er wirklich eine Wohnung mit dieser Adresse hatte, dann ..., dann hielt er dort vielleicht Katja gefangen!

Ohne den eisigen Wind zu bemerken, lief ich zur Metro. Ich hatte einen genialen Plan. Nehmen wir an, die Dokumente sind nicht dort ... Dafür entdecke ich die Höhle des Räubers! Schließlich kann dieser Slawa ja nicht ständig zu Hause sitzen. Wenn ich ihn finde, beobachte ich ihn, passe einen günstigen Moment ab, breche die Tür auf und befreie Katja.

Als ich in den Bus umstieg, hatte sich mein Eifer schon wieder etwas gelegt. Eine Tür aufbrechen war nicht so einfach. Das würde mir allein nicht gelingen. Bestimmt hatten sie Katja an einen Heizkörper gekettet, und sie konnte mir nicht öffnen. Ich brauchte einen Dietrich! Aber wo bekam man den her? Im Laden gab es so etwas nicht zu kaufen ...

Meine Beine trugen mich von ganz allein zu dem bewußten Haus. Als ich die Wohnung gefunden hatte, drückte ich auf die Klingel. Die Tür öffnete sich, und vor mir erschien ein Großmütterchen, das ganz merkwürdig kostümiert war. Die magere, zerbrechliche Gestalt steckte in einem hellgelben russischen Trägerrock mit blauen Streifen. An den Füßen hatte sie weiße Baumwollsöckchen und Riemchensandalen.

»Jana!« Die Alte klatschte freudig in die Hände. »Ich wollte schon selbst nach Brot laufen. Komm, wir machen zusammen einen Spaziergang. Ich setze mir nur etwas auf den Kopf, damit ich keinen Sonnenstich bekomme.«

Und sie griff mit ihrem dünnen Arm nach einem breitkrempigen Strohhut mit einem langen rosafarbenen Band.

Ich kam mir vor, als sei ich in ein absurdes Theaterstück geraten. Mitte November wollte sie in diesem Fähnchen auf die Straße gehen?

»Sie werden frieren, Sie müssen sich etwas überziehen.«

»Ach was, meine Liebe, draußen ist es heiß«, beharrte die Alte. »Schließlich haben wir Juni.«

»Nein, jetzt ist November«, murmelte ich hoffnungslos und legte meine Jacke ab.

Jetzt war mir klar, weshalb Jana mich hierher beordert hatte. Einen Slawa gab es hier natürlich nicht. Am Netschajewski Prospekt wohnte ihre schon etwas debile Mutter oder Großmutter, um die sie sich Sorgen machte.

Die alte Frau war inzwischen in die Küche geschlurft. Ich ging ihr nach.

»Möchtest du Tee, Jana?«

Ich nickte verlegen.

Sie ging zum Gasherd und wollte einen Knopf aufdrehen. Aber das ging nicht, denn es war keiner da. Aus der weißen Emaille ragten nur die eisernen Stifte hervor, die man nicht mit der bloßen Hand betätigen konnte. Jemand hatte offenbar dafür gesorgt, daß die Großmutter das Gas nicht einschalten konnte. Bei näherem Hinsehen fielen mir weitere Vorsichtsmaßnahmen auf. Obwohl die Wohnung in der siebenten Etage lag, waren die Fenster vergittert. Streichhölzer konnte ich nirgendwo entdecken, Geschirr auch nicht. Auf dem Tisch stand einsam ein Emailletöpfchen, und vor dem Kühlschrank hing ein Schloß …

Wie hatte man sie hier nur allein lassen können!

Bevor ich darüber weiter nachdenken konnte, erscholl es plötzlich aus der Diele: »Anna Fjodorowna, ich habe Ihnen Brot gebracht.«

»Jana ist da!« verkündete die Alte erfreut.

»Na, Gott sei Dank«, kam die Antwort, und eine etwa vierzigjährige Frau mit einer Einkaufstasche trat ins Zimmer.

Als sie mich erblickte, zog sie erstaunt die Brauen hoch. »Wer sind Sie denn?«

»Eine Bekannte von Jana. Die Großmutter meint, ich sei ihre Tochter, und ich habe sie in dem Glauben gelassen.«

»Das haben Sie richtig gemacht«, sagte die Frau und legte einen Laib Brot auf den Tisch. »Sie begreift sowieso nichts mehr.«

Sie zog eine Schublade auf, holte die schwarzen Knöpfe heraus und steckte sie geschickt auf die Stifte. Jetzt sah der Gasherd wieder normal aus.

»Jana ist etwas passiert ...«

Ich berichtete kurz, was geschehen war.

»Das ist ja schrecklich«, wiederholte die Frau immer wieder, »entsetzlich.«

Sie brauchte etwa fünf Minuten, um sich zu beruhigen.

»Ich habe schon geahnt, daß etwas Schlimmes passiert ist«, sagte sie schließlich. »Jana ist so ordentlich und hat noch nie vergessen, Geld zu bringen. Aber jetzt haben wir bereits einige Tage auf sie gewartet. Gut, daß sie Sie hergeschickt hat, sonst hätte ich gar nicht gewußt, was ich machen soll. Ich heiße übrigens Larissa.«

»Und ich bin Tanja«, antwortete ich. »Sind Sie die Pflegerin?«

»Ja. Anna Fjodorowna kann man nicht mehr allein lassen. Ich bin nur in der Bäckerei im Erdgeschoß gewesen, und schon hat sie Ihnen die Tür geöffnet. Es hätten ja auch Einbrecher sein können.«

»Was ist mit ihr?«

»Sie hat Alzheimer«, sagte Larissa seufzend. »Eine schreckliche Krankheit. Die Persönlichkeit stirbt allmählich ab, dabei wirkt der Körper ganz gesund. Schauen Sie sie nur an.«

Die Großmutter lächelte selig und rührte ihren Tee mit der Gabel um. Ich schwieg bedrückt. Was sollte ich dazu sagen? Für alle Fälle fragte ich aber: »Wohnt hier vielleicht ein Slawa?«

»Nein«, antwortete Larissa. »Nur wir beide.«

»Vielleicht kennen Sie einen Mann dieses Namens aus dem Bekanntenkreis von Jana oder ihrer Mutter?«

Larissa schüttelte den Kopf. »Besuch bekommen wir nicht. Ich kenne nur Jana. Vor mir hat hier eine andere Pflegerin gewohnt ... Sie hatte auch so einen seltenen Namen: Akulina!«

Enttäuscht trank ich meinen Tee. Aber ein Trost blieb mir doch: Wenigstens hatte ich die Pflegerin über Janas Zustand informiert.

Die Schule Nr. 2796 stand in einer schmalen Gasse zwischen zwei riesigen Hochhäusern aus der Stalinzeit. In dem geräumigen Gebäude lärmten Kinder, daß man kaum sein eigenes Wort verstehen konnte. Als es klingelte, verschwanden alle blitzschnell in ihren Klassenzimmern.

Ich lief auf Zehenspitzen durch die Korridore, bis ich auf eine Tür mit dem Schild »Direktor« stieß. Dort klopfte ich an.

»Herein«, kam es von drinnen.

Ich öffnete die Tür und trat in einen großen Raum, der mit hellen Möbeln ausgestattet war. Am Schreibtisch saß eine schlanke Dame in einer Lederjacke. Das schwarze Haar hatte sie sicher von einem teuren Friseur aufstecken lassen. Ein dezentes Make-up betonte die graublauen Augen, die schmalen Lippen waren mit Rouge etwas vergrößert, sie trug goldene Ohrringe und duftete nach Parfüm von Kenzo. Die Direktorin einer allgemeinbildenden Schule stellte ich mir ganz anders vor. Diese Dame hätte besser in den Chefsessel einer Bank oder einer Werbeagentur gepaßt. Da hob sie ihren Blick und fragte in strengem Ton: »Sind Sie Kotschetows Mutter?«

»Nein, nein«, stammelte ich, »entschuldigen Sie, hier hat irgendwann Frau Katukowa gearbeitet ...«

Die Miene der Direktorin hellte sich auf. »Meinen Sie Anna Fjodorowna?«

»Ja.«

»Die ist schon lange in Rente.«

»Wissen Sie nicht zufällig ihre Adresse?«

Mein Gegenüber wurde ernst. »Wozu brauchen Sie die?«

Ich überlegte einen Moment und entschloß mich dann, das Risiko einzugehen. Vielleicht fragte sie mich nicht nach meinem Ausweis.

»Ich bin Major Romanowa von der Kriminalpolizei.«

»Und was wollen Sie von mir?« fragte die Direktorin mit versteinertem Gesicht.

»Ich ermittle im Todesfall des Sohnes von Anna Fjodorowna ...«

»Kostja ist tot?« flüsterte die Frau erbleichend. Da half kein Make-up. Sie wurde kreideweiß, nur auf ihren Wangen zeigten sich rote Flecken. Die eben noch so elegante Dame wirkte jetzt wie ein geschminkter Leichnam.

»Wie ist es denn passiert?« erkundigte sie sich tonlos.

Ich schaute sie ängstlich an. Sie wirkte jetzt wie eine alte Frau und fragte immer wieder ganz mechanisch: »Wie ist das passiert? Wie?«

Um sie nicht noch mehr zu erschrecken, sagte ich: »Auf tragische Weise.«

Die Direktorin fingerte ein teures Zigarettenetui aus schwarzem Leder aus ihrer Tasche und versuchte mit zitternden Händen, eine Zigarette anzuzünden.

»Ist er ermordet worden?«

Ich nickte.

»Natürlich wegen einer Frau?!«

»Die Ermittlungen sind noch nicht abgeschlossen. Kannten Sie Kostja Katukow gut?«

»Ich bin seine Frau.«

Jetzt war es an mir, schockiert dreinzublicken.

»Seine Frau?«

»Seine ehemalige.«

»War er denn verheiratet?«

Die Direktorin drückte die Kippe im Aschenbecher aus, schaute auf die Uhr und sagte: »Kommen Sie mit in meine Wohnung. In diesem Zustand kann ich sowieso nicht arbeiten.«

Wir traten auf den Gang hinaus. Aber statt zur Haustür hinunterzugehen, stiegen wir in den vierten Stock hinauf. Als die Frau meinen verwunderten Blick sah, erklärte sie: »Ich wohne hier in der Schule. Meine Wohnung in der Stadt habe ich aufgegeben, dafür durfte ich hier einziehen. Das ist sehr bequem. Ich habe keinen langen Weg und bin immer zur Stelle, wenn ich gebraucht werde.«

Die Wohnung wirkte gemütlich. Ein großes Zimmer und dahinter eine riesige, perfekt eingerichtete Küche – Toaster, Grill, Backofen, Küchenmaschine, die Direktorin litt offenbar keine Not. Der Kühlschrank vervollständigte den Eindruck – ein riesiger Bosch mit Tiefkühlteil. In meinem früheren Leben hatte mir Mischa so einen geschenkt, und er kaufte nie billige Sachen. Auf der Mikrowelle lag eine dicke rothaarige Katze. Eine pechschwarze hatte es sich in der Spüle bequem gemacht. Die Direktorin schaltete einen nagelneuen Wasserkocher von Tefal ein und wandte den Kopf nach mir um. »Kaffee?«

Ich konnte nur staunen, wie schnell sie sich wieder gefangen hatte. Ihre Gesichtsfarbe war jetzt normal, die Lippen leicht gerötet, sie bewegte sich sicher und präzise. Im Handumdrehen standen Tassen, Milch, Zucker und eine Waffeltorte auf dem Tisch. Die Direktorin seufzte tief auf. »Sie hätten sowieso erfahren, wie ich zu Kostja stehe. Also kann ich Ihnen auch gleich die ganze Geschichte erzählen …«

Ich nickte.

»Sie hat vor langer Zeit angefangen. Kostja und ich gingen in dieser Schule in die gleiche Klasse. Seine Mutter, Anna Fjodorowna, war damals hier Direktorin.«

Ljuba Kasanzewa hätte sich nie träumen lassen, daß sie zwanzig Jahre später selbst diese Schule leiten würde. Mit Kostja verband sie eine echte Sandkastenliebe. Sie wohnten zusammen in einer großen Gemeinschaftswohnung. Zwei Zimmer gehörten Ljubas Mutter, zwei der von Kostja. An seinen Vater konnte sie sich nicht erinnern. Er starb bald nach der Geburt des Sohnes. Kostja hatte noch eine wesentlich ältere Schwester, die bereits verheiratet war und nur selten bei ihrer Mutter auftauchte.

Es ging ihnen nicht besonders gut. Anna Fjodorowna war ewig in der Schule, und Ljubas Mutter kam abends völlig erschöpft aus der Fabrik nach Hause. Das Geld war immer knapp. Für Urlaub, einen Wintermantel oder neue Schuhe mußte monatelang gespart werden. Die Ernährung war äußerst dürftig, und die Kinder mußten oft die alten Sachen der Erwachsenen auftragen. Das erste hübsche Kleid bekam Ljuba mit sieben Jahren. Es war ihre Schuluniform.

Kostja war ein stiller, freundlicher Junge, der keine Probleme machte. Auch Ljuba war still und freundlich. Sie gingen zusammen zur Schule und kamen gemeinsam nach Hause zurück. Ljuba fühlte sich als Hausfrau, wärmte das von ihrer Mutter gekochte Essen, das sie gemeinsam verspeisten. Anna Fjodorowna konnte nicht gut kochen. Dafür brachte sie von ihren vielen Sitzungen oftmals seltene Delikatessen von den dortigen Buffets mit nach Hause: eingezuckerte Moosbeeren, Baisers oder Quarktörtchen. So lebten sie einträchtig zusammen. Nie gab es Streit, wer die Küche und wer das Bad zu putzen hatte. Wer gerade zu Hause war, erledigte die Arbeit. Als sie größer waren, übernahm Ljuba die Wohnung und Kostja die Einkäufe.

Von klein auf waren sie für alle Braut und Bräutigam. In

der achten Klasse hörte die Hänselei auf, denn sie waren sowieso immer zusammen. Mit dreizehn gab es für Ljuba keinen Zweifel mehr: Kostja war ihr Schicksal. Was der darüber dachte, wußte sie nicht.

Das Jahr 1977 begrüßten sie in großer Runde auf einer Datsche. Ob ihnen der Alkohol zu Kopf gestiegen war, den sie zum ersten Mal tranken, oder ob die wilden Tänze das Stoppschild beiseite gefegt hatten, jedenfalls wachten Kostja und Ljuba am 1. Januar zusammen in einem Bett auf. Sie wußten selber nicht, wie das passiert war. Sie hatten sogar ein wenig Angst, nach Hause zu kommen, weil sie glaubten, ihre Mütter würden ihnen alles ansehen. Aber die merkten nichts, und das junge Paar nutzte jetzt jede Möglichkeit, um sexuelle Erfahrungen zu sammeln. Die Quittung folgte auf dem Fuße: Im April stellte Ljuba entsetzt fest, daß sie schwanger war.

Heute ist das für ein Mädchen der neunten Klasse keine Katastrophe mehr. An jeder Ecke gibt es medizinische Einrichtungen, die das Problem lösen. Aber 1977 sah das noch ganz anders aus. Eine Abtreibung wurde nur auf Überweisung des Frauenarztes, nur in Entbindungsanstalten und Spezialkliniken vorgenommen. Minderjährige mußten in Begleitung der Eltern erscheinen, und der Arzt machte der Schule über derart »unsittliches Verhalten« Meldung. Es gab jedoch auch damals Wege, um solche Unannehmlichkeiten zu umgehen. So mancher Gynäkologe verletzte gern das Gesetz und nahm den Eingriff ohne Papiere vor. Er kostete allerdings 50 Rubel. Diese riesige Summe hatte unser Pärchen nicht. Sie mußten also die Eltern einweihen. Beide Mütter nahmen die Nachricht aber erstaunlich ruhig auf. Sie machten dem jungen Paar nicht einmal Vorwürfe.

»Ich wußte doch, daß ihr beide einmal heiratet«, erklärte Ljubas Mutter mit einem Seufzer der Erleichterung.

Im Familienrat erging folgender Beschluß: Die beiden

hatten die Schule zu beenden und ein Studium aufzunehmen. Von dem Malheur sollte niemand erfahren. Der zu erwartende Tratsch konnte ihnen nur schaden. Von nun an durften sie zusammen wohnen. Ein Zimmer wurde für sie frei gemacht. Heiraten würden sie, wenn sie volljährig waren. Ein Kind wäre beiden nur hinderlich. Anna Fjodorowna übernahm es, das delikate Problem zu lösen.

Das junge Paar folgte dem Rat der Alten. Ljuba ließ eine Abtreibung vornehmen, und ihr Familienleben begann. Aber bald liefen die Dinge aus dem Ruder. Im Sommer starb Ljubas Mutter an einem Herzanfall. Die Heirat der Tochter erlebte sie nicht mehr. Im Jahr darauf nahmen Ljuba und Kostja an verschiedenen Instituten ein Studium auf. Ljuba wählte die Pädagogik, Kostja dagegen bestand unerwartet die Eignungsprüfung für die Schauspielschule. Kostja kam nun immer später nach Hause und blieb zuweilen ganze Nächte lang weg. Das erklärte er mit endlosen Proben … Er roch zuweilen nach fremdem Parfüm. Im Bett drehte er sich jetzt mit dem Gesicht zur Wand und schlief meist sofort ein.

Im Februar lud Anna Fjodorowna Ljuba zu einem Konzertbesuch ein. Kostja war auf Urlaub nach Tallinn gefahren. Nach dem wunderschönen Abend begann die Schwiegermutter ein merkwürdiges Gespräch über die Polygamie der Männer und die Toleranz der Frauen, über Untreue in der Ehe. Ljuba hörte aufmerksam zu und fragte dann: »Was ist passiert, Tante Anna?«

Als Antwort kam eine neue Tirade der Direktorin über das animalische Wesen des männlichen Geschlechts. Langsam begriff das naive Mädchen, was sie ihr sagen wollte.

»Kostja geht fremd?«

Die Schwiegermutter nickte. »Weißt du, Kindchen, es gibt Männer, denen ist eine Frau einfach nicht genug. Kostjas Vater war genauso. Er konnte an keinem Rock vorbeigehen. Was ich mit ihm alles erlebt habe! Aber was sollte ich machen? Ich hatte zwei Kinder, und die sollten nicht ohne Vater aufwachsen. Du hast noch keine Kinder.«

»Er ist nicht allein nach Tallinn gefahren?«

Anna Fjodorowna nickte wieder. «Du hast zwei Möglichkeiten: Entweder du trennst dich von ihm, oder du wirst dich bis zu deinem Tode damit abfinden müssen, daß er immer wieder Geliebte hat.«

Ljuba verließ die Schwiegermutter mit hocherhobenem Kopf. Noch am selben Abend schleppte sie ihre Sachen aus der »Familienwohnung« in ihr ehemaliges Kinderzimmer. Sie brauchte Kostja nichts zu erklären, das übernahm Anna Fjodorowna.

Auf den ersten Blick veränderte sich ihr Leben nicht sehr. Man trank nach wie vor abends gemeinsam Tee, schlief aber jetzt in getrennten Zimmern. Eines Abends hielt Ljuba es nicht mehr aus und schlich sich zu Kostja hinüber. Der strich ihr übers Haar und sagte: »Verzeih mir, Ljuba, wir sind jetzt wie Bruder und Schwester ...«

Merkwürdigerweise war sie nicht gekränkt. Sie fühlte inzwischen ähnlich. So lebten sie weiter in Frieden und Freundschaft, bis Kostja eines Tages – Anna Fjodorowna war zur Kur in Kislowodsk – ein Mädchen mit nach Hause brachte. Die Neue wohnte bei Kostja, bis Anna Fjodorowna zurückkehrte.

Die Direktorin hatte ihren Koffer noch nicht ausgepackt, da kam Ljuba mit einem Papier zu ihr. Sie hatte Tauschpartner gefunden. Die Vier-Zimmer-Wohnung ließ sich leicht gegen drei kleinere Wohnungen eintauschen. Damit hatte jeder von ihnen eine Bleibe.

Ljuba blieb mit ihrer früheren Schwiegermutter befreundet. Nach dem Examen erhielt sie eine Stelle in deren Schule. Anna Fjodorowna tat, was sie konnte, um die Karriere der verschmähten Schwiegertochter zu befördern. Sie machte sie zu ihrer Stellvertreterin, verlieh ihr ständig Auszeichnungen und lobte sie bei ihren Vorgesetzten, wo sie nur konnte. Als Anna Fjodorowna in Rente ging, war es nur logisch, daß Ljuba den Staffelstab übernahm.

Kostja sah sie nur selten, aber ihr freundschaftliches Verhältnis blieb erhalten. Sie schickten einander Glückwünsche zu Feiertagen und schenkten sich etwas zum Geburtstag. Zweimal im Jahr – am 8. März und am 1. Januar – erhielt Ljuba einen großen Blumenkorb. Zum Frauentag waren das in der Regel weiße Nelken. Zum Neujahr kamen stets üppige dunkelrote Rosen, und gegen alle Regel waren es stets sechzehn an der Zahl. In jener denkwürdigen Nacht, als sie Mann und Frau wurden, war sie sechzehn Jahre alt gewesen. Kostja vergaß den Tag nicht ein einziges Mal, und es war ihr ein Rätsel, wo er zur Sowjetzeit jedes Jahr diese seltenen Blumen herbekam.

Die Direktorin war mit ihrem Bericht zu Ende. Sie hatte dabei fast eine ganze Schachtel Zigaretten geraucht.

»Hat er Sie nie um einen Gefallen gebeten?« fragte ich.

»Natürlich hat er«, antwortete sie. »Mehrfach mußte ich Kinder in meine Schule aufnehmen, und einmal habe ich einem Jungen das Abschlußzeugnis ohne Prüfung ausgestellt.«

»Zur Aufbewahrung hat er Ihnen nichts übergeben?« unterbrach ich sie ungeduldig. »Einige blaue Blätter und Fotos?«

»Nein«, antwortete sie verwundert. »Wir hatten immer noch ein gutes Verhältnis, aber standen uns nicht mehr sehr nahe ...«

»Hatte er gute Freunde?«

»Ich kann mich nur an Mischa Rogow erinnern.«

»Kostja hatte eine Schwester.«

Die Direktorin öffnete eine neue Schachtel Zigaretten.

»Ja, Marjana.«

»Standen sie miteinander in Kontakt?«

Die Direktorin trommelte nachdenklich mit den Fingern auf die Tischplatte und nippte von dem erkalteten Kaffee.

»Marjana ist vierzehn Jahre älter als ihr Bruder. Als sie achtzehn war, war er vier. Außerdem hat sie früh geheiratet – einen wesentlich älteren und sehr wohlhabenden Mann. Anna Fjodorowna kam wohl nicht gut mit ihm aus. Marjana ließ sich höchstens zweimal im Jahr zu Hause sehen, nicht öfter. Seit Kostja fünfzehn war, besuchte er sie selber dann manchmal. Wahrscheinlich mochte sie ihren Bruder, denn er bekam Geschenke von ihr – Jeans, eine Jacke oder Schuhe ...«

»Wissen Sie, wo sie wohnt?«

»Ich habe nur ihre Telefonnummer.«

Als ich diese notiert hatte, fragte ich weiter: »Können Sie mir auch Anna Fjodorownas Adresse sagen?«

»Das kann ich«, antwortete meine Gesprächspartnerin langsam. »Aber die nutzt Ihnen nichts.«

»Warum?«

»Anna Fjodorowna ist sehr krank und spricht mit niemandem.«

»Ich möchte es trotzdem versuchen.«

»Meinetwegen«, gab die Direktorin mit einem schiefen Lächeln zurück und sagte: »Netschajewski Prospekt 15, Wohnung 107.«

Ich starrte auf die Adresse. Da war ich doch gerade gewesen! Die vertrocknete Alte im gelben Trägerrock sollte Kostjas Mutter sein?

»Leidet sie an Alzheimer?« erkundigte ich mich.

Die Direktorin nippte wieder wortlos an dem kalten Kaffee.

»Die Miliz hat die häßliche Eigenschaft, jeden zu verdächtigen. Glauben Sie etwa, ich hätte Kostja umgebracht? Ja, Anna Fjodorowna leidet an Alzheimer. Sie hat ihre Persönlichkeit bereits ganz verloren. Das ist für alle, die sie kannten, eine schreckliche Tragödie. Kostja und Marjana haben eine Pflegerin bestellt, die sie keine Minute aus den Augen lassen darf. Anfangs, als Anna Fjodorowna noch halbwegs bei sich war, kam nur eine Haushaltshilfe. Aber dann konnte man sie nicht mehr allein lassen. Sie erkannte niemanden mehr, rief ständig nach einem Enkel, den es gar nicht gibt, oder nach ihrem verstorbenen Mann. Sie wurde sogar handgreiflich. Gut, daß Mischa Rogow helfen konnte. Er ist ein berühmter Psychiater und hat Medikamente verschrieben, die ihre Aggressionen dämpfen. Aber den Verstand konnte er ihr nicht zurückgeben. Zuweilen kann man jedoch ganz vernünftig mit ihr reden ...«

In meinem Kopf ging es bunt durcheinander.

Wenn Kostja und die mir unbekannte Marjana Geschwister waren, wer war dann Jana Michailowa, die mich zu der alten Frau geschickt hatte?

16. Kapitel

Draußen war es wieder ziemlich kalt geworden. Dabei hatten wir erst Anfang November! Der Wind pfiff wie im Februar, und der Frost biß wie im tiefsten Winter. Doch ich wußte jetzt, wie ich mich vor der Kälte schützen konnte. Als ich völlig durchgefroren war, schlüpfe ich in den nächsten Pavillon, kaufte mir dort einen Becher heißen Kaffee und ein Marzipanbrötchen. Mir wurde sofort wieder warm, und bis zur nächsten Metrostation spürte ich den Frost nicht mehr. Fest stand allerdings auch: Mein schöner Kaschmirmantel und die dünnen Stiefelchen waren für dieses Wetter völlig ungeeignet. Sie hatten einer Dame gehört, die in einer gemütlich warmen Limousine umherfuhr, nicht aber einer Privatdetektivin, die zu Fuß von Haus zu Haus laufen mußte.

Vor unserer Wohnungstür roch es unangenehm. Der Gestank verstärkte sich, als ich die Tür aufschloß.

»Kira, was ist passiert?«

Totenstille. War der Junge etwa gegen mein Verbot draußen auf dem Hof gewesen, obwohl er noch nicht ganz gesund war?

Als ich in die Küche kam, wurde mir alles klar. Mitten auf dem Eßtisch stand unser elektrischer Kocher, und darauf das Bügeleisen. Mechanisch griff ich nach dem Bügeleisen und wollte es an seinen Platz stellen, aber ich hob den Kocher gleich mit auf. Ich schaute mir die Sache genauer an. Irgendwer hatte ein großes Stück Plastikfolie auf den Kocher gelegt und das Bügeleisen darauf gestellt. Dann hatte er offenbar beide Geräte eingeschaltet. Die Folie schmolz sofort, und Kochplatte und Bügeleisen klebten nun fest zusammen.

»Kira!« rief ich. »Komm sofort her!«

Die Tür quietschte, und zwei Jungen traten zögernd in die Küche.

»Das ist Goscha«, sagte Kira leise.

»Guten Tag«, murmelte sein Kumpel, ohne mich anzuschauen.

»Was soll das bedeuten?« fragte ich.

»Das war Goscha«, hub Kira an, »er hat sich das ausgedacht ...«

»Ich hatte doch nur so eine Idee«, sagte sein Klassenkamerad weinerlich, »aber kaum war sie raus, da hast du schon den Kocher angeschleppt.«

»Und wer hat das Bügeleisen draufgestellt?« gab Kira scharf zurück.

»Aber du hast die Stecker in die Dose gesteckt!«

»Jetzt mal Ruhe hier!« rief ich. »Schämt euch was! Ihr wollt Freunde sein? Schiebt die Schuld einer auf den anderen!«

Seufzend klärte Kira mich auf. Goscha und er wollten ein Segelflugzeug bauen – ein richtiges, mit großen Flügeln. Die Zeichnung hatten sie aus einer Enzyklopädie.

Das Problem waren die Flügel. So große Stücke Plastikfolie hatten sie nicht. Daher wollten sie einzelne Folienstücke zusammenkleben. Dabei scheiterten sie kläglich, denn es gab keinen Klebstoff, der die Folien fest zusammenhielt. Da erinnerte sich Goscha daran, daß seine Mutter ihn einmal auf die Post geschickt hatte, ein Paket für die Großmutter aufzugeben. Er hatte gesehen, wie die Postangestellte das Paket in Folie eingehüllt, in einen Apparat geschoben und versiegelt wieder herausgeholt hatte.

»Wie funktioniert dieses Gerät?« hatte Goscha gefragt.

»Ganz einfach«, kam die Antwort. »Die Folie wird mit Hitze fest verschweißt.«

Die Jungen hatten eine geniale Idee. Man brauchte die Folie doch nur auf eine Kochplatte zu legen und mit dem Bügeleisen zu verschweißen. Die jungen »Erfinder« hatten allerdings ein kleines Detail nicht bedacht: Die Folie schmolz sofort und das Bügeleisen klebte an der Kochplatte fest. Das Ganze stank auch noch fürchterlich. Zum Glück kamen sie darauf, das neu entstandene Zwillingsgerät sofort wieder vom Netz zu trennen.

»Hm«, machte ich und schaute mir die Bügeleisenkochplatte an. »Und was jetzt?«

»Ich muß dringend nach Hause. Ich habe noch so viele Hausaufgaben zu machen!« erklärte Goscha und schlüpfte in die Diele hinaus.

»Verräter!« rief ihm Kira nach. »Dir werd ich's zeigen!«

Er wollte ihm nachlaufen, aber ich hielt ihn am Kragen fest. »Bleib hier, laß ihn gehen.«

»Der feige Hund!« schrie Kira und wollte sich losreißen. »Er hat sich das ausgedacht, und ich soll jetzt die Suppe auslöffeln! Laß mich los, dem hau ich eins auf die Nase!«

Die Tür klappte.

»Dafür weißt du jetzt, was für einen Freund du hast«, murmelte ich. »Ein richtiger hätte dich nicht so sitzenlassen.«

»Ein Schwein ist er!« murmelte Kira, schniefte laut und fing plötzlich an zu heulen.

Ich nahm ihn bei den Schultern, und der unglückliche Flugzeugbauer vergrub seine triefende Nase an meiner Brust.

»Du machst mich ja ganz naß!«

»Weißt du, wie Julia mit mir schimpfen wird?« Kira konnte sich gar nicht beruhigen.

»Ach was, wir lassen die Bügelplatte einfach verschwinden und sagen keinem was davon.«

Kira riß die Augen auf. »Das würdest du tun?«

»Von meiner Hühnersuppe hast du doch auch keinem was gesagt. Jetzt bin ich an der Reihe!«

»Tanja!« rief Kira. »Du bist ein echter Freund! Aber was machen wir, wenn Julia das Bügeleisen braucht?«

»Plättet sie denn oft?«

Kira lächelte schon wieder. »Höchstens einmal im Jahr.«

»Das heißt, so schnell wird sie es nicht vermissen. Inzwischen kaufen wir ein neues.«

Kira ging zum Fenster.

»Ich verrate dir jetzt ein Geheimnis.«

»Was ist es denn?«

»Warte einen Moment.«

Während der Junge etwas in seinem Zimmer suchte, machte ich das Essen warm.

»Hier«, sagte Kira und hielt mir sein Hausaufgabenheft hin. In den einzelnen Spalten sah ich Zweien und wenige Dreien.

»Deine Zensuren sind doch gar nicht schlecht«, sagte ich aufmunternd.

»Na, dann schau mal hier.« Und er legte ein zweites Hausaufgabenheft auf den Tisch. Als ich es öffnete, konnte ich nur stöhnen. In engen Reihen Vieren und Fünfen. Auf den Rändern überall Bemerkungen: »Bitte in die Schule kommen!« – »Bitte dringend den Klassenlehrer anrufen!« – »Dringend beim Direktor melden!!!«

»Du hast zwei Hausaufgabenhefte?«

»Hm«, brummte Kira. »Bis jetzt ist es gut gegangen; selbst in Mathematik habe ich immer eine Drei bekommen. Aber letztens hat mir der Giftzwerg eine Vier reingehauen.«

»Wer?« fragte ich verständnislos.

»Unsere Mathelehrerin. Sie heißt bei uns nur der Giftzwerg!«

»Also«, sagte ich entschlossen. »Erstens, beruhige dich. Zweitens gehe ich morgen in die Schule und regle das. Kennen sie deine Mutter dort gut?«

»Die haben sie noch nie zu Gesicht bekommen«, erklärte Kira. »Sie hat doch nie Zeit, und ich bin auch erst ein Jahr dort. Vorher war ich in einer anderen Schule.«

»Das wird schon klappen«, sagte ich.

Am nächsten Morgen hängte ich mich zunächst ans Telefon. Ich rief im Krankenhaus an und erfuhr, Janas Zustand sei nach wie vor schlecht und sie liege wieder auf der Intensivstation. Als nächstes wählte ich die Nummer, die mir die Schuldirektorin gegeben hatte. Dabei hatte sie allerdings etwas ratlos in ihrem Telefonbuch geblättert und gemurmelt: »Mischa Rogow habe ich lange nicht gesehen. Vielleicht wohnt er gar nicht mehr dort.« Jetzt aber teilte mir eine frische Kinderstimme mit: »Papa ist in der Klinik.«

Ich fragte nach der Adresse und machte mich auf den Weg. Seit ich die Moskauer Metro benutze, habe ich sie richtig liebgewonnen. Erstens ist es dort warm, hell und sauber. Zweitens kann man beim Fahren wunderbar nachdenken oder ein Buch lesen. Wenn man einen Platz ergattert, ist es wie im Taxi, sogar noch besser. Es gibt keine Staus, keine lästige Beschallung mit irgendwelcher Musik, und es ist nicht teuer. Mit drei Rubeln kommt man durch die ganze Stadt. Außerdem gibt es an manchen Stationen wunderbare Piroggen und Würstchen, Zeitungen und Krimis zu kaufen …

Im Durchgang von der Twerskaja zur Tschechowskaja stehen so viele Verkaufsstände, daß man denkt, man sei in einem Kaufhaus. Mir fiel ein Mädchen auf, das mit den verschiedensten Ausweisen behängt war. Eifrig studierte ich ihre »Auslage«. Was es da nicht alles gab! Auf Klappkarten prangten die großen goldenen Lettern des Geheimdienstes FSB, der Auslandsaufklärung GRU oder des Innenministeriums MWD. Falsche Dienstausweise für fast alle wichtigen Behörden! Weiter unten eine »Urkunde für die geliebte Schwiegermutter« oder ein »Paß des Ehemannes«. Sogar eine Freifahrkarte war dabei.

»Was soll denn das sein?« fragte ich das Mädchen und tippte auf letztere. Die Verkäuferin kicherte und öffnete den Ausweis. Da stand: »Der Besitzer, zugehörig der Population sibirischer Papageien, einer im Rotbuch verzeichneten geschützten Art, hat das Recht zur freien Fahrt auf allen Verkehrsmitteln der Stadt Moskau.«

»Witzig, was?« meinte die Verkäuferin und lachte. »Wird sehr gern genommen. Ein cooles Geschenk für nur 20 Rubel. Sieht von außen ganz echt aus. Bei manchem Kontrolleur funktioniert's sogar.«

»Und das ist auch ein Witz?« fragte ich und wies auf den Ausweis des Innenministeriums.

»Das nicht«, sagte das Mädchen gedehnt und klappte das weinrote Ding auf. »Hier können Sie Ihren Namen eintragen und das Ganze stempeln lassen. Wirkt immer. Nur bei der Miliz sollten Sie es besser nicht verwenden.«

»Wieviel?«

»Blanko 100 Rubel und fürs Beschriften noch mal 200.«

»Und wo wird das gemacht?«

»Aljoscha!« rief das Mädchen.

Von gegenüber kam ein junger Bursche herbei, der ein Schild mit der Aufschrift »Kaufe Gold, Uhren und Orden« um den Hals trug.

»Kundschaft!«

Der Bursche nahm den Ausweis und sagte: »Dort drüben steht ein Fotoautomat.«

»Wozu? Das Paßbild kann ich doch zu Hause aufkleben.«

Der Bursche seufzte. »Ich muß Ihnen das Foto stempeln, genau unten links, wenn es echt aussehen soll.«

Zehn Minuten später klebte er meine Physiognomie geschickt in den Ausweis, zückte einen Füllfederhalter, einen Stempel und ein Stempelkissen. Das Ergebnis übertraf alle meine Erwartungen.

»Bitte schön, Frau Majorin!« Der Junge überreichte mir grinsend das gute Stück. »Verlieren Sie es nicht, sonst gibt es einen Verweis mit Eintrag in die Personalakte!«

Der Ausweis wirkte täuschend echt. Ich mußte ihn sofort ausprobieren. In die Psychiatrische Klinik durften Fremde nicht hinein. Als ich dem Sicherheitsmann in der flotten Uniform meinen Ausweis unter die Nase hielt, stand der sofort stramm, ohne ihn überhaupt aufzuklappen. Vor Freude flog ich förmlich über die vereiste Allee. Wie einfach war es doch, die Menschen zu täuschen. Wahrscheinlich wuchert deshalb in unserem Lande das Verbrechen so sehr.

Mischa, genauer gesagt, Dr. med. Michail Rogow, saß hinter einer Tür mit dem Schild »Dienstzimmer«. Als ich eintrat, schrieb er etwas in ein dickes Heft.

»Nehmen Sie Platz«, brummte er, ohne aufzuschauen. »Warten Sie.« Fünf Minuten lang sah ich zu, wie er weiterkritzelte. Dann war er endlich fertig, setze eine Brille auf und sagte: »Was kann ich für Sie tun?«

Er war ziemlich dick, hatte einen mächtigen Bauch, kurze dicke Finger und den Ansatz einer Glatze. Er wirkte nett und freundlich wie ein Kuschelbär, dem man alles erzählen kann, was einem auf der Seele brennt.

Als ich ihm meinen Ausweis vorwies, seufzte er auf. »Sie kommen wegen Kostja?«

»Sie wissen, daß er tot ist?«

»Natürlich. Akulina hat sofort angerufen.«

»Wer?«

»Meine Ex-Gattin«, erläuterte mir der Psychiater. In meinem Kopf klickte es. Irgend jemand hatte eine Frau erwähnt, die so hieß. Aber wer?

»Sie waren mit Kostja Katukow befreundet?«

Mischa schnaufte und strich sich übers dünne Haar. Plötzlich sah ich, daß er nicht einem Teddybären, sondern einem riesigen Mops ähnelte, die immer etwas einfältig und gekränkt dreinschauen.

»Viele Jahre lang hielt ich ihn für meinen besten Freund, aber dann haben sich unsere Wege getrennt.«

»Weshalb, wenn es kein Geheimnis ist?«

Mischa schnaufte wieder.

»Wegen einer Frau«, vermutete ich.

Der so gutmütig wirkende Psychiater hieb plötzlich mit der Faust auf den Tisch und brüllte: »Hundertmal habe ich ihm gesagt, er soll die Weiber in Ruhe lassen, sonst nimmt es noch ein schlimmes Ende! Wir haben zwei Jahre lang nicht miteinander gesprochen. Aber was hatte er zuvor nicht für Scherereien! Und alles wegen der Frauen. Sobald er eine erblickte, gab es für ihn kein Halten mehr! Bestimmt hat ihm ein eifersüchtiger Ehemann das Licht ausgeblasen!«

»Hat er auch Ihnen die Frau ausgespannt?«

Mischa nickte. »Akulina ist ein Miststück mit der Moral einer Prostituierten. Ehrlich gesagt, ich habe ihr keine Träne nachgeweint. Aber Kostja war dann doch erschocken, was er da angerichtet hatte. Er hat nicht mehr angerufen, und ich habe mich nicht aufgedrängt. So ist das gewesen.«

»Haben die beiden lange zusammengelebt?«

Mischa erhob sich und lief im Zimmer auf und ab.

»Was weiß ich, vielleicht ein Jahr. Als es aus war, hat Akulina sich bei mir gemeldet und gejammert: ›Verzeih mir, ich liebe nur dich.‹ Aber ich habe nicht angebissen. Nein, meine Liebe, habe ich ihr gesagt, es gibt keinen Weg zurück. Bleib bei Kostja! Der gefällt dir doch so gut! Nur, Kostja hielt es nie lange bei einer Frau aus. Das höchste waren zehn Monate. Aber wissen Sie, was mich so wundert? Wie er es hingekriegt hat, die Frauen loszuwerden und trotzdem mit ihnen gut Freund zu bleiben. Sie werden es nicht glauben, aber er hat die Hälfte seiner Geliebten anschließend unter die Haube gebracht. Haben Sie so was schon mal gehört? Er hat ihnen Geld gegeben und Geschenke gemacht. Kostja hatte so ein grünes Heftchen, in dem er genau Buch führte. Zum Geburtstag rief er immer an und schickte Blumen. Da konnte man nur staunen. Meine Akulina zum Beispiel. Er hat für sie einen Mann gefunden und ihr eine Arbeit verschafft. Natürlich lobt sie ihn ohne Unterlaß. Zwar sind sie schon lange getrennt, aber sie mögen sich nach wie vor. Dabei hat sie mit ihm kaum ein Jahr zusammengelebt. Mit mir dagegen zehn. Ich bin für sie ein Mistkerl, Kostja dagegen ist der reine Engel. Wo bleibt da die Gerechtigkeit? Sie hat mich mit meinem besten Freund betrogen, aber ich bin der Böse.«

»Kennen Sie die Adresse von Kostjas Schwester?« Ich wollte einfach seinen Redeschwall unterbrechen.

»Von Jana?« fragte Mischa.

»Von wem?« gab ich verwundert zurück.

»Seine Schwester heißt Marjana«, erklärte Rogow. »Der Name gefällt ihr aber nicht, deshalb stellt sie sich immer als Jana vor.«

Jetzt war mir alles klar.

»Kennen Sie sie gut?«

Mischa seufzte auf und sagte : »Wir sind uns begegnet.«

»Hatten Kostja und Jana ein gutes Verhältnis?«

»In den letzten Jahren schon.«

»Kennen Sie jemanden in ihrem Umkreis, der Slawa heißt?«

Mischa lief plötzlich rot an wie ein Krebs.

»Wenn Sie schon alles wissen, was fragen Sie dann?«

Ich setzte eine kluge Miene auf und erwiderte in offiziellem Ton: »Die Ermittlung folgt eigenen Gesetzen. Ich kann alles wissen, aber ich will von Ihnen die Wahrheit hören. Und bedenken Sie: Im Moment ist das hier eine lockere Unterhaltung ohne Protokoll. Wenn ich das Gefühl habe, Sie verschweigen mir etwas, dann lasse ich Sie in die Petrowka bestellen, wo es anders aussieht. Eiserner Tisch, eiserner Stuhl, und alles am Boden angeschraubt ...«

»Ich habe nichts zu verbergen!« erklärte Mischa mit einer ausladenden Handbewegung. »Ich begreife nur nicht, was diese alte Geschichte mit Kostjas Tod zu tun haben soll.«

»Das zu entscheiden, überlassen Sie mal mir!« gab ich scharf zurück.

»Ist ja gut, ist ja gut«, murmelte der Doktor. »Hören Sie zu.«

17. Kapitel

Jana ist vierzehn Jahre älter als Kostja. Ihre Mutter, Anna Fjodorowna, zog die beiden Kinder allein groß. Mischa ging mit Kostja in eine Klasse. Als sie sich anfreundeten, war Jana schon verheiratet und wohnte nicht mehr zu Hause. Mischa kannte Kostjas sämtliche Probleme und Geheimnisse. Natürlich war er auch über dessen »Familienleben« mit Ljuba informiert und über seine Seitensprünge. Nachdem Kostja eine eigene Wohnung erhalten hatte, waren die beiden viel zusammen. Mischa wohnte noch bei seinen Eltern und beneidete Kostja heiß, denn er hatte kaum Kontakt zu Mädchen.

Beide waren gerade ins dritte Semester gekommen, da rief Kostja Mischa einige Tage nicht an. Der war gerade mit seiner Anatomieprüfung beschäftigt. Aber als sich sein

Freund auch nach einer Woche nicht meldete, wurde Mischa unruhig. Zwischen beiden war ein Notsignal vereinbart. Wenn einer den anderen dringend brauchte, dann rief er an, legte auf und wählte sofort noch einmal. Doch auch darauf reagierte Kostja nicht. Mischa ließ alles stehen und liegen und fuhr zu ihm.

Zu seinem Erstaunen war Kostja zu Hause. Als er fragte: »Warum nimmst du denn nicht ab?« zuckte der nur träge die Schultern. »Ich fühl mich nicht gut, Schnupfen, Husten …«

Mischa glaubte ihm kein Wort und drang weiter in ihn. Schließlich erzählte ihm Kostja eine ganz und gar unbegreifliche Geschichte.

Am Montag zuvor hatte seine Mutter einen Brief erhalten. Sie hatte lange gesessen und darüber geweint. Dann hatte sie Kostja ein Familiengeheimnis enthüllt. Anna Fjodorowna hatte nicht zwei, sondern drei Kinder. Es gab noch einen Bruder – Slawa –, der ein Jahr jünger war als er. Als der Vater starb, hätte die Lehrerin allein kaum drei Kinder großziehen können. Deshalb hatte sie den Kleinsten zu Natalja gegeben, der Schwester ihres Mannes. Die hatte selbst keine Kinder. Sie zog den Neffen wie ihr eigenes auf. Da sie alleinstehend war, konnte sie ihn nicht adoptieren. Er hieß aber Katukow wie sie, und so kamen dem Jungen nie Zweifel. Natalja war für ihn die leibliche Mutter. Um die Sache nicht zu komplizieren, hatten die beiden Frauen kaum noch Kontakt miteinander. Anna fürchtete, beim Anblick des Kindes könnte sie in Tränen ausbrechen, und Natalja wollte nicht, daß der Junge die Wahrheit erfuhr. Als Slawa sechzehn war, nahm Natalja für ihn seinen Ausweis in Empfang. Sie wollte nicht, daß der Junge seine Geburtsurkunde zu Gesicht bekam. Die Sache ging gut. Eine große Schachtel Konfekt »erweichte« das Herz der Beamtin. Sie übergab das Dokument der Mutter, da ihr Sohn aus Krankheitsgründen nicht persönlich erscheinen konnte. Natalja unterschrieb alle Papiere und atmete beruhigt auf.

Im Gegensatz zu Kostja war Slawa ein wilder, ungezogener Junge. Er hatte ständig böse Streiche im Kopf. Die verübte er gern aus dem Hinterhalt. Er schoß mit dem Katapult nach Vögeln und schlug Katzen tot. Mit vierzehn Jahren weigerte er sich, weiter zur Schule zu gehen, und verbrachte seine Zeit mit seinesgleichen an Straßenecken oder in dunklen Kellern.

Natalja versuchte, den Jungen mit Härte und Strenge zur Vernunft zu bringen, aber es war alles vergebens. Er wollte auch nicht arbeiten. Niemand weiß, was aus Slawa geworden wäre, hätte er nicht eines Tages per Zufall in eine Turnhalle geschaut, wo Jungen seines Alters einen ihm bis dahin unbekannten Sport trieben – Karate.

Slawa blieb zum Training und kam immer wieder. Der Trainer, der junge, strenge Oleg Sokolow, stellte ihm eine Bedingung: »Du kannst hier mitmachen, wenn du in der Schule ordentlich lernst.«

Slawa mußte also wieder zu den Schulbüchern greifen. Natalja ging jeden Tag in die Kirche und zündete dort für Oleg Sokolow eine Kerze an. Slawa veränderte sich zusehends. Er rauchte nicht mehr und war auch in keinem Keller mehr zu finden. Statt dessen standen in seinem Hausaufgabenheft jetzt wieder Zweien, er wurde sogar in den Komsomol aufgenommen und in die neunte Klasse versetzt, obwohl die Direktorin seiner Mutter noch im November kategorisch erklärt hatte: »Slawa muß eine Lehre beginnen.«

Natalja war überglücklich. Das Ganze hielt aber nur zwei Jahre an. Dann kam der schwarze Tag, den sie nie vergessen sollte. Es war der 29. März. Slawa ging ins Kulturhaus der Metrobauer zum Tanz und war spätabends noch nicht zu Hause. Gegen ein Uhr nachts begann die besorgte Mutter nach ihm zu suchen. Am frühen Morgen lief sie zur Miliz.

Auf dem Revier konnte man sie »beruhigen«: Slawa Katukow, geboren 1962, war heil und gesund. Er saß in Haft.

»Weswegen?« konnte die unglückliche Frau nur hervorstoßen.

Man berichtete ihr einen schlimmen Vorfall. Als der Tanzabend in vollem Gange war, hatte sich eine Gruppe junger Männer in den Saal gedrängt und die Mädchen belästigt. Es gab eine Schlägerei. Slawa legte sich mit einem Roman Wassiljew, geboren 1960, an. Er versetzte ihm einen Schlag, von dem der zu Boden ging und in seltsam verrenkter Stellung liegenblieb. Der rasch herbeigeholte Arzt stellte den Bruch eines Halswirbels fest, der zum sofortigen Tod geführt hatte.

Die Voruntersuchung lief mehrere Monate. Dann fand der Prozeß statt. Natalja schluchzte krampfhaft, als sie ihren Sohn erblickte, wie er da mit kahlgeschorenem Kopf zwischen zwei Wachposten stand. Das Urteil lautete auf sechs Jahre. Seine Mutter fiel beinahe in Ohnmacht. Zwar beteuerte man ihr von allen Seiten, das Gericht habe sämtliche mildernden Umstände berücksichtigt und auf das niedrigste Strafmaß erkannt, aber Natalja brachte der Kummer fast um. Sie sagte niemandem ein Wort, vor allem nicht ihrer Schwägerin. Die Schuld an der Sache sah sie nur bei sich selbst. Denn Slawas leiblicher Bruder Kostja lernte gut und machte seiner Familie keine Sorgen. Anna Fjodorowna hatte also ihre Kinder gut erzogen, sie dagegen nicht. Die Jungen waren kaum ein Jahr auseinander und konnten daher nicht grundverschieden sein. Nein, es lag nur an ihr. Slawa kam in ein Jugendstraflager. Natalja schrieb ihm Briefe, schickte Päckchen und besuchte ihn häufig. Das wurde zum Hauptinhalt ihres Lebens.

Vielleicht hätte Anna Fjodorowna von Slawas Schicksal nie etwas erfahren, aber Natalja erlitt einen Herzinfarkt und wurde ins Krankenhaus eingeliefert. Da sie fürchtete, es könnte mit ihr zu Ende gehen, schrieb sie ihrer Schwägerin den bewußten Brief. Anna Fjodorowna erhielt ihn morgens. Am selben Abend saß sie bereits an Nataljas Bett und hörte mit Entsetzen deren Bericht. Da sie nicht wollte, daß Kostja als Kind bereits von seinem Bruder erfuhr, hatte sie immer darauf geachtet, daß die Jungen sich nicht begegneten. Das mag seltsam erscheinen, aber dafür gab es einen besonderen Grund. Kostja und Slawa sahen sich sehr ähnlich. Sie mußten Brüder sein. Doch beide Frauen wollten nicht, daß die Wahrheit ans Licht kam. Anna Fjodorowna schämte sich dafür, daß sie ihren Sohn weggegeben hatte, wenn auch nur zu ihrer Schwägerin, und Natalja war wichtig, daß Slawa nur sie als seine Mutter ansah.

»Laß ihn nicht im Stich!« flüsterte Natalja und umklammerte Anna Fjodorownas Hand. »Hörst du? Hilf ihm, daß er seinen Weg ins Leben findet. Und sage den Kindern die Wahrheit.«

»Welche Wahrheit?« fragte Anna Fjodorowna erzitternd. In Nataljas Gesicht erschien ein ungutes Lächeln. »Du siehst doch, daß ich sterbe. Also hör endlich auf mit der Komödie und mache Slawas Vater ausfindig.«

»Was redest du da für einen Unsinn?« flüsterte die Schuldirektorin mit bleichen Lippen. »Sergej ist seit vielen Jahren tot.«

Jetzt lächelte Natalja nicht mehr, sondern starrte ihre Schwägerin mit weit aufgerissenen Augen an.

»Hältst du mich wirklich für so blöd?« flüsterte die. »Mir ist längst alles klar. Sergej ist im September gestorben. Slawa ist im August des darauffolgenden Jahres geboren. Rechne doch selber nach. Du mußt im November schwanger geworden sein, zwei Monate, nachdem dein Mann tot war.«

»Ich war einfach über die Zeit«, widersprach Anna Fjodorowna.

»Um zwei ganze Monate? War es nicht seltsam, daß du mit den Kindern in jenem Jahr schon Anfang Mai auf die

Datsche gezogen bist? Du hast gesagt, du hättest Herzschmerzen, und hast dich sogar krank gemeldet. Wo gibt's denn so was, daß eine Schuldirektorin kurz vor Abschluß des Schuljahres verschwindet! Und bald darauf, im August, hast du mich gerufen, mir das Kleine gezeigt und den Vorschlag gemacht, es gleich mitzunehmen. Du wolltest den Jungen schnell loswerden! Du wußtest, daß ich ein Leben lang von einem Kind geträumt hatte. Daß wir über all das Stillschweigen bewahren sollten, hast auch du verlangt. Ich habe eingewilligt. Wahrscheinlich weiß nur Jana etwas davon. Ein tolles Mädchen, alle Achtung! Hat dich nie verraten.«

Anna Fjodorowna fühlte sich einer Ohnmacht nahe. Ihre Schwägerin ließ sich in die Kissen sinken und sagte: »Ich weiß, du bist Kommunistin und glaubst weder an Gott noch an den Teufel. Aber schwöre mir bei diesem Kreuz, das ich auf der Brust trage, daß du den Jungen nicht im Stich läßt. Er hat zwar gesündigt, aber er ist dein Sohn.«

Die Direktorin nahm das warme Stück Silber in ihre eiskalten Hände und flüsterte: »Ich schwöre.«

»Jetzt ist es gut«, hauchte Natalja. »Einen solchen Schwur wirst selbst du nicht brechen!«

Anna Fjodorowna harrte bis zum Morgen an ihrem Krankenlager aus. Natalja, die ihre Mission auf Erden vollendet zu haben glaubte, verstarb, als die Uhr sieben zeigte.

Die Schuldirektorin fuhr nach Hause und sagte ihrem Sohn die Wahrheit. Allerdings verriet sie ihm nicht alles. Die Vermutungen ihrer Schwägerin über Slawas Vater behielt sie für sich.

Kostja erschrak tief. Heute kann ein naher Verwandter, der irgendwo einsitzt, ein Grund zum Stolz sein. Oft ist es der Karriere sogar förderlich, wenn man selber ein paar Jährchen aufzuweisen hat, zumindest aber einen Bruder oder einen Cousin dieser Art. 1980 aber war es genau umgekehrt. Der Bruder ein Verbrecher! Die reine Katastrophe!

»Mama«, sagte Kostja zitternd, »wie kann das sein? In allen meinen Fragebögen steht nur Marjana. Wenn ich nun in die Partei eintreten will? Da muß ich doch die Wahrheit schreiben! Wenn du deinen Sohn schon weggegeben hast, dann hättest du es ordentlich absichern sollen! Plötzlich habe ich eine Tante und sogar einen Bruder! Und Jana hat alles gewußt! Die ist mir vielleicht eine Schwester!

»Natalja konnte Slawa nicht adoptieren«, stammelte die Mutter.

»Wieso nicht?« fragte Kostja scharf.

»Weil sie nicht verheiratet war. Alleinstehende bekommen kein Kind zur Adoption«, erklärte die Direktorin.

»Das sind mir ja schöne Neuigkeiten!« Kostja wollte sich gar nicht beruhigen. »Wie komme ich jetzt bloß in die Partei?«

Da sprach seine Mutter, die das rote Büchlein mit dem Leninprofil im Schreibtisch liegen hatte, unerwartet einen Gedanken aus, den man sonst nur von Dissidenten kannte: »Dann trittst du eben nicht ein!«

»Na klar!« nörgelte Kostja. »Im Institut heißt es, wenn man zum Gastspiel ins Ausland reisen will, muß man in der Partei sein. Einem Kriminellen willst du helfen, aber was aus mir, deinem eigenen Sohn, wird, interessiert dich nicht!«

»Slawa ist doch auch mein Sohn«, wandte Anna Fjodorowna ein.

»Das fällt dir jetzt ein?« gab der sonst so höfliche Kostja zurück.

Zum ersten Mal hatten sie einen echten Streit. Am Abend brach Anna Fjodorowna das bedrückende Schweigen und sagte zu ihrem Sohn: »Also, Kostja, mach dir keine Sorgen. Niemand wird etwas erfahren. Slawa steht nicht in meinen Papieren. Den Nachbarn sagen wir, er sei dein Cousin.«

»Zieht der jetzt etwa bei uns ein?« fragte Kostja erschrocken.

»Natürlich nicht«, antwortete Anna Fjodorowna. »Er geht dorthin zurück, wo er gemeldet ist, in Nataljas Wohnung.«

1983 wurde Slawa entlassen. Als die Brüder sich zum ersten Mal sahen, war das keine freudige Begegnung. Sie saßen beieinander, wunderten sich, wie sehr sie einander ähnelten, und versuchten ins Gespräch zu kommen. Gemeinsame Themen hatten sie kaum. Kostja verbreitete sich über die neuen Filme von Antonioni und Fellini, redete begeistert über die Inszenierungen von Juri Ljubimow. Slawa nickte schweigend und suchte ständig seine linke Hand zu verstecken, an deren Mittelfinger zwei Ringe eintätowiert waren.

Der jüngere Katukow war nicht lange in Freiheit. Ein halbes Jahr später saß er schon wieder in der Butyrka, Moskaus berühmtem Untersuchungsgefängnis, diesmal wegen Diebstahl. Nun mußte die Schuldirektorin ihm Päckchen in das finstere Gemäuer tragen. Im Dezember, als Slawa bereits verurteilt war, wurde sie krank und bat Kostja: »Bitte, bring Slawa ein Paket ins Gefängnis.«

Als sie sah, wie blaß er wurde, fügte sie rasch hinzu: »Der Winter ist da, und er hat nur Sommersachen. Er wird uns sonst erfrieren.«

Kostja schleppte gehorsam das Bündel mit Wattejacke, Pelzmütze und Filzstiefeln ins Gefängnis. Außerdem gab er einen Beutel mit Zwieback, Tee und Zucker für Slawa ab. Überraschenderweise durfte er seinen Bruder sehen.

In einem langgestreckten Saal, der von einer schmutzigen Glasscheibe in zwei Hälften getrennt war, brüllten zahllose Menschen in Telefonhörer. Als Kostja einen aufnahm und auf sein Gegenüber schaute, blieb ihm der Mund offenstehen. Es war, als sähe er sich selbst im Spiegel. Nur war sein Gegenüber kurz geschoren, sehr blaß und trug eine völlig zerknitterte schwarze Jacke.

Nach Mordowien, wohin Slawa zur Verbüßung seiner

Strafe geschickt wurde, fuhr Kostja nicht. Auch Anna Fjodorowna fuhr nicht dorthin. Das übernahm Jana, der die Mutter leid tat. Sie blieb auch dort, wenn eine kurze Begegnung für zwei Stunden oder eine längere für einen Tag genehmigt wurde.

1986 wurde Slawa dann wieder entlassen und kehrte nach Moskau zurück. Es begann die wilde Zeit der Demokratie. Im Lager hatte Slawa Ansor Kalaschwili kennengelernt, einen schon damals reichen Geschäftsmann der Schattenwirtschaft. Ansor hatte eine illegale Werkstatt besessen, in der Hausanzüge hergestellt wurden, mit denen er ein Vermögen verdient hatte. Slawa, der gefürchtet war, weil er Karate beherrschte, hatte Ansor mehrmals vor Angriffen von Ganoven geschützt, die dem arroganten Georgier ans Leder wollten.

Ansor Kalaschwili wurde kurze Zeit vor Slawa entlassen. Nachdem Slawa aus dem Gefängnis frei war, erwartete er ihn am Kursker Bahnhof. Als Slawa in Wattejacke, schwarzem Käppi und Soldatenstiefeln aus dem Eisenbahnwagen stieg, erkannte er den elegant gekleideten Bürger gar nicht sofort, der ihm da mit freudigem Aufschrei entgegenlief. Ansor hatte schon wieder eine Schneidergenossenschaft gegründet, diesmal eine eingetragene Firma, die die Märkte der Hauptstadt mit bunten Blusen überschwemmte. Die wenig verwöhnten Moskauerinnen griffen danach wie nach heißen Piroggen. Sie kosteten nur ein Fünftel der türkischen und waren von besserer Qualität.

Im Gefängnis oder in einem Arbeitslager eine Strafe abzubrummen ist für keinen ein Zuckerlecken. Aber viele, die ihre besten Jahre hinter Gitter verbracht haben, verweisen auf einen positiven Umstand: Dort schließt man Freundschaften, die dauerhafter sind als alle Familienbande.

Ansor hatte nicht vergessen, daß Slawa ihn vor den Ganoven beschützt hatte. Er machte ihn zum Mitbesitzer seines florierenden Unternehmens. Kaum zu glauben, aber der ehemalige Dieb und Rowdy kannte sich nach einem halben Jahr bestens in den Feinheiten des Schneidergewerbes aus. Außerdem entpuppte er sich als umsichtiger Geschäftsmann. Die Firma wuchs und hatte bald eigene Verkaufsstände in den großen Moskauer Kaufhäusern GUM und ZUM. Die früheren Knastbrüder besaßen bald jeder Eigentumswohnung und Jeep, liefen mit dicken goldenen Halsketten und in himbeerfarbenen Sakkos herum.

Nun stellte sich auch Kostja öfter als Gast bei seinem Bruder ein. Im Unterschied zu Slawa kam er kaum voran. Er erhielt keine großen Rollen, und die Agentur für außergewöhnlichen Service hatte er noch nicht erfunden. Slawa half Kostja wie ein guter Verwandter: Er kaufte ihm einen Lada, verschaffte ihm Urlaubsreisen ins Ausland und steckte ihm immer mal ein paar Dollars zu. Dann eröffnete Kostja seine Serviceagentur, und seine materielle Lage verbesserte sich ein wenig. Slawa aber konnte er längst nicht das Wasser reichen.

Ansor war inzwischen nach Frankreich ausgewandert, und die Freunde betrieben neben der Schneiderei jetzt auch noch einen schwunghaften Handel mit Ladenhütern. In den großen Pariser Kaufhäusern erstand Kalaschwili liegengebliebene Pullover, Röcke und Anzüge für ein Butterbrot. Die modebewußten Pariserinnen kaufen keine Sachen vom vergangenen Jahr. Lagerhaltung ist teuer. In Moskau setzte man das alles mit beträchtlichem Gewinn ab. Slawa kam auf die Idee, Hausfrauen und junge Mütter in sein Gewerbe einzubeziehen. Für wenig Geld brachten sie die Sachen in Ordnung – plätteten sie oder nähten einen fehlenden Knopf an …

Das Geschäft boomte. Nur im persönlichen Leben hatte Slawa kein Glück. Es blieb einfach keine Zeit, nach der passenden Frau zu suchen. So hielt er sich an die leichten Mädchen, die er auf dem Twerskoi Boulevard auflas. Mit der Zeit gewöhnte er sich an diesen Lebenswandel. Für

Geld bekam er, was er wollte, und hatte keinerlei Verpflichtungen. Über die altmodische Art und Weise, wie Kostja seinen Damen den Hof machte, konnte er nur müde lächeln. Alle diese Blumen, Pralinen, Parfüms und Abendessen …

»Deshalb hast du auch nie Geld«, warf er Kostja vor. »Wozu denn einen Blumenkorb anschleppen, wenn es drei Stengel auch tun?«

Der Ältere lächelte nur. »Ich bin halt gern großzügig.«

»Du wirst noch arm sterben«, seufzte Slawa. »Wo gibt es denn so was – nichts auf der hohen Kante, aber vor den Weibern den Krösus spielen.«

»Aber sie gehen auch für mich durchs Feuer«, gab Kostja zurück.

Und das war die Wahrheit. Die Frauen vergötterten ihn und blieben ihm gewogen, selbst wenn er sie schon lange verlassen hatte.

Mischa Rogow holte tief Luft und sagte dann: »Das ist die ganze Geschichte. Sie können sie nachprüfen, wenn Sie in den Polizeicomputer schauen. Dort finden Sie sicher alles über die, die einmal hinter schwedischen Gardinen saßen.«

Ich nickte würdevoll. »Haben Sie Slawas Adresse?«

Rogow runzelte die Brauen. »Habe ich.«

Ich tat, als sähe ich seine Grimasse nicht. »Die möchte ich gern haben.«

Mischa diktierte mir, ohne irgendwo nachzusehen: »Kosmodemjanskistraße Nr …«

Wieso wußte er die Adresse von Slawa Katukow auswendig? Er muß mir meine Verwunderung angesehen haben, denn er fügte rasch hinzu: »Er ist inzwischen verheiratet. Seine Frau ist – Akulina. Aber das möchte ich jetzt bitte nicht kommentieren.«

Das war es also! Slawa hatte Mischas Verflossene geheiratet. Die Krankenschwester mit dem merkwürdigen Namen Akulina.

18. Kapitel

Kiras Schule erreichte ich, als die Klingel gerade das Ende des Unterrichts verkündete. Eine riesige Kindermeute stürzte mit Geschrei und Geschiebe zur Garderobe. Die Älteren schubsten die kleinen Schulranzenträger zur Seite, langbeinige Sechzehnjährige stiegen einfach über sie hinweg. An der Tür gab es einen Stau. Das Getöse steigerte sich.

»Schluß mit dem Gedränge!« ertönte plötzlich eine befehlsgewohnte Stimme.

Ich fuhr zusammen. Am Fuße der breiten Treppe erblickte ich ein seltsames Wesen. Wenn unsere Rachel sich auf die Hinterbeine stellte, war sie wohl größer als diese Frau. Der Figur nach erinnerte die Lehrerin eher an einen Mops. Ein ziemlich großer runder Kopf mit maskuliner Kurzhaarfrisur saß direkt auf massiven Schultern, die einem Ringer alle Ehre gemacht hätten. Ein Hals war an der Dame nicht zu entdecken. Es folgte ein üppiger Busen, der in einen kräftigen Leib überging. Der wiederum schien auf den Füßen zu sitzen. Da fast keine Beine zu sehen waren, wirkte sie wie eine überdimensionale Streichholzschachtel mit einem Kopf obendrauf.

»Schluß mit dem Lärm!« brüllte das Monster. »Nikolajew, her mit dem Hausaufgabenheft! Sokolow, marsch zum Direktor!«

Stille breitete sich aus. Die ängstlichen Erstkläßler verschwanden wie eingeschüchterte Mäuse in der Garderobe. Selbst die aufsässigen großen Jungen hielten die Luft an.

»Wer ist das?« fragte ich flüsternd ein Mädchen, das sich gerade die Schuhe zuband.

Das hob den roten Kopf und antwortete ebenso leise: »Der Giftzwerg. Unsere Mathematiklehrerin.«

Und dieses Wesen sollte ich überzeugen, Kira keine Vier zu geben? Die Mathematiklehrein hatte sich inzwischen umgedreht und ging den Gang zurück. Ich lief ihr nach und rief: »Entschuldigen Sie bitte …«

Die Lehrerin blieb stehen. Sie war etwa eineinhalb Meter groß, aber mir schien trotzdem, als blicke sie auf mich herab.

»Was wünschen Sie?«

»Entschuldigen Sie, ich bin die Muter von Kira Romanow.«

»Ach, von dem«, gab sie zur Antwort und fügte hinzu: »Kommen Sie.«

Wir traten in einen großen Klassenraum, wo überall Bilder und Tabellen an den Wänden hingen.

»Nehmen Sie Platz«, kommandierte die Lehrerin und begann sich sofort über Kira zu beschweren. Er paßt nicht auf, bringt an der Tafel kein Wort heraus, dafür schwatzt er ständig im Unterricht, hat bei der Mathearbeit Chips gefuttert und keine Aufgabe lösen können …

»Ich frage ihn: ›Wieso?‹ Er antwortet: ›Ich habe es nicht verstanden.‹ Alle haben es verstanden, sogar Jewstafjew, nur er nicht!«

Ich seufzte tief auf. Das kannte ich. Solange die Lehrerin etwas erklärte, war mir alles klar. Aber wenn ich es selbst anwenden sollte …

»In der Pause ist er nicht zu bändigen. Gestern hätte er beinahe den stellvertretenden Direktor umgerannt!«

»Entschuldigen Sie, er ist krank und war gestern gar nicht in der Schule.«

Aber die Lehrerin hatte es wohl nicht gern, wenn man ihr widersprach. Ihre Brauen zogen sich zusammen, und sie blaffte: »Dann ist es eben vorgestern gewesen!«

»Vielleicht war das gar nicht er?«

»Er war's!« behauptete die Lehrerin energisch. »Also, wenn Sie wollen, daß Ihr Mathematikgenie versetzt wird, dann nehmen Sie sich einen Privatlehrer. Von mir bekommt er keine Drei!«

Plötzlich hatte ich eine Idee. »Könnten Sie dem Jungen nicht selbst weiterhelfen, natürlich privat?«

»Zehn Dollar die Stunde«, teilte mir der Giftzwerg mit, ohne mit der Wimper zu zucken. Dabei neigte sie ihren Riesenkopf wie ein Vögelchen zur Seite.

Erfreut griff ich nach der Geldbörse. Wie gut, daß ich einen Hundert-Dollar-Schein mitgenommen hatte. Dafür hatte ich mir eigentlich Winterstiefel kaufen wollen. Aber die alten taten es auch noch. In der Metro war es warm, und ich würde halt dicke Socken anziehen. Dafür wurde Kiras Problem gelöst.

Die Lehrerin nahm den Schein und lächelte mir unerwartet zu, wobei sie kräftige, ebenmäßige Zähne zeigte.

»Ihr Junge ist ein Schelm, aber ich denke, das kriegen wir hin. Eigentlich ist er ein kluges Kind.«

Mir blieb fast der Mund offenstehen. Nur hundert Dollar, und was für eine Veränderung! Für so wenig Geld wandelte sich Kira vom Grobian, Rowdy und Hohlkopf zu einem süßen Schelm, der sogar Talent für Mathematik hatte.

»Kaufen Sie ihm dieses Buch.« Die Lehrerin hielt mir eine Broschüre vor die Nase. Danach lasse ich die Kontrollarbeiten schreiben. Die Lösungen stehen alle drin.«

»Wo bekomme ich das?«

»An jedem Kiosk bei der Metrostation, meine Liebe«, zwitscherte der Giftzwerg und lächelte freundlich. »Das wäre übrigens auch eine Möglichkeit: Er löst die Aufgaben zu Hause, und ich zensiere sie dann. Außerdem, sehen Sie, hier ...«

Sie zeigte mir einen dicken Band mit dem Titel »Fertige Hausaufgaben«. »Das gibt es an derselben Stelle zu kaufen. Da kann Ihr Sohn nachprüfen, ob er richtig gerechnet hat. Eigentlich erlaube ich den Schülern die Benutzung von Lösungsbüchern nicht, aber Sie als seine Mutter ...«

Ja, der Giftzwerg hatte sich sein Honorar redlich verdient.

An der Metrostation erwarb ich die notwendige Literatur.

»Kaufen Sie Moosbeeren«, hörte ich plötzlich hinter mir eine Stimme sagen.

Eine nette Frau mit sorgenvollem Gesicht hielt mir eine Tüte der roten Beeren hin.

»Danke«, antwortete ich, »aber was macht man damit?«

»Sie können zum Beispiel einen Kuchen backen!«

»Und wie?«

»Also«, ließ sich die Verkäuferin bereitwillig auf eine ausführliche Erklärung ein. »Du nimmst ein Stück Margarine, am besten unsere einheimische, und schneidest sie in kleine Stücke. Hast du einen Mixer?«

Ich zuckte die Achseln. »Wahrscheinlich.«

»Dann nimmst du drei Eier und trennst das Eiweiß vom Eigelb. Das Eiweiß stellst du in den Kühlschrank, das Eigelb schlägst du mit zwei Eßlöffeln Zucker schaumig. Das Ganze vermischst du mit der Margarine. Dazu kommen zwei Wassergläser Mehl. Dann knetest du das Ganze ordentlich durch. Den Teig legst du in eine runde Backform und drückst ihn mit den Fingern breit. Vergiß nicht, einen kleinen Rand zu machen, damit er nicht wie ein Fladen, sondern wie eine Pfanne aussieht, wenn er fertig ist. Und stich zwei-, dreimal mit der Gabel hinein, damit er sich nicht aufbläst.

»Und was mache ich mit den Moosbeeren?«

»Noch sind wir nicht soweit. Während der Teig bäckt, nimmst du zwei Wassergläser voll Beeren, zerdrückst sie mit dem Stampfer und gibst Zucker dazu.«

»Wieviel Zucker?«

»Je nach Geschmack. Manch einer mag sie saurer, ein anderer süßer. Dann holst du den fertigen Teig aus der Röhre. Er muß schön gelb aussehen. Du verteilst die Beeren auf dem Teig. Anschließend nimmst du das Eiweiß aus dem Kühlschrank, schlägst es mit Zucker zu steifem Schnee und bedeckst damit die Beeren. Jetzt hast du also unten den Teig, in der Mitte die Beeren und obendrauf den Eischnee. Klar?«

Ich nickte.

»Das Ganze kommt noch einmal in die Röhre, aber nur fünf Minuten, bis der Eischnee die Farbe von Milchkaffee angenommen hat. Für dieses Rezept wirst du mir dein Leben lang danken. Ist in einer halben Stunde gemacht und in einer halben Stunde gebacken. Wird nicht hart und hält eine Woche lang frisch. Kauf meine Moosbeeren.«

Die Händlerin hatte recht. Abends hatte jeder meiner Hausgenossen im Nu ein Stück verschlungen und verlangte nach einem zweiten.

»Ein Traum«, murmelte Julia und leckte den Löffel ab. »Ich bin begeistert!«

»Halt dich zurück«, meinte Serjosha grinsend, »sonst gehst du uns noch auseinender!«

»Egal!« erklärte Julia und holte sich ein drittes Stück.

Da klingelte es an der Tür. Kira schaute auf die Uhr und sprach den rätselhaften Satz: »Der Zug aus Kolabin ist da.«

»Nur das nicht!« flüsterte Julia und ließ vor Schreck ihr Stück Kuchen fallen.

Mulja und Ada verschlangen im Handumdrehen die unerwartete Beute.

Es klingelte wieder.

»Wir müssen aufmachen!« ließ Julia mit einem Seufzer hören, rührte sich aber nicht vom Fleck.

»Vielleicht denkt sie, es ist keiner zu Hause, und geht wieder?« meinte Kira.

»Das könnt ihr vergessen!« murmelte Serjosha. »Die wankt und weicht nicht.«

Offenbar hatte er recht, denn jetzt schrillte die Klingel im Dauerton. Irgendwer war sich seiner Sache so sicher, daß er den Finger nicht vom Knopf nahm.

»Tanja, geh du aufmachen«, bat Julia.

Ich riß die Tür auf.

»Na endlich!« sagte eine lebhafte Stimme. »Ich habe fast gedacht, ihr schlaft schon alle. Dabei ist es noch nicht mal neun. Serjosha, nimm mir den Koffer ab.«

Serjosha kam in den Korridor und sagte tonlos: »Guten Tag, Viktoria Pawlowna, hatten Sie eine gute Reise?«

»Eine sehr gute, mein Junge«, zwitscherte die Dame und knöpfte ihren eleganten Mantel aus kanadischem Biberpelz auf. »Wo ist Katja?«

»Mama ist dienstlich in Kemerowo.«

»Für lange?«

»Einen Monat«, erklärte Julia, die aus der Küche kam.

»Macht nichts, ich hab es nicht eilig ... Eure Diele kommt mir größer vor.«

»Wir haben einen Schrank gekauft«, erklärte Julia.

»Das wurde aber auch Zeit«, meinte Viktoria. »Ewig diese Unordnung und dieser Schmutz bei euch! Und ständig nur Pelmeni auf dem Tisch! Ich werde hier schon Ordnung schaffen. Da könnt ihr sicher sein!«

»Koch bloß nicht wieder deinen Gesundheitsbrei!« piepste Kira.

»Zerealien sind sehr gut für den Magen«, gab Viktoria zurück. Plötzlich kreischte sie auf: »Was ist denn das?«

Ich folgte ihrem ausgestreckten manikürten Finger und stellte vor: »Das sind unsere Möpse Mulja und Ada.«

»Möpse!« rief die Dame aus.

»Die waren letztes Mal noch nicht da!«

»Wir haben sie erst in diesem Jahr angeschafft«, erläuterte Kira.

»Das ist ja furchtbar!« rief Viktoria. »Reicht euch das Pferd da noch nicht? Wozu auch noch die beiden Monster?«

»Das sind keine Monster«, warf ich ein.

»Und wer sind Sie überhaupt?« erkundigte sich die

Dame, nachdem sie sich vom letzten ihrer Schals und Tücher befreit hatte.

»Das ist meine Tante Tatjana«, sagte Julia schnell. »Sie wohnt bei uns und kocht ganz hervorragend. Wir speisen jetzt wie im Restaurant.«

»Guten Tag, Teuerste«, schnarrte unser Gast. »Da wir beide, wie ich sehe, in einem Alter sind, dürfen Sie mich Viktoria nennen.«

Ich blickte auf die hängenden Hautfalten unter ihrem Kinn und das dichte Netz von Krähenfüßen, das ihre geschickt bemalten Augen umgab, und biß mir auf die Zunge. Die war doch mindestens sechzig. Aber sie hätte wohl gern wie dreißig ausgesehen. Gekleidet war sie wie ein Teenager: hautenger rosa Pullover, sehr kurzer Rock, aus dem zwei dünne Beine in schwarzen Strumpfhosen herausschauten. Vielleicht hatte sie Krampfadern und konnte deswegen keine hautfarbenen tragen.

»Wer ist denn das?« flüsterte ich Julia zu, als die Dame für einen Augenblick im Bad verschwand.

»Unser Familiendesaster«, antwortete die seufzend. »Der Taifun ›Viktoria‹. Katjas erste Schwiegermutter! Sie fällt immer Anfang November in der Hauptstadt ein, um sich neu einzukleiden. In der Regel bleibt sie einen ganzen Monat. Jetzt kannst du was erleben. Ach, hat Katja es gut! Die sitzt in Kemerowo und läßt sich's wohl sein. Und wir müssen hier die alte Vettel aushalten!«

»Warum hast du ihr nicht gesagt, daß ich eure Hausangestellte bin?«

»Um Gottes willen!« Julia winkte ab. »Dann kommandiert die dich von früh bis spät herum! Bei einer Fremden hält sie sich vielleicht ein bißchen zurück.«

Da rief es schon aus dem Bad: »Gebt mir mal ein sauberes Handtuch! An dem Lappen, der hier hängt, trockne ich mir nicht die Hände ab!«

Julia griff in den Schrank. Mir wurde bang. Es sah nicht

so aus, als ob die Person sich in irgendeiner Weise zurückhalten würde.

An diesem Abend kamen wir alle spät ins Bett. Zwei Stunden lang mußten wir in der Küche sitzen und uns Viktorias endlosen Monolog anhören. Aber zuerst gab es für alle Geschenke. Julia bekam eine rote Strickjacke, die schon etwas verwaschen und formlos wirkte.

»Wunderbar, supermodern«, erklärte die großzügige Spenderin, »warm und von sehr guter Qualität. Nur die Ärmel mußt du etwas umschlagen, da ist ein kleiner Fleck. Viel Freude damit.«

Für Serjosha gab es eine Tafel Schokolade. »Aus unserer Kolabinsker Süßwarenfabrik«, kommentierte Viktoria. »Ein ökologisch reines Produkt, der pure Genuß, nicht so ein Zeug wie diese schadstoffbelasteten Snickers.«

Serjosha riß die Packung auf und zog ein dünnes Täfelchen heraus, das an den Rändern schon grau war. Grinsend brach er es in kleine Stücke und sagte: »Bedient euch!«

Viktoria griff sofort zu. Dann holte sie eine uralte Gummipuppe hervor. Das war einmal ein lustiger bunter Clown gewesen, aber inzwischen hatten die Farben stark gelitten, und er schaute nur noch mit einem Auge in die Welt.

»Der ist für dich, Kindchen, viel Spaß damit!« Sie hielt das Gummiding Kira hin.

Der Junge nahm es mit zwei Fingern entgegen und sagte laut: »Danke, Oma!«

»Was bin ich denn für eine Oma!« rief Viktoria empört. »Das wäre ja noch schöner, eine Vierzigjährige zur Großmutter zu stempeln!«

Kira stellte den Clown am Tischrand ab. Rachel kam heran und beschnupperte das Spielzeug mit großem Interesse.

»Weg da!« schrie Viktoria. »Pfui, das ist nichts für dich! Das ist ein wertvolles Spielzeug, wir haben es unserem Sohn 1954 gekauft. Damals gab es so etwas bei uns noch nicht. Eine Bekannte hat es aus Berlin mitgebracht. Ich habe ihr zehn Rubel dafür geben müssen! Zehn! Nicht die heutigen, sondern die echten aus der Zeit vor all diesen Reformen! Und du, Kira, willst es dem Hund überlassen!«

»Eine solche Antiquität sollte man wohl besser nicht dem Kind geben«, warf Julia ein. »Ich stelle ihn in die Vitrine. So etwas Seltenes! Das Stück ist ja fast 50 Jahre alt!«

Viktoria verstummte. Sie hatte sich verplappert und wußte nicht recht, wie sie sich wieder herauswinden sollte. Schließlich brummte sie: »Na gut, wie dem auch sei. Jetzt zu meinen Plänen.« Es folgte ein zweiter endloser Wortschwall. Ausführlich beschrieb sie, was sie alles kaufen wollte – einen Pelzmantel, eine Mütze, Stiefel, mehrere Kleider und Röcke, Hosen, verschiedene Kosmetika und Parfüm …

Schließlich gähnte Julia demonstrativ. »Wir müssen morgen früh zur Arbeit.«

»Und ich muß in die Schule«, erklärte Kira sofort. Natürlich wollte er nicht mit seiner geliebten Großmutter allein zu Hause bleiben.

Aber an Schlafen war so schnell nicht zu denken. Eine weitere Stunde verging, bis wir das Zimmer für den Gast hergerichtet hatten. Als erstes mußte der Läufer aus dem Gästezimmer entfernt werden.

»Ich leide an einer Stauballergie«, sagte Viktoria aufgebracht. »Ich besuche euch doch nicht das erste Mal, das könntet ihr euch eigentlich merken und mich nicht in ein Zimmer stecken, wo so ein stinkendes Ding aus reiner Chemie auf dem Fußboden liegt.«

Dann mußten alle Ritzen im Fester mit Watte verstopft werden. Während ich mit einem Messer hantierte, bügelte Julia die Bettwäsche.

»Ich schlaf doch nicht auf diesen zerknüllten Laken!« lärmte Viktoria. »Einfach furchtbar, wie unordentlich ihr alle seid!«

Ohne zu murren, fuhr Serjosha mit Schrubber und Lappen in alle Ecken. Dann brauchte der Gast noch eine Nachtlampe und Mineralwasser, unbedingt stilles. Da kein solches im Hause war, mußte Serjosha um Mitternacht noch zum nächsten geöffneten Kiosk laufen. Erst sehr spät zog Ruhe im Hause ein. Am Morgen waren alle unausgeschlafen und schlecht gelaunt.

Meine drei jungen Leute verdufteten, so rasch sie konnten. Der anspruchsvolle Gast schlief friedlich. Entweder war Viktoria am Abend sehr erschöpft eingeschlafen, oder sie stand nie vor elf Uhr auf.

Ich nahm mir eine Tasse Kaffee und ließ mich am Küchentisch nieder. Ich wollte endlich einmal festhalten, was ich nun eigentlich wußte. Ich hatte viel erfahren, aber der Wahrheit war ich keinen Schritt näher gekommen. Wo konnte Kostja die Papiere nur versteckt haben? Sie mußten sehr wertvoll sein, wenn man nicht davor zurückgeschreckt hatte, ihn dafür umzubringen. Vielleicht lagen sie ja ganz unschuldig in Janas Wohnung? Aber das konnte ich jetzt nicht herausfinden. Eine nette Schwester hatte mir ja gestern erst mitgeteilt, die Patientin liege wieder auf der Intensivstation.

Nina ging zu Hause nach wie vor nicht ans Telefon. Im Friseursalon erfuhr ich, ihre Schicht beginne um drei. Also war alles in Ordnung, und niemand hatte ihr etwas getan. Die Fäden, die ich bisher in der Hand hielt, waren dünn wie Spinnweben. Vielleicht hatte Kostja die blauen Blätter Slawa gegeben? Und was war eigentlich in der Wohnung der Kostümschneiderin Lena passiert? Lew Valerjanowitsch hatte angedeutet, sie sei ausgeraubt worden. Das kam doch auch nicht von ungefähr! Am Ende hatte sie mich angelogen, und ihr Verhältnis zu Kostja war so gut gewesen wie bei seinen übrigen Geliebten. Bewahrte sie deshalb die Dokumente für ihn auf? Ich bewegte mich im Kreis, aber mir fiel nichts Besseres ein.

Bei Slawa stieß ich auf einen Anrufbeantworter. Eine lebhafte Frauenstimme plapperte den üblichen Spruch, man möge eine Nachricht hinterlassen. Als der Signalton kam, legte ich auf. Das hatte bis zum Abend Zeit. Jetzt wollte ich lieber zu Lena Litwinowa fahren und mir die Dame noch einmal vornehmen.

Lena wohnte am Ende der Welt. Ich war so lange unterwegs, daß ich glaubte, ich müßte schon in einer anderen Zeitzone sein. Die Stadt war zu Ende, der Bus bog auf den Moskauer Außenring ein und fuhr vor sich hin, ohne zu halten. In der Ferne war dunkler Wald zu sehen. Dann führte die Landstraße durch dichtes Gehölz. Plötzlich traten die Fichten auseinander, und wir rollten in ein Gewirr von Plattenbauten ein, die grau und wenig einladend wirkten.

Ein scharfer Wind pfiff durch meinen dünnen Mantel, mir wurde kalt. Der Aufgang, in dem Lena wohnte, war schmutzig. Sechs Stufen führten zu einem Fahrstuhl, in dem es nach Urin roch. Als er mich quietschend nach oben hievte, ging in der Kabine das Licht aus.

Auf mein Klingeln öffnete sich die Tür zu Wohnung 98 sofort. Ich fuhr zusammen. Vor mir im Bademantel stand der finstere Pförtner aus dem Theater, der sich über den Tod von Kostja Katukow so unverholen gefreut hatte.

»Was wollen Sie?« blaffte er mich böse an.

Ich nahm meine Strickmütze ab, fuhr mir übers Haar und antwortete: »Ich bin Major Romanowa von der Kriminalpolizei. Erkennen Sie mich nicht?«

»Hab Sie noch nie gesehen«, brummte der gute Mann.

»Erinnern Sie sich wirklich nicht?« beharrte ich. »Ich war bei Ihnen in der ›Rampe‹, Sie haben mich zu Lew Valerjanowitsch geschickt.«

»Ach, ja«, sagte er jetzt gedehnt und schnarrte dann: »Ihren Ausweis, bitte.«

Seit längerem schaute ich im Fernsehen regelmäßig und mit großem Interesse eine Serie über die Arbeit der Miliz.

Daher wußte ich genau, wie man den Dienstausweis zu zücken hatte. So rasch, als hätte ich das schon tausendmal getan, holte ich die rote Klappkarte aus meiner Handtasche hervor, hielt sie dem wachsamen Bürger den Bruchteil einer Sekunde unter die Nase und klappte sie dann wieder zu, womit ich ihm zu verstehen gab, daß die Vorstellung damit beendet war.

»Und jetzt, Bürger Litwinow, erklären Sie mir, wo sich Ihre ehemalige Frau aufhält und was es mit dem Einbruch in der ihr gehörenden Wohnung auf sich hat. Soviel ich weiß, haben Sie selbst Wohnraum. Was machen Sie überhaupt hier?«

»Ich heiße Alexander Nikolajew«, sagte der Mann eingeschüchtert und zog sich in die Diele zurück. Sie war mit düsteren Tapeten beklebt, die Mauerwerk imitieren sollten. »Lena hat ihren Mädchennamen behalten. Sie wollte sich die Scherereien mit den Papieren ersparen.«

»Das ist soweit klar!« gab ich scharf zurück und fragte dann: »Wo können wir reden?«

»In der Küche, wenn Sie nichts dagegen haben.«

Wir zwängten uns in einen Raum von höchstens fünf Quadratmetern, der mit Küchengerät und allerlei Dosen und Schachteln vollgestopft war.

»Was ist bei Ihnen vorgefallen?« fragte ich, während ich mich zu einem winzigen Hocker durchzuzwängen suchte. Wer wohl solche Kabäuschen baute? Selbst ich schlanke Person konnte mich hier kaum drehen.

Alexander seufzte tief auf und erzählte mir seine Geschichte.

19. Kapitel

Lena war an jenem Tag wie immer zur Arbeit gegangen. Sie erschien meist schon sehr früh in ihrer Werkstatt, weil Arbeit ohne Ende auf sie wartete. Berge von Kostümen waren zu bügeln und zu säubern, abgerissene Spitze war anzunähen. Dazu kamen Hüte, Schuhe und Stiefel. Lena war in der Regel erst sehr spätabends wieder zu Hause. Die Wohnung stand den ganzen Tag leer. An jenem unglückseligen Morgen hatte ihre Cousine Shenja, die aus Brjansk angereist war, auf der Couch übernachtet. Der Zug war erst gegen Mitternacht in Moskau angekommen. Sie hatte gerade noch die letzte Metro erwischt und an der Endstation ein Taxi nehmen müssen, weil die Busse nicht mehr fuhren.

Die ganze Nacht hatten die Frauen miteinander geschwatzt. Am Morgen war Lena übermüdet ins Theater gefahren. Shenja hatte es sich auf der Couch bequem gemacht und war fest eingeschlafen.

In dieser Geschichte hätte es noch eine Leiche mehr geben können. Aber Shenja hatte großes Glück. Lena litt seit langem an Diabetes und ging nie ohne Insulinspritze aus dem Haus. An diesem Tag hatte sie sie jedoch in der Eile im Bad vergessen und fühlte sich schlecht. Lew Valerjanowitsch rief die Schnelle Hilfe und schickte seine Kostümschneiderin nach der Eilbehandlung nach Hause.

»Schlaf dich ordentlich aus«, sagte er zu ihr, »wir schaffen es auch ohne dich. Was hast du bloß heute nacht getrieben? Du hast ja ganz dunkle Augenringe.«

»Meine Cousine ist zu Besuch, wir haben uns verquatscht.«

»Ach ja?« meinte der Verwalter grinsend. »Aber du bist ja zur Zeit frei und ledig ...«

Lena ärgerte sich sehr über diese Anspielung ihres Kollegen und knallte die Tür zu. Nach Hause fuhr sie mit dem Taxi. Eine Migräne kündigte sich an, ihr dröhnte der Kopf. Sie schleppte sich bis zu ihrer Wohnungstür und klingelte. Aber Shenja machte nicht auf. Verwundert suchte Lena nach ihrem Schlüssel. Eine Sekunde später bot sich ihr ein schreckliches Bild. Alles, was in der Schrankwand gewesen war, lag auf dem Boden verstreut. Überall Rechnungen,

Quittungen, Briefe. Einige Bücher hatte man auseinandergerissen, Videokassetten zerbrochen, Fotoalben aufgeschlitzt. Aber das Schlimmste erwartete sie auf der Couch. Dort lag unter einer blutgetränkten Decke bewegungslos Shenja.

Lena stürzte zu ihr, dann zum Telefon, dann wieder zu ihr, um festzustellen, ob sie noch atmete. Zum Glück war der Notarzt sofort da. Shenja wurde ins Krankenhaus gebracht. Lena wich nicht von ihrer Seite. Alexander hatte sie gebeten, für eine Weile zu ihr zu ziehen, weil sie nach alledem panische Angst hatte, allein in der Wohnung zu bleiben.

Für die Leute vom Milizrevier war das Ganze ein gewöhnlicher Einbruch. Aus dem Sekretär waren ein Kästchen mit nicht sehr teurem Schmuck und tausend Dollar verschwunden. In der Küche fehlten ein hübscher silberner Tortenheber und zwei dazu passende Teebecher. Es blieb ein Rätsel, weshalb sich die Räuber ausgerechnet die Wohnung einer nicht sehr begüterten alleinstehenden Frau ausgesucht hatten. Der Ermittler nahm an, sie hätten sich in der Adresse geirrt. In der Vierzimmerwohnung nebenan wohnte der Direktor eines Moskauer Großmarktes.

Alexander war mit seinem Bericht am Ende. Ich schaute ihn aufmerksam an. Der Großmarktdirektor hatte mit der Sache nichts zu tun. Sie hatten auch bei Lena nach den Dokumenten gesucht, da war ich mir sicher. Ich mußte dringend Nina anrufen. Vielleicht lauerten die Kerle der Friseuse bereits auf.

»Wo steht bei Ihnen das Telefon?«

»Bitteschön«, sagte Alexander bereitwillig und zog sein Handy aus der Tasche des Bademantels. »Aber sprechen Sie besser im Zimmer, in der Küche schallt es so.«

Da spürte ich plötzlich, wie es mir kalt den Rücken hinunterlief. Mein Blick war auf Alexanders Arm gefallen. Das schwere, starkknochige Gelenk schmückte eine kitschige, aber teure goldene Uhr. Auf dem Zifferblatt prangte eine Nixe mit üppigen Brüsten.

»Was für eine originelle Uhr«, murmelte ich, denn meine Lippen wollten mir nicht recht gehorchen. »Wo haben Sie denn das teure Stück her?«

»Wollen Sie damit sagen, ein einfacher Wachmann kann so ein Ding nicht besitzen?« sagte Alexander und hob dabei die Stimme. »Denken Sie, ich hätte sie gestohlen?«

»Diebstahl ist nicht das schlimmste Verbrechen«, antwortete ich ausweichend.

»Ich habe einen Bruder«, erklärte mir Alexander ärgerlich, »einen Geschäftsmann, der Millionen scheffelt. Er hat mir das Spielzeug für tausend Dollar zum Geburtstag geschenkt.«

»Und warum besorgt er Ihnen keinen besseren Job?« fragte ich langsam. »Als Pförtner an einem Theater zu arbeiten kann doch nicht sehr angenehm sein.«

»Das geht Sie, mit Verlaub gesagt, gar nichts an!« gab Alexander, jetzt ernsthaft wütend, zurück und versetzte dem nächsten Stuhl einen Fußtritt. »Das ist meine Sache, vielleicht will ich einfach nicht unter der Fuchtel meines Bruders malochen!«

»Ist ja gut«, sagte ich versöhnlich. »Sie haben recht, wo einer arbeitet, ist wirklich seine Privatsache. Aber ich möchte Ihnen eine andere Frage stellen, die Kostja Katukow betrifft.«

»Die wäre?« fragte Alexander düster.

»Warum haben Sie ihn umgebracht?«

Der Mann wurde blaß. Seine grauen Augen schillerten plötzlich dunkelblau und traten deutlich aus dem bleichen Gesicht hervor, die Lippen färbten sich grau, und seine linke Wange begann zu zucken – eine Reaktion der Gefäße. Durch den Schreck gerät zuviel Adrenalin ins Blut, das die Gefäße verengt. Genau diese Reaktion registriert übrigens der Lügendetektor. Aber Alexander ließ sich nicht so leicht aus der Fassung bringen.

»Das ist der größte Unsinn, den ich je gehört habe«,

sagte er mit gespielt fester Stimme. »Wie kommen Sie denn darauf?«

»Hören Sie, Alexander«, sagte ich freundlich, »als wir uns zum ersten Mal sahen, wollte ich nicht sofort enthüllen, woher ich komme. Ich habe Ihnen gesagt, ich möchte mit dem Mann reden, der für Kostjas Begräbnis zuständig ist. Erinnern Sie sich?«

»Ja, und?«

»Wissen Sie auch noch, was Sie mir geantwortet haben?«

Alexanders Körper spannte sich. »Gehen Sie über den Gang zu unserem Verwalter. Das Begräbnis organisiert Lew Valerjanowitsch.«

»Nicht ganz«, erwiderte ich lächelnd. »Sie zitieren sich selbst nicht genau, mein Lieber. Sie haben schadenfroh gerufen: ›Der hat gekriegt, was ihm gebührt! Der hat sich schon lange eine Kugel verdient ...‹ Woher wußten Sie damals, daß man Katukow erschossen hatte? Sowohl Ihre Ex-Gattin als auch Lew Valerjanowitsch glaubten, Kostja sei erstochen worden ... Woher hatten Sie diese Information?«

»Das habe ich doch bloß so dahingesagt!« Der Theaterpförtner suchte sich herauszuwinden.

»Das glaube ich Ihnen nicht«, sagte ich. »Außerdem: Als Sie den unglücklichen Kostja erschossen hatten und nach den Dokumenten suchten, klingelte eine Frau an der Tür. Wahrscheinlich haben Sie sich zu Tode erschrocken. Aber die Frau teilte sogleich mit, daß Katja Romanowa sie nach Papieren schickt, die in einer schwarzen Tasche liegen. Ich muß zugeben, Sie haben sich nicht durcheinanderbringen lassen. Sie haben sich die Tasche gegriffen, die Mappe mit den blauen Blättern und Negativen herausgenommen und der Frau die Tasche leer übergeben.«

»Das stimmt doch alles nicht!« brüllte Alexander und sprang auf. »So ein Quatsch – was für Dokumente und was für eine Tasche?«

»Eine schwarze«, erklärte ich, »aus Leder. Nicht groß, eigentlich eher eine Mappe mit Schloß. Weiter zu leugnen ist unklug von Ihnen. Sie haben die Tür einen Spalt weit aufgemacht und die Tasche durchgesteckt, denn die Frau sollte Sie nicht sehen. Sie hatte Ihnen zwar gesagt, daß sie Sie nicht kennt, aber trotzdem wollten Sie nicht von ihr gesehen werden. Lag Kostja in diesem Moment gerade im Sterben? Sicher nicht, bei einer solchen Verletzung ist man sofort tot. Der Frau ist Ihre Uhr aufgefallen – diese da ...«

»Solche Wecker gibt's doch wie Sand am Meer«, zischte Alexander.

Sein Gesicht war dunkelrot angelaufen, die Lippen zeigten jetzt eine blaue Färbung.

»Nein«, sagte ich kopfschüttelnd. »Wie Sie soeben richtig bemerkt haben, ist das ein sehr teures Spielzeug, das sich nicht jeder leisten kann. Übrigens machen wir in solchen Fällen eine Gegenüberstellung.«

»Was soll denn das sein?« Der Mann horchte auf.

»Schauen Sie denn gar kein Fernsehen?« fragte ich höhnisch. »Ich meine die Polizeiberichte. Gestern gab es zum Beispiel einen Fall, da hatte eine Frau den Mörder vom Treppenfenster aus von hinten gesehen. Sie stellte sich noch einmal ins Treppenhaus, und unten gingen mehrere Männer mit etwa der gleichen Figur und in gleicher Kleidung vorbei.«

»Und das Ergebnis?« flüsterte Alexander.

Entweder war er wirklich dumm wie ein Brot, oder er verstellte sich nur.

»Sie hat ihn eindeutig identifiziert«, sagte ich obenhin. »Es ist nichts so fein gesponnen, es kommt doch ans Licht der Sonnen. Es gibt kein Verbrechen ohne Zeugen. In Ihrem Falle war das eine junge entschlossene Dame mit scharfem Blick und klugem Verstand. Wir holen fünf Männer mit dieser Uhr zusammen und bitten sie, ihren Arm durch den Türspalt zu stecken. Dann werden wir ja sehen.«

Es folgte beklemmendes Schweigen. In den von mir so verehrten Kriminalromanen zündet sich der Ermittler in einem solchen Augenblick schweigend eine Zigarette an. Er bläst in aller Ruhe Ringe in die Luft und spricht dann den bedeutungsschweren Satz: »Bei so erdrückenden Beweisen noch zu leugnen ist dumm. Wenn Sie ein Geständnis ablegen, wird das bei Gericht einen günstigen Eindruck machen.«

Offenbar habe ich doch eine gewisse künstlerische Begabung. In die Rolle der Majorin hatte ich mich perfekt eingelebt, war geradezu mit ihr verschmolzen. Ganz von selbst griffen meine Hände nach der weißroten Packung »Malboro« und dem Feuerzeug, das auf dem Tisch lag. Ich hielt die Flamme an das Ende des Stäbchens, sog die Luft tief ein und schluckte den Rauch. Ringe konnte ich allerdings nicht blasen, dafür wurde es im Magen heiß, und im Mund breitete sich saurer Geschmack aus. Aber meine Hände waren beschäftigt und ich blickte hochkonzentriert drein.

Alexanders Blick irrte unstet hin und her. Damit er sich gar nicht erst törichte Hoffnungen machte, sprach ich rasch weiter: »Ihnen ist doch klar, daß ich nicht allein gekommen bin? Draußen im Wagen wartet eine Einsatzgruppe, Fahrstühle, Treppe und Ihre Wohnungstür sind besetzt. Und ich schieße besser als Sie.«

Um den Mann vollends fertigzumachen, zog ich langsam Kiras Spielzeugpistole aus meiner Handtasche hervor, zu der ich immer noch keine Munition gekauft hatte.

Als Alexander die »Waffe« sah, schluchzte er plötzlich auf und ließ seinen Kopf auf die Tischplatte fallen. Seine Schultern zuckten, und seiner Brust entrangen sich dumpfe, röhrende Laute. Ich sah zum ersten Mal im Leben einen Mann richtig weinen. Offen gesagt, hatte ich bislang auch nicht allzuviel Kontakt mit Vertretern des anderen Geschlechts.

»Alexander«, sagte ich leise, »wo haben Sie die Dokumente versteckt? Verstehen Sie doch, wegen dieser Papiere kann eine unschuldige Frau ihr Leben lassen. Auch Shenja ist deswegen überfallen worden. Ich denke, der Anschlag galt Lena. Der Killer hat sich einfach nur geirrt …«

Alexander griff nach einem Geschirrtuch, wischte sich das Gesicht ab und stöhnte. »Herr im Himmel, ich weiß wirklich nichts. Als ich in seine Wohnung kam, war er schon tot … Irgendwer hat das für mich erledigt …«

Es war, als sei in seinem Inneren ein Damm gebrochen. Wie ein reißender Strom ergossen sich die Worte aus seinem Mund, als fürchte er, er habe nicht genug Zeit, um mir alles zu sagen, was er wußte.

Als Alexander Lena Litwinowa zum ersten Mal sah, war er wie vom Blitz getroffen. Äußerlich nicht übermäßig anziehend, erschien sie ihm als wirkliche Schönheit. Ziemlich lange fehlte ihm der Mut, ihr Herz und Hand anzutragen. Sich selbst hielt er für einen Versager. Er hatte als Dreher in einem Moskauer Betrieb gearbeitet. Als dieser zusammenbrach, mußte er zum Arbeitsamt. Dort bot man ihm eine Umschulung zum Zugführer bei der Metro an. Gehorsam begann Alexander einen Lehrgang. Aber schon nach einem Monat ging er nicht mehr hin, weil es ihm zu kompliziert war. Den Zug durch die Tunnel zu fahren, das hätte er schon gekonnt, aber nein, dort sollte er Physik, Mathematik und Elektrotechnik pauken. Auch ein Busfahrer wurde nicht aus ihm, und die Umschulung zum Buchhalter fing er gar nicht erst an. Schließlich beschaffte ihm ein Freund die Stelle des Pförtners im Theater »Rampe«.

Die Arbeit machte er mit links. Überfallen wollte das Theater keiner. Alexander saß am Personaleingang und hatte vor allem aufdringliche weibliche Fans mit Blumensträußen abzuwehren. Er kehrte den Hof und wusch für ein Pfund auch hier und da ein Auto. So kam ein einigermaßen erträgliches Gehalt zusammen. Alexander trank nicht, sondern lieferte seinen Lohn bis zur letzten Kopeke zu Hause ab. Sein Traum war ein Videogerät. Als ihm die Theaterleitung zum Geburtstag ein solches Stück schenkte, war er zu Tränen gerührt.

Dann benötigte die »Rampe« eine Kostümschneiderin, und Alexander verschaffte die Stelle seiner Frau. Jetzt arbeiteten beide in einem Betrieb – für ihn ein echtes Glück. Aber da fing Lena zu seinem Entsetzen ein Verhältnis mit Kostja Katukow an.

Alexander war sofort klar, daß das nicht gut gehen konnte. Seine bisher so bescheidene Frau fing an, sich nach der neuesten Mode zu kleiden und teure Kosmetik zu kaufen, lief dauernd zum Friseur und ging ihrem Mann aus dem Weg. Es wurde immer schlimmer. Bald sollte Alexander in der Küche schlafen, am besten gar in seine alte Wohnung verschwinden.

Unser Pförtner versuchte seine Frau zur Vernunft zu bringen. »Hör mal, Lena, wir sind doch erwachsene Menschen! Wir wollten auf eine neue Küche sparen.«

»Kommt nicht in Frage«, erklärte sie kategorisch. »Mit den alten Möbeln kann ich leben, aber mit dir nicht mehr. Entschuldige, wir müssen uns scheiden lassen.«

Was unternahm der arme Alexander nicht alles, um seine Frau von diesem Vorhaben abzubringen. Aber die war nicht zu bremsen. Sie mußten zum Standesamt gehen. Dort war die Sache im Handumdrehen erledigt. Kinder hatten sie keine, und über Eigentum stritten sie auch nicht. Alexander zog in seine Wohnung zurück, und Lena war frei.

Nun bedauerte er, daß sie im selben Betrieb arbeiteten. Wenn er sah, wie froh und zufrieden seine gut gekleidete Ex-Frau war, tat ihm das weh. Vollends unerträglich wurde es, wenn Kostja und Lena abends zusammen in den Wagen stiegen. Die Eifersucht brachte ihn fast um. Er liebte Lena offenbar wirklich, denn er sagte sich immer wieder: Soll wenigstens sie glücklich sein.

Dann aber war ihr Glück mit einemmal zu Ende. Lena lief wieder in langen Röcken herum und schminkte sich kaum noch. Mehrmals begegnete sie Alexander auf dem Gang mit verweinten Augen. Der Höhepunkt der Krise war Anfang November erreicht.

Als Alexander am Kostümfundus vorüberkam, hörte er drinnen bekannte Stimmen und blieb unwillkürlich stehen.

»Kostja«, flehte Lena, »was brauchst du andere, ist dir meine Liebe nicht genug? Heirate mich! Ein Leben wirst du haben – ich tue alles für dich …«

»Lena«, antwortete Kostja zärtlich, »ich liebe dich sehr, mein Engel, aber entschuldige, ich kann nicht anders. Mein Vater soll genauso gewesen sein. Bis zu seinem Tode ist er den Weibern nachgelaufen und dabei an einem Infarkt gestorben. Weißt du, wie viele Tränen meine Mutter vergossen hat? Sie hat mich zur Welt gebracht, als sie fast schon eine alte Frau war, um Papa an sich zu binden, aber vergebens. Du tust mir einfach leid. Wenn ich mit einer Frau ein Jahr zusammen bin, verliere ich jegliches sexuelle Interesse an ihr.«

»Ich bin dir wohl nicht schön genug?« murmelte Lena.

»Du bist schön«, versicherte ihr Kostja, »dazu klug, feinfühlig und intelligent. Du kannst glücklich werden, aber mit einem anderen. Mit mir würdest du nur leiden. Laß uns gute Freunde bleiben. Ich bin ein treuer Freund, der immer zur Stelle ist, wenn du Hilfe benötigst. Du brauchst nur zu pfeifen, und ich bin da …«

»Kostja«, stammelte Lena schluchzend.

Alexander öffnete die Tür einen Spalt breit und sah, wie seine geliebte Frau den Kopf an der Brust dieses Tunichtguts barg. Der strich ihr zärtlich übers Haar. Da sie sein Gesicht nicht sehen konnte, gab er sich keine Mühe, die Langeweile, die er dabei empfand, zu verbergen.

»Kostja, fang wenigstens kein Verhältnis mit einer aus unserem Theater an, das überlebe ich nicht«, murmelte Lena.

»Natürlich nicht!« Kostja wurde augenblicklich zum treusorgenden Ritter. »Ich kann dir nicht weh tun, meine Liebe.«

So schlecht er auf der Bühne spielte, so genial konnte er sich im Leben verstellen.

In Alexander stieg ein solcher Haß hoch, daß er es gar nicht sagen konnte. Seine Lena demütigte sich vor diesem Mann, lag ihm förmlich zu Füßen! Die Frau, die er liebte, flehte diesen Schmierenkomödianten an, nicht vor ihren Augen eine neue Affäre anzufangen! Sie litt, und der schnitt derweil Grimassen!

Außer sich vor Wut, faßte Alexander einen Entschluß. Am nächsten Morgen wollte er Kostja zu Hause aufsuchen und mit dem »Bühnenstar« ein Gespräch von Mann zu Mann führen. Er wollte ihm erklären, wie sehr Lena litt und was für eine wunderbare Hausfrau sie war. Er wollte doch tatsächlich den Lumpen überzeugen, daß er keine bessere Frau finden konnte. Wenn er sich aber trotzdem weigern sollte, mit Lena zum Standesamt zu gehen, dann …

Dann wollte er ihn umbringen. Besser sollte er im Sarg liegen, als vor Lenas Augen immer neue Spielchen anfangen …

Und wirklich ging er irgendwann mit einem in einen Lappen eingeschlagenen Messer in der Tasche zu Kostja Katukows Wohnung. Verwundert stellte er fest, daß die Tür nicht verschlossen war.

Als er ins Zimmer trat, fand er auf der Liege den toten Kostja, dem jemand direkt ins Gesicht geschossen hatte. Die Kugel hatte die Nase zerschmettert und die hübsche Larve total verunstaltet. Aber daß es Kostja war, ließ sich klar erkennen. Entsetzt starrte Alexander auf die Leiche. Am meisten erschreckten ihn die abgehackten Armstümpfe, die bluttriefend aus den Pulloverärmeln ragten. Wahrscheinlich war Kostja gerade im Aufbruch begriffen, denn der Mörder hatte ihn in Hose und Straßenschuhen auf die Liege plaziert.

Der Gedanke, daß er ihn selber hatte töten wollen, verflüchtigte sich augenblicklich. Seine wilde Entschlossenheit war dahin. In diesem Augenblick klingelte es.

Alexander, der sich in der Situation noch gar nicht zurechtgefunden hatte, schaute durch den Spion und sah draußen eine Frau in einer billigen chinesischen Jacke stehen. Ihr Gesicht konnte er nicht erkennen, denn er war kurzsichtig und trug keine Brille, weil ihm davon der Kopf weh tat. Die Unbekannte redete etwas von irgendwelchen Dokumenten. Der verhinderte Mörder begriff nur, daß sie eine schwarze Tasche haben wollte. Er stürzte ins Zimmer, erblickte am Fenster das Gewünschte und reichte es durch den Türspalt hinaus. An die Uhr an seinem Arm dachte er dabei überhaupt nicht. Ehrlich gesagt, dachte er insgesamt recht wenig, sondern wollte nur so schnell wie möglich weg von diesem schrecklichen Ort. Daher lief er von dort auch schnurstracks ins Theater.

»Und die Tür?« fragte ich. »Haben Sie die Tür zugeworfen?«

Alexander dachte angestrengt nach. »Ich kann mich nicht erinnern. Ich war völlig kopflos. Ich nehme an, ich habe sie zugemacht, aber ob das Schloß geschnappt hat? Das interessierte mich nicht. Ich hatte Angst, daß mich jemand sieht, und bin weggerannt, so schnell ich konnte …«

Ich glaubte Alexander, ich wußte selber nicht, warum. Vielleicht, weil er geweint hatte oder weil er das Ganze mit so schicksalergebener Miene beichtete, als nähme er Abschied vom Leben.

»Also gut«, schloß ich das Gespräch. »Soll es so gewesen sein. Machen Sie sich keine Sorgen. Blaue Papierbogen haben Sie nicht gesehen und auch nichts aus der Wohnung mitgenommen?«

Alexander schüttelte heftig den Kopf.

»Sagen Sie mir bitte, wie Shenja mit vollem Namen heißt.«

»Jewgenija Koroljowa«, antwortete der Pförtner langsam, »aber sie hat damit überhaupt nichts zu tun …«

»Hören Sie«, sagte ich überzeugt, »ich glaube auch nicht, daß ihr noch Gefahr droht. Der Anschlag galt Lena. Sie darf jetzt keinen Augenblick allein bleiben. Sie müssen Ihre Frau beschützen und sie zur Arbeit begleiten. Sie dürfen sie nicht allein einkaufen gehen lassen und vor allem nachts nicht von ihrer Seite weichen.«

Alexander nickte bei jedem meiner Worte.

Ich trat auf die Straße hinaus, stieg in ein Sammeltaxi, das gerade vorüberkam, und ließ mich zur Metrostation fahren. Als ich meine Geldbörse zücken wollte, stellte ich fest, daß ich die Schachtel »Malboro« eingesteckt hatte. Nun stahl ich auch schon Zigaretten!

20. Kapitel

An der Rezeption der Klinik erklärte man mir höflich, wo ich Jewgenija Koroljowa finden konnte. Shenja lag in einem kleinen Zimmer, in dem außer ihr noch zwei völlig in Binden eingehüllte Gestalten von unbestimmbarem Geschlecht untergebracht waren. Sie selbst erkannte ich sofort: Am Kopfende ihres Bettes hockte auf einem unbequemen Stuhl Lena und las in einem Liebesroman. Als sie mich erblickte, seufzte sie und legte das Buch beiseite. »Leidenschaften im Serail« stand auf dem Umschlag. Wie konnte man nur solchen Schrott lesen, wo der Büchermarkt von Krimis überquoll?

»Sie?« murmelte Lena. »Was wollen Sie denn hier?«

Ich warf einen Blick auf die Mumien und winkte Lena mit dem Finger. »Wir müssen reden.«

Sie kam gehorsam mit mir auf den Flur heraus und lehnte sich an eine Wand.

»Ist Ihnen klar, daß man Sie umbringen wollte, und nicht Shenja?«

Lena holte tief Luft. »Die wollten keinen umbringen, sondern die Wohnung ausrauben. Sie haben die Tür aufgebrochen, meine Schlösser sind nicht besonders gut. Als sie Shenja auf der Couch gesehen haben, sind sie erschrocken und haben wahrscheinlich deshalb zugestochen.«

»Überlegen Sie doch mal«, sagte ich eindringlich, »warum sollten die hinter Ihren billigen Sachen her sein, wenn es nebenan fette Beute zu holen gibt?«

»Die Filimonows haben eine Stahltür, und ihre Sicherheitsanlage ist bei der Miliz angeschlossen«, erklärte mir Lena. »Meine Wohnung war leichter zu knacken.«

»Lena«, ermahnte ich sie, »die wollten Sie umbringen, weil sie wußten, daß bei Ihnen die Dokumente versteckt sind. Wenn Sie mir die Papiere – die blauen Blätter und Negative – nicht geben, ist Ihr Leben weiterhin in Gefahr. Sagen Sie endlich, wo Sie sie haben!«

Aber Lena bat nur müde: »Lassen Sie mich doch endlich in Ruhe! Was wollen Sie nur von mir? Ich bin so unglücklich! Zuerst haben sie Kostja ermordet, jetzt ist meine Cousine nur durch ein Wunder am Leben geblieben und wird vielleicht für immer ein Krüppel sein! Und Sie erzählen mir hier irgendwelchen Unsinn. Wenn ich blaue Blätter höre, dann fällt mir höchstens Bonbonpapier ein. Und wenn ich ermordet werde, dann ist das auch egal. Wozu soll ich denn noch leben, und vor allem, für wen?«

Mit diesen Worten ging sie ins Zimmer zurück. Ich machte mich auf den Weg, um Shenjas behandelnden Arzt zu suchen.

Das war ein junger Mann, der wie Ende zwanzig wirkte. Wenn er tatsächlich ein voll ausgebildeter Chirurg war und auch noch in dieser Klinik arbeitete, mußte er jedoch mindestens dreißig sein.

»Koroljowa?« fragte er und warf einen schnellen Blick in

sein Notizbuch. »Messerstich in den Rücken. Die Frau hat unheimliches Glück gehabt.«

»Wieso?«

»Verstehen Sie«, erklärte mir der Doktor bereitwillig, »das Messer ist unter einer Rippe eingedrungen. Es muß eine lange, schmale Klinge gewesen sein. Die verursachen großen Blutverlust. Aber da fangen die Wunder an: Erstens hat das Herz nichts abbekommen. Zweitens wurden auch keine großen Gefäße beschädigt. Dazu ist der Blutgerinnungsfaktor bei Frau Koroljowa sehr hoch. Das ist eigentlich schlecht, weil sich leicht Blutgerinnsel bilden können. Doch in diesem Fall hat es der Frau das Leben gerettet. Das Blut ist rasch geronnen und hat die Wunde verschlossen. So ist sie am Leben geblieben.«

»Hat sie irgend etwas gesagt?«

»Lauter Unsinn. Sie sei eingeschlafen und in der Klinik wieder aufgewacht. Wahrscheinlich hat sie nach dem Stich sofort das Bewußtsein verloren.«

Ich trat auf die Straße und sog die kalte Frostluft ein. Nach der Krankenhausluft kam sie mir besonders frisch und würzig vor.

In unserer Küche fand ich im Abwasch drei schmutzige Tassen voller Kaffeesatz und auf dem Tisch mehrere benutzte Teller vor. Nach den gelben Resten zu urteilen, hatte sich Viktoria Spiegeleier gemacht. Hätte ihr Geschirr ja auch abwaschen können, dachte ich bei mir und ließ heißes Wasser in die Spüle.

»Hören Sie sofort auf damit!« kam es aus dem Bad.

»Warum?« fragte ich verwundert und tropfte etwas Spülmittel auf den Schwamm.

»Ich bade gerade und kriege nur kaltes Wasser!«

»Werden Sie lange brauchen?«

»Mindestens eine Stunde«, erklärte die Dame in aller Ruhe. »Ich bin gerade erst in die Wanne gestiegen, da tauchen Sie hier auf!«

Damit wollte sie mir wohl sagen, wie sehr ich ihre Kreise störte.

Ich war aber nicht mehr so leicht einzuschüchtern. Die Uhr zeigte halb sieben. Bald tauchte meine Familie auf, und zum Abendbrot sollte es Fisch geben. Wieder hatte ich einer Händlerin ein geheimes Familienrezept abschwatzen können. Sie meinte, das Schwierigste an diesem Gericht sei das Kartoffelschälen. Mehrere dieser Knollen sollte ich in Scheiben schneiden, dann eine tiefe Pfanne mit Butter bestreichen und mit den Kartoffelscheiben auslegen. Darauf kamen Stücke von Barschfilet, dann wieder Kartoffeln und wieder Fisch. Den Abschluß sollte eine Schicht Kartoffeln bilden. Nun folgte der Clou des Ganzen und das eigentliche Familiengeheimnis. »Schlagen Sie vier Eier in eine Schüssel«, erklärte mir die Frau, »fügen Sie ein Glas Milch hinzu und schlagen Sie das Ganze, als wollten Sie ein Omelett braten. Gießen Sie die Masse über die Fisch-Pfanne. Dann noch Salz und Pfeffer drüber und ab in die Röhre. Eine halbe Stunde später haben Sie ein wohlschmeckendes, sättigendes Gericht.«

Ich summte vor mich hin und drehte am Hahn mit dem kalten Wasser. Wieder ein Schrei aus dem Bad.

»Wau!« kommentierte Rachel, die sich in der Küche eingefunden hatte, gefolgt von Mulja und Ada, die leise winselten.

»Keine Sorge, Mädels«, tröstete ich die Hunde. »In ihrem Alter sollte man nicht so lange in heißem Wasser liegen. Ihr müdes Herz könnte die Belastung nicht aushalten.«

Aus der Röhre begann es zu duften. Die Hunde legten sich nieder und sahen mich mit ihren treuen Augen an. Jetzt müßte ich noch das Dessert aus Keksen und Quark mit dem romantischen Namen »Laubhütte« zubereiten. Wieder hatte mir eine nette Frau, die vor Kälte zitternd ihre Ware verkaufte, einen Tip gegeben: »Sie legen einen

Bogen Packpapier auf den Tisch. Für dieses Dessert brauchen Sie eine Packung russischer Kekse.« Ob nun aus Patriotismus oder weil ich ihr etwas abkaufen sollte, die Verkäuferin bestand auf einem Inlandprodukt. »Sie brauchen 24 Stück, dazu zwei Päckchen Quark und etwas Kakao. Sie legen zwölf Kekse als Rechteck aus, drei in der Breite und vier in der Länge. Nicht vergessen, sie vorher kurz auf einer Untertasse mit Tee zu befeuchten. Eigentlich nimmt man dafür Kognak oder Wein, aber starker Tee tut es auch. Dann nehmen Sie das erste Päckchen Quark und rühren Zucker nach Geschmack hinein. Damit bestreichen Sie die Kekse und legen das zweite Dutzend obendrauf. Das andere Päckchen Quark wird ebenfalls gesüßt und dann mit zwei Eßlöffeln Kakao vermischt. Das streichen Sie wiederum auf die Kekse. Jetzt kommt der entscheidende Moment. Die drei Kekse an jeder Schmalseite klappen sie schräg nach oben, so daß etwas wie eine hübsche Laubhütte entsteht. Von außen streichen Sie jetzt den Schokoladenquark darüber. Anschließend hüllen Sie das Ganze mit dem Papier ein und ab damit in den Kühlschrank. Es ist schneller gemacht, als beschrieben.«

»So eine Gemeinheit!« sagte plötzlich jemand hinter meinem Rücken.

Ich drehte mich um und hätte beinahe laut losgelacht. In der Küchentür stand, die Hände in die Seiten gestemmt und aufs höchste erzürnt, Viktoria. Auf dem Kopf trug sie eine Duschhaube, ihren Körper hatte sie in einen weiten Morgenrock aus giftgrüner Seide gehüllt. Am meisten beeindruckte mich das Gesicht. Es war völlig von einer roten Masse mit schwarzen Pünktchen bedeckt. Sie hatte eine Maske aufgelegt.

Da die Masse nicht springen sollte, war Viktoria bemüht, ihren Zorn mit fast starren Gesichtszügen auszudrücken. Sie öffnete den Mund nur ein wenig, wodurch ihre wütende Tirade besonders lächerlich wirkte.

»So eine Gemeinheit!« rief sie noch einmal und machte eine Schnute, die wie ein Hühnerbürzel wirkte. »Sie wissen wohl nicht, daß man völlig entspannt in warmem Wasser liegen soll, wenn man eine Maske auflegt? Was fummeln Sie bloß dauernd an den Wasserhähnen herum?«

Da konnte ich nur nachsichtig lächeln. In meinem früheren Leben, das schon so lange her war, daß ich mich kaum noch daran erinnerte, waren mir mein Äußeres und meine Gesundheit auch ungeheuer wichtig gewesen. Einmal monatlich hatte ich meinen Hausarzt aufgesucht, mich untersuchen und Laboranalysen machen lassen. Mindestens einmal wöchentlich war ich im Schönheitssalon zur Massage gewesen.

Jetzt aber tat ich überhaupt nichts mehr. Manchmal vergaß ich in der Eile sogar, mich abends zu waschen. Ab und an benutzte ich eine Nachtcreme, die Julia für 50 Rubel an der Metro erstanden hatte. Ich lief nicht mehr von einem Arzt zum anderen, ließ keine Analysen mehr machen und schluckte keine Vitamine. Das Ergebnis? Erst heute hatte mich aus dem Spiegel ein lebensfrohes Gesicht mit rosigen Wangen und glänzenden Augen angeschaut. Serjosha und Julia rauchten, aber ich mußte nicht husten. Ich lief bei Frost mit meinen dünnen Wildlederstiefeln herum, hatte aber bisher noch keine Erkältung eingefangen. Unsere drei Hunde krochen zu mir ins Bett, und am Morgen mußte ich schimpfend ihre Haare aus meinem Laken schütteln. Aber von Allergie keine Spur!

»Wagen Sie es nicht, mich noch einmal zu stören!« Viktoria war offenbar mit ihrer Tirade fertig und fügte hinzu: »Ich lege mich jetzt hin, die Maske muß eine Weile wirken. Daß mir keiner mein Zimmer betritt!«

Mit einer jähen Kehrtwendung schwebte die Furie aus der Küche. Da war aus der Diele auch schon Serjoshas freudiger Ausruf zu hören: »Oh, heute gibt's wieder was Tolles zum Abendbrot!«

Mein Fischauflauf war im Handumdrehen in den hungrigen Mäulern verschwunden. Nur ein winziges Stückchen wurde für den Gast übriggelassen. Auch meine »Laubhütte« löste große Begeisterung aus.

»Toll«, murmelte Julia und biß große Stücke ab. »Ich fürchte nur, ich werde bald neue Jeans brauchen ...«

»Eine sehr originelle Form«, lobte Serjosha und bestaunte meine Kekshütte. »Aber der Vollständigkeit halber müßte man hier noch einen kleinen Baumstumpf aus Biskuit hinbauen und Lenin aus Schokolade mit einem Manuskript in der Hand draufsetzen. Was hat er damals in der Laubhütte von Rasliw geschrieben? ›Staat und Revolution‹? Oder ›Zwei Schritte vorwärts, drei zurück‹? Meine Güte, ich hab mal Geschichte der KPdSU in der Schule gehabt, und es ist alles vergessen.«

»Du hattest nicht Geschichte der KPdSU«, korrigierte ich ihn, »sondern Staatsbürgerkunde.«

»Ist doch egal«, meldete sich Julia zu Wort. »Aber die Idee mit Lenin ist gut, nur würde ich noch Nadeshda Krupskaja danebensetzen.«

»Wer sind denn die?« fragte Kira. »Und was haben die bei der Laubhütte zu suchen?«

Alle hörten auf zu essen und schauten den Jungen erstaunt an.

»Kira«, fragte ich, »habt ihr in der Schule Geschichte?«

»Klar«, meinte der Junge.

»Und worüber redet ihr da?«

»Über Iwan den Schrecklichen, den großen Reformer«, antwortete Kira, ohne nachzudenken.

»Na so was«, meinte Serjosha, »ich kann mich nur erinnern, daß er seinen Sohn umgebracht hat.«

»Sie sind noch nicht bei 1917«, versuchte ich Kira zu verteidigen.

»Du weißt nicht, wer Lenin und die Krupskaja sind?« fragte ihn sein älterer Bruder.

»Doch«, gab Kira bedrückt zurück, »von ihm habe ich schon mal gehört. Das ist doch so einer wie Hitler, der hat die Revolution gemacht. Aber wer sie ist, weiß ich nicht.«

»Seine Frau«, klärte ihn Julia auf, »seine treue Lebensgefährtin und Genossin in der Partei.«

»Wie sich doch die Zeiten ändern!« Serjosha wunderte sich. »In seinem Alter war ich ein Oktoberkind – Lenins Enkel.«

»Du warst Pionier – ein Vorbild für alle«, konstatierte Julia.

»Wir sind mit Lenin verwandt?« fragte Kira verwundert. »Warum hat mir das nie jemand verraten?«

»Was soll der Unsinn?« Nun war es an Serjosha, sich zu wundern.

»Das hast du doch gerade gesagt!« gab Kira beleidigt zurück. »Gerade eben!«

»Ich?«

»Na klar, wer denn sonst? Du hast gesagt: Du bist ein Oktoberkind gewesen, Lenins Enkel.«

Serjosha und Julia mußten lachen.

»Verstehst du denn nicht? Von sieben bis neun waren wir alle Lenins Enkel.«

»Warum?«

»Na«, meinte Julia unsicher, »das war halt so, wir trugen das Abzeichen der Oktoberkinder, da war Lenin als Kind drauf, und die Oktoberkinder waren Lenins Enkel.«

»So ein Quatsch!« kam es von Kira. »Der konnte doch nicht jedem sein Großvater sein!«

»Mein Gott!« Julia stöhnte. »Ich kann es ihm einfach nicht erklären.«

»Paß auf«, sagte ich und erprobte nun meine Fähigkeiten als Pädagogin, »am 7. November 1917 gab es in Rußland eine Revolution, die Lenin anführte. Ihr zu Ehren wurden die Schüler der unteren Klassen Oktoberkinder genannt.«

»Warum nicht Novemberkinder?« fragte Kira mit vollem Mund.

»Weil damals der 7. November der 25. Oktober war«, erklärte ich geduldig.

»Wieso?«

»Nach der Revolution haben die Kommunisten den Kalender gewechselt und dreizehn Tage hinzugefügt.«

»Toll«, erklärte Kira. »Aber warum haben sie das gemacht?«

Jetzt konnte ich Kiras Mathematiklehrerin besser verstehen. Und ich hatte geglaubt, die zehn Dollar für eine Stunde Unterricht beim Giftzwerg wären zuviel! Auch für hundert Dollar würde ich diese Arbeit nicht machen wollen!

»Das reicht jetzt«, entschied Serjosha. »Das kriegst du alles noch in der Schule.«

»Eine Schweinerei ist das!« erklang es plötzlich aus dem Korridor. Viktoria rauschte in die Küche.

»Einfach eine Schweinerei!«

Hinter ihr drückte sich Mulja herein. Ihr Schnäuzchen war hellrot.

»O je«, rief Kira erschrocken. »Sie hat sich verletzt!«

»Dieses Geschöpf«, schrie Viktoria erregt und wies mit dem Finger auf die Möpsin, die mit schuldbewußter Miene vor ihr saß, »dieses abscheuliche Geschöpf hat mich bei meiner Kosmetik gestört!«

»Das ist ja Erdbeermus!« rief Serjosha, als er sich das Mopsschnäuzchen genauer angeschaut hatte.

»Genau, Erdbeermus!« erklärte Viktoria. »Ich habe mir eine Maske gemacht, mich ins Bett gelegt und, Verzeihung, war wohl etwas eingenickt. Da kommt dieses Vieh und leckt mir die ganze Maske vom Gesicht!«

Ich mußte mich zur Spüle umdrehen und mich aufs äußerste anstrengen, damit Viktoria nicht bemerkte, daß ich vor Lachen fast erstickte.

»Im November streichst du dir Mus aus Gewächshauserdbeeren aufs Gesicht?« fragte Julia verwundert.

»Na und?« fauchte die Dame. »Meine Haut braucht Nährstoffe! Du wirst es in zehn Jahren schwer bereuen, daß du das nicht auch gemacht hast. Mit meinen fünfzig habe ich noch eine Haut wie ein junges Mädchen!«

Ich beugte mich noch tiefer über die Spüle. Unser Gast litt eindeutig an akuter Sklerose. Ihr wirkliches Alter wußte sie offenbar nicht mehr. Mal waren es vierzig, dann wieder fünfzig Jahre.

»Mulja ist ganz verrückt auf Erdbeeren«, murmelte Julia und schaute mitfühlend auf den Mops, der sich mit Genuß die Schnauze leckte.

»Das war doch in Ordnung«, mischte sich Kira ein, »Mulja braucht auch Vitamine.«

Mit finsterer Miene setzte sich Viktoria an den Tisch und nahm sich eine Tasse Tee.

Ich ging derweil ins Wohnzimmer und rief die Friseuse Nina an. Es klingelte lange, bis sich eine schwache Greisenstimme meldete: »Hallo.«

Wahrscheinlich hatte ich mich verwählt.

»Ich möchte Nina sprechen.«

»Wer ist da?«

»Eine Bekannte.«

»Welche?«

»Tatjana.«

»Von Ihnen habe ich noch nie gehört«, bemerkte die Großmutter wachsam.

Meine Geduld war zu Ende, und ich sagte ärgerlich: »Ich bin Major Romanowa von der Kriminalpolizei. Rufen Sie Nina sofort ans Telefon!«

»Sie liegt doch im Krankenhaus«, teilte mir die Alte kläglich mit.

»Wie das?« fragte ich verwundert.

»Was glauben Sie denn, wie es ist, wenn man so was erleben muß?« kam es jetzt scharf vom anderen Ende. »Da bleibt einem ja glatt das Herz stehen!«

»Was erleben?«

»Was heißt hier, was? Ihre Wohnung ist ausgeraubt! Alles haben sie weggeschleppt, was sie sich mit schwerer Arbeit zusammengespart hat, diese verdammten Verbrecher ...«

Die Großmutter fluchte zuerst heftig auf die Verbrecherwelt, dann kam die Staatsmacht an die Reihe. Alle kriegten ihr Teil ab. Zuerst die Ermittler von der Kriminalpolizei: »Die sind mit ihren dreckigen Schuhen hier herumgetrampelt, haben alles mit grauem Pulver bestreut und sich dann wieder davongemacht!« Der Polizist vom Revier um die Ecke: »Der streitet sich nur mit den Marktweibern wegen einem Sträußchen Dill herum!« Die Miliz überhaupt: »Die rasen mit ihrem Blaulicht umher und jagen ehrlichen Menschen Angst und Schrecken ein!« Der Generalstaatsanwalt: »Hat dauernd eine andere im Bett und raubt die Bürger aus!« Und schließlich der Innenminister: »Der ist der größte Verbrecher von allen!«

Ich wartete, bis ihr die Luft wegblieb, und fragte: »In welchem Krankenhaus liegt sie?«

»In der Klinik der Eisenbahner an der Wolokolamsker Chaussee!« schnarrte die Alte und warf den Hörer auf die Gabel.

Nun hatte es also auch Nina erwischt.

21. Kapitel

Das Wetter war milder geworden. Es sah wohl endlich ein, daß wir November und nicht Februar schrieben. Aus dikken Wolken fiel Sprühregen, der Schnee taute und wurde im Nu zu einem matschigen, zähen Brei. Kaum war ich aus der Metrostation getreten, bespritzte ein großer Wagen ausländischer Herkunft, der in hohem Tempo vorbeizischte, die Passanten von Kopf bis Fuß. Mein hellbeiger Mantel sah nun dunkelbraun gesprenkelt aus. Still vor mich hin fluchend, versuchte ich den Schmutz mit einem Taschentuch abzureiben, aber damit machte ich alles nur noch schlimmer. Ich schmierte die Flecke breit, und mein soeben noch eleganter Übergangsmantel sah aus wie ein Scheuerlappen.

Ich beschloß, das Problem zu ignorieren, stieg in den Bus, fand einen Fensterplatz und starrte gedankenlos auf die Häuser, die vorüberflogen.

Das Krankenhaus stand in einem großen Park. Wahrscheinlich war es im Sommer hier geradezu paradiesisch. Aber im Winter, wenn die nackten Äste der Bäume in den Himmel ragten und die Wege in graubraunem Morast versanken, wirkte das Ganze nicht sehr einladend.

Nina lag in der Neurologie. Sie hatte ein Einzelzimmer mit einem bequemen Bett aus Holz, nicht aus Metall, eine kuschelige Decke, mehrere Kissen, eine Nachtlampe und auf dem Nachttisch einen Teller mit Weintrauben, Birnen und mir unbekannten exotischen Früchten. Sie hatte es offenbar gut getroffen und sah gar nicht krank aus.

Mit einem Seufzer legte sie das Magazin »Woman« beiseite und fragte: »Sie wollen zu mir?«

»Ja, zu Ihnen.«

»Was gibt's?«

»Erzählen Sie mir, was passiert ist.«

Nina strich die flauschige rot-gelbe Decke glatt und murmelte: »Nichts Besonderes, die haben meine Wohnung ausgeraubt. Nur meine Zimmer, die meiner Nachbarin haben sie nicht angerührt. Sie ist im Urlaub und hatte abgeschlossen. Ihr Schloß ist unversehrt.«

»Etwas genauer, wenn ich bitten darf!«

»Ehrlich gesagt, das ist schon alles.«

»Nein, so geht das nicht!« sagte ich aufgebracht. »Erzählen Sie mal schön der Reihe nach. Wann sind Sie nach Hause gekommen?«

»Wie immer nach der Nachtschicht – gegen elf.«

Nina hatte die Tür geöffnet und bemerkt, daß der Schlüssel sich schwer im Schloß drehte. Sie glaubte, das Schloß habe ausgedient, trat in die Diele und hätte beinahe aufgeschrien. Alle Sachen aus den Wandschränken lagen auf dem Fußboden. Noch wüster sahen ihre Zimmer aus. Es war, als sei ein Wirbelsturm durch die beiden winzigen Räume gefegt. Vor allem trauerte Nina ihren Fotos nach. Der unbekannte Vandale hatte sie aus den Tüten gezerrt, und sie lagen zerknüllt, zum Teil zerrissen auf dem Teppich herum …

»Haben sie etwas mitgehen lassen?«

»Ja«, gab Nina leise zur Antwort. »Meine Teebüchse aus Metall, viereckig, mit einem Elefanten auf dem Deckel.«

»Warum denn das?« fragte ich verwundert.

»Da lagen meine Dollars drin.«

»War es viel?«

»2475«, sagte die Friseuse niedergeschlagen. »Ich spare auf eine Wohnung. Das ist der schlimmste Verlust.«

»Fehlt sonst noch was?«

»Zum Glück nicht«, antwortete Nina. »Bei mir ist kaum was zu holen. Merkwürdig, daß sie meinen Goldschmuck nicht angerührt haben, wenn er auch nicht sehr wertvoll ist. Zwei Ketten, Ohrringe und ein Ring. Ich mag Silber mehr, obwohl es nicht als sehr wertvoll gilt.«

»Wer hat gewußt, wo Sie Ihr Geld aufbewahren? Ihre Nachbarin?«

Nina seufzte. »Ich habe es nicht besonders gut versteckt. Die Dose lag im Schrank unter den Bettüchern.«

Das war natürlich der beste Platz dafür. Manche verstekken ihr Geld unter Graupen, Mehl oder Marmelade. Andere legen es ins Tiefkühlfach. Aber Einbrecher kennen sich eben aus.

»Können Sie sich erinnern, daß ich Sie bei unserer ersten Begegnung nach Papieren gefragt habe?«

Nina nickte.

»Sollte Kostja Ihnen ein paar blaue Papierbogen und mehrere Fotos zur Aufbewahrung gegeben haben, dann händigen Sie mir die so schnell wie möglich aus.«

»Sie können einem aber auf die Nerven gehen!« rief die Friseuse ärgerlich. »Wie oft soll ich Ihnen noch sagen: Ich habe Ihre Papiere nie gesehen!«

»Aber er hat Ihnen als einziger seiner Geliebten Aufträge erteilt!«

»Ja, allen möglichen Unsinn mußte ich für ihn erledigen«, schimpfte Nina. »Mehrmals habe ich Blumenkörbe übergeben, dann mußte ich eine Woche lang auf eine Katze aufpassen oder im Kaufhaus GUM einen Schlafsack kaufen. Ich habe das alles gemacht, weil er gut gezahlt hat. Aber das war es auch schon.«

Ihre hübschen Augen sprühten Blitze, die Wangen hatten sich gerötet, und ihre Hände kneteten die weiche Decke.

»Das waren keine gewöhnlichen Papiere«, sagte ich leise.

»Na und?« fauchte Nina.

Ich entschloß mich, aufs Ganze zu gehen. »Ich sage Ihnen jetzt was, Ihre Schlüsse können Sie dann selber ziehen«, erklärte ich in vertraulichem Ton. »Jana Michailowa ist auch bestohlen worden, aber sie hat nicht solches Glück gehabt wie Sie. Sie kam zu früh nach Hause, und die Banditen haben sie halb tot geschlagen. Aber sie ist wenigstens noch am Leben. Eine Kassiererin aus dem Supermarkt, Margarita Wolkowa, war sofort tot. Die Einbrecher haben sie ohne Umschweife kaltgemacht. Eine andere aus Kostjas Frauensammlung, Lena Litwinowa, kann wiederum von Glück sagen. Dort suchten die Einbrecher am Tage nach den Papieren, weil sie sie auf der Arbeit vermuteten. Auch bei ihr verschafften sie sich mit einem Dietrich Zugang.

Leider war ihre Cousine Shenja gerade zu Besuch. Sie schlief friedlich auf der Couch, als sie ihr ein Messer in den Rükken rammten.«

Nina hatte sich ängstlich zusammengekauert, aber ich fuhr unerbittlich fort: »Dieser ganze Terror wird wegen einigen Blättern aus blauem Papier und mehreren Fotos veranstaltet. Haben Sie keine Angst, daß Sie den Schurken doch noch in die Hände fallen? Die Dokumente haben die bei Ihnen ja noch nicht gefunden ...«

»Woher wollen Sie das wissen?« murmelte die Friseuse mit ersterbender Stimme.

»Das ist klar wie der Tag. Wann wurde bei Ihnen eingebrochen?«

»Gestern!«

»Sehen Sie: Wenn sie die Papieren schon hätten, wäre der Einbruch in Ihre Wohnung nicht nötig gewesen. Das heißt, sie suchen immer noch und haben keine Skrupel. Die können Sie entführen, foltern ...«

»Ich habe sie aber nicht!« schrie Nina mit Tränen in den Augen.

»Was ist denn hier für ein Lärm«, erklang ein tiefer Baß, und herein trat ein junger, hagerer, sehr sympathischer Arzt. »Du schreist ja wie angestochen, Nina.«

Ich zog verdutzt die Brauen hoch. Ein merkwürdiger Umgangston mit einer Patientin – per Du und nicht gerade höflich.

Nina deutete meine Verwunderung richtig und sagte rasch: »Darf ich vorstellen: Iwan Pawlowitsch, der leitende Arzt und zugleich mein Bruder.«

Nun war alles klar. Auch, weshalb die Dame in einem so elitären Einzelzimmer lag.

»Sie sollten die Patientin nicht zu sehr aufregen«, erklärte der Doktor mit finsterer Miene. »Das sage ich nicht nur, weil ich ihr Bruder bin.«

»Das tue ich nicht«, gab ich zur Antwort. »Aber vielleicht können Sie sie dazu bewegen, daß sie Ihnen genau erzählt, wie die Sache abgelaufen ist. Wenn ihr dabei etwas einfällt, das sie mir mitteilen will, kann sie mich ja anrufen. Ich habe ihr meine private Telefonnummer gegeben.«

Nina ließ sich in die Kissen sinken und schluchzte theatralisch auf. Iwan Pawlowitsch blickte noch finsterer drein und schob mich aus dem Zimmer.

Mit dem schmutzigen Mantel konnte ich nicht länger durch die Stadt laufen. Ich mußte nach Hause fahren und in meine Jacke schlüpfen. In der Wohnung war es still. Viktoria war nicht zu sehen. In der Küche standen wieder an verschiedenen Stellen mehrere gebrauchte Tassen mit Kaffeesatz und zwei schmutzige Teller herum. Im Bad hatte sie auf der Waschmaschine eine Strumpfhose, einen Body und einen Kamm mit dicken kastanienbraunen Haarbüscheln liegenlassen. Mir wurde beinahe übel. Und so eine schlampige Person wagte es, anderen Vorhaltungen zu machen! Wenn die vielleicht dachte, ich würde ihre schmutzige Wäsche waschen, dann hatte sie sich geirrt. Und mit dem Geschirr würde ich mir etwas einfallen lassen.

Ich nahm die Tassen, Teller und Löffel, so wie sie waren, und stellte sie in Viktorias Zimmer auf das Tischchen neben dem nicht gemachten Bett. Ein Zimmermädchen gab es bei uns nicht. Ich war nicht ihre Hausangestellte, sondern Familienmitglied, Julias Tante, und nicht verpflichtet, eine unverschämte Provinzlerin zu bedienen.

Ich holte meine Jacke aus dem Schrank, führte die Hunde aus und lief dann wieder zur Metrostation. Meine chinesische Daunenjacke war nicht gerade der letzte Schrei, aber warm. Ein Jackenschoß schlug mir schwer gegen den Oberschenkel. Ich faßte in die Tasche, entdeckte dort ein Loch, steckte die Hand durch und holte aus dem Futter ein Handy hervor. Du meine Güte, das war das Telefon, das ich aus Kostjas Wohnung hatte mitgehen lassen! Der Fund kam mir gerade recht. Weil ich nicht mehr weiter wußte, wollte ich ohnehin gerade dorthin fahren und Kostjas Zimmer und Küche noch einmal gründlich durchsuchen. Am Ende waren die Papiere doch dort versteckt?

Im siebenten Stock des Hauses angekommen, nahm ich den für die Zähne so schädlichen, aber sehr verführerischen Big Bubble aus dem Mund und klebte damit den Spion an der Nachbartür zu.

In Kostjas Diele war es totenstill. Keine Uhr tickte, kein Wasser lief in der Toilette, es roch nicht nach Essen oder anderen Dingen. Die Wohnung war wie ausgestorben. Unwillkürlich zog ich den Kopf zwischen die Schultern. Bevor ich das Licht einschaltete, mußte ich die Vorhänge zuziehen, denn draußen war es schon fast dunkel, und ich wollte keine neugierigen Nachbarn aufmerksam machen.

Als ich ins Zimmer trat, entfuhr mir ein Laut der Überraschung. Hier brauchte ich wohl nicht mehr zu suchen. Entweder waren die Papiere gar nicht hier gewesen, oder jemand hatte sie bereits gefunden. Alle Schränke waren ausgeräumt, und ihr Inhalt – Fotos, Rechnungen, Zeitungsausschnitte und Briefe – lag auf dem Fußboden verstreut.

Ich ließ mich in einen Sessel fallen und betrachtete das Schlachtfeld. Wer das wohl angerichtet hatte? Zuerst war eine Frau in dieser Wohnung erschienen und hatte mit Slawa telefoniert. Sie war eindeutig auf der Suche nach den blauen Blättern gewesen. Aber sie hatte sich vorsichtig bewegt, den Schreibtisch durchsucht, in der Küche nachgesehen und dann einem geheimen Auftraggeber ihre Fehlmeldung durchgesagt. Am nächsten Tag hatte mich Nina hierhergeführt und mir die Geheimverstecke gezeigt. Eine so wichtige Sache hatte Kostja wohl kaum im Schrank herumliegen lassen. Aber die Frau, die mich zuerst hier überrascht hatte, wußte von den Geheimfächern offenbar nichts.

Ich ging in die Küche. Die Tischbeine waren abgeschraubt, aber das Fensterbrett schien unberührt. Nun sind hohle Tisch- oder Stuhlbeine nicht gerade ein neuer Trick. In vielen Kriminalromanen nimmt der Held mit vor Erregung zitternden Händen ein solches Möbel auseinander …

Auf dem Küchentisch lagen Fotos. Ganz mechanisch schaute ich sie durch. Auf fast allen war ein eleganter junger Mann zu sehen – zumeist in Begleitung verschiedener Frauen. Ich erkannte Nina Nikitina und Lena Litwinowa. Dann sah ich mir Kostja genauer an. Ich mußte zugeben, er war in der Tat ein Traumprinz. Dunkles Haar, blaugraue Augen, wunderbare Zähne und ein gewinnendes Lächeln. Auf einem Bild lehnte er an einem neuen dunkelroten »Lada«, auf einem anderen winkte er aus einem Swimmingpool und auf einem dritten sprach er ins Handy. Eitel war er auch: Es mußte ein rotes von Siemens sein, auch wenn das hundert Dollar mehr kostete. Für meine Begriffe war es total überteuert, aber zu einem richtigen Angeber paßte so ein Ding. Jetzt lag das »Siemens« auf dem Kühlschrank und wartete auf seinen Besitzer, der es nie mehr benutzen sollte.

Ich stutzte. Moment mal, welches Telefon hatte ich nun eigentlich in der Tasche? Ich schloß die Augen, um mich zu konzentrieren. Als Musikerin habe ich ein gutes optisches Gedächtnis. Daß alle meine Berufskollegen ein ausgezeichnetes Gehör haben, ist übrigens Unsinn. Das Gefühl für Musik und die Hörfähigkeit im Alltag sind verschiedene Dinge. Beispiele dafür sind der taube Beethoven oder der Rocksänger Sting, der ein Hörgerät benutzt. Aber das optische Gedächtnis von Musikern ist hervorragend.

Wie in einem Film liefen die Bilder vor meinem geistigen Auge ab. Ich wühle im Schreibtisch, höre die Wohnungstür knarren und springe auf das Fensterbrett … Schließlich geht die Unbekannte, nachdem sie telefoniert hat, zur Toilette und verläßt nach fünf Minuten die Wohnung. Kaum ist sie weg, da schieße ich in äußerster Not zu diesem Ort der Nachdenklichkeit, benutze das Toilettenpapier, greife mechanisch nach dem Handy, das neben mir auf dem Regal liegt … Stop! Das ist mir schon hundertmal passiert: Wie oft habe ich mein Handy im Bad, auf der Toilette oder auf einem Ladentisch liegenlassen – immer dort, wo ich beide Hände brauchte. Das hieß, dieses Telefon gehörte überhaupt nicht Kostja, sondern der jungen Frau, die mit dem Entführer Slawa gesprochen hatte. Ich überlegte, wie nun weiter vorzugehen war. Zunächst wollte ich zu Kostjas jüngerem Bruder Slawa fahren und herausbekommen, ob die Dokumente vielleicht bei ihm versteckt waren. Das war meine letzte Chance, denn morgen lief die Frist ab, um zwölf Uhr mittags mußte ich mit der Tasche unter dem Arm in der Metrostation Dynamo stehen. Was passierte, wenn ich ohne die Dokumente dort erschien?

Ich hoffte sehr, sie würden Katja nicht gleich etwas antun. Vielleicht konnte ich ein paar Tage Aufschub herausschlagen. Inzwischen mußte ich feststellen, auf wessen Namen das Handy registriert war, die Dame beobachten und so das Versteck des zweiten Slawa finden. Und dann? Vielleicht würde ich die Tür aufbrechen oder die Wohnung in Brand stecken, aber Katja mußte ich retten.

Gesagt, getan. Ich wählte Slawa Katukows Nummer. Als ich schon befürchtete, wieder bei einem Anrufbeantworter zu landen, ertönte ein angenehmer Bariton: »Hallo.«

»Wjatscheslaw Katukow?«

»Rostislaw«, korrigierte mich der Mann höflich. »Was wünschen Sie?«

»Hier ist Major Romanowa, ich muß Ihnen im Zusammenhang mit dem Tod Ihres Bruders einige Fragen stellen.«

»Entschuldigung«, antwortete Slawa wie aus der Pistole geschossen, »ich bin krank und kann das Haus nicht verlassen.«

»Kein Problem, ich komme zu Ihnen.«

»Aber ich habe die Grippe«, wandte er ein.

»Wer sie schon hatte, dem tut sie nichts mehr«, gab ich lächelnd zurück.

»Na, meinetwegen, dann kommen Sie schon.«

Slawa Katukow wohnte in einem schicken Hochhaus aus hellen Klinkern. Der große Eingangsbereich war peinlich sauber. Vor den Fahrstühlen lag ein weinroter Läufer. Drinnen roch es nach gutem Kognak und teurem französischen Parfüm. Zu diesem Ambiente paßte die Wohnungstür. Sie war eindeutig aus Stahl, aber mit beigefarbenem Leder beschlagen. Ja, Katukow junior schien keine Not zu leiden. Allein dieser Lederbeschlag hatte mindestens 500 Dollar gekostet.

Der Hausherr war eine imposante Erscheinung. Dunkles Haar, graue Augen, gewinnendes Lächeln – das Ebenbild seines älteren Bruders. Den Unterschied machten ein Bärtchen und eine große eckige Brille. Slawa duftete nach Kölnischwasser, und sein geöffneter Hemdkragen ließ ein goldenes Kettchen sehen – nicht so ein vulgäres dickes Ding, wie es alle Ganoven trugen, sondern ein zartes Etwas, an dem vielleicht ein Kreuzchen hing.

Die Wohnung war teuer, aber gediegen eingerichtet. Weder Bronzefiguren noch Kristallüster oder Zimmerspringbrunnen. Die Möbel schlicht, sicher Einzelanfertigung, moderne Leuchten mit klaren Linien, möglicherweise aus Italien, glänzendes Parkett, glatte weiße Wände mit Bildern von Künstlern, die ich nicht kannte, und eine Decke ganz ohne Stuck.

Eine Küche hatte Slawa nicht. Im Hintergrund des etwa dreißig Quadratmeter großen Raumes stand ein Tresen, hinter dem ich modernste technische Geräte erblickte.

»Einen Kaffee?« fragte Slawa und schaltete die Kaffeemaschine ein. Ich spürte, wie ich von unten her angenehm warm wurde. Offenbar hatte er auch noch Fußbodenheizung.

Während Slawa eine kleine Torte und Konfekt auf den Tisch stellte, sah ich ihn mir noch einmal genau an. Nie hätte ich vermutet, daß er eine kriminelle Vergangenheit hatte. Nur am Ringfinger der linken Hand war noch eine halb verblaßte Tätowierung zu sehen – zwei große Ringe. Als Slawa meinen Blick bemerkte, lächelte er nachsichtig. »Ich habe zwei Strafen abgesessen, aber, wie es so schön heißt, befinde ich mich jetzt auf dem Wege der Besserung und werde nicht mehr mit dem Gesetz in Konflikt geraten. Ich bin ein seriöser Geschäftsmann und handle mit Konfektion. Brauchen Sie nicht zufällig einen Mantel? Ich lasse Ihnen einen zum Großhandelspreis ab. Beste Qualität, aus Frankreich.«

»Danke, kein Bedarf«, murmelte ich. Dann schob ich die Frage nach: »Hatten Sie zu Ihrem Bruder ein gutes Verhältnis?«

Slawa lächelte wieder. »Sie haben doch bestimmt meine Akte eingesehen.«

Ich nickte. »Ich weiß, daß Sie bei Natalja Katukowa aufgewachsen sind, daß Sie ihre Mutter und Ihren Bruder erst kennengelernt haben, als sie gestorben war.«

Slawa hob die Hände. »Denken Sie nicht, daß ich meiner Familie etwas vorwerfe. Natalja hat mich so geliebt, wie nicht jede Frau ihren leiblichen Sohn liebt. Ich hatte eine glückliche Kindheit. Daß ich in schlechte Gesellschaft geraten bin, habe ich mir selber zuzuschreiben. In die erste Sache bin ich aus Dummheit geraten. Und beim zweiten Mal habe ich Schmiere gestanden, wobei man mich geschnappt hat, sozusagen auf frischer Tat. Als ich zur Einsicht kam, war es bereits zu spät. Seitdem bitte ich meine tote Mutter um Verzeihung. Anna Fjodorowna Mutter zu nennen, bringe ich nicht über mich. Obwohl sie mir danach sehr geholfen hat. Übrigens auch Kostja. Er hat sich für seinen kriminellen Bruder nicht geschämt und mich im Gefängnis besucht. Das tut nicht jeder. Wir waren hundert

Mann in der Baracke. Nur achtzehn haben je Pakete von zu Hause bekommen. Von den übrigen hat sich die Familie sofort nach dem Urteil losgesagt. Ich aber erhielt regelmäßig, wie nach Plan, an jedem 25. eine Sendung. Wurst, Zwieback, Zucker, Zigaretten … Ich kann mich nicht beklagen, sondern bin ihnen dafür dankbar.«

»Wie war nun das Verhältnis zu Kostja?« wiederholte ich meine Frage.

Slawa seufzte auf. »Kostja war ein Glückspilz. Einer, dem alles im Leben zufällt. Die Aufnahmeprüfung fürs Studium hat er im ersten Anlauf geschafft, und zwar nicht am Straßenbau-, sondern am Theaterinstitut. Seine erste Rolle bekam er gleich in der Hauptstadt. Nur das Geld hat nie gereicht. Er hat alles für seine Frauen rausgeworfen, Schürzenjäger, der er war. Über Tote soll man nicht schlecht reden, aber ich stelle ja nur eine Tatsache fest. Er kam an keinem Rock vorbei, das war bei ihm wie eine Krankheit.«

»Haben Sie ihn materiell unterstützt?«

»Ich habe ihm immer mal was zugesteckt«, bekannte der frühere Ganove bereitwillig, »für ein Auto oder für eine Reparatur. Immerhin war er mein Bruder.«

»Und Jana?«

»Auch ihr habe ich geholfen. Und die Pflegerin für Anna Fjodorowna bezahle ich auch.«

»Wissen Sie, daß Ihre Schwester im Krankenhaus liegt?«

»Diese Saukerle!« sagte Slawa böse. »Wenn sie in eine Wohnung einbrechen, dann sollen sie mitnehmen, was sie suchen, und wieder verschwinden. Aber warum mußten sie sich an der Frau vergreifen? Sie halb totschlagen? Sie hätten ihr den Mund zukleben und sie im Bad einschließen können, aber so zurichten! Misthunde!«

Ich schwieg taktvoll, während der Ex-Verbrecher über andere Kriminelle herzog. Nach und nach beruhigte er sich wieder.

»Wissen Sie«, sagte ich vorsichtig, »Jana wurde nicht so zugerichtet, weil man sie ausrauben wollte.«

»Meinen Sie?« gab Slawa verwundert zurück. »Weshalb denn dann?«

»Katja Romanowa hat Kostja Dokumente zur Aufbewahrung übergeben – mehrere blaue Bogen und Fotos. Hinter denen sind die Banditen her. Deswegen haben sie eine Frau ermordet, eine zweite verletzt, und eine dritte liegt mit Schock im Krankenhaus ... Sie glauben, daß Kostja die Papiere bei einer seiner Geliebten versteckt hat. Deshalb durchsuchen sie systematisch die Wohnungen der unglücklichen Frauen. Mit denen machen sie nicht viel Federlesens. Alle, die so oder so mit Kostja zu tun hatten, haben etwas abbekommen – Lena Litwinowa, Nina Nikitina, Jana Michailowa und sogar Lenas Cousine Shenja. Und Margarita Wolkowa ist tot. Bei Ihnen können sie übrigens auch noch aufkreuzen.«

»Was können die hier wollen?« fragte Slawa verwundert.

»Sie sind der Bruder des Verstorbenen und, soviel ich weiß, mit Akulina verheiratet ...«

»Auch eine verflossene Geliebte von Kostja.« Der Geschäftsmann mußte lächeln. »Ja, unsere Sicherheitsorgane leisten ganze Arbeit. Aber ich habe Akulina erst kennengelernt, als Kostja ihr längst den Laufpaß gegeben hatte. Sie ist ausgebildete Krankenschwester, und Kostja hat sie gebeten, Anna Fjodorowna zu pflegen. Ich bezahle sie. Als ich die alte Frau einmal besuchte, haben wir uns kennengelernt. Und später haben wir halt geheiratet. Akulina ist eine tolle Frau, ich habe Glück gehabt. Und was ihr früheres Verhältnis zu Kostja betrifft ... Das ist weder für mich noch für sie ein Problem. Als wir uns begegneten, waren wir beide gestandene Leute, jeder mit seinem eigenen Leben. Von einer fast vierzigjährigen Frau kann ich wohl kaum erwarten, daß sie noch Jungfrau ist. Im Gegenteil, ich war sogar froh, daß sie diese Affäre hatte.«

»Wie das?«

»Akulina ist sehr schön, und Kostja wäre wohl kaum zu bremsen gewesen, hätte er sie als meine Frau kennengelernt. Der Casanova hätte sogar Mutter Teresa verführt. Was wäre wohl passiert, wenn er uns besucht hätte? Aber so konnte ich beruhigt sein. Kostja hat nie ein altes Verhältnis wieder aufgewärmt.«

»Kotik, mein Katerchen!« erklang es plötzlich aus der Diele, »ich habe dir deine geliebten Hühnerschnitzel mitgebracht!«

Völlig unerwartet rief Slawa böse zurück: »Laß doch die blöden Namen, wie oft soll ich dir das noch sagen? Katerchen, Häschen, Mäuschen ...!«

Du meine Güte, eben hatte er noch so gut von seiner Frau gesprochen. Und nun fuhr er sie derart grob an, nur weil sie ihm einen Kosenamen gab. Männer sind schon seltsame Wesen. Mir fiel ein, wie Mischa mich wegen einer Packung Vitamintabletten beschimpft hatte, und ich mußte seufzen.

Eine superschlanke dunkelhaarige Person schwebte ins Zimmer. Auf den ersten Blick fand ich sie nicht besonders schön. Zu kleine Augen, ein langes Gesicht und ein zu großer Mund.

»Guten Tag«, sagte sie lächelnd, »gleich gibt's Schnitzel.«

»Akulina, das ist Tatjana Romanowa, Majorin der Kriminalpolizei«, sagte Slawa warnend.

»Na und?« gab Akulina zurück und wühlte weiter in ihrer Tasche. »Essen die keine Hühnerschnitzel?«

Sie griff sich flink eine Pfanne und drehte das Gas auf. Einen Moment später hörte man schon das Fett brutzeln.

»Mögen Sie Knoblauch?« fragte mich Akulina lächelnd.

Unwillkürlich lächelte ich zurück. Die auf den ersten Blick unscheinbare Frau hatte ihren eigenen Zauber, der einen sofort in seinen Bann schlug. Wir sahen uns zum ersten Mal, aber ich hatte das Gefühl, ich sei bei meiner besten Freundin zu Besuch.

In Minutenschnelle standen Teller mit knusprigen, verführerisch duftenden Hühnerschnitzeln vor uns. Aus dem Kühlschrank kamen ein Salat, eine eiskalte Flasche Wodka und Salzgürkchen hinzu.

Ich wehrte mit großer Geste ab. »Ich bin im Dienst!«

»Na schön«, lenkte Slawa ein, »dann bleiben wir bei Mineralwasser.«

Die Schnitzel schmeckten so gut, wie sie aussahen. Akulina sammelte rasch die leeren Teller ein, sortierte sie in den Geschirrspüler und brachte frisch gebrühten Tee. Ihr ging offenbar alles blitzschnell von der Hand.

»Da fällt mir ein«, sagte Slawa und steckte sich eine Zigarette an, »es gibt noch eine Frau, die in Kostjas Leben eine wichtige Rolle gespielt hat. Wenn er die Papiere jemandem gegeben hat, dann bestimmt ihr.«

»Wer soll das sein?« fragte ich mißtrauisch.

»Vera Martynowa.«

Akulina grinste.

»Ja«, behauptete Slawa, »Vera könnte etwas wissen. Ihr hat Kostja vertraut.«

»Den Namen dieser Geliebten höre ich zum ersten Mal.«

»Das war keine seiner üblichen Liebschaften«, erklärte Slawa. »Es war eine Leidenschaft, vielleicht die Liebe seines Lebens. Wie oft sie sich getrennt und wieder gefunden haben, ist kaum zu zählen. Für sie war er zu allem bereit. Sie brauchte nur mit dem Finger zu schnipsen ...«

»Sie ist viermal verheiratet gewesen«, bemerkte Akulina spitz, »und hat jeden ihrer Männer mit Kostja betrogen.«

»Akulina!« rief ihr Gatte empört.

»Ach was! Die Unschuld vom Lande ist sie nicht gerade«, fuhr seine Frau ungerührt fort. »Eher eine gewöhnliche Prostituierte. Der Unterschied ist nur, daß eine Bahnhofshure mit jedem ins Bett geht, ohne zu überlegen. Vera braucht jedesmal einen Trauschein, aber an die Bezahlung hat sie noch immer gedacht.«

»Du tust ihr Unrecht«, murmelte Slawa.

»Das ist die reine Wahrheit«, beharrte Akulina und schnitt dabei eine Schokoladenrolle in Scheiben, »ihr nächster Mann ist jedesmal noch reicher als der vorhergehende. Urteilen Sie selbst. Zuerst hatte sie einen Verkaufsstellenleiter, dann einen bekannten Produzenten, danach einen berühmten Hockeyspieler, der bei den kanadischen Meisterschaften mitspielte. Ihr letzter Mann war Marat Rifalin, der Besitzer der Sigma-Bank.«

»Und mit dem ist sie immer noch verheiratet?« fragte ich interessiert.

»Zur Zeit ist sie wieder zu haben«, bemerkte Akulina giftig. »Länger als zwei Jahre hat sie es bei keinem ausgehalten. Sie und Kostja waren schon ein tolles Team. Er hat ständig die Frauen gewechselt und sie die Männer. Ein Traumpaar. Ich rufe sie gleich mal an.«

Ehe ich ein Wort sagen konnte, redete sie schon in den Hörer: »Grüß dich, Vera! Hier ist Akulina. Wie geht es dir?«

»Fünf Minuten lang machte sie nur noch Ah und Oh, schnalzte mit der Zunge und warf manchmal ein: »Toll! Gratuliere! Das freut mich! Zauberhaft!«

Als der Wortschwall aus dem Hörer endlich verstummte, legte Akulina los: »Bei uns sitzt gerade ein Major der Kriminalpolizei, der den Mord an Kostja untersucht, und will mit dir reden.«

Damit übergab sie mir den Hörer.

»Hallo«, hörte ich eine rauchige Stimme sagen. »Worum geht es?«

»Sagen Sie, Vera ...«

»Wer sind Sie denn?« unterbrach mich Vera, »Akulina sagt, ein Major wollte mich sprechen.«

»Das bin ich, Major Romanowa.«

»Oh, ich hätte nie gedacht, daß eine Dame Mörder jagt«, kam es vom anderen Ende gedehnt. »Das ist aber sehr unweiblich ...«

Entweder war sie eine dumme Gans, oder sie kokettierte aus Gewohnheit.

»Es gibt auch Ausnahmen«, unterbrach ich sie und fragte: »Hat Ihnen Kostja Katukow etwas zur Aufbewahrung gegeben?«

»Was denn zum Beispiel?« fragte Vera zurück. »Gold oder Brillanten?«

»Nein!« Ich hatte Mühe, ruhig zu bleiben. »Ich meine Dokumente, mehrere blaue Bogen.«

»Die können Sie morgen um 13.00 Uhr haben«, zwitscherte Vera.

»Ich komme jetzt gleich.«

»Sie können meinetwegen kommen, aber ich werde nicht da sein, ich habe etwas zu erledigen.«

»Dann treffen wir uns an der Metrostation.«

»Ich fahre nur mit dem Wagen und habe nicht die Absicht, Ihretwegen meine Gewohnheiten zu ändern. Morgen um 13.00 Uhr. Früher hat es keinen Zweck, ich muß ausschlafen. Akulina hat meine Adresse.«

Damit legte sie auf.

»Eine harte Nuß, was?« meinte Akulina. »Ein Miststück wie kaum eine andere. Übrigens will sie schon wieder heiraten.«

Ich notierte mir Veras Adresse und wandte mich zum Gehen. Als Slawa mir in der Diele in die Jacke half, murmelte er: »Veras letzter Mann, Marat Rifalin, war furchtbar eifersüchtig, der reine Othello. Als seine Frau von ihm weglief, hat er gedroht, Kostja umzubringen.«

»Weshalb?« fragte ich.

»Damals war Vera wieder einmal zu meinem Bruder zurückgekehrt«, erklärte Slawa. »Marat hat mit der Pistole herumgefuchtelt und geschrien: ›Dem schieße ich direkt ins Gesicht, damit ich seine schöne Visage nicht mehr sehen muß!‹«

»Er muß ein blutrünstiger Typ sein«, warf Akulina ein.

»›Zuerst erschieße ich ihn‹, hat er gesagt, ›und dann hacke ich ihm beide Hände ab, damit er keine fremden Frauen mehr umarmen kann.‹«

»Wem hat er das gesagt?« fragte ich wie betäubt.

»Mir«, kam es von Slawa. »Er hat angerufen und gedroht: ›Sag deinem Bruder, er ist praktisch schon eine Leiche!‹«

22. Kapitel

Als ich nach Hause zurückkam, war es erst zwei Uhr mittags. Unterwegs hatte ich eine Honigtorte gekauft, die ich sehr mochte. Schließlich hatte ich mein schwieriges Problem so gut wie gelöst. Am nächsten Tag wollte ich die Papiere in Empfang nehmen, und schon einen Tag später wäre Katja wieder bei ihren Lieben. Ich konnte stolz auf mich sein. Die Dokumente waren gefunden, und das verwirrte Knäuel bis zum Ende abgewickelt. Wer Kostja umgebracht hatte, wußte ich allerdings immer noch nicht. Aber schließlich hatte ich ja nicht bei der Kriminalpolizei angeheuert. Es war ziemlich wahrscheinlich, daß der blutrünstige Bankier Marat Rifalin es getan hatte. Und zwar so, wie zuvor angedroht: Jemand hatte Kostja das schöne Gesicht zerschossen und ihm beide Hände abgeschlagen. Wenn ich an die blutigen Stümpfe dachte, durchfuhr es mich immer noch eiskalt. Es mußte Rifalin gewesen sein! Woher hätten Slawa und Akulina sonst diese entsetzlichen Einzelheiten gewußt?

Nachdenklich schloß ich die Wohnungstür auf. Als ich in die Diele trat, hörte ich es klatschen und wütend schreien: »Du Miststück!« Ich schlich auf Zehenspitzen in die Küche. Da stand Viktoria, rot vor Wut, und schlug mit einem Geschirrtuch auf die vor ihr liegende Ada ein. Die Möpsin preßte sich ängstlich an den Boden und zog den Kopf ein, aber die Schläge sausten von allen Seiten auf sie nieder. Neben dem Kühlschrank heulte Mulja aus Leibeskräften. Rachel saß unter dem Tisch und winselte. Die Katzen, die sonst ständig in der Küche herumschnürten, um einen Happen zu erhaschen, waren von der Bildfläche verschwunden. Die Hamster hatten sich in ihr Häuschen zurückgezogen, und selbst die Kröte Gertrud in ihrem Terrarium war nicht zu sehen.

»Hör sofort damit auf!« schrie ich Viktoria an und riß ihr das Tuch aus der Hand. »Wage es nicht, meinen Hund zu schlagen! Was hat er dir denn getan?«

Viktoria funkelte mich wild an. »Ein Hund muß wissen, was er darf und was nicht!«

Ich nahm das zitternde Geschöpf in meinen Arm. Möpse blicken von Natur aus etwas traurig drein, aber diesmal kullerten aus Adas Augen echte Tränen. In ihrem kurzen Leben hatte man sie noch nie geschlagen. Offenbar begriff sie überhaupt nicht, wie so etwas Schreckliches passieren konnte. Ich drückte sie an mich und blaffte Viktoria an: »Der Hund ist hier zu Hause! Du mußt wissen, was du darfst und was nicht!«

»Das ist ja unerhört!« gab Viktoria zurück. »Ich komme aus der Stadt, und das Vieh liegt in meinem Bett! Auch noch auf dem Kopfkissen!«

»Wenn du deine Bettwäsche wegräumen und die Couch zusammenklappen würdest, könnte so was nicht passieren!«

»Aber sie ist für mich zu schwer! Das schaffe ich nicht allein!«

Ich lächelte hinterhältig. »Willst du damit sagen, daß du in deinem Alter keine Klappcouch mehr bedienen kannst?«

Viktoria verschlug es die Sprache.

»Der Hund hat auf deinem Laken gelegen, na und? Dafür verprügelt man doch nicht gleich ein so schutzloses Wesen!«

»Hier, schau her!« schrie Viktoria von neuem und zeigte mir eine zerrissene Strumpfhose. »Schau dir an, was dieses

Biest angerichtet hat! Ich lebe nur von meiner Rente und kann mir nicht dauernd neue Strumpfhosen leisten!«

Ich ließ meinen Blick über ihr teures Tweedkostüm und den schweren Goldschmuck gleiten, sog den Duft französischen Parfüms ein und preßte durch die Zähne: »Dann laß dein Zeug doch nicht überall herumliegen!«

»Wer bist du überhaupt, daß du so mit mir redest?« Viktoria ging zum Angriff über. »Bist selber nur zu Besuch!«

Ich nahm auch noch die vor Entsetzen heulende Mulja hoch. Als ich spürte, wie die beiden Herzchen voller Angst an meiner Brust schlugen, fuhr ich Viktoria an: »Da irrst du dich, Großmütterchen! Im Unterschied zu dir bin ich hier zu Hause!«

Viktoria lief vor Wut blau an und rannte wortlos in die Diele hinaus. Kurz darauf schlug die Wohnungstür zu.

Die Hunde waren ganz still geworden. Ich sagte zu ihnen: »Also, Mädels, nach diesem Schreck haben wir uns eine Belohung verdient. Eigentlich war sie für Kira und Serjosha gedacht, aber die kriegt jetzt ihr.«

Und ich zog aus meiner Tasche eine sündhaft teure dänische Leberpastete hervor. Die 500 Gramm hatten 70 Rubel gekostet – die reine Verschwendung. Im Handumdrehen hatte ich sie in drei ungleiche Portionen geteilt. Die größere bekam Rachel, die beiden kleineren die Möpse. Zum Dessert gab es für jeden eine Praline, was eigentlich nach allen Regeln der Hundezucht streng verboten ist. Süßigkeiten sollen für Hunde ungesund sein. Aber heute hatte ich wunde Seelen zu behandeln, da kam mir das Konfekt gerade recht.

Wut verleiht bekanntlich Flügel, und so brachte ich es fertig, bis zum Eintreffen der Kinder das Essen zu kochen, die Wohnung aufzuräumen und Eclairs zu backen. Ich schaffte es sogar noch, mit dem neuen Bügeleisen Serjoshas Hemden, Julias Blusen und zwei von Kiras Hosen zu plätten.

Als es nachts in der Wohnung still und friedlich war, lag ich auf meiner Couch, umgeben von den Hunden, und dachte darüber nach, wie es mit mir nach Katjas Rückkehr weitergehen sollte. Wahrscheinlich änderte sich gar nichts. Sie war von früh bis spät im Dienst, so daß die Hauswirtschaft wohl auch weiterhin meine Sache blieb. An diese Rolle hatte ich mich fast schon gewöhnt.

Da kam Ada angekrochen und begann leidenschaftlich meine Wangen, meine Stirn und mein Kinn zu lecken. Ihr dickes Schwänzchen arbeitete dabei wie ein Propeller, und aus ihrer Brust drangen zärtliche Knurrlaute. Ich nahm die Möpsin in meinen rechten Arm, drehte mich auf die Seite und drückte sie an mich. Diesen Ort, wo selbst ein Hund mir so innig Danke sagte, konnte ich wohl nicht mehr verlassen.

In meinem früheren Leben, das mir jetzt schon eine Ewigkeit her zu sein schien, hatte ich nie selber die Wohnungstür geöffnet. Das tat Natascha für mich. Auch Vera Martynowa gab sich mit solchen banalen Dingen offenbar nicht ab. Eine schmale Frau von etwa 45 Jahren ließ mich ein.

»Die Dame des Hauses ist im Salon«, verkündete sie und führte die »Majorin« in einen großen Raum, der mit alten Möbeln eingerichtet war.

Dort, zwischen einer Kommode aus der Epoche Pawels I. und einem eleganten Glasschrank, der wohl aus der Zeit von Nikolaus I. stammte, saß eine beeindruckende Person. Derartige Schönheiten kannte ich nur von den Titelseiten der Hochglanzjournale. Bisher hatte ich geglaubt, solche Haut, so volle Lippen und so strahlende Augen seien allein durch die harte Arbeit professioneller Maskenbildner und Visagisten zu erreichen. Aber die Frau, die hier friedlich ihren Kaffee trank, trug noch keinerlei Make-up. Außerdem war draußen ein wunderschöner Tag, und die Sonne schien Vera gnadenlos ins Gesicht. Auch bei dieser Beleuchtung zeigte sie keinerlei Mängel. Ein Schwall naturblonder Lokken fiel ihr lässig auf die Schultern, und als sie aufstand, um mich zu begrüßen, sah ich, daß ihre Taille bequem mit zwei Händen zu umfassen war. Vier Ehen und ein ausschweifendes Liebesleben mit Kostja hatten bei Vera Martynowa offenbar keinerlei Spuren hinterlassen. Die großen Augen blickten etwas naiv, und die vollen Lippen verzogen sich zu einem Lächeln. Als sie mir ihre makellos manikürte Hand zum Gruß reichte, sagte sie mit sinnlicher Altstimme: »Was für eine schreckliche Geschichte! Der arme Kostja, weshalb hat man ihn umgebracht?«

Ich nahm in einem Sessel Platz, empfing eine Tasse Kaffee und erwiderte in offiziellem Ton: »Leider kann ich Ihnen dazu bisher nichts Tröstliches mitteilen. Die Ermittlungen laufen noch.«

Vera erhob sich brüsk, ihr Morgenrock fiel auseinander, so daß lange, schlanke, makellos geformte Beine sichtbar wurden.

»Da steckt doch eine Frau dahinter.«

Ich runzelte die Brauen. »Es heißt, das seien Sie.«

»Ich?!« Veras Miene zeigte Überraschung. »Ja, wir sind seit Ewigkeiten bekannt. Ich verhehle auch nicht, daß wir in einem besonderen Verhältnis zueinander standen. Kostja war der erste Mann, den ich hatte. Wir waren nie verheiratet, aber der Stempel ist nicht wichtig. Warum hätte ich ihn umbringen sollen?«

Ich trank in aller Ruhe meinen Kaffee aus. Vielleicht konnte ich wirklich bei der Miliz arbeiten? Verhöre gelangen mir jedenfalls schon recht gut.

»Ich behaupte nicht, daß Sie ihn selber umgebracht haben. Aber gewisse Bekannte sagen, Marat Rifalin habe gedroht, Kostja zu töten, und zwar auf dieselbe barbarische Art, wie es in der Tat geschehen ist.«

Vera ließ ein Lachen hören. Sie zückte einen langen, dünnen Zigarillo und fragte: »Möchten Sie auch einen?«

Gegen meinen Willen nickte ich und nahm das dünne Stäbchen.

»Wenn es um Marat geht …«, meinte Vera achselzukkend, »dann kann ich mir denken, wer solchen Blödsinn verbreitet.«

Ich sog konzentriert den aromatischen Rauch ein und spürte, wie sich mein Magen erwärmte.

»Das kann nur Akulina sein«, erklärte Vera lachend. »Hab ich recht? Daher hat sie auch ihren Spitznamen: Akula – Haifisch. Der hat nicht nur mit ihrem Namen zu tun, sondern auch mit ihrem Charakter. Wenn die einmal zuschnappt, dann läßt sie nicht wieder los. Aber Marat ist ihr von der Angel gehüpft, deshalb ist sie sauer auf ihn … Möchten Sie, daß ich Ihnen die ganze Geschichte erzähle? Vielleicht helfe ich ja damit der Ermittlung auf die Sprünge.«

Ich nickte widerwillig. Eigentlich interessierte mich Akulina überhaupt nicht, aber eine Majorin, die einen Mörder sucht, kann schließlich keine Information ablehnen.

»Kostja, Mischa Rogow und ich sind in eine Klasse gegangen«, hub Vera an. »Ich war damals ein knochiges Ding, die Längste von allen, was mir große Probleme machte. Weder Kostja noch Mischa sahen in mir das Mädchen, wir waren einfach drei gute Kumpel. Kostja verehrte damals seine Nachbarin Ljuba Kasanzewa, die ebenfalls in unsere Klasse ging. Später haben wir alle an verschiedenen Hochschulen zu studieren angefangen. Kostja am Theaterinstitut, Mischa an der Medizinischen Fakultät und ich am Mathematisch-Physikalischen Institut.«

»Wo?«

»Ja, Mathematik hat mich immer interessiert. Ich habe die Schule mit einer Goldmedaille abgeschlossen und danach Naturwissenschaften studiert.«

Das war eine echte Überraschung.

»Aber wir waren immer noch befreundet«, fuhr Vera fort, »wenn wir uns auch seltener sahen als früher.«

Die Schönheit kam bei Vera erst, als sie zwanzig war. Mischa Rogow fiel das gar nicht weiter auf, aber Kostja verliebte sich sofort. Damit begann eine merkwürdige, in jeder Hinsicht ungewöhnliche Beziehung. Etwa ein halbes Jahr lebten sie wie im Fieber und waren nicht eine Minute lang zu trennen. Dann erkaltete das Feuer rasch. Kostja nahm sich eine andere, und Vera heiratete sogar. Drei Jahre später flammte die alte Leidenschaft wieder auf. Im Grunde gingen Veras vier Ehen allesamt wegen Kostja in die Brüche.

»Das war wie eine Urgewalt«, erzählte Vera mit einem wehmütigen Lächeln. »Wir hatten unsere Liebe begraben, das Feuer war erloschen, wir wollten gute Freunde bleiben. Er hatte eine andere Frau, und nicht nur eine, sondern oft drei auf einmal, und ich einen Ehemann mit Geld und guter Stellung. Dann plötzlich klickte es, und wir lagen wieder zusammen im Bett. Nach ein, zwei Monaten war es vorüber. Er kehrte zu seinen wechselnden Verhältnissen zurück, und ich heiratete ein weiteres Mal.«

Dieses Wechselbad der Gefühle hinderte Vera und Kostja allerdings nicht daran, Freunde zu bleiben. Bis Mischa Rogow ihnen seine Frau Akulina vorstellte.

»Die konnte meinen Anblick einfach nicht ertragen.« Vera lachte. »Sie wurde blaß vor Wut. Das konnte ich sogar verstehen. Das einzige, was Akulina interessierte, war Geld.«

Sie hatte Rogow nur geheiratet, weil sie glaubte, als Psychiater kassiere er sagenhafte Honorare. Da hatte sie sich geirrt. Den unbeholfenen Mischa interessierte Geld überhaupt nicht. Er nahm von den Verwandten seiner Patienten keine mit Scheinen gefüllten Umschläge entgegen. Akulina mußte wieder als Krankenschwester arbeiten. Sie platzte fast vor Neid, wenn sie Veras Pelze, ihren Schmuck und ihre Kleider sah. Bei der lief alles wie geschmiert: Ihr nächster Mann war jedesmal noch reicher als der verflossene.

»Auch die Affäre mit Kostja hat sie nur angefangen, um mich ein einziges Mal in den Schatten zu stellen«, berichtete Vera lachend. »Das war ausgesprochen dumm von ihr. Ich hatte sie noch gewarnt: ›Länger als ein Jahr hält es Kostja mit keiner aus! Mischa ist dir treu, aber Kostja wird dir wie ein Stück Seife aus den Händen schlüpfen. Mach keine Dummheit, lieber den Spatz in der Hand ...‹ Und wie ist es gekommen? Genauso, wie ich es vorausgesagt habe.«

Kostja, der sich gegenüber all seinen abgelegten Geliebten hilfsbereit zeigte, bot Akulina einen guten Zuverdienst an. Sie sollte seine kranke Mutter betreuen. Akulina, die nun wieder allein war und dringend Geld brauchte, nahm das Angebot an. Eine Woche später tauchte Slawa bei Anna Fjodorowna auf. Er kaufte für sie ein.

»Unser Kleinganove sieht Kostja frappierend ähnlich«, zwitscherte Vera. »Das gleiche Gesicht, so etwas gibt es nicht. Akulina glaubte, jetzt sei ihre Stunde gekommen. Sie fing an, Slawa schöne Augen zu machen. Der ist Kostja zwar äußerlich ähnlich, aber sonst ein ganz anderer Charakter. Er ist schüchtern bei Frauen und hat sich immer nur an Prostituierte herangewagt. So einen um den Finger zu wickeln ist nicht schwerer, als ein Glas Wasser zu trinken. Das gelang Akulina gerade noch. Vor ihm hatte sie mehrere Absagen verkraften müssen.«

Wo Akulina Marat Rifalin kennengelernt hatte, wußte Vera nicht. Akulina begann, den Bankier zu umgarnen und schleppte ihn in das Restaurant, wo Kostja gerade eine wilde Geburtstagsparty feierte. Wahrscheinlich wollte sie mit ihren Verbindungen zur Künstlerwelt angeben. Aber da hatte sie sich verrechnet. Als Marat Vera erblickte, war er verloren. Die war wieder frei, weil ein Kapitel ihres Romans mit Kostja gerade sein Ende gefunden hatte. Sie ging auf das Werben des Millionärs ein, und Akulina hatte das Nachsehen.

»Verstehen Sie jetzt, warum sie mich so haßt?« fragte Vera und kniff ihre strahlenden Augen zusammen.

Ich antwortete nachdenklich: »Akulina und Slawa behaupten, Marat habe in ihrem Beisein gedroht, er werde Kostja mitten ins Gesicht schießen …«

»Na und?«

»Nichts, na und! Genauso ist Kostja ermordet worden. Woher wissen die das?«

»Ich weiß es doch auch!« warf Vera hin. »Ich habe es im ›Moskowski komsomolez‹ gelesen. Dort stand schwarz auf weiß: ›Ermordet durch einen Schuß ins Gesicht.‹ Marat ist Dagestaner. Zwar hat er immer in Moskau gelebt, aber in seinen Adern fließt feuriges Kaukasierblut. Bei jedem bißchen stampft er mit den Füßen auf und brüllt: ›Ich bring dich um, ich stech dich ab, ich häng dich auf, ich mach Hackfleisch aus dir und brate dich als Bulette …‹ Zehn Minuten später kommt er mit einem Brillantring angekrochen. ›Vergib mir, meine Liebe‹, heißt es dann.«

»Aber Slawa und Akulina hat er auch gesagt, er wird Kostja die Hände abhacken, damit er keine fremden Frauen mehr umarmen kann. Das ist nun tatsächlich passiert. Und darüber hat im ›Moskowski komsomolez‹ nichts gestanden«, sagte ich leise.

Vera lief nervös im Zimmer auf und ab.

»Verstehen Sie doch, Marat kann Kostja nicht ermordet haben.«

»Wieso nicht?«

»Vor drei Wochen haben wir beide beschlossen, noch einmal von vorn anzufangen, und sind zusammen nach Barbados geflogen. Ich bin erst gestern zurückgekommen und war gerade in der Wohnung angelangt, da rief Akulina an. Als ich ihr erzählt habe, daß ich Marat heiraten werde, hat sie in Begeisterung gemacht. Rifalin war zu dieser Zeit nicht in Moskau. Sein Alibi kann ich auch vor Gericht bestätigen.«

»Meine Teure«, sagte ich eindringlich, »reiche Leute lassen die Dreckarbeit von anderen erledigen. Daß Rifalin selber nicht am Tatort war, muß gar nichts bedeuten ...«

»Er hat Kostja nicht umgebracht«, erklärte Vera ungerührt.

»Wieso sind Sie so sicher?«

»Marat vergöttert mich und weiß, wie ich zu Kostja stehe. Natürlich ist der ihm nicht gerade sympathisch. Aber ihm ist klar: Sollte mir zu Ohren kommen, daß er etwas mit Kostjas Tod zu tun hat, dann wäre es endgültig aus mit uns. Mich zu verlieren, fürchtet Marat mehr als alles auf der Welt. Wie sehr muß er mich wohl lieben, wenn er bei seiner orientalischen Mentalität bereit ist, mich zu heiraten, obwohl ich ihn schon einmal betrogen habe?«

Wir schwiegen beide eine Weile. Vera setzte sich wieder, schlug die makellosen Beine elegant übereinander und fügte hinzu: »Ich glaube auch nicht, daß Marat Slawa und Akulina etwas Derartiges gesagt hat.«

»Warum nicht?«

»So töricht ist er nicht. Im Gegenteil, als Finanzier muß er nüchtern und flexibel sein. Er braust zwar manchmal auf, aber er ist kein Dummkopf. Wenn er einen Plan gefaßt hat, dann posaunt er ihn nicht vor allen Leuten aus. Sie haben recht, er hätte einen Killer anheuern können, aber das hätte er doch auf keinen Fall Slawa und Akulina erzählt. Sie kennen sich, sehen sich bei allen möglichen Gelegenheiten, sind aber alles andere als dicke Freunde. Warum sollte er sich ausgerechnet ihnen anvertraut haben?«

»Wie kommen die beiden dann aber auf die abgeschlagenen Hände?«

»Genau das müssen Sie herausfinden, teure Frau Majorin«, säuselte Vera hinterhältig. »Der liebe kriminelle Bruder und seine nette Frau wissen offenbar etwas zuviel über diesen Mord. Am besten informiert sind bekanntlich immer die Täter! Wenn Sie erst einmal anfangen, in Slawas Familiengeschichte zu wühlen, dann finden Sie jede Menge schmutzige Wäsche.«

»Sie wollten mir die Papiere geben ...«

»Ich habe sie nicht! Aber ich kenne Kostjas Geheimfächer. Das Fensterbrett in der Küche ...«

»Da habe ich schon nachgesehen. In den Tischbeinen auch ...«

»Und im Spiegel?«

»Wo?«

Vera freute sich sichtlich. »Als Kostja die Geheimverstecke einzurichten begann, ist mir diese Variante eingefallen. Ich liebe Krimis und habe ein wenig bei den Klassikern geblättert. Das Fensterbrett konnte man bei Nero Wolfe hochklappen, die Tischbeine hat Hercule Poirot abgeschraubt und den Spiegel hat Ellery Queen benutzt.«

»Im Bad«, murmelte ich, »an dem Schränkchen, wo die Medikamente und aller möglicher Kram aufbewahrt wird. Man muß draufdrücken, dann klappt er auf, und dahinter ist eine Nische ...«

Vera lachte wieder. »Ich sehe, Sie lesen auch Krimis. Genau dort. Fahren wir hin?«

Vera war wirklich eine außergewöhnliche Frau. In fünf Minuten war sie ausgehfertig. Sie schlüpfte in eine Hose, zog einen schwarzen Pullover über, nahm ihre Jacke, und schon waren wir auf dem Weg in die Tiefgarage. Sie fuhr sicher und umsichtig. Entspannt lehnte ich mich in dem Ledersitz zurück. Wenn ich zu Geld kam, wollte ich für mich und die Kinder auch einen solchen Mercedes haben. Bei Serjoshas Ford war der Schalldämpfer defekt, und bei Katjas Lada schien das Lenkrad eher in einen Düsenjäger zu passen, denn es ließ sich nicht nur drehen, sondern war so locker, daß man es auch nach oben und unten bewegen konnte. Wie sie unter diesen Umständen den Wagen überhaupt unter Kontrolle hielt, war mir ein Rätsel.

Kostjas Wohnungstür öffnete Vera mit einem eigenen Schlüssel. Dann ging sie schnurstracks ins Bad. Ich folgte ihr mit angehaltenem Atem. Der Spiegel öffnete sich gehorsam. In der Nische lag tatsächlich eine Mappe. Mit zitternden Händen nahm ich sie heraus.

Da waren sie – die blauen Blätter und der Briefumschlag.

»Um Gottes willen!« hörte ich Vera im Zimmer rufen. »Was ist denn hier passiert?«

»Sie haben nach dieser Mappe gesucht«, erklärte ich. Vera war ich aus tiefstem Herzen dankbar.

Als sie mit der Fernbedienung ihren Wagen öffnete, beschloß ich, sie zu warnen. »Lassen Sie keinen Fremden ins Haus. Die Ganoven sind hinter Kostjas Geliebten her, überfallen sie und rauben sie aus. Sie schrecken auch vor Mord nicht zurück.«

»Ich öffne niemals selbst, und Unbekannten schon gar nicht«, bemerkte Vera von oben herab, »und meine Schlösser sind nicht zu knacken.«

Sie bot mir nicht an, mich zur nächsten Metrostation zu fahren, gab Gas und schoß davon. Meine Jacke bekam einige Dreckspritzer ab. Das machte aber nichts. Ich war rundherum glücklich. Am nächsten Tag würde ich die Mappe übergeben, und Katja würde endlich wieder frei sein.

23. Kapitel

Am Abend beschloß ich, Serjosha zu einem ordentlichen Menschen zu erziehen. Ich ermahnte ihn: »Damit du deine Autoschlüssel morgen nicht wieder vergißt, steckst du sie jetzt sofort in die Jackentasche.«

Serjosha seufzte tief auf. »Zu spät, Tanja, mein Ford hat seinen Geist aufgegeben.«

»Wie das?« fragte ich erschrocken. »Hattest du einen Unfall?«

Aber Serjosha schüttelte nur traurig den Kopf. »Nein, der Motor ist im Eimer.«

»Und was jetzt? Kann man ihn reparieren?«

»Am besten gleich verschrotten«, antwortete Serjosha. »Ich nehme erst mal Mamas Wagen. Allerdings pfeift ihr Lada auch auf dem letzten Loch.«

»Und die Reifen sind völlig runter«, warf Kira ein, der sich gerade an einem Omelett mit Käse gütlich tat.

»Ja, von Pirelli sind sie nicht gerade«, meinte Julia. »Aber solange er noch fährt, muß es halt gehen.«

»Und weiter?« Ich ließ nicht locker.

Serjosha drehte nachdenklich an seinem Bärtchen. »Aus Kemerowo bringt Mama immer mindestens 2000 mit. Sie arbeitet dort wie am Fließband – jeden Tag drei, vier Operationen. Zwar ist die Hälfte der Patienten bettelarm, aber vom Rest kommt bestimmt etwas. Mama hat ein glückliches Händchen.«

»Ist sie eine gute Chirurgin?«

»Sie ist einfach nicht normal!« rief Serjosha. »Schon als Kind hat sie ihre Puppen aufgeschnitten und nach dem Blinddarm gesucht. Als Studentin hat man sie bei Operationen mitmachen lassen. Andere Mädchen sind ins Kino oder tanzen gegangen, unsere Mutter hat in der Pathologie mit Begeisterung Leichen seziert.«

»Stell dir vor«, warf Julia ein, »vor drei Jahren mußte ihr selbst die Schilddrüse entfernt werden. Das haben ihre Kollegen gemacht. Sie haben sie behandelt wie ein rohes Ei. Und ausgerechnet bei ihr gab es Komplikationen!«

»Weshalb?«

Julia grinste. »Das ist bei Ärzten so. Wenn sie krank werden, passiert immer was. Aus einem einfachen Schnupfen wird eine Kiefernhöhlenvereiterung, ein vereiterter Blinddarm verursacht garantiert eine Bauchfellentzündung, und ihre Kinder bekommen auch die ausgefallensten Krankheiten. Serjosha hat als kleiner Junge das Wermer-Syndrom aufgeschnappt, irgend so eine afrikanische Seuche. Er war der einzige Fall in ganz Moskau.«

»In unserem Haus haben Studenten der Lumumba-Universität gewohnt«, berichtete Serjosha lachend. »Sie haben mir immer Kaugummis geschenkt, dabei habe ich mir wahrscheinlich den Virus geholt.«

»Ich würde niemals von einem unbekannten Schwarzen einen Kaugummi nehmen«, erklärte Kira. »Konntest du dir nicht selber welche kaufen?«

»1980? Da hat unsere ganze Klasse einen einzigen der Reihe nach durchgekaut!«

»Das ist ja eklig«, murmelte Kira. »Ich hätte nicht gedacht, daß es unter den Kommunisten solche Schwierigkeiten gab!«

»Jedenfalls war Mamas Hals ganz dick geschwollen«, fuhr Serjosha fort. »Sie kam nach Hause, lief ins Bad und machte sich über sich selber lustig. Dann nimmt sie plötzlich eine Schere, läßt den Eiter herauslaufen, klebt ein Pflaster drauf, und zurück zur Arbeit!«

»Wie – zur Arbeit?!« fragte ich völlig verdattert.

»Ich sag doch, die ist nicht normal«, erklärte Julia. »Sie hat sich einen alten Pulli mit Rollkragen unter ihren Chirurgenanzug gezogen, um die Patienten mit ihrem eigenen Zustand nicht zu erschrecken. Und los ging's: Skalpell zwischen die Zähne, erzittere, Schilddrüse, die Romanowa ist im Anmarsch!«

Spätabends, als alles ruhig war, schaute ich mir die Dokumente in der Mappe genauer an. Ich begriff überhaupt nichts. Das waren Stromquittungen, Kopien von Betriebskonten, Lieferscheine für Sodawasser ... Statt Fotos lagen in dem Umschlag Negative. Ich versuchte, die Gesichter der abgebildeten Personen zu erkennen, aber vergeblich.

Am Morgen mußte ich doch wieder die Autoschlüssel

hinunterwerfen. Kaum hatte ich das getan, wurde noch einmal gerufen: »Tanja, wir brauchen doch die Schlüssel vom Lada!«

Ich ärgerte mich über meine Vergeßlichkeit und warf den zweiten Schlüsselbund hinunter. Dann führte ich die Hunde aus, kochte eine Suppe, briet Koteletts, steckte die Mappe in eine Tüte und machte mich zur Metrostation Dynamo auf. Als ich aus dem Zug stieg, durchfuhr es mich kalt: Wenn der Gorilla Slawa nun nicht kam?

Aber er stand schon an der bewußten Bank. Nur hatte er diesmal seine Körperfülle in eine piekfeine Wildlederjacke gezwängt. An den Füßen trug er dünne Schuhchen mit abscheulichen goldenen Schnallen.

»Na, du Winzling«, brummte er, als ich ihn am Ärmel zupfte, »wie sieht's aus?«

Ich hielt ihm die Mappe unter die Nase. Der Kerl grunzte zufrieden und streckte seine pummelige Hand danach aus, die mich an ein Nadelkissen erinnerte. Aber er hatte eines übersehen: In diesen zwei Wochen hatte ich mich so verändert wie manche Frau in ihrem ganzen Leben nicht. Statt der unglücklichen, verwirrten und trägen Jefrossinja stand nun die flotte, selbstbewußte, kluge und, wenn notwendig, auch freche Tatjana vor ihm.

»Pfoten weg!« blaffte ich ihn an. »Erst die Ware, dann das Geld. Wo ist Katja?«

Für einen Augenblick konnte ich den Dicken verblüffen. Dann war er wieder ganz der alte. »Die Papiere her, du Laus!«

»Immer langsam mit den jungen Pferden!« zischte ich und fügte hinzu: »Siehst du den Milizionär dort? Wenn ich jetzt loskreische, sind wir beide im Handumdrehen in der Petrowka. Dort werden sie schon rauskriegen, wozu du die Papierchen brauchst und wo du Katja versteckt hältst, Slawa!«

Dem Dicken wich die Farbe aus dem Gesicht. In gedämpftem Ton knurrte er: »Also gut, fahren wir.«

»Wohin?«

»Katja holen. Wir tauschen die Papiere gegen das Weib. Du glaubst mir doch nicht, daß ich sie freilasse, wenn ich allein von hier wegfahre!«

»Natürlich nicht.«

»Na, dann los.«

Wir traten auf die Straße hinaus und stiegen in einen uralten, schmutzigen und verbeulten Lada. Quietschend und ächzend flitzte das Wägelchen für sein Alter recht flink um die Ecken. Slawa pfiff sich eins, und ich schaute erschöpft aus dem Fenster. Unvermittelt war Moskau zu Ende. Wir rasten über eine einsame Chaussee. Die Karre sah nur von außen so klapprig aus, denn der Motor brummte wie ein satter Kater, und in den Kurven hielt der Wagen hervorragend Spur. Wahrscheinlich hatte der Lada Pirelli-Reifen mit Spikes, von denen Serjosha so schwärmte.

»Eine rauchen?« fragte Slawa, nachdem wir in eine Seitenstraße eingebogen waren und nun auf dieser dahinrasten.

Ich nickte.

»Mach die Klappe da auf, sind Zigaretten drin.«

Ich versuchte das Handschuhfach zu öffnen, aber es ging nicht.

»Keine Kraft?« stellte Slawa sachlich fest. »Laß mich mal.«

Ohne den Fuß vom Gaspedal zu nehmen, wälzte er sich mit seiner riesigen Masse zu mir herüber und griff über mich hinweg.

Wenn er nur keinen Unfall baut, schoß es mir durch den Kopf. Da spürte ich auch schon einen heftigen Stoß und im nächsten Augenblick einen Schwall frischer Luft … Etwas riesiges Schwarzes flog mir entgegen, mein Kopf tauchte unerwartet in eisiges Wasser ein, und es wurde dunkel um mich.

Das Gehör war zuerst wieder da. Ich vernahm ein gleichmäßiges Rauschen. Dann fühlte ich mich kalt und naß.

Offenbar war ich in der Wanne eingeschlafen und hätte glatt ertrinken können. Ohne die Lider zu öffnen, die mir aus irgendeinem Grunde nicht gehorchen wollten, tastete ich um mich, um das Handtuch zu greifen. Aber meine Finger stießen auf trockene Zweige. Erschreckt richtete ich mich auf. Jetzt konnte ich die Augen aufschlagen. Ich wollte nicht glauben, was ich da sah.

Ich saß mitten in einem riesigen Haufen von schmutzigem, verwittertem Heu an einem Straßenrand. Jetzt begriff ich: Wir waren sehr schnell gefahren, als der Dicke sich über mich beugte und versuchte, das Handschuhfach zu öffnen. Also hatte er doch die Kontrolle über das Auto verloren, und der Lada war gegen einen Baum geprallt. Wahrscheinlich hatte es mich durch die Windschutzscheibe aus dem Wagen geschleudert.

Ich bewegte vorsichtig Arme und Beine, dann den Kopf: Gebrochen war offenbar nichts. Ich versuchte aufzustehen. Das gelang mir nicht sofort, aber nach einer Weile kam ich hoch. Ich kroch aus dem Heuschober, der mir das Leben gerettet hatte, probierte schwankend die ersten Schritte und ließ meinen Blick über die Chaussee schweifen. Wo war der Wagen geblieben?

Offenbar wurde diese Nebenstraße kaum befahren, denn auf dem Schnee, der sie bedeckte, war nur eine Reifenspur zu erkennen. Ich ging ein paar Schritte nach rechts, wobei ich spürte, wie meine klatschnasse Jacke schwer gegen die Schenkel schlug.

Die Stiefel konnte ich vergessen. Das dünne Wildleder hatte so viel Wasser aufgesaugt, daß ich glaubte, ich gehe barfuß. Die Reifenspur verlor sich auf schneefreiem Asphalt. Jetzt wurde mir alles klar.

Der hinterhältige Fettsack hatte mich in voller Fahrt aus dem Wagen geworfen! Wahrscheinlich hatte er geglaubt, ich würde mir dabei den Hals brechen. Das wäre auch ganz sicher geschehen, hätte da nicht zufällig dieser Heuschober gestanden. Ich wünschte allen Bauern und ihren Haustieren ein langes Leben und humpelte los. Irgendwie mußte ich doch wieder nach Hause kommen! Das gleichmäßige Rauschen kam von links. Dort mußte eine größere Straße sein. Bis ich sie erreichte, verging fast eine halbe Stunde.

Es mußte etwa drei Uhr nachmittags sein, als ich endlich die Straße erreichte und heftig zu winken begann. Es war ziemlich dichter Verkehr, aber niemand hielt an. Wer wollte auch eine Person in sein Auto lassen, die schmutzverschmiert von Kopf bis Fuß und in einer billigen chinesischen Jacke am Straßenrand stand?

Zum Glück fand ich mein Portemonnaie in der Jackentasche. Ich holte 200 Rubel heraus und wedelte mit dem Schein über meinem Kopf. Sofort bremste ein gelber Lieferwagen.

»Wohin?« fragte ein etwas einfältig dreinschauender Kerl mit zerknittertem Gesicht.

Als er die Adresse hörte, musterte er mich mit einem abschätzigen Blick und erklärte: »Erst das Geld.«

Daß ein Kraftfahrer bei einer Type wie mir, die er auf der Chaussee auflas, vorsichtig war, konnte ich verstehen. Ich gab ihm den Schein, streckte in seinem Wagen zufrieden meine Beine aus und fragte: »Können Sie die Heizung etwas aufdrehen?«

Der Fahrer warf mir noch einmal einen zweifelnden Blick zu, sagte aber nichts und drehte an einem Knopf. Wenig später roch das ganze Auto nach nassem Hund. Meine Jacke begann zu trocknen.

»Hast wohl einen zuviel genommen?« meinte der Fahrer und grinste.

»Wie?« fragte ich verständnislos.

»Hast einen über den Durst getrunken!« Der Kerl wieherte los. »Mach dir nichts draus, passiert jedem mal. Hier, nimm ...«

Er hielt mir eine Schachtel »Java« hin. Ich steckte mir

eine an und sog den Rauch tief ein. Langsam wurde mir im Magen angenehm warm.

Zu Hause angekommen, scheuchte ich die begeistert an mir hochspringenden Hunde weg, freute mich, daß die widerwärtige Viktoria nicht da war, ließ heißes Wasser in die Wanne laufen, setzte mich hinein und genoß es, wie eine heiße Welle langsam mein Rückgrat hinaufkroch. Dumpf starrte ich auf den plätschernden Wasserstrahl.

Wie hatte ich nur so dumm sein und diesem Fettwanst vertrauen können! Jetzt waren die Papiere weg und Katja nicht da. Ich begann heftig mit dem Schwamm zu arbeiten. Oh, Slawa, du hast keine Ahnung, wie leicht es ist, dich zu finden. Ich konnte nur hoffen, daß sie inzwischen Katja nichts antaten. Wenn ich allerdings daran dachte, wie der dicke Slawa mich in voller Fahrt aus dem Wagen gestoßen hatte ... Ein Glück, daß mir, von den paar Kratzern und blauen Flecken abgesehen, weiter nichts passiert war.

Das Wasser lief und lief. Es spülte meine letzten Zweifel hinweg. Jetzt hatte ich nur noch Wut. Warte mal ab, du Bandit! Sobald meine Haare trocken sind, marschiere ich zur Telefonfirma »Bi-Line« und lasse die Besitzerin des ominösen Handys feststellen. Diese Dame weiß genau, wo der Fleischberg zu finden ist. Irgendwie hole ich das aus ihr heraus!

Ich wickelte mich in einen Bademantel und lief ins Schlafzimmer. Aber als ich an der Garderobe vorbeikam, wurde mir klar, daß ich die Suche nach der geheimnisvollen Unbekannten wohl auf den nächsten Tag verschieben mußte. Meine Jacke war klatschnaß und völlig verdreckt, mein Mantel von braunen Flecken übersät. Nichts mehr da, womit ich mich aus dem Hause wagen konnte.

Seufzend stopfte ich die Sachen in die Waschmaschine. Sie waren etwa von der gleichen Farbe, so daß nichts passieren konnte. Ich gab das Wunderpulver »Vanish« hinzu, das alle Flecken spurlos beseitigen soll, und schaltete den Waschgang für Wolle ein.

Dann trocknete ich mir die Haare und ging durch die Zimmer, um nach dem Rechten zu sehen. Kira, dem es gefiel, selbst etwas zu verdienen, saugte jetzt jeden zweiten Tag Staub. Mit seinem Reinlichkeitswahn ruinierte er zwar fast mein Budget, aber nun lagen keine Hundehaare mehr herum, in Diele und Korridor waren die Schränke staubfrei, und die Küche glänzte vor Sauberkeit.

Das Kinderzimmer war aufgeräumt, die Bücher auf dem Schreibtisch gestapelt und das Spielzeug ins Regal gestellt. So soll es sein. Wenn man selber Ordnung halten muß, wirft man nicht alles durcheinander. In Julias und Serjoshas Schlafzimmer hingen Kleidungsstücke über den Stuhllehnen, aber schmutziges Geschirr war nicht zu sehen. Selbst in Katjas unbenutztem Zimmer hatte Kira in rührender Weise Staub gewischt und ein aufgeschütteltes Kissen mit exaktem Kniff auf die Couch gestellt. Als ich die Tür wieder schloß, erschauerte ich leicht. Ich konnte nur hoffen, daß Katja bald wieder bei uns war.

In dem Zimmer, wo sich Viktoria zeitweilig einquartiert hatte, sah es chaotisch aus. Das Bettzeug war wieder nicht von der Couch geräumt, und auf dem Tisch türmte sich das Geschirr. Auf einem Tellerchen lagen Mandarinenschalen und ein Mangokern. Solche teuren Früchte kauften wir in der Regel nicht. Wir hatten Äpfel und Birnen im Kühlschrank. Sie leistete sich also diese Sachen und aß sie heimlich in ihrem Zimmer. Das war mir die Richtige! Die sollte ihr Geschirr mal schön selber abwaschen!

Ein weiteres Zimmer, offenbar ebenfalls für Gäste gedacht, war leer. Ich warf einen Blick hinein. Warum hatte man mich eigentlich nicht hier einquartiert, sondern im Wohnzimmer? Eine recht bequeme Liege, die mit Gobelinstoff bezogen war, ein ebensolcher Sessel, ein Couchtisch, Bücherregale, die fast leer waren, ein Schreibtisch und ein kleiner Schrank. Ich beschloß, hierher umzuziehen. Aus dem Wohnzimmer wollte ich nur die Stehlampe mitnehmen, weil ich helles Licht nicht mag.

Ich wollte gerade meine Sachen aus der Waschmaschine nehmen, da erscholl es plötzlich im Korridor: »Weg mit euch!«

Ich schaute nach. Viktoria war gerade dabei, mit bösem Gesicht die Hunde von ihren zahlreichen Tüten und Päckchen fortzujagen.

»Mulja, Ada, Fuß!«

Als Viktoria meine Stimme hörte, fuhr sie zusammen und ließ eine weiße Kuchenschachtel zu Boden fallen.

»Haben Sie Kuchen zum Tee mitgebracht?« säuselte ich, so freundlich ich konnte.

Viktoria lächelte verlegen. »Nur zwei Eclairs für Serjosha und Kira. Kuchen ist doch nichts für Frauen. Außerdem ist er sehr teuer!«

Ich blickte schweigend auf den Berg von Paketen. Die Aufschriften sprachen für sich: Pelzgeschäft »Albatros«, Calvin Klein, Kosmetik von Garnier. Natürlich, wenn man so teuer einkaufte, mußte man beim Kuchen sparen!

Ich überließ Viktoria ihren Neuerwerbungen und wandte mich wieder der Waschmaschine zu. Als ich die Sachen herausnahm, blieb mir der Mund offenstehen. Das nannte sich nun Markenware! Mein teurer Kaschmirmantel, den ich in einer eleganten Boutique erworben hatte, war kaum wiederzuerkennen. Der Rücken hatte sich von einem angenehmen Beige in Quittegelb verfärbt, auf dem Kragen waren orangefarbene Spuren und die Ärmel immer noch voller Flecken. Der vordere Teil erinnerte mich an das Fell unserer Möpse – dunkelgrau mit schwarzen Einsprengseln. Erschrocken schaute ich auf das eingenähte Schildchen. Aber das empfahl eindeutig Maschinenwäsche!

Auch die Jacke sah mit einemmal ganz anders aus. Das unscheinbare, billige Ding, offenbar auf einem Vietnamesenmarkt gekauft, hatte die Farbe frischen Sandgebäcks angenommen. Der kümmerliche Kunstpelz an der Kapuze hatte sich aufgeplustert und wirkte jetzt wie echter Fuchs. Alle Schmutzflecken waren spurlos verschwunden. Die Jacke war wie neu! Ach, was sage ich! Sie gefiel mir jetzt wesentlich besser. Außerdem war sie fast völlig trocken. Und hier stand auf der Pflegeanweisung: »Auf keinen Fall waschen!« Zufrieden hängte ich sie im Bad auf. Den Mantel aber trug ich auf den Müllplatz und legte ihn über eine Tonne. Vielleicht konnte eine Obdachlose noch etwas damit anfgangen. Ich nahm mir fest vor, wenn ich das Geld für einen Mantel zusammenhatte, würde ich ihn bei den asiatischen Arbeitsbienen kaufen. Allerdings war das nicht so bald zu erwarten, denn erst einmal mußte Serjoshas Wagen repariert und mit Winterreifen ausgestattet werden.

Abends bettete ich mein müdes Haupt in dem neuen Zimmer zur Ruhe. Die Hunde folgten mir in voller Besetzung und richteten sich schnaufend auf der neuen Couch ein. Rachel machte es sich wie immer zu meinen Füßen bequem, Mulja und Ada kuschelten sich von vorn und hinten an mich. Vor dem Einschlafen blätterte ich träge eine alte Nummer der Wochenschrift »Nedelja« durch, die irgendwer hier liegengelassen hatte. Es war lustig, Nachrichten zu lesen, die ein Jahr alt waren. Aber etwas besonders Interessantes war nicht dabei. Ich legte die Zeitung zusammen und gähnte. Mein Blick fiel auf die letzte Seite. Mir blieb der Mund offenstehen.

Da war folgende Annonce abgedruckt: »Suchanzeige der Internationalen Rechtsanwaltskanzlei: Zur Ausführung des letzten Willens des französischen Staatsbürgers Basile Feydoux, geborener Wassili Nikolajewitsch Fedulow, bitten wir folgende Personen, sich bei uns zu melden: Katukowa, Anna Fjodorowna, Katukowa, Jana Sergejewna und Katukow, Rostislaw Sergejewitsch, vormals wohnhaft Jockeystraße 19, Wohnung Nr. 49. Wer über den derzeitigen

Aufenthalt der genannten Personen Auskunft geben kann, melde sich bitte bei Regina Slobina in der Internationalen Rechtsanwaltskanzlei. Für zweckdienliche Hinweise ist eine Belohnung ausgesetzt.«

Das war ja ein Ding! Was diese Anwälte wohl zahlten, wenn ich sie über Familie Katukow ins Bild setzte? Ob das für neue Reifen reichte? Am nächsten Tag hatte ich also wieder ein volles Programm. Zunächst wollte ich die Adresse der Besitzerin des Handys herausbekommen. Und dann – auf zu den Anwälten!

24. Kapitel

Die Firma »Bi-Line« rechnete wohl nur mit Autofahrern als Kunden, denn ihr Büro war äußerst schlecht zu erreichen. Die Maslowkastraße liegt zwar ziemlich zentral, aber von der Metrostation Dynamo muß man sich ganze fünfzehn Minuten lang in einem völlig überfüllten Autobus mit schlecht gelaunten Fahrgästen durchschütteln lassen.

»Der fährt nur einmal die Stunde«, schimpfte eine Frau neben mir, die sich bei jeder Kurve mit ihrem ganzen Gewicht auf mich fallen ließ. »Aber die Preise erhöhen, das können die! Bald wird eine Fahrt mein ganzes Gehalt kosten!«

Da war ich vollkommen ihrer Meinung. Daher hatte ich den Fahrschein beim Entwerten auch nur vorsichtig mit einer Ecke in den Schlitz gesteckt. So konnte ich ihn auf dem Rückweg noch einmal benutzen. Für so eine Fahrt, auf einem Bein stehend, hätte man noch etwas herausbekommen müssen.

Schließlich war ich am Ziel angelangt. Bevor ich jemanden ansprach, schaute ich mir die Angestellten erst einmal genau an. Die Frau in den Wechseljahren mit den typischen Flecken auf den Wangen flößte mir keinerlei Vertrauen ein.

Der geschniegelte Jüngling in Schlips und Kragen war bestimmt ein arroganter Fatzke. Da fiel mein Blick auf ein Mädchen in Lederrock und enganliegendem Pullover. Das war genau die richtige. Mit jungen Leuten habe ich gern zu tun. Außerdem erinnerte sie mich ein wenig an Julia und war bestimmt genauso mitfühlend wie sie.

Ich trat an ihren Schreibtisch und hielt ihr das Handy hin.

»Funktioniert es nicht mehr?« fragte sie lächelnd und warf einen Blick darauf. »Wahrscheinlich ist nur der Akku leer.«

»Wissen Sie«, flüsterte ich verschwörerisch, »es gehört mir nicht.«

»Nanu?« fragte das Mädchen verwundert. »Wem denn?«

»Das wollte ich gerade von Ihnen erfahren. Ich habe das Handy auf der Toilette gefunden. Irgendwer hat es dort liegenlassen!«

Wieder lächelte das Mädchen mich an. »Und Sie haben sich die Mühe gemacht, bis hierher zu kommen ... Vielen Dank. Lassen Sie es hier, wir geben es dem Besitzer zurück.«

»Das wollte ich gern selber ...«

»Den Namen kann ich Ihnen leider nicht sagen«, antwortete das Mädchen und hob die Hände. Das ist strengstens verboten.«

»Wissen Sie«, flüsterte ich weiter, »ich habe mir gedacht, wer sich so ein Ding leisten kann, dem geht es bestimmt gut, der muß nicht auf die Kopeke schauen. Ich verdiene im Monat 300 Rubel. Bald ist Neujahr. Mein Sohn möchte so gern einen Lego-Baukasten. Aber wenn ich ihm den kaufe, dann müssen wir glatt verhungern. Ehrlich gesagt, hatte ich auf eine kleine Belohnung gehofft. Vielleicht rückt er 100 Rubelchen raus ...«

Das Mädchen musterte mich eingehend. Ich legte meine Hände auf die Schreibtischplatte und lächelte sie treuherzig an. Meine Hände sagten alles. Von der unfreiwilligen Landung im Heu waren sie arg zerkratzt und zerstochen. Zum Abendessen hatte ich dann einen Salat aus roten Rüben zubereitet, und nun waren all die kleinen Kratzer und Stiche dunkelbraun verfärbt. Um die Fingernägel lag ein dunkler Rand, den ich noch nicht wegbekommen hatte.

Der Blick der Angestellten wurde wärmer, und auch sie ging jetzt zum Flüsterton über. »Warten Sie bitte einen Moment und packen Sie um Gottes willen das Handy weg.«

Ich nickte eifrig und blieb stehen. Das Mädchen verschwand und kam nach einer Weile mit einem Zettel zurück.

»Hier, nehmen Sie.«

Ich ließ das Papierchen rasch verschwinden.

»Vielen, vielen Dank.«

»Keine Ursache«, winkte das Mädchen ab. »Sagen Sie nur keinem, woher Sie die Adresse haben.«

Ich ging langsam zum Ausgang. In mir jubelte es. Am liebsten wäre ich auf einem Bein gehüpft und hätte mein Glück herausgeschrien. Aber eine arme, hungrige Frau macht keine Luftsprünge. Also schlurfte ich in meinen völlig deformierten Stiefeln gramgebeugt hinaus. Ein vom Leben gebeutelter Pechvogel, der von hundert Rubeln träumt.

Auf der Straße richtete ich mich wieder auf und schaute auf den Zettel. Da stand mit sauberer, exakter Handschrift: Swetlana Molotowa, Rosowstraße 18.

Wenn es jetzt Goldmünzen geregnet hätte – ich hätte mich nicht darüber gewundert. Wie von selbst trugen mich die Beine in den nächsten Supermarkt. Nachdem ich einen Becher Kaffee und eine fleischgefüllte Pirogge erstanden hatte, las ich den Zettel noch einmal. Swetlana Molotowa!

Die Welt ist ein Dorf. Bei jedem Schritt stolpert man über Bekannte. Wie sollte ich aber auch darauf kommen, daß das hübsche Handy ausgerechnet der Geliebten meines Mannes gehörte, der bewußten Sweta, die so liebenswürdig gewesen war, mir eine Pornokassette zu schicken?

Fast eine Stunde lang trieb es mich ziellos durch das Shoppingparadies. Ich konnte einfach keinen Entschluß fassen. Schließlich fand ich mich in der Kosmetikabteilung wieder und starrte in einen blankgeputzten Spiegel. Ich hatte mich in der Tat sehr verändert. Mein Teint war nicht mehr blaß, sondern von einem gesunden Rosa, und meine Augen glänzten. Ich sah mindestens zehn Jahre jünger aus. Trotzdem würde Swetlana ihre »Rivalin« sofort wiedererkennen. Vielleicht hatte sie sich ein Foto von mir verschafft und mir längst mit Stecknadeln die Augen ausgestochen! Das hieß, einfach aufsuchen konnte ich sie nicht. Zunächst mußte ich mehr über dieses widerwärtige Weib erfahren. Vielleicht tauchte in ihrer Umgebung ja ein Fleischberg namens Slawa auf.

Es kostete mich zwei weitere Becher Kaffee mit den wunderbar duftenden Piroggen, bis mein Plan feststand. Er war einfach genial.

Als erstes fuhr ich mit der Metro zur Twerskaja und suchte im Durchgang zur Station Tschechowskaja das Mädchen auf, das mit den Ausweisen handelte. Diesmal holte ich mir einen mit den Initialen FSB. Damit ernannte ich mich selbst zur Agentin des Sicherheitsdienstes der Russischen Föderation. Der Junge, den ich schon kannte, trug wieder meinen Namen ein. Als ich aber auf dem Rang einer Majorin bestand, schüttelte er den Kopf. »Wissen Sie, meine Dame, beim FSB macht man nicht so schnell Karriere. Ein Major ist dort ein hohes Tier, mindestens ein Abteilungsleiter. Außerdem sind Sie eine Frau. Ich denke, wir schlagen Sie besser zum Leutnant.«

Aber das war mir nicht seriös genug. Ich verlangte: »Schreiben Sie ›Hauptmann‹.«

Der Bursche schaute mich zweifelnd an, tat aber dann,

wie ihm geheißen. Ich konnte es kaum erwarten, daß er mit seiner Übung in Kalligraphie endlich fertig wurde.

Sweta Molotowa ging es offenbar nicht schlecht. Sie wohnte in einem imposanten Klinkerbau mit hübschen Erkern. Das Gebäude stand in einem großen Hof, dessen Eingang von einem Gittertor versperrt war. An der Seite ein Klingelknopf und die Aufschrift: »Durchfahrt verboten.« Ich drückte auf den Knopf.

»Wer ist da?« kam es heiser aus dem Lautsprecher.

»Ich möchte zur Hausverwaltung.«

»Sie wohnen aber nicht hier«, stellte der unsichtbare Wachmann sachlich fest.

Ich zögerte einen Moment. Um den wachsamen Pförtner zu beeindrucken, genügte sicher die Miliz. Ich zückte also die rote Klappkarte und wedelte damit in der Luft herum. Irgendwo war da sicher eine Kamera.

»Öffnen Sie, es ist dienstlich.«

Ein Summer ertönte, ich drückte gegen das Tor und trat in einen gepflegten Hof, wie man sie nur aus Filmen über das süße Leben der Millionäre kennt. Lange Reihen von Sträuchern, exakt für den Winter verpackt, auf den Beeten Tannenzweige, die Wege sauber gefegt, die Abfallkörbe in angenehmem Braun, die dazu passenden Bänke wie frisch gestrichen und in einem fernen Winkel ein kleiner Wellblechschuppen, in dem sicher die Mülltonnen untergebracht waren.

Auch die Hauseingänge wirkten sehr gepflegt. Über jedem ein eisernes Vordach, die Stahltüren mit Sprechanlagen versehen und an der Seite die Namenschilder der Bewohner. So ungefähr stellte ich mir Paris vor. Außerdem gab es in jedem Eingang einen Service – im ersten die Sauna, im zweiten den Fitneßraum, im dritten die Wäscherei und im vierten die Hausverwaltung.

Auf dem Schild las ich »Hausverwaltung – 01«. Ich drückte den Code, und die Tür öffnete sich automatisch.

Sie war so schwer, daß ich sie aus eigener Kraft auch nicht einen Zentimeter hätte bewegen können.

Drinnen war es warm, sauber und hell. An der Decke nicht, wie üblich, eine nackte Glühbirne, sondern ein großer Leuchter.

Als ich eintrat, erhob sich ein kräftiger Mann von etwa 40 Jahren und fragte halbwegs freundlich: »Zu wem möchten Sie?«

»Zur Hausverwaltung.«

»Bitte, dort hinein«, sagte der Wachmann lächelnd und wies auf eine hohe Tür.

Ich lächelte zurück und trat in ein geräumiges, pieksauberes Büro. Offenbar liebte man hier Blumen, denn überall grünte und blühte es. Auf den Fensterbrettern sah ich Töpfe mit Zierpaprika, die Stauden über und über von den feuerroten Früchten bedeckt. Daneben stand in einem Kübel ein wunderbares Zitronenbäumchen, dessen gelbe Früchte zart dufteten. In einer Ecke wucherte ein mir unbekanntes Gewächs, das aussah wie eine Zwergpalme. Mitten in dem üppigen Grün schlief in einem großen, mit Atlasseide ausgeschlagenen Korb ein Hauskater vom Typ Stubentiger.

»Was für ein riesiges Tier!« entfuhr es mir.

Eine Frau, die mitten in dieser Szenerie an einem Schreibtisch saß, hob den Kopf von ihren Papieren.

Ich betrachtete ihr etwas grobes Gesicht mit der Kartoffelnase und den schütteren Brauen. Bestimmt war sie geschieden, denn an der Hand trug sie keinen Ehering, sondern nur einen großen blutroten Rubin. Ihr Gehalt war bestimmt nicht üppig, aber sie legte Wert auf ihr Äußeres – feine weiße Bluse und kleinkarierter Blazer. Die Lippen waren nicht ganz passend zum Nagellack mit einem Perlmuttstift geschminkt. Die Brauen hatte sie zu stark nachgezogen, und die übermäßig getuschten unteren Wimpern machten ihre schmalen Augen noch kleiner, so daß sie wie

Schlitze wirkten. Aber die Gesamterscheinung war angenehm. Wahrscheinlich eine nicht übermäßig intelligente, aber auch nicht bösartige Angestellte.

»Ich möchte zu Ihnen«, erklärte ich. »Sagen Sie, wohnt Swetlana Molotowa schon lange in diesem Haus?«

Die Miene der Hausverwalterin verdüsterte sich.

»Über Hausbewohner darf ich keine Auskunft geben!«

»Mir schon«, entgegnete ich einschmeichelnd und zückte meinen frisch erworbenen Ausweis.

Beim Anblick der Initialen FSB bekam die Frau einen roten Kopf. »Natürlich!« entfuhr es ihr.

»Bekommen Sie bloß keinen Schreck«, sagte ich beruhigend. »Eine etwas delikate Angelegenheit führt mich her. Lassen Sie uns reden. Wenn jemand kommt, dann sagen Sie einfach, ich wollte hier als Putzfrau anfangen. Klar?«

Die Hausverwalterin nickte.

»Stellen Sie sich bitte erst einmal vor.«

»Samoilowa, Irina Fjodorowna, geboren 1952«, murmelte mein Gegenüber.

Sie hatte sich offenbar sehr erschrocken.

»Liebe Irina Fjodorowna«, sagte ich beruhigend, »an Ihnen gibt es überhaupt nichts auszusetzen. Uns interessiert nur Frau Molotowa. Sagen Sie mir, was Sie über sie wissen.«

Irina holte ein dickes Buch aus dem Panzerschrank und führte mich etwas konfus in die Situation ein.

»Unser Haus ist etwas Besonderes«, erläuterte sie stokkend. »Ein zweites von dieser Art gibt es in ganz Moskau nicht. Es ist sehr günstig gelegen, bis zur Metrostation sind es nur ein paar Schritte. Wir haben hier einen wunderbaren Park, einen richtigen Wald. Aber bis zum Zentrum ist es nur ein Katzensprung: Fünf Stationen mit der Metro, und man ist auf dem Roten Platz.«

Das Haus war Ende der vierziger Jahre auf persönliche Weisung Stalins gebaut worden. Der Führer der Völker hatte damals die Idee, die Elite der sowjetischen Wissenschaft, Doktoren und Professoren der verschiedensten Disziplinen, unter einem Dach zu versammeln. Es sollte eine Genossenschaft werden, wo die Menschen beispielhaft auf neue Weise lebten. In den Kellerräumen wurden eine Wäscherei, eine Kantine, eine Bibliothek, Geschäfte und sogar ein kleines Kino eingerichtet. Nichts sollte die Wissenschaftler von ihrer Arbeit ablenken. Alle notwendigen Dienstleistungen sollten für sie sofort zur Hand sein.

Entsprechend sahen die Wohnungen aus – keine unter drei oder vier Zimmern. Die Räume waren riesig, die Dekkenhöhe 3,70 Meter, Küchen von zwanzig und Bäder von zehn Quadratmetern. Auf den Korridoren konnten Kinder und Enkel Fahrrad fahren.

Die Jahre vergingen, das Haus führte sein Eigenleben und war bemüht, Fremde draußen zu halten. Die Wissenschaftler, die Stalin persönlich für dieses Haus handverlesen hatte, wurden alt, segneten nach und nach das Zeitliche. Ihnen folgten ihre Sprößlinge, zumeist auch Doktoren und Professoren der verschiedensten Wissenschaften. Manche kinderlose Witwe hätte ihre riesigen Säle jetzt gern verkauft und wäre in ein kleineres Appartement gezogen. Aber der Mieterrat wehrte sich mit Händen und Füßen dagegen, daß Außenstehende in diese Festung eindrangen. Nach wie vor konnte man hier nur eine Wohnung kaufen, wenn man Wissenschaftler mit akademischem Grad oder dessen Familienangehöriger war. Einigen wenigen gelang es, Ausnahmen durchzusetzen. So nahm zum Beispiel Ada Lwowna aus Wohnung Nr. 75 ihren Enkel, der ein kleines Restaurant besaß, bei sich auf. Die Genossenschaftsverwaltung konnte nichts dagegen tun. Aber als die alte Dame gestorben war und der junge Mann die luxuriöse Behausung selbst übernehmen wollte, gab es einen merkwürdigen Vorfall nach dem anderen.

Zuerst fiel in seiner Wohnung der Strom aus. Dann

bildeten sich Luftblasen in der Heizung. Das Telefon war defekt. Und schließlich tropfte es von oben durch die Decke ... Dem jungen Mann wurde es bald zuviel, und er wollte die Wohnung wieder verkaufen. Diesmal legte er sich allerdings nicht mit dem Mieterrat an, sondern bat den Vorsitzenden der Genossenschaft, für ihn einen Käufer zu finden. Im Handumdrehen war die Sache geregelt. Zwei Wochen später zog ein junges Akademiemitglied in Ada Lwownas Säle ein.

Sweta Molotowa hatte sich vor einem Jahr hier niedergelassen.

»Ist sie denn Wissenschaftlerin?« fragte ich erstaunt.

»Nein«, antwortete Irina Fjodorowna lächelnd, »für sie hat sich der Vorstandsvorsitzende unserer Genossenschaft, Georgi Daas, sehr eingesetzt. Sweta ist seine Nichte und mit einem sehr angenehmen jungen Mann namens Mischa verheiratet.

Ich spürte, wie mir die Hände zu zittern begannen. All meinen Mut zusammennehmend, fragte ich: »Sie ist verheiratet?«

»Warum wundert Sie das?« fragte Irina Fjodorowna zurück. »Allerdings ist ihr Ehemann nicht bei uns gemeldet. Sweta sagt, er wohnt noch immer bei seiner Mutter. Das kommt gar nicht so selten vor. Außerdem soll er viel auf Reisen sein. Aber ich sehe ihn oft mit Sweta zusammen.«

Georgi Daas hatte seiner Nichte ein glänzendes Zeugnis ausgestellt: jung, mit Hochschulbildung, spricht drei oder gar vier Fremdsprachen, als Dolmetscherin tätig, nett und intelligent. Auch ihre bessere Hälfte ließ nichts zu wünschen übrig: ein Großunternehmer, der mit Computern und Software handelt, wohlhabend ... Das war doch etwas ganz anderes als der Besitzer einer Kaschemme, der seinen ausrangierten Eisenbahnwaggon stolz »Restaurant zum Goldenen Löwen« nannte. Auf der Versammlung, die seine Frau als Genossenschaftsmitglied aufnahm, hatte Mischa erklärt: »Ich bin bereit, Sponsor der Genossenschaft zu werden.«

Und er hatte Wort gehalten. Als der Mieterrat in diesem Sommer neue Bänke anschaffen wollte, aber keine Mittel dafür auftreiben konnte, ließ Mischa zwölf dieser Sitzgelegenheiten aus bestem Eichenholz anfahren. Arbeiter, die er bezahlte, stellten die Bänke auf. Fortan wurde das neureiche Paar von allen freundlich gegrüßt. Im Mai war das Eis dann endgültig gebrochen. Sweta half der Tochter einer der größten Klatschbasen des Hauses, ihr Deutsch aufzubessern. Im Fahrstuhl war sie einmal Zeugin geworden, wie Sofja Jewgenjewna ihrer Tochter aufgebracht die Leviten las.

»Komm bei mir vorbei«, sagte Sweta zu dem Mädchen, »ich helfe dir beim Deutschaufsatz.«

Das tat die Kleine dann auch. Mehr noch, sie kam nun Tag für Tag mit ihren Hausaufgaben zu ihr. Sofja Jewgenjewna fühlte sich schließlich bemüßigt, bei der Nachbarin anzuklopfen und zu fragen: »Was bin ich Ihnen schuldig, meine Liebe?«

Sweta flötete: »Das ist kein Unterricht, nur Nachbarschaftshilfe.«

Die kleine Lena bestand ihre Prüfung erfolgreich. Nun begannen die Nachbarn, Sweta allerlei Texte in Fremdsprachen anzuschleppen – Packungsbeilagen zu Medikamenten, Gebrauchsanweisungen für Küchengeräte … Sie wies niemanden ab, half allen und blieb dabei stets freundlich.

Natürlich hatte Sweta keine Mietschulden, überwies ihre Miete pünktlich, erschien zu Feiertagen stets mit einer Schachtel Pralinen in der Hausverwaltung, feierte keine lautstarken Partys und kam nie nach elf nach Hause. Mit einem Wort, eine Hausbewohnerin, wie man sie sich nicht besser wünschen konnte.

Ich unterbrach den Lobgesang und forderte etwas schroff: »Beschreiben Sie bitte auch ihren Gatten.«

Irina Fjodorowna setzte bereitwillig zu einem weiteren

Monolog an: »Ein schöner Mann, blond, mit blauen Augen und beneidenswerter Figur. Hochgewachsen, breite Schultern, schlanke Gestalt, mit einem Wort – Alain Delon. Fährt seinen Mercedes sehr rücksichtsvoll, kriecht förmlich durch die Pfützen, um ja niemanden zu bespritzen. Mit einem Wort: Ein sehr angenehmes, nettes Paar!«

Ich hörte mir die Ode auf meinen Ex-Mann aufmerksam an. Mischa sah in der Tat blendend aus, war klug, gutmütig, taktvoll und vielseitig begabt. Der Engel hatte nur einen kleinen Fleck auf seiner blütenweißen Weste: Er war nicht mit der bezaubernden Sweta verheiratet, sondern mit mir, einer ganz und gar unauffälligen Frau. Jetzt stand mein Entschluß endgültig fest: Sobald ich den Gorilla Slawa gefunden und Katja befreit hatte, wollte ich mich von diesem Märchenprinzen scheiden lassen.

Ich spürte, wie Wut in mir aufstieg. Daher fragte ich in etwas zu scharfem Ton: »Wo wohnt Georgi Daas?«

»In Wohnung Nr. 39«, antwortete Irina Fjodorowna wie aus der Pistole geschossen.

»Ist er zu Hause?«

»Er geht kaum noch aus. Er ist sehr krank, die Beine wollen nicht mehr.«

»Rufen Sie ihn bitte an und teilen Sie ihm mit, daß eine Vertretein der Sicherheitsorgane ihn gleich aufsuchen wird.«

Die Hausverwalterin griff zum Telefon.

25. Kapitel

Wohnung Nr. 39 lag im dritten Aufgang. Irina Fjodorowna warf sich rasch ihren Biberpelz über und brachte mich persönlich bis zur Wohnungstür, die mit glänzendem roten Leder beschlagen war.

»Ich danke Ihnen«, sagte ich und fügte streng hinzu:

»Dies ist eine Geheimsache! Also von meinem Besuch zu niemandem ein Wort.«

»Natürlich, natürlich!« antwortete die Hausverwalterin erschrocken, nickte dabei heftig und drückte auf die Klingel.

Die Tür öffnete sich sofort. Auf der Schwelle stand, schwer auf einen Stock gestützt, ein hagerer alter Mann mit Hakennase in einem grellfarbenen Trainingsanzug.

»Als Sie angerufen haben, meine Liebe«, sagte er zu Irina Fjodorowna, »habe ich mich sofort auf den Weg gemacht. Bis ich den ganzen Korridor entlanggelaufen bin … Bitte, treten Sie doch näher.«

»Danke, ich nicht«, stammelte die Hausverwalterin, die sich von dem »Hauptmann des FSB« offenbar möglichst rasch entfernen wollte. »Ich habe zu tun, gleich kommt jemand vom Brandschutz.«

Und schon war sie im Lift verschwunden. Sie hatte sich nicht einmal verabschiedet.

»Verzeihen Sie mir altem Mann«, sagte der Professor lächelnd, »bei mir geht alles etwas langsam, ich kann nicht mehr so schnell.«

»Ich bin überhaupt nicht in Eile«, versicherte ich ihm, als wir uns im Schneckentempo auf dem langen, gewundenen Gang vorbei an gigantischen leeren Zimmern vorwärtsbewegten.

Mit schlurfendem Schritt und in Straßenschuhen, nicht etwa in Hauspantoffeln, hatte es der Professor schließlich bis zu einem Raum geschafft, der ihm offenbar als Arbeitszimmer diente. Drei Wände waren mit prall gefüllten Bücherregalen bedeckt. Zerlesene Bände lagen überall herum – auf dem Brett des lange nicht geputzten Fensters, auf dem riesigen Schreibtisch und sogar auf dem Fußboden neben einem riesigen Globus mit hölzernem Fuß. Hier und da standen Artilleriegranaten herum, die sicher nicht echt waren. Auf dem Schreibtisch eine abscheuliche

Bronzefigur. Ein nackter Mann hielt etwas in die Höhe, das wie eine Kanone aussah. Unten ein Täfelchen mit der Aufschrift: »Prof. Georgi Daas zum 60. Geburtstag von den Truppen der Luftverteidigung.«

»Nehmen Sie doch bitte Platz«, sagte der Hausherr freundlich und wies auf einen Sessel.

Ich ließ mich vorsichtig nieder, denn die Federn quietschten, daß es einen Stein erweichen konnte. Das Sitzmöbel war bestimmt so alt wie der Professor und drohte selbst unter meinem Fliegengewicht jeden Moment zusammenzubrechen.

»Meine Güte«, schwärmte der Professor, »was für bezaubernde Damen jetzt beim KGB arbeiten!«

»Beim FSB«, korrigierte ich ihn. »Das Komitee für Staatssicherheit heißt jetzt Sicherheitsdienst der Föderation.«

»Ach, wissen Sie, meine Liebe«, meinte der Hausherr lächelnd, »Ihre ruhmreiche Behörde hat schon so oft den Namen gewechselt, daß man kaum noch nachkommt: GPU, NKWD, KGB ... Wahrscheinlich denken sie, daß damit auch der Inhalt ein anderer wird. Obwohl ... Etwas bewegt sich schon. Als ich noch mit diesem Organ zu tun hatte, bin ich dort keinen Frauen begegnet!«

»Sie waren Agent?«

Georgi Daas lachte laut auf, nahm die Brille ab und begann sie mit einem großen blauen Taschentuch zu putzen.

»Na, Sie machen vielleicht Witze! Natürlich nicht, Kindchen. Ich habe im militärisch-industriellen Komplex unter ständiger Überwachung durch die Erste Verwaltung Ihrer Behörde gearbeitet. Fragen Sie mich aber bitte nicht, was ich dort getan habe. Das darf ich Ihnen nicht sagen.«

Ich grinste in mich hinein. Die Granaten und das merkwürdige Geschenk von der Luftverteidigung sagten alles. Der Alte machte mir Spaß. Mein Vater, der Mathematiker, hatte mich gelehrt, mich genau umzuschauen, wenn ich einer Sache auf den Grund gehen wollte. Wie oft hatte er sich über einfältige Agentenromane lustig gemacht: »Was quält der sich so, um herauszukriegen, wo unsere Armee ihre Standorte hat? Das weiß doch jeder Dumme: Wenn man mitten im Wald ohne Weg und Steg auf eine Betonpiste stößt, die vor einem Parteitag auch noch mit frischen Markierungen versehen wird, dann ist da ein Militärobjekt!«

»Ich will Sie nicht nach Ihrer Arbeit befragen ...«

»Mit der CIA hatte ich nichts zu tun«, parierte der Alte und lachte noch lauter.

»Mich interessiert Ihre Enkelin, Sweta Molotowa ...«

Der Professor blickte gelangweilt drein.

»Worum geht es?«

Ich schwankte einen Moment, gab mir dann aber einen Ruck. »Sie hat nichts Unrechtes getan, höchstens, daß sie mit dem Mann einer anderen lebt ...«

»Wie das?« fragte der Professor verwundert. »Michail ist nicht mit Sweta verheiratet?«

Ich schüttelte den Kopf.

»Nein, er ist seit langem mit einer gewissen Jefrossinja Romanowa verheiratet. Die Ehe ging allerdings nicht gut, und sie haben keine Kinder. Sweta dagegen ist schwanger ... Eine triviale Dreiecksgeschichte, die uns eigentlich nichts angeht. Uns interessiert Ihre Enkelin aus einem ganz anderen Grund. Kennen Sie ihren Bekanntenkreis?«

»Sie ist meine Nichte.«

»Wieso?«

»Vielleicht sagen Sie mir endlich, was los ist?«

»Wir suchen einen von Swetas guten Bekannten, einen sehr dicken Mann mit kleinem Kopf namens Slawa. Haben Sie von ihm gehört? Er hat Menschen entführt und umgebracht.«

Die Miene des Professors verfinsterte sich.

»Verehrte ...«

»Tatjana«, warf ich ein.

»Verehrte Tatjana, ich habe keine Ahnung, mit wem Sweta Umgang pflegt.«

»Das wundert mich aber!« Ich tat überrascht. »Sie muß Ihnen doch sehr nahestehen, wo Sie sich bei der Wohnungssuche so für sie eingesetzt haben ...«

Professor Daas zuckte zusammen und seufzte tief auf.

»Also gut, hören Sie zu, nur tun Sie mir die Liebe und sagen Sie hier im Haus niemandem etwas davon.«

»Das bleibt unter uns«, versprach ich.

»Sie ist gar nicht meine Nichte ...«

»Was dann?«

»Gar nichts!«

»Nanu?« Jetzt war ich ehrlich verwundert. »Wozu dann das ganze Theater?«

Professor Daas stützte sich schwer auf seinen Stock und erhob sich. Er schleppte sich zum Schreibtisch, griff nach einem Bild in einem schlichten silbernen Rahmen und hielt es mir hin. Von dem Foto blickten mich fröhlich lächelnde Gesichter an: ein schlanker junger Mann, eine füllige Blondine und ein pausbäckiger Junge von dreizehn, vierzehn Jahren.

»Das sind mein Sohn mit Schwiegertochter und Enkel«, erklärte mir der Professor. »Gott behüte, daß Sie je so etwas erleben müssen ...«

»Was ist geschehen?«

Der Professor seufzte tief auf und ließ sich wieder in den Sessel fallen.

»Ein Verkehrsunfall. Ein Bus hat ihren Wolga gerammt. Das einzige Gute daran ist, daß meine Frau es nicht mehr erleben mußte. Sie ist schon 1989 gestorben ... Seitdem bin ich ganz allein auf dieser Welt.«

Der schwere Schicksalsschlag hatte die Gesundheit des Professors untergraben, schließlich war er nicht mehr der Jüngste. Zuerst versagten die Beine, dann bekam er von einem Tag zum anderen heftige Kopfschmerzen. Professor Georgi Daas blieb nichts weiter übrig, als sich emeritieren zu lassen. Mit allen möglichen Zuschlägen und Privilegien kam er auf eine Pension von etwa tausend Rubeln. Natürlich kümmerten sich seine Mitarbeiter um ihren bisherigen Chef, besuchten ihn, brachten Blumen, Pralinen oder Zigaretten. Aber mit der Zeit wurden die Besuche immer seltener. Den alten, völlig verarmten Mann brauchte niemand mehr.

Da kam Georgi Daas auf die geniale Idee, die Vierzimmerwohnung seines Sohnes zu verkaufen und es sich von dem Erlös wohl sein zu lassen. Aber da hatte er sich verrechnet. Obwohl privatisiert, galt sie als Dienstwohnung. Der Mieterrat machte den Alten mit aller Strenge noch einmal darauf aufmerksam, daß Außenstehende in diesem Haus nichts zu suchen hatten. Im Januar erschien unerwartet eine alte Bekannte, Maria Rauch, bei Professor Daas. Sie bot ihm eine ideale Lösung für seine schier ausweglose Lage an.

»Sieh mal, mein lieber Georgi«, zwitscherte sie und strich sich mit rundlicher Hand über die viel zu schwarz gefärbten Locken, »du kannst deine Wohnung nicht einfach verkaufen!«

»Keine Frage, liebste Maria«, gab der Professor zurück, »aber du weißt doch selbst, in welcher finanziellen Lage Wissenschaftler heute sind ...«

»Euer Mieterrat ist aber auch ein bürokratischer Verein«, meinte Maria. »Sollt ihr klugen Köpfe jetzt alle Hungers sterben?«

Der Professor erinnerte sich plötzlich daran, daß er selbst auf der Genossenschaftsversammlung am lautesten gegen die Aufnahme des Restaurantbesitzers gewettert hatte.

»Aber du kannst dich freuen, mein Lieber«, erklärte Maria. »Gott sei Dank hast du ja mich. Hör genau zu.«

Professor Daas blickte Maria Rauch ergeben an. Die Sache schien ganz einfach zu sein. Eine ihrer Freundinnen hatte eine Tochter, eine hübsche, kluge Person. Sie habe geheiratet, und die jungen Leute wüßten nicht, wohin. Geld sei kein Problem, aber die Jungvermählten wollten keine Luxuswohnung, sondern eine in einem Haus wie diesem mit standesgemäßen Nachbarn. Die Wohnung seines so tragisch ums Leben gekommenen Sohnes im Nebenaufgang sei für sie einfach ideal. Das Problem wäre leicht zu lösen ... Der Professor müßte Sweta nur kurzerhand zu seiner Nichte erklären ...

»Und wenn die das schwarz auf weiß haben wollen?« gab der Professor kleinmütig zurück. »Weißt du, was für Leute in unserem Mieterrat sitzen?«

»Nun ist's aber gut!« gab Maria Rauch scharf zurück. »Wir haben die Perestroika gehabt, und jetzt haben wir Demokratie! Für euren Mieterrat ist der kalte Krieg wohl noch nicht zu Ende? Die Wohnung gehört dir, und niemand kann dir verwehren, sie zu verkaufen.«

Dem Professor fiel ein, wie man den Restaurantbesitzer schikaniert hatte. Seine Hoffnung sank noch mehr.

Aber Maria Rauch war nicht zu bremsen. »Mach dir darüber keine Gedanken. Wenn es sein muß, besorge ich das nötige Papier, das beweist, daß sie die Tochter deiner Schwester ist. Dann ist diesen Blutsaugern das Maul gestopft.«

Gesagt, getan. Es vergingen kaum zwei Wochen, da waren Sweta und Michail glückliche Besitzer der begehrten Wohnung. Professor Daas erhielt eine für seine Verhältnisse schwindelerregende Summe. Nun konnte er sich wieder gutes Essen, amerikanische Zigaretten und den besten Kaffee leisten. Sogar eine Hauswirtschafterin legte er sich zu. Die »Nichte« war eine angenehme Person, und ihr Mann hatte den Alten schon mehrfach zum Arzt gefahren. Sehr freundliche Leute. Aber mit wem sie Umgang pflegten, davon hatte der Professor keine Ahnung.

Ich bat den alten Mann um Adresse und Telefonnummer der umtriebigen Maria Rauch und ließ ihn allein in seinem Luxusappartement zurück. Als ich wieder auf der Straße stand, ging die Uhr schon auf fünf. Wie lange wohl eine internationale Anwaltskanzlei geöffnet hatte? Sie lag an meinem Weg. Ich wollte noch rasch bei der Dame vorbeischauen, die ich in der Zeitung entdeckt hatte.

An der Glastür waren keine Bürostunden vermerkt, und sie ließ sich öffnen. Drinnen saß natürlich ein Wachmann, der mir über seine Zeitung einen finsteren Blick zuwarf.

»Ich möchte zu Regina Slobina«, erklärte ich, bevor er fragen konnte.

»Zimmer 15«, brummte der Kerl und verschwand wieder hinter seiner Lektüre. »Zweiter Stock links.«

Ich stieg gehorsam in den zweiten Stock hinauf und ging einen Korridor mit hellbraunem Teppich entlang. Keine Menschenseele zu sehen, Grabesstille, und auch hinter den hellen, polierten Türen kein Laut. Ich kam mir vor wie in einem Dornröschenschloß.

Im angegebenen Zimmer saß ein junges Mädchen, das sicher noch gestern die Schulbank gedrückt hatte, vor einem Computer. Bestimmt die Sekretärin, dachte ich, und fragte: »Wo finde ich Regina Slobina?«

»Ich höre«, gab das Mädchen zurück.

»Sie sind Regina Slobina?« fragte ich baß erstaunt.

»Ja«, entgegnete das junge Ding in vollem Ernst und fügte freundlich hinzu: »Nehmen Sie doch Platz, im Stehen redet es sich schlecht.«

Ich plumpste in den bereitstehenden Sessel.

»Was führt Sie zu mir?« fragte das Mädchen teilnehmend.

Ich stotterte: »Wissen Sie, die Zeitung ›Nedelja‹ lese ich sonst eigentlich nie ...«

»Macht nichts«, beruhigte mich mein Gegenüber, »das geht mir auch so ...«

»Zufällig bin ich in einer alten Nummer auf Ihre Annonce gestoßen. Sie suchen jemanden von der Familie Katukow, und dafür gibt es eine Belohnung!«

Regina Slobina stand auf und drückte auf den Lichtschalter. Das kleine Büro wurde von gnadenlosem Neonlicht überflutet. Jetzt sah ich plötzlich, daß die nette, schlanke Angestellte bestimmt schon über dreißig war.

Regina hob bedauernd die Arme. »Leider kommen Sie zu spät. Die Katukows haben ihr Erbe längst angetreten. Ein Mann, Rostislaw Sergejewitsch Katukow, hat sich bei uns gemeldet. Wenn ich mich recht erinnere, fliegen er und seine Frau in diesen Tagen nach Paris ...«

In einem Hinterstübchen meines Gehirns regte sich etwas, aber es war noch vage und in Nebel gehüllt.

»Ist es eine große Summe, die sie bekommen haben?«

Regina lächelte weiter und meinte: »Es ist natürlich schade, daß Sie sich den Weg umsonst gemacht haben. Darf ich Ihnen einen Kaffee anbieten?«

»Danke, den nehme ich gern«, erwiderte ich und fragte noch einmal: »Um welche Summe ging es?«

Regina schüttete braunen Pulverkaffee in eine Tasse.

»Leider darf ich Ihnen das nicht sagen.«

Ich schwankte einen Moment, dann aber zückte ich meinen FSB-Ausweis und bat freundlich: »Vielleicht schauen Sie doch einmal nach?«

»Alles klar«, gab Regina Slobina mit ernster Miene zurück und öffnete seufzend ihren Schrank. »Einen Moment, Katukow, hier haben wir es.«

Ich hielt den Atem an. Es gab also doch noch Wunder auf dieser Welt!

Wassili Fedulow, geboren 1952, wohnte in Moskau, Jockeystraße 19, Wohnung Nr. 46. Offenbar war er der Nachbar von Familie Katukow gewesen. Wassili war Zirkusartist. 1974 bat er während eines Gastspiels in Frankreich um politisches Asyl. Damals war kalter Krieg, und die französischen Behörden erfüllten die Bitte Fedulows, der vor den Sowjets flüchtete. Wassili blieb in Paris. In der ersten Zeit ging es ihm schlecht. Wie viele Emigranten wurde er Hofkehrer. Später fuhr er Taxi. Er hatte Glück, denn er begegnete Gaston Leroux, der eine kleine Fleischerei sein eigen nannte. Gaston stellte den Russen bei sich ein. Nun hatte er Gehacktes herzustellen, Schafsdärme zu waschen oder Schweineleber zu säubern.

Aus Wassili Fedulow wurde Basile Feydoux, den bald jeder für einen waschechten Franzosen hielt. Nach einem halben Jahr war Gaston klar, daß er mit diesem Angestellten einen Hauptgewinn gezogen hatte.

Basile hatte goldene Hände und den Kopf voller unglaublicher Rezepte. Bald waren seine in Frankreich unbekannten Delikatessen im ganzen Viertel berühmt – russische Sülze, mit gehacktem Ei gefüllte Schinkenröllchen ... Der ehemalige Artist zauberte wunderbare Würstchen, Zunge in Aspik oder duftenden Kochschinken ... Zwei Jahre später trennte sich Basile von Gaston und eröffnete ein eigenes Geschäft.

Bis Ende der neunziger Jahre hatte er nicht mehr und nicht weniger als fünfeinhalb Millionen Franc, fast eine Million Dollar, verdient. Außerdem besaß er inzwischen eine gemütliche Wohnung, ein hübsches Häuschen auf dem Lande und einen flinken Peugeot.

Der frühere Artist heiratete nicht. Entweder fand er nicht die Richtige, oder er ging den Frauen aus dem Weg. Er hätte sich seines Lebens freuen können, aber Gott der Herr entschied wohl, Basile habe seine Mission auf dieser Erde erfüllt. Anfang 1999 erlag unser Fleischer im Hospital St. Cathérine einem Krebsleiden. Zuvor vermachte er sein ganzes Vermögen Familie Katukow.

»Weshalb das?« fragte ich verwundert.

Regina meinte seufzend: »Wer weiß? Vielleicht haben sie ihm einmal Nachbarschaftshilfe geleistet. Uns interessieren die Gründe nicht, weshalb eine juristische Person jemandem Geld vermacht. Wir sind verpflichtet, den Willen des Erblassers auszuführen. Im Falle von Familie Katukow war das recht einfach.«

Auf eine Anfrage beim zentralen Einwohnerregister erhielt die Kanzlei die Auskunft, Anna und Rostislaw Katukow seien in der Hauptstadt wohnhaft. Sie erhielten eine offizielle Benachrichtigung. Jana Katukowa wurde nicht gefunden.

»Sie heißt laut Paß Marjana.«

»Stimmt«, sagte Regina, »das hat uns Rostislaw Katukow auch erklärt. Da hatten wir die Suchmeldung allerdings schon aufgegeben. Sehen Sie, hier.«

Langsam blätterte ich die Papiere durch. Erkundigungen, Anträge. Mein Interesse erweckte eine offizielle Erklärung der früheren Schuldirektorin. Anna Fjodorowna hatte zugunsten Slawas auf das Erbe verzichtet. Das Papier war eindeutig eine Fälschung. Möglicherweise hatte man die alte Frau, die nicht mehr ganz richtig im Kopf war, einfach ein leeres Blatt unterschreiben lassen. Auch Jana hatte zugunsten des vorbestraften Slawa verzichtet.

»Hat Sie nicht verwundert, daß die Frauen das Erbe ausgeschlagen haben?«

»Nein, das kommt häufig vor, wenn in einer Familie ein gutes Verhältnis herrscht und die Verwandten einander vertrauen.«

»Tatsächlich?« fragte ich verwundert. »Weswegen?«

»Wegen der Steuer«, erklärte Regina Slobina. »Manchmal geben wir Erben sogar den Rat, nur eine Person zu beauftragen.«

Ich muß ziemlich dumm dreingeschaut haben, denn die Juristin erklärte eifrig: »Nehmen wir an, Sie sind drei Erben. Jeder hat 5000 Rubel Erbschaftssteuer zu zahlen, das sind zusammen 15000. Einer dagegen braucht nur 5000 ans Finanzamt abzuführen. Viele haben allerdings auch zu ihren nächsten Verwandten kein Vertrauen. Dann wird alles offiziell geregelt. Aber die Katukows sind offenbar eine harmonische Familie und wollten Geld sparen.«

»Haben Sie Jana und Anna Fjodorowna je zu Gesicht bekommen?«

»Wozu? Rostislaw Sergejewitsch hat uns erklärt, daß seine Mutter und seine Schwester das ganze Jahr auf der Datsche leben und selten nach Moskau kommen. Er hat alle notwendigen Papiere beigebracht – ihre Paßkopien und notariell beglaubigte Vollmachten ...«

Es war zum Verrücktwerden. Ich spürte genau, daß hier etwas nicht stimmte. Aber Regina packte die Dokumente in aller Ruhe wieder zusammen.

»Hat Rostislaw das Erbe schon lange angetreten?« fragte ich.

»Ende Oktober«, antwortete Regina unbekümmert.

26. Kapitel

Gegen acht Uhr abends war ich wieder zu Hause – zerschlagen, mißmutig und ausgehungert. Die Hunde stürzten mir kläffend entgegen. Ich fuhr sie nur kurz an, schleppte die schweren Taschen in die Küche und ließ sie vor dem Kühlschrank zu Boden fallen. Beim Einkaufen hatte ich Glück gehabt. Es war mir gelungen, Forellen für 65 Rubel das Kilo zu ergattern. Ein Rezept, wie diese Fische zuzubereiten waren, hatte mir die nette Händlerin verraten. Ich stand neben ihr und notierte eifrig, was sie zu sagen hatte. Längst wußte ich, daß Kochbücher die reine Geldverschwendung waren. Was dort für Unsinn gedruckt stand! Zum Beispiel: »Kochen Sie das Fleisch, bis es gar ist.« Wie soll das eine unerfahrene Hausfrau denn feststellen? Ganz einfach hat mir das eine beleibte Dame im Bus erklärt, die sich auf den Sitz neben mir sinken ließ, wobei aus einem großen Paket in ihrem Einkaufsnetz dicke Blutstropfen fielen.

»Mit der Gabel mußt du reinstechen! Wenn sie leicht rein geht, ist das Fleisch gut!«

Am Gasherd mischte ich drei Eßlöffel Salz mit zwei Eßlöffeln Zucker. Dann bestreute ich die Forellenfilets damit und goß Olivenöl darüber. Ob das nun eine Delikatesse oder wieder etwas Ungenießbares wurde? Als Beilage hatte ich mir Teigwaren gedacht. Ich riß einen hübsch bunten Zellophanbeutel mit schneeweißen Muscheln auf. Pasta, wie ich sie bisher kannte, hatte immer gelblich ausgesehen. Aber der fliegende Händler, bei dem ich das Paket kaufte, ein Mann mit heiserer Stimme, tränenden Augen und roter Nase, hatte mir strahlend erklärt: »Nimm nur, direkt aus London eingeführt! Siehst du, hier steht: ›Made in England‹. Die habe ich erst seit heute, ach, was sage ich, du bist die erste, die sie bekommt. Die schmecken garantiert! Sind schließlich von den Engländern, nicht von den Türken!«

Ehrlich gesagt, machte das britische Produkt einen etwas befremdlichen Eindruck und war absolut geruchlos. Aber ich dachte mir, Pasta ist Pasta und sieht ohne Öl, Fleisch und Ketchup immer gleich aus. Also ab damit in den Topf.

»Tanja«, ertönte es aus dem Korridor, »bist du zu Hause?«

»Klar bin ich da!« rief ich und trat in die Diele.

Kira stellte gerade seine Stiefel akkurat in den Schuhschrank. Das gefiel mir gar nicht. Die nette Neuanschaffung war in unserer Familie schon zu einer Art Lackmuspapier geworden. Wenn Serjosha beim Nachhausekommen seine Schuhe wütend dort hineinwarf, hatte er entweder von seinem Chef einen Rüffel gekriegt oder wieder mal seine Brieftasche verloren. Julia benutzte den Schuhschrank nur, wenn sie sich mit ihrem Mann verzankt hatte.

Und Kira, wenn er mit Vieren aus der Schule kommt. Normalerweise stürmt er herein, wirft Ranzen und Jacke auf einen Stuhl. Die Schuhe fliegen nach verschiedenen Seiten – der rechte zum Kleiderständer, der linke mindestens bis zur Küchentür. Heute aber wirkte er irgendwie niedergeschlagen und räumte seine Stiefelchen ordentlich fort.

»Also«, sagte ich im Befehlston, »raus mit der Sprache, was ist passiert? Hat dir die Mathelehrerin eine Fünf verpaßt?«

»Wo denkst du hin!« Kira schüttelte heftig den Kopf. »Sie ist jetzt nett zu mir wie eine zahme Kröte, fürs Halbjahr kann ich sogar eine Eins kriegen.«

»Na, was dann? Hast du eine Scheibe eingeworfen? Oder dich mit deinem Kumpel verkracht?«

Kira seufzte tief auf, ließ sich auf einen Küchenstuhl fallen und erklärte mir die Lage. Ihre frühere Musiklehrerin, die ältliche Katerina Andrejewna, hatte an den Kindern nichts auszusetzen gehabt. Sie stand an der Tafel und erklärte selbstvergessen die Tonleiter: »Do-Re-Mi-Fa-Sol ...« Die Schüler machten inzwischen, was sie wollten. Einer las einen Krimi, der andere erledigte die Hausaufgaben für den nächsten Tag. Die einzige Bedingung, die die Lehrerin stellte, war absolute Ruhe. Wenn es in der Klasse laut wurde, konnte sie sich sehr aufregen, und das wollte niemand. Für Wohlverhalten verteilte sie großzügig Einsen. Dazu murmelte sie: »Guter Junge, schwatzt nicht.«

Von Musik hatten sie natürlich keine Ahnung, aber wer braucht schon dieses blöde Fach im Zeitalter von Computer, CD und DVD?

Ende Oktober wurde die nette Großmutter krank, und eine Dame um die Fünfzig, mitten im Klimakterium und mit dem Lächeln einer Schlange, trat an ihre Stelle. Die neue Lehrerin führte als erstes Notenhefte ein und holte einen Schüler nach dem anderen an die Tafel. Dabei hagelte es Vieren. Kira hatte schon zwölf Stück. Heute hatte

Larissa Sacharowna ihm erklärt: »Also, Romanow! Erstens soll deine Muter zu mir kommen. Zweitens wirst du die Güte haben und diese Fragen bis morgen beantworten.«

Als Kira das dünne Broschürchen in der Hand hielt, wurde ihm übel. 250 Fragen! Und was für welche! Was ist der Unterschied zwischen einer Kantante und einem Oratorium? Wieviel Griffe gibt es bei der Geige? Nennen Sie die bekanntesten Werke von Selwinski ...

»Strawinski«, korrigierte ich.

»Ist doch egal.« Kira zog die Nase hoch. »Ob Selwinski oder Strawinski. Das schaffe ich im Leben nicht. Jetzt kriege ich im Halbjahr in Musik eine Vier.«

»Heul nicht«, knurrte ich. »Kennt sie deine Schrift?«

»Nein.«

»Na wunderbar. Du ißt jetzt was, und dann beantworte ich die Fragen. Morgen gehe ich in die Schule und kläre die Sache.«

»Weißt du das denn alles?« fragte Kira verwundert. »Übers Orchester, den Dirigenten und die Harfe?«

Ich mußte lachen. »Besonders über die Harfe. Ich war mal auf dem Konservatorium und kann dieses widerwärtige Instrument sogar spielen.«

»Tatjana«, flüsterte Kira begeistert, »meine liebste Tanja, wenn du mir das abnimmst, putze ich von jetzt an die Wohnung ganz umsonst ...«

»Na, na, du kleiner Schmeichler! Gleich gibt's was zu essen, und dann fangen wir an!«

In meinem Topf auf dem Gas brodelte es fröhlich. Teufel noch mal, ich hatte die Pasta ganz vergessen! Hoffentlich war sie noch nicht zerkocht.

Rasch kippte ich den Inhalt des Topfes in den Durchschlag. Sofort war mir klar: Da stimmte etwas nicht. Ich sah nur trübes, schaumiges Wasser herauslaufen, das einen leichten Parfümduft verströmte. Von den Teigwaren keine Spur! Die schönen weißen Muscheln aus England, die so gut schmecken sollten ... Wieso hatten die sich aufgelöst, ohne eine Spur zu hinterlassen?

Fassungslos starrte ich in meinen leeren Durchschlag. So etwas war mir noch nie passiert.

»Das hast du gekocht?« fragte Kira und zeigte auf die leere Tüte. Ich nickte abwesend. Der Knirps prustete laut los.

»Was gibt's denn da zu lachen?« fuhr ich ihn an. »Daran bist du schuld, das ist passiert, als du mich vollgequatscht hast!«

»Ach, meine arme Tanja!« Kira war wie ausgewechselt. »Ich habe damit nichts zu tun! Seife löst sich eben auf, wenn man sie ins Wasser wirft!«

»Seife?!!«

»Genau!« wieherte Kira. »Hier steht's doch drauf.« Und er tippte mit seinem schmutzigen Finger auf die Tüte. Ich starrte hilflos auf die lateinischen Buchstaben.

»Kannst du denn kein Englisch?« fragte nun Kira verblüfft.

»Schon, auf Schulniveau, und nur mit dem Wörterbuch.«

»Alles klar«, erklärte Kira wichtig. »Ich übersetz dir das mal: ›Kinderseife bester Qualität. In Form von Muscheln, geruchlos, allergenfrei, für Säuglinge geeignet. Löst sich rasch auf und hinterläßt keinen Schmutzrand in der Wanne.‹«

Kira holte tief Luft und schaute in den Topf.

»Stimmt genau. Das Zeug hat sich rasch aufgelöst, und der Topf ist blitzsauber!«

»So eine Schweinerei!« schimpfte ich, als ich mich von dem Schreck erholt hatte. »Und der Händler hat sie mir so empfohlen!«

»Der kann Englisch wahrscheinlich auch nur auf Schulniveau«, meinte Kira von oben herab. »Eins verstehe ich nicht: Wieso ist noch kein Kunde zurückgekommen und hat ihm eins aufs Auge gegeben?«

Ich seufzte tief auf. »Er hat gesagt, ich wäre seine erste Kundin.«

»Da kann er sich ja noch auf was gefaßt machen!«

Gegen neun Uhr abends rief ich Maria Rauch an.

»Ihre Telefonnummer habe ich von Professor Daas ...«

»Sehr schön«, erklang eine geschulte Stimme. »Haben Sie einen Jungen oder ein Mädchen?«

»Zwei Jungen«, antwortete ich verwundert.

»In welchem Alter?«

»Fünfundzwanzig und elf ...«

»Na, für den Älteren ist's zu spät, aber mit dem Jüngeren kann ich's versuchen.«

»Was wollen Sie versuchen?« fragte ich verwundert.

»Merkwürdige Frage!« Die Stimme klang leicht ungeduldig. »Sie wollen doch Klavierstunden? Können Sie morgen um drei hier sein? Stellen Sie mir Ihren Sohn vor. Ich nehme aber nur begabte Schüler.«

Als ich spätabends zusammengerollt inmitten meiner Hundemeute lag und schon wegdämmern wollte, kam mir plötzlich ein Gedanke. Warum hatte der Wohltäter der Familie Katukow, Monsieur Basile Feydoux alias Wassili Fedulow, warum hatte dieser Millionär sein Vermögen Anna, Jana und Slawa vermacht? Weshalb hatte er Kostja übergangen? Wußte er nicht, daß es ihn gab? Unsinn! Fedulow hatte Rußland 1974 verlassen. Da war Kostja drei und Slawa zwei Jahre alt. Die Sache wurde noch komplizierter, als mir einfiel, daß Kostja bei seiner Mutter lebte, während sie Slawa schon damals an Natalja Fjodorowna abgegeben hatte ... Wenn ich mich recht erinnerte, war das gleich nach der Geburt passiert. Ob Kostja Wassili irgendwie verärgert hatte, was der nicht vergessen konnte? Das ging mir nicht aus dem Kopf. Vielleicht hatten sie sich ja in den neunziger Jahren geschrieben und waren dabei aneinandergeraten? Oder Kostja war umgezogen, und im Testament stand seine alte Adresse? Auch das konnte ich vergessen. Was hatte Kostjas ihm getan? Und wer hatte ihn umgebracht?

Ohne eine Antwort auf alle diese Fragen gefunden zu haben, sank ich in unruhigen Schlaf.

Am nächsten Tag gegen 13.00 Uhr ging ich in Kiras Schule. Die Lehrerin Larissa Sacharowna empfing mich mit finsterer Miene.

»Ihr Junge«, sagte sie spitz, »zählt in der Musikstunde die Krähen auf dem Hof. Ich erkläre, wie sich eine Melodie aufbaut, und er bemalt inzwischen die Schulbank!«

Ich seufzte tief auf. Wahrscheinlich war ihr Unterricht stinklangweilig. Sie erklärte, wie sich eine Melodie aufbaut! Kindern, die nicht einmal wußten, wie ein Notenständer aussieht!

Larissa Sacharowna sprang nervös auf und fächelte sich mit Kiras Heft Luft zu. Ich betrachtete ihr Mausgesicht mit der spitzen Nase, ihre schlecht sitzende Dauerwelle und die roten Flecken, die plötzlich Wangen und Hals bedeckten. Natürlich – die Wechseljahre. Das letzte Aufbäumen erlöschender Hormone mit allem, was dazu gehört – Hitzewellen, Depressionen, Kopfschmerzen, Schlaflosigkeit, Gewichtszunahme ... Und zu allem Überfluß sollte sie für ein paar Kopeken gelangweilten Kindern etwas über Oper, Sinfonie oder Harmonie beibringen.

Lehrer haben es wirklich schwer. Wahrscheinlich sind sie der einzige Berufsstand, der seine Leistung selber bewerten muß. Wenn ein Kind im Unterricht nichts begreift, den Lehrer blöd findet und dann eine Vier bekommt, hat der Lehrer sich die eigentlich selbst gegeben. Er hat die Kinder nicht interessieren, ihnen sein Anliegen nicht nahebringen können.

All das konnte ich Larissa Sacharowna natürlich nicht erklären. Ich wollte die Dame ja auch nicht erziehen, sondern nur erreichen, daß Kira bei ihr wieder eine Zwei bekam. Deshalb setzte ich mein süßestes Lächeln auf und flötete: »Aber, meine Liebe! Mein Junge mag Ihr Fach so sehr! Gestern hat er den ganzen Abend Ihre Fragen beantwortet!«

»Stimmt«, gab die Musiklehrerin zu. »Das hat er sehr gut gemacht. Ich habe ihm dafür eine Eins gegeben.«

Jetzt war ich nicht mehr zu bremsen. »Außerdem – er muß die Musik einfach lieben, schließlich hat er sie mit der Muttermilch eingesogen.«

»Das verstehe ich nicht«, murmelte Larissa Sacharowna.

»Ich habe Musik studiert«, sagte ich bescheiden. »Ich gebe manchmal Konzerte.«

»Klavier!« sagte die Lehrerin erfreut.

»Nein, Harfe.«

»Sie schickt mir der Himmel!« rief sie verzückt aus. »Der Junge ist in Ordnung, nur manchmal ein bißchen zappelig, aber das kriegen wir hin. Meine Vorgängerin war eine völlig verantwortungslose Dame. Die Kinder sind keinerlei Anforderungen gewohnt.«

Ich nickte zurückhaltend, denn ich wußte, daß sie jetzt etwas von mir wollte. Und ich irrte mich nicht.

»Ich muß ein Programm zusammenstellen«, teilte mir Larissa Sacharowna eifrig mit. Ihr Hochmut war wie weggeblasen. »Der Schulrat kommt und noch mehr solche hohen Tiere ... Aber wie soll ich das mit Kindern machen, die nicht einmal singen können? Ein paar Mädchen habe ich ja, die Klavier spielen, und Lenja Katz aus der Achten mit seiner Geige.«

Aber mit diesen Talenten war kein Programm zu bestreiten, und so hatte sie sich bereits unter den Eltern umgetan. Die reagierten mit Verständnis. Der Vater von Wolynkin (glatte Vier) wollte einen russischen Tanz aufführen, die ältere Schwester von Mascha Koslowa eine Pantomime zeigen, die Großmutter von Olga Suworowa dressierte Hunde vorführen. Wie gut würde dazu meine Harfe passen! Einfach toll!

»Gut, ich mache mit«, versicherte ich Kiras Lehrerin. Dabei überlegte ich fieberhaft, wo ich ein Instrument hernehmen sollte.

Das Klingelzeichen ertönte, und die Kinder strömten ins Klassenzimmer. Als erster stürzte Kira herein und schwang seinen Rucksack wild um sich.

»Komm zu mir, du Schlingel«, sagte Larissa Sacharowna lächelnd.

Kira schlug die Augen nieder, war plötzlich ganz brav und begab sich nach vorn, als ginge es aufs Schafott.

»Entschuldigen Sie«, sagte ich rasch, darf mein Sohn heute etwas früher gehen? Wir müssen zum Arzt.«

»Natürlich«, sagte die Lehrerin verständnisvoll. »Er hat doch zu Hause so fleißig gearbeitet. Wenn das so weitergeht, gibt es in diesem Halbjahr eine Zwei, und im nächsten ist sogar eine Eins drin.«

Als wir auf dem leeren Flur standen, fragte mich Kira entgeistert: »Wie hast du das gemacht?«

»Ach, das war ganz einfach«, gab ich leichthin zurück, »nur, wo kriege ich jetzt eine Harfe her?«

»Wozu brauchst du die?« fragte Kira verwundert.

»Ich habe mit deiner Musiklehrerin einen Deal gemacht. Du bekommst gute Zensuren, und ich spiele bei eurem Schulkonzert mit.«

Kira fiel mir um den Hals und erklärte begeistert: »Ich bin stolz auf dich, Tanja. Ich kenne keinen Menschen, der Harfe spielen kann!«

Ich mußte lachen. Wer hätte gedacht, daß ausgerechnet diese Gabe einmal zu etwas gut war!

»Aber, Kira, nichts ohne Gegenleistung!«

»Immer bereit!« rief der Junge. »Sag, was ich machen soll! Kartoffeln holen? Die Wäsche bügeln?«

»Du kommst jetzt mit mir zu einer Dame und tust so, als ob du ganz wild auf Klavierstunden wärst.«

»Warum?«

»Na, darum.«

»Für dich esse ich sogar Grießbrei!« erklärte Kira. Wir machten uns auf den Weg zu Maria Rauch.

Die erinnerte an Katharina die Große. Das gleiche hochmütige Gesicht mit dem zusammengekniffenen Mund und den großen, etwas vorstehenden Augen. Auch die füllige Figur mit dem mächtigen Busen und den kräftigen Hüften paßte dazu. Als sie jung war, hatte sie bestimmt viele Verehrer gehabt. Ihr Alter war kaum zu bestimmen. Sicher hatte ein guter Chirurg nachgeholfen. An den Ohren entdeckte ich winzige Narben, die auf ein Lifting hindeuteten. Haar, Brauen und Wimpern waren gefärbt, und sie trug volles Make-up. Im Dämmerlicht konnte man glatt denken, sie sei erst vierzig.

Das Zimmer, in das wir gebeten wurden, paßte zu ihr. Allerdings mußten wir zuvor die Schuhe ausziehen. Ein großer aufgeklappter Flügel, ein runder Tisch mit Spitzendecke, ein Plüschsofa, Sessel, und das Ganze von Kaffeeduft durchweht.

»Also«, hub die Lehrerin an, nachdem sie an ihrem Instrument Platz genommen hatte. »Zuerst prüfen wir dein Gehör.«

Flinke Finger huschten über die Tasten, ein Akkord ertönte, und danach schlug sie den Kammerton A an. Er stand klar und deutlich im Raum.

»Welcher Ton ist das?«

»D«, antwortete Kira. Dann fügte er hinzu: »Vielleicht auch F, die sind sich so ähnlich.

»Na, nicht sehr«, meinte Maria seufzend. »Komm her und leg die Hände auf die Tasten.«

Kira ließ seine Handflächen gehorsam auf das leicht vergilbte Elfenbein fallen.

»Nein, nein«, korrigierte die Lehrerin, »so mußt du die Hand halten, als ob ein Ei darunterliegt.«

»Roh oder gekocht?« fragte Kira neugierig.

»Das ist doch gleichgültig!« kam es verdutzt von Maria Rauch, der wahrscheinlich noch nie jemand eine solche Frage gestellt hatte.

»Überhaupt nicht! Wenn du mit der Hand auf ein rohes Ei haust, gibt es eine Pfütze, bei einem gekochten nicht«, entgegnete Kira, der lässig auf dem Klavierhocker saß.

»Das mit dem Ei sollst du dir nur vorstellen. Sitz gerade!« fügte sie hinzu und fuhr dann im Befehlston fort: »Geh ins Nachbarzimmer und sieh ein wenig fern!«

Kira tat, wie ihm geheißen.

»Was soll ich Ihnen sagen?« Maria Rauch hob resigniert die Hände. »Ein Meisterpianist wird aus ihm nicht, dazu ist es zu spät. Aber für den Hausgebrauch spielen – das kann er lernen. Ich gebe ihm zwei Stunden wöchentlich, die Stunde für 50 Dollar. Ich kann Ihnen allerdings auch preiswertere Lehrer empfehlen.«

»Nein, auf gar keinen Fall«, warf ich rasch ein. »Wir wollen nur Sie. Slawa hat Sie so gelobt.«

»Slawa, Slawa ...«, murmelte Maria Rauch. »Ich kenne keinen Slawa ... War er mal mein Schüler?«

»Aber Sie kennen Sweta Molotowa.«

»Sweta? Natürlich! Die Tochter meiner besten Freundin, die leider bereits verstorben ist.«

»Slawa ist ihr bester Freund.«

Maria Rauch lächelte nachsichtig.

»Den kenne ich nicht. Auch Sweta habe ich lange nicht gesehen.«

»Professor Daas sagte mir, Sie seien mit ihr befreundet, hätten sich sogar um eine Wohnung für sie bemüht.«

»Daas ist ein alter Schwätzer!« gab Maria ärgerlich zurück.

Ich beschloß, das Eisen zu schmieden, solange es heiß war.

»Ich habe ein Problem mit meinem älteren Sohn. Er verdient sehr gut im Computerhandel und möchte so gern in dem Haus von Professor Daas eine Wohnung kaufen. Könnten Sie mir nicht dabei helfen? Natürlich bei guter Provision für Sie und den Professor.«

»In diesen schweren Zeiten reicht das Geld vorn und hinten nicht, und ich würde Ihnen gerne helfen, aber der Professor wird sich nicht noch einmal auf so eine Geschichte einlassen. Sehen Sie, Sweta ist die Tochter meiner allzu früh verstorbenen Freundin. Die Mutter hatte ihr eine ganz unmögliche Unterkunft hinterlassen – ein Zimmerchen wie in einem Hotel. Kaum zwölf Quadratmeter groß mit Kochnische. Eine furchtbare Höhle. Ich habe es einfach für meine Pflicht gehalten, ihr zu helfen, obwohl ich seit Lillis Tod keinen Kontakt mehr zu Sweta hatte. Wir haben uns drei Jahre lang nicht gesehen. Da hat sie plötzlich angerufen und gefragt: ›Tante Maria, verkauft in Ihrem Haus vielleicht jemand eine Wohnung?‹

Sweta hat mir erzählt, sie habe einen vermögenden Geschäftsmann geheiratet, der unbedingt in einer besseren Gegend wohnen will. Da ist mir Professor Daas eingefallen. Und es hat geklappt – Sweta und ihm konnte geholfen werden.«

»Slawa hat gesagt, Sie hätten auch ihn unterstützt«, warf ich ein.

»Was für ein Slawa?« fragte Maria scharf zurück.

»Swetas guter Bekannter.«

»Ich kenne ihre Bekannten nicht«, antwortete Maria Rauch.

Wie es sich für eine Lehrerin geziemt, wiederholte sie alles mehrfach: »Ich habe zu Sweta seit Lillis Tod keinen Kontakt mehr gehabt. Das ist jetzt fast drei Jahre her. Ehrlich gesagt, hätte sie nicht angerufen und wäre ich nicht so bedürftig ...« Die Klavierlehrerin winkte ab und verstummte.

Soweit war alles klar. Mein Ex-Mann Mischa hatte sich ihr gegenüber bestimmt großzügig gezeigt.

»Das heißt, nicht Sie haben Slawa geholfen?«

»Von dem höre ich zum ersten Mal«, versicherte Maria.

Als wir wieder draußen waren, zeigte sich Kira mit der Aktion zufrieden, denn er bekam von mir zur Belohnung ein Eis. Wir stiegen in die Metro, der Zug raste durch Tunnel und Bahnhöfe, schaukelte und ratterte. Meine Stimmung war miserabel. Wie sollte ich nur an Sweta herankommen? Weder Professor Daas noch Maria Rauch hatten mir sagen können, wo meine Nachfolgerin arbeitete. Beide wußten nur: »Sie ist Dolmetscherin und spricht mehrere Sprachen.«

Zu Hause machte ich schnell etwas zu essen warm und wollte uns gerade Suppe auftun, als es an der Tür klingelte.

»Wer ist da?« fragte ich vorsichtig.

»Ich sammle Unterschriften für die Partei von Shirinowski«, sagte eine weibliche Stimme.

Als ich öffnete, stand eine Frau mit erschöpftem Gesicht vor mir.

»Was wollen Sie?«

Als Antwort kam eine auswendig gelernte Litanei: »Bald sind Wahlen zur Staatsduma. Ich sammle Unterschriften für einen Kandidaten. Er ist in jeder Hinsicht ...«

Als ich ihren für dieses Wetter viel zu dünnen Mantel, die schiefgetretenen Stiefel und das bereits leicht gesprungene Lackleder ihrer Handtasche sah, sagte ich mitfühlend: »Kommen Sie rein und essen Sie einen Teller Suppe mit uns.«

Die Erbsensuppe mit Rauchfleisch duftete verführerisch. Die Agitatorin, die sich als Lena vorstellte, hatte rasch ihren Teller leer gelöffelt. Dabei taute sie langsam auf.

Sie war 53 Jahre alt, hatte in einem Forschungsinstitut gearbeitet und es dort bis zum höheren wissenschaftlichen Dienst mit einem guten Gehalt geschafft. Doch dann triumphierte im Lande die Demokratie. Ihr Institut fiel der Perestroika zum Opfer. Die Mitarbeiter wurden entlassen.

Lena hatte noch Glück, denn sie konnte vorzeitig in Rente gehen. Allerdings reichten die Kopeken nicht zum Leben, und sie mußte jede Gelegenheit nutzen, um etwas dazu zu verdienen. Shirinowski und seine LDPR konnte sie nicht ausstehen, aber in dessen Wahlstab zahlten sie für jede Unterschrift 20 Rubel. Pro Tag 30 – 40 Unterschriften waren durchaus möglich.

Lena stand den Kommunisten näher, aber in Sjuganows Partei waren genug verrückte Alte, die aus tiefer Überzeugung von Tür zu Tür liefen. Ihnen brauchte man kein Geld zu zahlen. Daher mußte Lena, ob sie wollte oder nicht, für Shirinowski agitieren gehen.

Was sollte sie machen? Zu allem Unglück hatte ihre Tochter auch noch ein Kind bekommen und keinen Mann dazu. Nie hätte sie gedacht, daß der kleine Kerl so teuer würde. Allein für die Pampers ging ein Vermögen drauf!

Nach dem zweiten Teller Suppe fragte Lena plötzlich: »Könnten Sie vielleicht mal in Ihr Telefonbuch schauen und mir Bekannte empfehlen, die mir eine Unterschrift geben?«

Mir ging plötzlich ein Licht auf. Jetzt wußte ich, wie ich an Sweta und Slawa herankommen konnte!

Als ich Lena verabschiedet und Kira an seine Hausaufgaben gesetzt hatte, ließ ich mich wieder in der Küche nieder und dachte nach. Eine tolle Idee! Mit dem Computer wollte ich mir eine Unterschriftenliste zusammenbauen und mit ihr als Vorwand bei Sweta aufkreuzen. Zuerst würde ich sie um ein Glas Wasser bitten, dann über mein schweres Schicksal klagen und sie schließlich dazu bringen, in ihr Telefonbuch zu schauen. Beim Abschied mußte ich es nur noch mitgehen lassen. Von dieser genialen Idee brach mir glatt der Schweiß aus. Ich fühlte mich wie Mata Hari, Richard Sorge und James Bond in einer Person.

Aufgeregt lief ich in der Küche auf und ab, die Möpse, vor Anstrengung japsend, immer hinter mir her. Rachel dagegen lag ruhig in ihrer Ecke und sah dem Treiben erstaunt zu.

Wenn ich Erfolg haben wollte, mußte ich jede Kleinigkeit bedenken. Schließlich hatte mich Sweta schon einmal gesehen. Außerdem konnte ich bei ihr auf Mischa stoßen. Tagsüber war er allerdings meist im Büro. Ich mußte mich also so zurechtmachen, daß ich nicht wiederzuerkennen war.

Ich stürzte in Katjas Zimmer und riß den Kleiderschrank auf. Ein paar teure Kostüme, elegante Hosen, schöne Blusen – alles nicht das Richtige. Dann schaute ich Julias Sachen durch. Auch hier fand ich nichts Passendes. In ihren Miniröcken und engen Pullovern würde ich wie ein junges Mädchen aussehen. Dabei wollte ich als ältliche, vom Leben gebeutelte Frau auftreten. Vielleicht hatte Viktoria, was ich brauchte? Da unser ungebetener Gast gerade nicht zu Hause war, traute ich mich an ihre Garderobe heran. Dabei blieb mir vor Staunen der Mund offenstehen.

Der riesige dreitürige Schrank war vollgestopft mit neuen Sachen, die noch die Preisschilder trugen. Was es da nicht alles gab! Einen Pelzmantel von einem Tier, das ich nicht kannte, einen Lederhut, fünf Blazer, Hosen, schmale Röcke ... Unten standen aufgereiht die Schuhe: mehrere Paare eleganter Pumps, flache Treter, Stiefel für Herbst und Winter. Viktoria hatte in den Boutiquen ordentlich abgeräumt. Wozu sie das wohl alles brauchte? Wollte sie vielleicht wieder heiraten? Aber wie dem auch sei, das war viel zu elegant. Ich mußte wohl zur Metrostation gehen. Dort wußte ich einen Second-Hand-Laden in einem Kellergewölbe.

Kira rief ich zu: »Mach schön deine Hausaufgaben, bin gleich wieder da!« Dann lief ich los.

Schon nach einer halben Stunde kam ich zufrieden, ja fast glücklich mit einem großen Paket zurück. In dem Lädchen hatte ich sofort alles gefunden, was ich brauchte:

ein Strickkostüm in Braun, Grau und Rot mit mittellangem Rock und schlotternder Jacke, dazu eine helle Bluse, deren Kragen von einer riesigen Schleife zusammengehalten wurde. Auf den Kopf wollte ich mir eine große Mohair-Strickmütze setzen, wie sie Ende der sechziger Jahre Mode gewesen waren. Meine abgewetzten Wildlederstiefel und die chinesische Daunenjacke paßten ideal zu diesem Outfit. Schade, daß ich die Jacke gewaschen hatte. Vorher hatte sie schlechter ausgesehen.

Ungewaschen konnte ich die Sachen allerdings nicht anziehen. Außerdem mußte ich über das passende Make-up nachdenken.

Kaum hatte ich den Inhalt meines Pakets in die Waschmaschine gestopft, da hörte ich aus Kiras Zimmer bekannte Klänge. Soso, statt Geographie zu lernen, hatte er den Fernseher eingeschaltet, um sich die Polizeisendung anzuschauen. Ich wollte aber nicht, daß der Junge ständig Leichen auf der Straße liegen sah.

Mit raschem Schritt trat ich in sein Zimmer und ordnete an: »Mach das sofort wieder aus.«

»Aber das ist doch der Polizeibericht!« widersprach Kira.

»Schalt ihn aus, das ist nichts für Kinder.«

»Alle in unserer Klasse gucken den!« widersprach Kira. »Denkst du, ich hab noch nie eine Leiche gesehen?«

»Schalt das aus!« Ich wurde langsam ärgerlich. Da ich die Fernbedienung nicht gleich finden konnte, fuhr meine Hand zum größten Knopf an dem Gerät ... und erstarrte mitten in der Bewegung.

Auf dem Bildschirm sah ich ein Haus, das ich kannte. Eine gleichmütige Stimme aus dem Off teilte mit: »Heute um zwölf Uhr mittags wurde im Treppenhaus des Hauses Selichowskistraße 18 die Leiche der beschäftigungslosen Vera Martynowa gefunden.«

Wie erschlagen ließ ich mich auf den Teppich sinken und starrte weiter auf den Bildschirm. Die Kamera zeigte jetzt

Vera, die mit dem Gesicht nach unten auf dem Boden lag. Ihr eleganter Morgenmantel war verrutscht und ließ ihre langen, schlanken Beine sehen.

»Ach so!« rief Kira empört. »Du findest das spannend! Aber ich soll es nicht gucken! Das ist gemein!«

»Sei still!« fuhr ich ihn an und spitzte die Ohren.

Die Putzfrau hatte die Tote gefunden. Sie berichtete, ihre Arbeitgeberin stehe nie vor zwölf Uhr auf und lasse keinen Fremden in die Wohnung. Das brachte die Ermittler zu dem Schluß, daß eine bekannte Person die Frau aufgesucht haben mußte. Im Wohnzimmer hatte man zwei benutzte Kaffeetassen und eine Schachtel Pralinen gefunden. Nach Meinung der Ermittler hatte Vera ihrem Gast Kaffee angeboten. Dann sei es zwischen beiden zum Streit gekommen. Der Gast habe das Messer gezogen. Um ihm zu entfliehen, sei die Frau aus der Wohnung gelaufen, der Mörder habe sie jedoch eingeholt und ihr dreimal in den Rücken gestochen. Ein Stich traf das Herz, und Vera war sofort tot. Der Mörder habe die Leiche liegenlassen und das Weite gesucht. Das Messer habe er mitgenommen. Die Ermittlungen seien eingeleitet. Wer etwas zur Aufklärung beitragen könne, möge die Miliz anrufen.

Dann wurden einige Telefonnummern eingeblendet. Wie vom Donner gerührt, erhob ich mich langsam und schleppte mich in die Küche. Jetzt begriff ich überhaupt nichts mehr. Weshalb hatte man die arme Vera umgebracht? Die blauen Blätter waren doch längst bei dem dicken Gorilla gelandet. Weshalb also mußte Vera sterben?

Mechanisch zündete ich das Gas für Teewasser an und blickte in die lebhafte blaue Flamme. Veras schönes Gesicht fiel mir ein und die leicht arrogante Miene, mit der sie gesagt hatte: »Ich öffne nie selbst die Tür, und Fremden schon gar nicht!«

Sollte ich bei der Miliz anrufen und ihr mitteilen, was ich wußte?

Warum fürchtete ich eigentlich die Hüter des Gesetzes so sehr? Ich war lange volljährig, und niemand konnte mich zwingen, weiter mit Mischa zusammenzuleben. Ich mußte zugeben, daß ich mich bisher ziemlich dumm, ja geradezu kindisch benommen hatte. Ich mußte meinen Ex-Mann aufsuchen, meine Papiere und ein paar Sachen aus der Wohnung holen und dann die Scheidung einreichen. Das nahm ich mir jetzt fest vor. Ich wollte vorher nur noch Katja finden und ihr aus der Kalamität helfen. Vera hatte bestimmt ein eifersüchtiger Liebhaber umgebracht, den sie ohne Bedenken in die Wohnung gelassen hatte. Da war ich der Miliz keine große Hilfe, denn außer Kostja Katukow und Marat Rifalin kannte ich niemand. Kostja war lange tot, und auf Marat würden die Ermittler auch allein kommen.

Am nächsten Morgen klingelte ich an Sweta Molotowas Tür. Ich hatte mich so verkleidet, daß selbst meine geliebte Mutter mich nicht erkannt hätte. Das Strickkostüm hing wie ein Sack an mir herunter und ließ nichts von meiner Figur sehen. Die Mohairmütze saß mir tief in der Stirn.

Meinem Gesicht hatte ich mit Puder eine satte Bräune verpaßt und auf die Wangen jede Menge Rouge aufgetragen. Die Lippen waren im selben Farbton dick geschminkt und die Brauen mit gewöhnlichem Bleistift nachgezogen. Zu viel Tusche hatte die Wimpern verklebt. Um mich vollends zu entstellen, hatte ich mir Wattetampons in die Backen gesteckt und zwei große Mantelknöpfe unter die Zunge gelegt. Das war furchtbar unangenehm, aber ich lispelte nun so stark, daß man mich kaum noch verstehen konnte. Um meine Hände brauchte ich mir keine Sorgen zu machen. Kochen und Putzen hatten die Samtpfötchen der Harfenistin rasch in die gesprungenen Hände einer Küchenhilfe verwandelt.

»Sie wollen zu mir?« fragte Sweta verwundert, als sie die Tür öffnete.

»Ich komme von der LDPR«, stammelte ich und hielt ihr meine frisch aus dem Drucker gezogene Unterschriftenliste unter die Nase.

Sweta reagierte wie erwartet und ließ mich eintreten. Die Moskauer sind in der Tat sehr vertrauensselig, ja geradezu naiv. Während Sweta ihren Paß suchte, klagte ich selbstvergessen über mein Leben. Dabei kreiste alles um ein Thema, daß ich nämlich für jede Unterschrift 20 Rubel bekam.

Schließlich lag der Paß vor mir, und ich begann sorgfältig Swetas Personalangaben in die entsprechenden Spalten einzutragen. Dabei stellte sich ein pikantes Detail heraus. Die hübsche Sweta war nicht fünfundzwanzig, wie sie auf dem Video verkündet hatte, sondern schon zweiunddreißig.

Während ich angestrengt schrieb, musterte ich insgeheim meine Nachfolgerin. Sie war wirklich eine Augenweide. Üppiges blauschwarzes Haar fiel in dichten Locken auf zierliche Schultern. Zwar war das eindeutig das Produkt eines geschickten Friseurs, aber sehr hübsch anzusehen. Ihre Haut war von makellosem Weiß und noch völlig faltenfrei. Nicht einmal Krähenfüße an den Augen konnte ich entdecken. Letztere muß ich besonders beschreiben. Sie waren groß und glänzten schwarz wie Teertropfen. In der Literatur werden solche Augen bodenlos genannt. Sweta hatte prachtvoll geschwungene, volle Lippen und ein gerades, kurzes Näschen. Mit einem Wort, sie sah hervorragend aus. Anzeichen für eine Schwangerschaft konnte ich an ihr nicht entdecken. Ihre schlanken Hüften steckten in hautengen Jeans, die ihre Wespentaille betonten. Am meisten aber wunderte ich mich darüber, daß ich weder Bedauern noch Zorn oder Eifersucht empfand. Kühl stellte ich fest, daß sie sehr schön war. Eigentlich mußte ich ihr sogar ein wenig dankbar sein. Wäre sie nicht aufgetaucht, hätte ich mein Leben wohl auch weiter in tödlicher Langeweile vor dem Fernseher verbracht.

Nun kam der entscheidende Augenblick. Mit Leidensmiene bat ich: »Ob Sie vielleicht die Güte hätten, einmal in Ihr Telefonbuch zu schauen und mich an Bekannte weiterzuempfehlen? Den Leuten ist es meist egal, aber ich könnte die 20 Rubel weiß Gott gut gebrauchen ...«

Und wieder klappte es. Sweta fand an dieser Bitte nichts Ehrenrühriges, zückte ein kleines schwarzes Büchlein und sagte: »Notieren Sie!«

Ich kritzelte gehorsam alle Angaben mit einem billigen Kugelschreiber auf ein Blatt Papier. Als wir beim letzten Namen angekommen waren, hob ich die Nase in die Luft.

»Spüren Sie es nicht? Bei Ihnen riecht es stark nach Gas!«

»Tatsächlich?« rief Sweta erschrocken und lief in die Küche. Ich griff nach dem Büchlein, ließ es in meine Jackentasche gleiten und trat in den Korridor hinaus.

»Merkwürdig«, sagte Sweta, als sie aus der Küche zurückkehrte. »Das Gas war gar nicht aufgedreht.«

»Mir kam es so vor«, erwiderte ich friedfertig und ging.

27. Kapitel

Während ich nach Hause eilte, spürte ich kaum den Boden unter den Füßen. Jetzt würde ich den Ganoven Slawa finden. Ich brauchte nur meine Beute aufmerksam zu studieren. Aber dazu kam ich erst einmal nicht.

Als ich durch die Wohnungstür trat, roch es leicht angebrannt. Ich warf rasch die Jacke ab und eilte in die Küche. Dort mußte ich erst einmal kräftig niesen. Auf dem Gasherd stand ein Töpfchen, in dem Viktoria mit einem Löffel rührte. Ihr Haar hatte sie mit einem Plastikbeutel bedeckt und auf dem Gesicht eine dicke Schicht Fettcreme aufgetragen.

»Was stinkt denn hier so?« fragte ich.

»Ich koche einen Gesundheitsbrei.«

»Der riecht aber nicht sehr angenehm ...«

»Dafür ist er gesund für alle«, gab Viktoria zurück und rührte weiter. »Er schmeckt übrigens auch gut, probier mal.«

Und sie stieß mir den Löffel ins Gesicht, von dem es so merkwürdig roch. Ich öffnete gehorsam den Mund. Meine Zunge verspürte etwas seltsam Fasriges und völlig Geschmackloses. Über den Gaumen rollten kleine harte Kügelchen. Es war, als hätte man eine mit kleinen Steinchen gefüllte alte Socke ausgekocht.

»Was ist denn das?«

»Reis, Buchweizen und ungemahlener Hafer zu gleichen Teilen«, zählte Viktoria auf. »Dazu Kohl, Linsen, Möhren, Runkelrüben und Kohlrüben. Das muß man so lange kochen, bis es eine glatte Masse ist.«

Ich mußte mich sehr beherrschen, dieses Höllengemisch nicht gleich wieder auszuspucken. Leise murmelte ich: »Da brate ich mir doch lieber ein paar Kartoffeln!«

»Das reine Gift«, erklärte Viktoria entschieden. »Knollenfrüchte dürfen nur gekocht werden, und auch das mit Verstand! Das erste Wasser muß man abgießen, auch das zweite. Und sie müssen völlig ohne Fett verzehrt werden. Ihr ernährt euch einfach furchtbar. Solange ich hier bin, übernehme ich jetzt das Kochen! Natürlich nur, wenn ich Zeit dazu habe.«

Ich zog mich schweigend in mein Zimmer zurück. Eine Widerrede kam mir nicht über die Lippen. Ich hatte noch nicht vergessen, wie abfällig mein Blick gewesen war, als mir Katja am ersten Tag in diesem Haus Hühnerkeulchen vorgesetzt hatte. Mein Gott, hatte ich mich damals auch so benommen wie Viktoria?

Bald darauf schauten meine Schutzbefohlenen traurig auf ihre Teller.

»Der Gesundheitsbrei!« preßte Julia durch die Zähne und stocherte mit ihrem Löffel in der Masse herum.

»Gerade fertig geworden!« verkündete Viktoria und kostete verzückt von ihrem Produkt.

»Sind Sie sicher, daß das noch niemand gegessen hat?« fragte Serjosha vorsichtig.

»Wie meinst du das?« fragte unsere »Köchin« begriffsstutzig.

»Es sieht so aus, als hätte es jemand schon einmal durchgekaut und sich dann in den Topf übergeben«, erklärte ihr Serjosha bereitwillig.

»Und warum hast du eine Plastiktüte auf dem Kopf?« Julia wechselte rasch das Thema.

»Wenn man über dreißig ist«, verkündete Viktoria von oben herab, »muß man sich besonders pflegen. Was machst du, Julia, zum Beispiel mit deinen Haaren?«

Julia zuckte die Schultern.

»Nichts Besonderes. Waschen, kämmen und föhnen.«

»Da haben wir's!« rief unsere Dame triumphierend aus. »Völlig falsch. Mit vierzig wirst du kaum noch ein Haar auf dem Kopf haben. Höre mir aufmerksam zu. Nimm ein Glas Kefir, eine gehackte Zwiebel und drei Löffel Fischtran. Das vermischst du sorgfältig, gibst es auf das Haar und beläßt es dort eine Stunde.«

»Pfui Teufel!« kam es von Serjosha.

»Aber das ist noch nicht alles«, eröffnete uns Viktoria hingerissen, ohne unsere angewiderten Blicke zu bemerken. »Gestern habe ich mir das Buch ›Ihre Schönheit‹ gekauft. Dort steht geschrieben, wie man sein Haar richtig färbt, ohne ihm Schaden zuzufügen. Man soll nämlich Farbe nicht mit Wasser verdünnen, sondern mit dem eigenen Urin, dann klebt das Haar nicht zusammen.«

»Willst du damit sagen, unter deiner Tüte da hast du dir so ein Zeug in die Haare geschmiert?« fragte Serjosha.

»Genau«, antwortete Viktoria stolz. »Übrigens wird es Zeit, daß ich sie abnehme.« Sie griff nach dem bunten Ding, das ihren Kopf zierte.

»Aber doch nicht hier!« brüllte Serjosha auf und ließ die Gabel fallen.

»Mir wird schlecht«, murmelte Julia und schlüpfte aus der Tür. Ich solidarisierte mich mit ihr. Von dieser in Mode gekommenen Urintherapie hatte ich auch schon gehört, aber daß es Leute gab, die so etwas tatsächlich machten ...

»Ach, was seid ihr doch empfindlich«, ließ Viktoria achselzuckend fallen und stand auf. Bald hörten wir sie im Bad das Wasser aufdrehen und fröhlich dazu trällern.

»Also – mir selber auf den Kopf pinkeln, das könnte ich nicht!« kam es von Kira entschieden. »Wie hat sie das wohl gemacht?«

»Gib du nicht auch noch deinen Senf dazu«, knurrte Serjosha wütend und schob die Teetasse mit einer jähen Bewegung von sich. »Sei mir nicht böse, Tanja, aber mir ist der Appetit vergangen.«

Das Wasser lief nicht mehr, dafür brummte jetzt der Föhn. Ich räumte die Teller vom Tisch. Dabei schoß mir durch den Kopf: Und wenn Katja gar nicht mehr lebte? Die Papiere hatten die Kerle ja, jetzt brauchten sie sie nicht mehr! Vielleicht sollte ich doch zur Miliz gehen? Aber aus den vielen Polizeiberichten, die ich gelesen hatte, wußte ich: Die Rechtshüter in unserem Land waren langsam, unbeweglich und nur mit unwiderlegbaren Tatsachen zu überzeugen. Da kam ich mit meinen wirren Geschichten! Entweder warfen sie mich hinaus oder steckten mich gleich in die Klapsmühle.

Die Küche durchzog ein aromatischer Duft. Serjosha hatte sich eine »Malboro« angezündet.

»Du solltest weniger am Glimmstengel ziehen«, warf ich ihm hin, »wirst dir noch den Magen ruinieren.«

Serjosha machte runde Augen.

»Was hat denn das mit dem Magen zu tun?«

»Wenn du den Rauch schluckst, wird es heiß im Magen!«

»Ach, Tanja«, meinte Serjosha lachend, »den Rauch schluckt man nicht, man atmet ihn ein.«

»Tatsächlich?« Jetzt war es an mir, mich zu wundern. »Ich dachte immer, ihr schluckt ihn runter.«

»Sieh mal, so!« Serjosha tat einen tiefen Zug.

»Laß mich auch mal«, bat ich.

Serjosha hielt mir die Packung hin. Ich zündete ein Streichholz an und hielt es an die Zigarette ...

»Jetzt mußt du die Luft tief einziehen«, befahl mein »Lehrer«.

Ich tat, wie mir geheißen, und bekam prompt einen Hustenanfall. Meine Augen füllten sich mit Tränen, und im Mund schmeckte ich bitteren Speichel. Gott im Himmel, was war das für ein Zeug! Woher hatten die Raucher nur diesen selig-entspannten Ausdruck im Gesicht? Nein, ich wollte den Rauch lieber schlucken. Auch wenn das nicht ganz richtig war, mir gefiel es viel besser.

»Das sind starke Zigaretten«, erläuterte mir Serjosha eifrig. »Du mußt mit Menthol anfangen oder mit ›Vogue‹, die sind ganz leicht.«

»Hilfe!« kam es plötzlich aus dem Bad. »Hilfe!!!«

Wir stürzten hinaus. Viktoria stand, den Föhn in der Hand, in einer Dampfwolke.

»Was ist passiert?« fragte ich aufgeregt.

Viktoria brachte kein Wort heraus, sondern hob nur die Hand und wies auf ihren Kopf. Im nächsten Augenblick hielten Serjosha und ich uns aneinander fest, um nicht laut loszulachen. Der Anblick warf uns fast um.

Viktorias erstaunlich volles Haar glänzte wie in der Werbung für Panthene-Shampoo. Üppige Strähnen umflossen ihr Gesicht. Eine fast ideale Frisur, wäre da nicht ein winziges Detail gewesen: Die Locken schillerten grün, und zwar in allen Tönungen von salat- bis smaragdfarben.

»Das ist ja ein Ding!« rief Kira hinter unserem Rücken begeistert aus.

»Tante Viktoria, du siehst ja aus wie ein zerrupfter Tannenbaum!«

»Stimmt«, murmelte Julia, »toller Effekt.«

»Das ist ja furchtbar! Wie konnte das nur geschehen?« stammelte Viktoria und betastete ihr Haar. Das kam mir jetzt vor wie Sträußchen frischer Petersilie. »Den Laden zeige ich an! Die Farbe habe ich schließlich nicht an irgendeinem Kiosk gekauft, sondern im Geschäft von Wella am Twerskoi Boulevard. Die müssen mir was Gepanschtes angedreht haben! Hier, da steht es schwarz auf weiß: ›Helles Kastanienbraun‹!« Sie hielt mir die Schachtel mit dem Bild einer hübschen jungen Frau entgegen.

»Zeig mal her«, bat Serjosha und las laut vor: »Der Farbton wird nur bei vorschriftsmäßiger Anwendung garantiert. – Da wirst du wohl kein Glück haben. Hier steht nicht, daß man die Farbe mit dem Inhalt der Kloschüssel verdünnen soll. Sicher hat das Zeug irgendwie miteinander reagiert.«

»Was soll ich denn jetzt machen?«

»Färb dein Haar doch schwarz«, riet Julia.

»Aber das macht alt!« kreischte Viktoria auf.

Ich überließ die Lösung des Problems den beiden Frauen und zog mich in mein Zimmer zurück, um mir Swetas Telefonbüchlein vorzunehmen.

Es enthielt gar nicht so viele Namen – höchstens dreißig. Leider waren die Vornamen meist nur mit dem Anfangsbuchstaben angegeben, zum Beispiel W. Winogradow. Da sollte ich nun erraten, ob das ein Wladimir war, der mir nichts nützte, oder ein Wjatscheslaw, Kurzform Slawa, den ich dringend brauchte. Direkt verzeichnet waren drei Slawas – ein Slawa Krasnow, ein Slawa Leonidow und am Ende ein Slawa ohne Familiennamen.

Ich schaute auf die Uhr. Sie zeigte schon zehn, und manch einer hatte sich sicher bereits hingelegt. Andererseits waren die meisten Leute jetzt zu Hause. Ich schob meine Zweifel beiseite und wählte die erste Nummer. Am anderen Ende wurde sofort abgenommen.

»Hallo«, ertönte die etwas angespannte Stimme einer älteren Frau. »Was wünschen Sie?«

»Ich möchte Slawa sprechen.«

»Wer sind Sie?« Offenbar eine wachsame Großmutter.

»Eine alte Bekannte.«

»Und was wollen Sie von ihm?«

Wie wohl die Großmutter reagieren würde, wenn ich ihr sagte: Ihr Slawa ist ein Bandit. Ich will von ihm wissen, wo er meine Freundin gefangenhält!

»Ich habe ihm ein Buch geliehen, das er mir noch nicht zurückgegeben hat.«

»Da müssen Sie sich irren, meine Liebe«, krächzte es aus dem Hörer. »Slawa lebt schon seit drei Jahren in Israel. In Moskau ist er meist im Dezember. Rufen Sie in einem Monat wieder an.«

Also – die nächste Nummer. Dort nahm niemand ab.

Weiter. Erneut kam eine Frau an den Apparat, diesmal eine junge. Eine helle Stimme fragte, leicht außer Atem: »Wen wollen Sie sprechen?«

»Slawa.«

»Welchen Slawa?«

«Leonidow.«

Die Frau ließ ein fröhliches Lachen hören. Sie mußte ein glücklicher Mensch sein.

»Das geht im Moment nicht.«

»Ist er nicht da?«

»Doch, doch«, antwortete sie und lachte wieder aus vollem Halse.

»Dann rufen Sie ihn doch bitte.«

»Ich würde Ihren Wunsch ja liebend gern erfüllen«, antwortete die Stimme, immer noch belustigt, »aber Slawa wird Ihnen nichts sagen.«

»Weshalb?«

»Weil er gestern erst sieben Monate alt geworden ist«, antwortete die junge Mutter und kicherte weiter vor sich hin.

Ich warf den Hörer auf die Gabel und legte mich schlafen.

Am Morgen wählte ich den Teilnehmer, der abends nicht reagiert hatte.

»Geben Sie mir bitte Slawa.«

»Am Apparat«, antwortete eine strenge Frauenstimme.

»Ich möchte Slawa sprechen«, beharrte ich.

»Am Apparat«, kam es unerschütterlich ein zweites Mal.

»Sie sind Slawa?« fragte ich verwundert.

»Ohne jeden Zweifel«, bekräftigte meine unsichtbare Gesprächspartnerin. »Hier ist die Uhrenfabrik ›Slawa‹, die Absatzabteilung.«

Wieder Fehlmeldung! Jetzt änderte ich meine Taktik und ging nach dem Alphabet vor. Wenn abgenommen wurde, verkündete ich in harschem Ton: »Hier ist das Telefonamt Ausland. Der Teilnehmer Slawa Iwanow hat Rechnungen in Höhe von 356 Rubel offen. Wenn er nicht sofort zahlt, wird der Anschluß abgeschaltet.«

In der Regel hieß es dann, von einem Slawa Iwanow habe man noch nie etwas gehört. Aber ich blieb hart.

»Unser Computer hat Ihre Telefonnummer registriert. Dann hat Slawa einen falschen Namen angegeben, um uns zu betrügen.«

Jetzt wurde der Teilnehmer am anderen Ende in der Regel böse und schwor, von einem Slawa noch nie etwas gehört zu haben. Der Form halber hielt ich noch ein wenig dagegen, legte dann aber auf. Beim Buchstaben P hatte ich schließlich Erfolg.

»Hier Poljakow«, erklang es im Hörer.

Ich hatte meine Rolle inzwischen so verinnerlicht, daß ich ohne Gewissensbisse 4000 Rubel für Gespräche mit Kustanai verlangte.

»Was ist denn das für ein Unsinn?« knurrte der Mann am anderen Ende. Dann sagte er: »Einen Moment, bitte.« Offenbar ging er an einen anderen Apparat, denn ich hörte: »Mascha, ist Slawa Shelesnow nicht aus Kustanai?«

Dann wieder zu mir: »Mit Kustanai hat nicht Iwanow, sondern Shelesnow gesprochen. Fragen Sie den!«

»Für uns ist die Person zahlungspflichtig, auf deren Namen das Telefon angemeldet ist«, antwortete ich.

»Hören Sie mal«, brüllte der Mann jetzt, »die Kiste steht in einem Büro, die benutzen hier alle!«

»Wer telefoniert hat, muß auch zahlen!« erwiderte ich streng. »Also gut, Ihre Adresse bitte, ich kläre das.«

»Ochotsker Straße 24, Miotal-AG«, teilte mir der Mann mit.

So einfach war das. Ich schöpfte wieder Mut und telefonierte weiter. Dreimal nahm niemand ab. Die übrigen schworen Stein und Bein, keinen Mann namens Slawa zu kennen. Schließlich beschloß ich, die geheimnisvolle Miotal-AG aufzusuchen und mir Slawa Shelesnow anzuschauen.

Komisch, früher hatte mich nie interessiert, was für Wetter wir gerade hatten. In unserem Mercedes war es im Winter warm und im Sommer angenehm kühl gewesen. Wenn ich ins Theater oder ins Konzert gefahren war, hatte ich manchmal unter dem Mantel kaum etwas angehabt. Jetzt schaute ich immer zuerst aufs Thermometer, bevor ich aus dem Haus ging.

Die Ochotsker Straße fand ich im Zentrum in der Nähe der Metrostation Kropotkinskaja. Durch die engen, krummen Gassen des alten Moskau kam ich zu einem unscheinbaren doppelstöckigen Haus mit hellblauer Fassade.

Drinnen hockte ein massiger Wachmann. Solche Kerle, die Furcht einflößen sollten, besitzt jetzt fast jede Firma. Das verstehe ich nicht. Denn die Leute sind so unbedarft, ja geradezu dumm wie eh und je. Ich habe fast dreißig Teilnehmer abtelefoniert. Dabei ist keinem einzigen aufgefallen, daß eine Telefongesellschaft nur registrieren kann, von wo angerufen wird, aber nicht, wer dort spricht. Das geht nur, wenn jemand ein Ferngespräch persönlich anmeldet. Heute aber wird in der Regel automatisch gewählt. Gegen solche Dummheiten helfen keine Gorillas, die man noch dazu ohne Probleme austricksen kann.

Meine rote Klappkarte mit den Buchstaben »MWD« versetzte den Dickwanst in einen Schock. Er sprang sogar auf und salutierte.

Ich schwenkte in den Gang nach links ein und öffnete die erste Tür, auf die ich stieß. Ein dünnes Kerlchen in unförmigem blauem Pullover hob den Kopf von seinen Papieren. »Zu wem wollen Sie?«

»Wo finde ich Slawa Shelesnow?«

»Das bin ich«, antwortete das Bürschchen.

Schwere Enttäuschung befiel mich. Das sollte das Ungeheuer Slawa sein? Zu dessen Figur fehlten dem Jüngelchen mindestens fünfzig Kilo. Ich versuchte trotzdem mein Glück.

»Sie kennen Sweta Molotowa?«

»Molotowa, Molotowa ...«, überlegte der Bursche. »Helfen Sie mir, was hat sie bei uns bestellt: Fenster oder Türen?«

»Ach, Sie sind ein Bauunternehmen?« sagte ich betreten. Mein Interesse an der AG Miotal schwand zusehends. Alles klar: Sweta hatte ihre neue Wohnung sanieren lassen. Das ging nicht ohne Verbundfenster und massive Eichenholztüren.

Tief deprimiert fuhr ich wieder nach Hause. Die Zeit lief, und ich kam keinen Millimeter voran. Sollte ich mich etwa hinter einen Strauch setzen und Swetas Wohnung rund um die Uhr observieren? Mir wollte nichts Besseres mehr einfallen. Eine winzige Hoffnung blieb mir noch: Die drei Telefonnummern, wo gestern niemand geantwortet hatte. Aber nach einer halben Stunde war es auch damit vorbei.

Die erste gehörte zu einer Waschmaschinenreparatur, die zweite zu einem Stoffgeschäft, und bei der dritten meldete sich frohgemut eine Werbeagentur. Aber keine dieser Firmen beschäftigte einen Mann, der auf den schönen Namen Slawa hörte.

Ich schob das nutzlose Telefonbüchlein verächtlich beiseite, lief im Zimmer auf und ab und zermarterte mir das Hirn, was ich weiter tun sollte. Alle Spuren liefen ins Leere. Wahrscheinlich mußte ich doch zur Miliz gehen. Ich konnte mir vorstellen, wie man mich dort aufnehmen würde.

Als ich abends Kira gute Nacht sagte, murmelte er, schon halb im Traum: »Tanja, meine Musiklehrerin hat gesagt, ich soll dich daran erinnern, daß du in unserem Programm auftreten wolltest.«

O je, das hatte ich vollkommen vergessen! Noch so eine vertrackte Aufgabe. Wo sollte ich eine Harfe hernehmen? Kaufen? Nein, so ein Ding war wahnsinnig teuer. Ausleihen?

In dieser Nacht wälzte ich mich lange schlaflos im Bett hin und her, bis mein Plan feststand. Meine eigene Harfe, ein edles Instrument aus der Hand fleißiger deutscher Meister, stand, soviel ich wußte, in der Garage unserer Datsche. Wir hatten ein winterfestes Haus mit Gasheizung, fließend heißem Wasser und Telefon. Aber weder ich noch mein Gatte waren besonders wild auf frische Luft. So fuhren wir nur im Sommer ab und zu nach Aljabjewo. Eigentlich lebten wir in der Stadt.

Als ich keine Konzerte mehr gab, packten wir die Harfe in den großen schwarzen Kasten und brachten sie in die Garage, die getrennt vom Haus am Zaun unseres Grundstücks steht. Dort ist unter dem Dach ein Boden, wo vieles herumliegt, was nicht mehr gebraucht wird. Darunter mußte auch mein armes Instrument sein.

Gleich am nächsten Tag wollte ich nach Aljabjewo fahren und die Datsche durchsuchen. Mit einem Mietwagen konnte ich das gute Stück leicht nach Moskau befördern. Ein Problem war also fast gelöst.

Als ich morgens meine Jugendgruppe an der Tür verabschiedet hatte, warf ich die Autoschlüssel gleich von selbst durch die Lüftungsklappe hinaus. Kurz darauf der übliche Ruf: »Tanja, wirf die Schlüssel runter, hab sie an der Garderobe vergessen!«

»Schon geschehen!« rief ich und steckte den Kopf durch die Klappe.

»Wo sind sie denn?« brüllte Serjosha. »Ich sehe sie nicht!«

Fünf Minuten lang suchte er den ganzen Gehsteig ab. Dann pfiff er laut.

»Was ist denn?« fragte ich ärgerlich.

»Schau mal auf die Pappel!« rief Serjosha.

Ich wandte den Blick zu dem hohen Baum, der direkt unter unserem Fenster stand und erschrak. Friedlich schaukelte der Schlüsselbund mit dem orangefarbenen Anhänger an einem Ast.

Eine halbe Stunde lang versuchten wir vergeblich, an die Schlüssel zu kommen. Zuerst warfen wir mit Steinen nach dem Bund und trafen einige Male sogar. Dann rüttelten wir an dem leidgeprüften Baum, doch vergeblich. Ohne sich um meine Proteste zu kümmern, riß Serjosha das bereits für den Winter abgedichtete Fenster auf und versuchte, den Schlüssel mit dem Schrubber abzuschlagen. Dabei wäre er beinahe hinausgefallen. Julia und ich erwischten ihn gerade noch bei seinen Jeans.

»Jetzt reicht es aber«, erklärte Julia kategorisch. »Ich will nicht wegen eines blöden Schlüsselbundes vorzeitig Witwe werden!«

Da hatte sie meine volle Unterstützung.

»Was soll ich denn nun machen?« fragte Serjosha aufgeregt. »Heute mittag muß ich zu einem Kunden nach Kapotnja!«

»Dann nimmst du eben die Metro«, schlug ich vor.

»Die fährt nicht bis dorthin.« Serjosha winkte ab. »Und der Bus kommt, wann er will. Das ist zum Verrücktwerden! Mein Chef bringt mich um, reißt mich in Stücke und hängt sich meine Zähne als Kette um den Hals!«

»Jetzt übertreibst du aber«, erwiderte ich lächelnd.

»Wir müssen den Rettungsdienst rufen«, erklärte Kira. »Die holen Katzen vom Dach und angeln dir auch deine Schlüssel von der Pappel – kein Problem.«

»Warum bist du nicht mit dem Bus in die Schule gefahren?« gab sein älterer Bruder empört zurück.

»In diesem Unglück konnte ich dich doch nicht im Stich lassen«, entgegnete der Kleine ungerührt und blätterte schon im Telefonbuch. »Hier ist die Nummer.«

Eine Stunde später standen mehrere gutgelaunte junge Männer in hübschen dunkelblauen Arbeitsanzügen mit dem Schriftzug »Moskauer Rettungsdienst« auf dem Rücken vor unserem Haus und beschauten sich die Pappel. Dann ging alles ganz schnell. Sie holten eine Klappleiter aus ihrem Minibus und eins, zwei, drei war ein lustiger Bursche, etwa in Serjoshas Alter, fast bis zur Spitze der Pappel geklettert.

»Das war cool!« rief Serjosha begeistert, als er seine Autoschlüssel wiederhatte. »Wie im Film!«

28. Kapitel

Endlich machten sich alle auf den Weg. Als erster stieg Serjosha fluchend in sein Wägelchen, nach ihm die mißgelaunte Julia. Kira war richtig sauer.

»Was soll ich denn noch in der Schule, wenn ich erst zur dritten Stunde komme?« nörgelte er. »Das ist doch hirnrissig! Und was sage ich, warum ich so spät komme?«

»Und was sagst du morgen, warum du nicht da warst?« fragte ich zurück.

»Du schreibst mir einen Entschuldigungszettel.«

»Und was schreibe ich da drauf?«

»Was du willst. Zum Beispiel: ›Entschuldigen Sie, Kira mußte zum Zahnarzt. Es war nur vormittags ein Termin frei.‹ Das machen doch alle so!«

»Gute Idee, das erledige ich gleich. Dann kommst du groß raus! Du warst beim Arzt und gehst trotzdem noch zur Schule, um nichts zu verpassen.«

Kira wollte erneut widersprechen, aber er sah wohl ein, daß es keinen Zweck hatte. Auf diese Weise mit einem billigen Alibi ausgestattet, trollte er sich zum Lift und schnaubte vor Empörung. Solche Töne gibt Mulja von sich, wenn ich ihr das Lieblingsspielzeug wegnehme – die Kleiderbürste oder Serjoshas Socken.

Nach Kira machte sich Viktoria auf den Weg. Vorher hatte sie wohl alle Moskauer Friseursalons abtelefoniert, um den allerbesten zu finden. Am Ende entschied sie sich für einen Salon der Firma Wella.

»Schließlich haben sie die ekelhafte Farbe produziert«, zeterte sie, als sie ihr froschgrünes Haar sorgfältig unter ein Kopftuch steckte. »Ob ich überhaupt bezahle, überlege ich mir noch. Auf jeden Fall ist ein saftiger Rabatt fällig!«

Mit düster gerunzelten Brauen zog sie von dannen. Ich konnte nur hoffen, daß Viktoria die Mitarbeiter des Friseursalons nicht sofort in Grund und Boden stampfte. Nun konnte ich mich endlich um meine eigenen Angelegenheiten kümmern.

Aljabjewo liegt 40 Kilometer von Moskau entfernt. Die Datsche, einen soliden Klinkerbau mit zwei Etagen, hatte ich mit in die Ehe gebracht.

Anfang der sechziger Jahre wurden meine Eltern unerwartet Besitzer eines kleinen Vermögens – zumindest für jene Zeit, da man noch bescheiden lebte. Mein Vater war an einer Erfindung beteiligt, für die er eine hohe Auszeichnung erhielt. Mir liegt nichts ferner als Mathematik, und ich begriff nie, was mein Vater da eigentlich trieb. Auch meine Mutter teilte Bekannten darüber nur das Nötigste mit.

»Andrej ist Abteilungsleiter in einem Forschungsinstitut«, war ihre stereotype Antwort. »Er ist Dr. habil. und Professor.«

Erst viel später wurde mir klar, daß mein Vater in der Rüstungsindustrie beschäftigt war und wahrscheinlich beim Bau von Raketen mitgewirkt hatte. Als ich klein war, hatte mir das Wort »Schießplatz« schreckliche Angst eingeflößt.

»Heute muß ich auf den Schießplatz«, pflegte Papa zu sagen. »Ich hoffe, daß nichts passiert und ich in einer Woche wieder da bin.«

Bei diesen Worten hatte meine Mutter stets aufgeseufzt, ein Kreuz über meinem Vater geschlagen und ihn bis zum Wagen begleitet. Er kam aber immer wieder heil nach Hause. Manchmal brachte er ein paar lustige Kollegen mit, die alle leicht nach Kognak dufteten. Dann wurde im Wohnzimmer der Tisch gedeckt, Mama setzte sich ans Klavier, und unsere Haushälterin Valja schleppte ohne Ende die erlesensten Delikatessen herbei. Papa kam noch spätabends ins Kinderzimmer und gab mir einen dicken Kuß auf die Backe, wobei er schrecklich stach, weil er sich nicht rasiert hatte.

»Schläfst du schon, Rotköpfchen? Komm, wach auf.«

Er holte mich aus dem Bett und schleppte mich ins Wohnzimmer, wo ich mit blinzelnden Augen auf die fröhliche, schon etwas angeheiterte Runde blickte. Mama, die sonst streng auf einen regelmäßigen Tagesablauf achtete, wurde nicht böse, sondern lachte sogar. Papa stellte mich auf einen Stuhl und verkündete: »Darf ich vorstellen – Jefrossinja, unser Nachwuchs. Los, Rotköpfchen, sag uns ein Gedicht auf!«

Geblendet von dem hellen Licht, zog ich meine ständig rutschende Pyjamahose hoch und hub gehorsam an: »Die grüne Eiche steht am Meeresstrand ...«

Mit donnerndem Beifall und Süßigkeiten überhäuft, kehrte ich stolz in mein Kinderzimmer zurück. Wußte ich doch, daß mich auf dem Bett ein Geschenk erwartete. Ich wurde nie enttäuscht. Die Überraschung lag immer auf dem Kopfkissen. Einmal war es ein Mäntelchen aus Biberpelz mit Muff und Kapuze, dann wieder ein süßer Plüschhund. Der Höhepunkt: ein Puppenhaus, voll eingerichtet mit Möbeln, Vorhängen, Geschirr in der Küche und sogar einem winzigen Nachttöpfchen unter dem rosafarbenen Bett …

»Gott sei Dank«, sagte Mama bei dieser Gelegenheit stets, »er ist heil und ganz vom Schießplatz zurück.«

Aber es gab auch andere Tage. Wenn ich morgens zur Schule gehen wollte, sah ich Papa mit düsterem Blick neben einem überquellenden Aschenbecher in der Küche sitzen. Er sagte mir nicht einmal guten Morgen und fuhr mich manchmal sogar an: »Was guckst du so? Ab in die Schule!«

Wenn mir Mama dann den Mantel zuknöpfte, seufzte sie und raunte mir zu: »Sei nicht böse, Kleines, das ist der Schießplatz …«

Manchmal sah ich diesen Schießplatz im Traum als riesigen bärtigen Kerl, der meinen Vater verfolgte. Sosehr er sich auch mühte, er konnte dem Messer schwingenden Ungeheuer nicht entkommen.

Das letzte Mal fiel der Name unseres Feindes bei Papas Begräbnis. Das war 1979. Ich war gerade achtzehn geworden. Aber naiv, wie ich damals war, dachte ich nicht darüber nach, womit mein Vater das Geld für unser sorgenfreies Leben verdient hatte.

Er wurde auf dem Prominentenfriedhof Nowodewitschi beerdigt. Vor der tiefen Grube waren Soldaten angetreten, die zum Abschied einen Salut schießen sollten. Es war furchtbar heiß. Einen solchen August hatte Moskau lange nicht erlebt. Der offene Sarg stand auf einem Postament aus Granitplatten. Mama und ich mußten daneben auf harten

Stühlen Platz nehmen. Endlose Reden wurden gehalten. Ich bekam nur Fetzen davon mit: »Viel zu früh von uns gegangen« ... »eine Leuchte der Wissenschaft« ... »ein General und Mathematiker«. Alle diese Worte waren für mich ohne jede Bedeutung. Mama seufzte immer wieder tief auf und flüsterte krampfhaft: »Der Schießplatz ... Der Schießplatz hat ihn umgebracht.«

Anfang der sechziger Jahre, als meine Eltern plötzlich vermögend wurden, verschwendeten sie noch keinen Gedanken an den Tod. Der Familienrat beschloß, eine Datsche zu kaufen, um das Kind, das heißt mich, im Sommer an die frische Luft bringen zu können. Meine Eltern hatten Glück. In Aljabjewo verkaufte gerade jemand ein hübsches steinernes Haus. Der Ort gefiel uns in jeder Hinsicht. Bis nach Moskau war es nicht weit. Zum Haus gehörte ein riesiges Grundstück von fast einem halben Hektar, auf dem uralte Kiefern, Fichten und Eichen wuchsen. Das Haus stand ganz am Rande einer Siedlung mit dem unpoetischen Namen »Schneesturm-4«. Sie gehörte dem Generalstab, und Militärs sind nicht gerade für Phantasie bekannt. Jenseits des Flüßchens Mogluscha hatte sich der Künstlerverband niedergelassen. Seine Siedlung hieß viel poetischer – »Erdbeerwiese«. Vom Namen abgesehen, war sie aber weitaus bescheidener. Gegen die ärmlichen Holzhäuschen wirkten unsere Bauten wie wahre Festungen.

Unsere Datsche befand sich direkt am Flüßchen. Wir hätten den ganzen Tag auf dem Grundstück nackt herumlaufen oder uns gegenseitig beschießen können, ohne daß ein Nachbar reagiert hätte. Und nicht deshalb, weil es damals nicht zum guten Ton gehörte, sich in die Angelegenheiten anderer Familien einzumischen. Es hätte einfach keiner etwas bemerkt. Bis zur nächsten Datsche waren es zehn Minuten zu Fuß durch dichten Wald. Jetzt müßten sich meine Eltern vielleicht fürchten, in einer solchen Einöde zu leben, aber damals, 1963, war es dort einfach idyllisch. Mama vergaß manchmal, die Haustür abzuschließen, wenn wir nach Moskau zurückfuhren.

Einen Zwischenfall gab es aber doch. In einer hellen Juninacht drang eine Gruppe ziemlich betrunkener Leute auf unser Grundstück vor. Sie zündeten ein Lagerfeuer an und sangen aus voller Kehle. Als sie am Morgen wieder nüchtern waren, kamen sie, um sich zu entschuldigen. Es waren Künstler, die im Rausch die Flußufer verwechselt hatten. An diese Episode erinnerte ein wunderschönes Bild – ein Fliederzweig in einer Kristallvase –, das uns einer der Zecher als Entschädigung schenkte.

Auf dem riesigen Grundstück standen zwei Bauten. Zum einen die Datsche – eine Villa mit zwei Etagen und einem Blechdach. Dazu ein Häuschen, ursprünglich wohl für einen Wächter gedacht. Es hatte unten ein Zimmer von 15 Quadratmetern und darüber einen kleinen Boden. Als ich klein war, durfte ich dort nicht hinaufklettern, aber ich tat es manchmal doch. So ein urgemütliches Fleckchen! Durch das runde, staubige Fensterchen fielen Sonnenstrahlen herein, es roch nach Heu und anderen Sachen, und in den Ecken raschelten Mäuse.

Nach unserer Hochzeit überreichte Mama alle Schlüssel feierlich Mischa. Ich muß zugeben, daß mein Gatte viel Zeit und Geld für die Modernisierung der Datsche aufwandte. Er ließ die Öfen herausreißen, die mein Vater noch mit Kohle geheizt hatte. Eine Zentralheizung, Kamin und Sauna wurden eingebaut. Auf den Fußböden lag jetzt glänzendes Parkett, die Wände waren modern tapeziert. Aber mir gefiel das Haus jetzt überhaupt nicht mehr. Etwas Fernes, unsagbar Vertrautes war daraus verschwunden. Und wenn das Haus in den letzten Jahren vor meiner Ehe auch nicht mehr uns allein gehört hatte, denn Mama vermietete die zweite Etage, hatte in diesen Mauern für mich Papas Geist gelebt. Mit den teuren Umbauten war er für immer von dort vertrieben, und das Haus wurde mir fremd.

Auch das Nebengebäude war nicht mehr wiederzuerkennen. Aus dem Zimmerchen im Erdgeschoß wurde eine Garage, der Boden erhielt einen neuen Anstrich und war jetzt unsere Abstellkammer. Unter vielen nutzlosen Sachen mußte dort meine Harfe stehen.

All das zog an meinem geistigen Auge vorüber, während der Zug mich schaukelnd nach Aljabjewo brachte. Viele Jahre lang war ich nur mit dem Auto hierhergekommen. Die Bahnstation erkannte ich kaum wieder. Aus dem kleinen Häuschen war ein richtiges Kaufhaus geworden, und auf dem Platz davor standen mehrere Busse. Einer brachte mich, bei den Anstiegen der Straße knatternd und schnaufend, bis zur Endstelle. Ich stieg aus und wartete, bis er wieder davongefahren war.

Ringsum tiefe Stille. Ein klarer Tag mit leichtem Frost. Im Unterschied zu Moskau war der Schnee hier von einem unberührten Weiß. Er strahlte und glitzerte in der Sonne. Geblendet schloß ich die Augen. Ein schmaler Pfad verlor sich zwischen den Bäumen. Für einen Moment sah ich Papa vor mir stehen und ärgerlich sagen: »He, Rotköpfchen, wer hat dir erlaubt, allein auf die Straße zu laufen?«

Ich schüttelte den Kopf, um das Bild zu verscheuchen, und ging dann entschlossenen Schrittes in Richtung unseres Hauses. Unterwegs begegnete ich keiner Menschenseele. Als ich schon nach dem Gartentor griff, durchfuhr mich ein Gedanke.

Wer würde nach der Scheidung eigentlich die Datsche bekommen? Verwirrt ließ ich das Tor wieder los, das jämmerlich quietschte. Über solche Fragen hatte ich bisher nicht nachgedacht. Aber jetzt, da ich beschlossen hatte, mich scheiden zu lassen … Den Papieren nach mußte ich die Besitzerin des Hauses in Aljabjewo sein. Die Wohnung meiner Eltern fiel mir ein, die Mischa verkauft hatte. Ich hatte ihm damals eine schriftliche Vollmacht erteilt. Welchen Preis er dafür herausschlug, hatte mich nie interessiert.

Unsere Datsche lag abgeschieden mitten in der Natur. Kira würde es hier gefallen – er könnte angeln gehen oder Pilze suchen ... Auch Serjosha und Julia würden sich hier wohl fühlen. Sie könnten das Eckzimmer im zweiten Stock bekommen, wo meine Eltern geschlafen hatten. Und für die Hunde wäre hier einfach das Paradies. Den ganzen Tag könnten sie über das Grundstück jagen und brauchten nicht zu warten, bis sie jemand für zehn Minuten auf den staubigen Hof führte.

Als ich mir vorstellte, welch süßes Leben Mulja, Ada, Rachel, unsere Katzen, die Kröte Gertrud und unsere drei Hamster hier führen würden, mußte ich lächeln. Komisch, daß manche Frauen sich mit Anfang vierzig schon alt vorkommen. Mein wahres Leben begann jetzt erst. Tief in Jefrossinja saß die achtzehnjährige Tatjana. Die lief leichtfüßig, ohne durch die dünnen Wildlederstiefel den Frost zu spüren, zum Wächterhäuschen und sog tief die klare Waldluft ein.

29. Kapitel

Früher hatten wir den Boden nie verschlossen, aber jetzt zierte die Tür ein ganz gewöhnliches, schon leicht verrostetes Vorhängeschloß.

Zunächst war ich etwas hilflos, aber dann suchte ich mir einen passenden Stein und begann, das Metall zu bearbeiten. Es ging schwer voran. Am Ende blieb das Schloß, wie es war, aber ich konnte einen der Beschläge herausreißen, der es hielt. Ich öffnete die Tür. Dicke Luft schlug mir entgegen. Es roch nicht nach Holz, Staub oder alten Sachen, sondern eher nach schlecht gereinigtem Klosett, genauer gesagt, nach Urin.

Ich stieg die kleine Treppe hinauf. Verwundert suchte ich die Umrisse der abgestellten Sachen zu erkennen. In der Ecke stand ein riesiger Kleiderschrank, daneben ein paar

Kisten ... Aber hier gab es doch auch einen Lichtschalter.

Ich tastete die Wand ab und drückte auf den Knopf. Die staubige Glühlampe an der Decke flammte auf. Viel Licht gab sie nicht, aber in einer Ecke entdeckte ich jetzt die bekannten Umrisse des schwarzen Kastens. Meine Güte, war der groß! Allein konnte ich den nicht von der Stelle bewegen, geschweige denn die Treppe hinunterschleppen und zur Bahnstation befördern. Das hätte ich ganz anders anfangen müssen – zuerst im Ort einen kräftigen Mann mit Auto anheuern und dann mit ihm hierherkommen. Aber hinterher war man immer klüger.

Auf mich selber wütend, trat ich näher an den Kasten heran. Aber ich hatte noch keinen Schritt getan, als ich plötzlich ein Stöhnen vernahm.

»Ist hier jemand?« fragte ich zutiefst erschrocken. Ich spürte, wie mir kalter Schweiß ausbrach.

Wieder dieses Stöhnen. Ich fürchtete, vor Angst in Ohnmacht zu fallen. Meine Füße wurden schwer wie Blei.

»Hilfe«, stammelte eine leise Stimme. »Hilfe!«

Wie eine Nachtwandlerin ging ich den Lauten nach. Sie kamen vom Kleiderschrank her. Ich bog um das riesige Möbelstück und schaute in die Ecke, die es verdeckte. Vor mir saß auf einer Matratze, zusammengekrümmt und völlig verdreckt ... Katja.

»Was ist denn hier los?« fragte ich und merkte sofort, was für dummes Zeug ich redete.

Katja hob den Kopf. Als sie mich erkannte, rollten aus ihren großen Augen, die ich als einziges in dem winzigen Gesicht ausmachen konnte, dicke Tränen.

Wir fielen uns um den Hals und wollten uns gar nicht wieder loslassen. Mehrere Minuten schluchzten wir gemeinsam. Schließlich fragte Katja: »Gütiger Himmel, wie kommst du hierher?«

»Das ist meine Datsche. Ich wollte die Harfe holen, weil

ich Kira versprochen habe, in seinem Schulkonzert zu spielen.«

Katja schüttelte heftig den Kopf. »Ich verstehe überhaupt nichts ... Wie geht es den Kindern?«

»Sehr gut.«

»Und den Hunden?«

»Es kann ihnen gar nicht besser gehen.«

»In der Zwischenzeit ist nichts passiert?«

»Nein, höchstens daß die liebe Viktoria zu Besuch gekommen ist.«

»Sie hat euch ihren Gesundheitsbrei vorgesetzt«, meinte Katja lächelnd und war schon fast wieder die alte.

»Laß uns rasch nachdenken, wie ich hier loskomme.«

Erst jetzt bemerkte ich, daß Katjas rechtes Bein angekettet war. Von ihrem zarten Knöchel lief eine schwere Eisenkette zur Wand, wo sie verankert war. In Katjas Reichweite stand ein Fünf-Liter-Wasserkanister aus Plastik, neben dem ein paar vertrocknete Laibe Schwarzbrot lagen. Unweit davon befand sich der so gräßlich stinkende Eimer.

»Entschuldigung«, brummte Katja, »ich weiß, Rosenduft ist das nicht gerade, aber was soll ich machen? Eine Biotoilette ist in diesem Etablissement nicht vorgesehen. Wenn ich nicht irre, steht dort neben deiner Harfe der Werkzeugkasten. Ich habe die ganze Zeit versucht, an ihn ranzukommen.«

Ich stürzte in die angegebene Richtung und kam mit einem Hammer und einer Eisensäge zurück. Eine Stunde lang schlugen wir nun mit vereinten Kräften auf die Verankerung der Kette und auf das Mauerwerk ein, versuchten, die Kette durchzusägen. Aber das war, als wollten wir den Fernsehturm von Ostankino ins Wanken bringen. Schließlich wischte ich mir den Schweiß von der Stirn und erklärte: »Ich muß zur Bahnstation laufen und Hilfe holen.«

»Das finde ich nicht so gut«, sagte Katja stirnrunzelnd, »aber es bleibt uns wohl nichts anderes übrig.«

Plötzlich erschien ein Schatten in der Türöffnung und eine nur zu bekannte Stimme sagte: »Wie schön, da haben wir doch die Vögelchen im Käfig.«

Ich wich zurück und fiel neben Katja auf die widerwärtig stinkende Matratze.

»So einen lieben Gast habe ich nicht erwartet«, kam es höhnisch von dem fetten Slawa, der sich uns langsam näherte.

»Wer hätte gedacht, daß dein Schädel, du verdammte Laus, so hart ist? Dumm von mir, daß ich dir zur Sicherheit nicht gleich eins mit dem Schraubenschlüssel drauf gegeben habe. Aber jetzt ist es aus mit euch, meine Süßen. Ein Brand in einer leeren Garage, in der zwei besoffene asoziale Weiber übernachten wollten, interessiert niemanden. Vielleicht bleibt von euch auch gar nichts mehr übrig.«

»Das wagst du nicht!« flüsterte Katja.

»Durchaus, meine Schöne«, brummte der Fettsack. »Ich muß nur schnell Benzin holen. Aber zuerst werde ich unser Stahlköpfchen hier festbinden.«

Und widerwärtig schnaufend kam er auf mich zu.

»Komm mir nicht zu nahe!« schrie ich auf und griff in meine Handtasche.

»Gut so«, meinte Slawa, »nimm ein Taschentuch, damit du dir vor dem Tod noch mal die Tränen abwischen kannst, meine Jeanne d'Arc!«

Er glaubte, er könne es sich leisten, Witze zu machen. Meine Finger krampften sich um Kiras Spielzeugpistole.

»Halt«, schrie ich und riß die »Waffe« heraus, »bleib stehen, oder ich schieße!«

Aber so leicht ließ sich der Dicke nicht ins Bockshorn jagen.

Er lachte laut auf. »Was für ein entschlossenes, mutiges Mädchen ... Mit der Kanone kannst du keinen Spatzen abknallen!«

Das Maul weit offen vor Lachen, kam er immer näher.

Obwohl ich genau wußte, wie dumm das war und daß ich nichts mehr zu hoffen hatte, drückte ich den Abzug durch. Es gab einen trockenen Knall. Das Lachen verstummte schlagartig, als ob jemand dem Fettsack den Mund gestopft hätte. Eine Sekunde lang stand er mit weit aufgerissenen Augen vor mir, dann schlug er der Länge nach hin. Eine riesige Staubwolke erhob sich, und meine Harfe klirrte kläglich in ihrem Kasten.

»Verflucht« – zum ersten Mal im Leben gebrauchte ich dieses Wort –, »verflucht, das Ding ist ja geladen! Und Kira hat gesagt, es verschießt nur Plastikkugeln!«

»Such in seinen Taschen«, sagte Katja rasch, »vielleicht hat er den Schlüssel zu der Fessel dabei.«

Ich umging vorsichtig den Kopf des Unholds, unter dem sich langsam eine dunkle Pfütze bildete, und griff ihm angewidert in die Hosentasche. Da steckte tatsächlich ein Schlüsselbund.

»Gleich, gleich«, murmelte ich und schloß die Fessel auf. »Kannst du laufen?«

»Kein Problem«, antwortete Katja und versuchte aufzustehen. »Ich halte hier Wache, du holst jetzt rasch die Miliz und den Rettungswagen.«

»Bist du verrückt geworden?« gab ich verwundert zurück. »Der wollte uns umbringen! Los, nichts wie weg von hier!«

Aber Katja hatte mit der geübten Hand der Ärztin bereits Slawas Halsschlagader ertastet.

»Ein Glück, er lebt noch, beeil dich.«

Ich ging zum Ausgang. Serjosha hatte wohl recht. Katja war wirklich nicht normal. Wir mußten weg, so schnell wie möglich, und nicht einem Mörder Erste Hilfe leisten. Vielleicht war er nicht allein hier!

Kaum war mir dieser beängstigende Gedanke gekommen, da tauchte auch schon eine weitere Männergestalt in der Tür auf. In meinem Entsetzen griff ich noch einmal nach dem unerwartet gefährlichen Spielzeug und brüllte: »Hinlegen! An die Wand! Beine breit! Hände hoch! Stirn an die Wand! Los, los, sonst schieß ich dir ein drittes Auge! Ich bin von der Miliz!«

So brüllen die Helden der Kriminalromane, die ich so verehre. Im Fernsehen sinken die Ganoven bei solchen Kommandos sofort in den Staub.

Aber der Kerl rührte sich nicht, sondern sagte nur mit einem angenehmen Bariton: »Nun mal langsam, Kollegin, entweder das eine oder das andere – hinlegen oder an die Wand. Ich bin Major Kostin.« Dabei zückte er einen roten Ausweis.

Doch so leicht war ich nicht zu erschüttern. Einen ähnlichen hatte auch ich in der Tasche.

»Bleib, wo du bist!« befahl ich. »So ein Ding kann man überall kaufen!«

»Vielleicht nicht ganz so eins«, antwortete der Mann lachend und rief nach draußen: »Hierher, Jungs!«

Einen Augenblick später füllte sich der kleine Boden mit kräftigen Burschen in Tarnanzügen und schwarzen Helmen mit heruntergelassenem Visier.

»Wer von Ihnen ist Frau Romanowa?« fragte der Major.

»Ich«, antworteten Katja und ich im Chor.

»Na, wer denn nun?« fragte der Mann von der Miliz verblüfft.

»Wir heißen beide Romanowa«, antwortete als erste Katja, die langsam ihr Selbstbewußtsein wiederfand.

»Sind Sie Schwestern?«

»Wir haben nur den gleichen Namen«, antwortete die Chirurgin und fügte hinzu: »Hier liegt ein Verletzter.«

»Pascha, sieh ihn dir an«, befahl der Major und wandte sich wieder mir zu. »Ihren Ausweis bitte.«

Mechanisch, wie im Traum holte ich die roten Büchlein aus meiner Handtasche hervor. Kostin warf einen raschen Blick darauf und mußte lachen.

»Sehr erfreut. Ich habe mich schon gefragt, was das für eine Majorin Romanowa ist, die überall aufkreuzt und im Fall Katukow ermittelt. Nett, Sie kennenzulernen, Tatjana Romanowa, oder doch besser Jefrossinja? Eine hübsche Pistole haben Sie da!«

»Und schießen kann sie auch, wenn sie so einen Kerl umgelegt hat«, prustete Pascha los, der bereits an Slawa herumhantierte.

»Sie muß ihn in den offenen Mund getroffen haben«, erklärte Katja. »Wahrscheinlich ist der Gaumen oder der Kehlkopf verletzt, aber er kann frei atmen ...«

»Toll gemacht«, wiederholte Pascha und brüllte ins Telefon: »He, Sieben, schick uns den Krankenwagen, es gibt Arbeit!«

»Also gut, Mädchen«, sagte Kostin unerwartet freundlich, »jetzt sind wir miteinander bekannt. Ich heiße Wladimir Iwanowitsch, ihr könnt Wladimir zu mir sagen. Hübsche Frauen nennen mich immer beim Vornamen. Gehen wir langsam nach unten, falls ihr gehen könnt. Wir müssen über vieles reden. Doch zunächst solltet ihr euch waschen, ihr riecht, mit Verlaub gesagt, wie ein Soldatenklo.«

»Mit den Toiletten in einer Kaserne hatte ich noch nicht das Vergnügen«, gab Katja giftig zurück. »Aber ich denke, Sie, verehrter Wladimir Iwanowitsch, würden auch nicht gerade nach Parfüm duften, hätten Sie fast einen Monat an einem solchen Ort zubringen müssen.«

»Verstanden«, gab Kostin schuldbewußt zurück, »lassen Sie uns gehen.«

Wir traten in den verschneiten Garten hinaus. Vor dem Tor stand ein Kleinbus. Um ihn herum sechs Typen wie Kleiderschränke. Der Rettungswagen war auch schon da.

»Einsteigen, Jungs!« kommandierte Kostin.

»Nein!« schrie ich auf.

»Warum denn nicht?« fragte Pascha verwundert.

»Ohne meine Harfe gehe ich hier nicht weg.«

»Ohne was?« fragten sämtliche Milizionäre im Chor.

»Ohne meine Harfe, das Saiteninstrument ...«

»Bleiben Sie ganz ruhig«, murmelte Wladimir und wollte mir über den Kopf streichen, »das vergeht wieder.«

»Wir setzen uns jetzt schön in den Bus«, begann Pascha in dem väterlichen Ton, den Psychiater gewöhnlich wild gewordenen Patienten gegenüber anschlagen, »ich kauf dir eine Harfe, Ehrenwort, aber erst mal fahren wir bis zur Bahnstation. Dort ist ein ganzes Geschäft voller Harfen, eine schöner als die andere.«

Ich konnte sehen, wie er hinter meinem Rücken den Arzt heranwinkte. Vor Wut kamen mir die Tränen. Ich entwand mich seiner Umarmung und rief: »Ihr braucht mich nicht für verrückt zu halten! Auf dem Boden steht meine Harfe in einem großen schwarzen Kasten! Holt sie runter und ladet sie in den Bus!«

»Kolja«, befahl Pascha, »schau mal nach!«

Einer der Männer lief wieder ins Wächterhäuschen. Eine Minute später steckte er den Kopf durch die Dachluke. »Da steht ein riesiger schwarzer Kasten! Wenn man dran rüttelt, klirrt es drin. Ist sie das?!«

»Das ist sie!« rief ich froh. »Das ist sie!«

»Das Ding krieg ich aber allein nicht weg!« kam es wieder von Kolja. »Ich hab Angst, daß es kaputtgeht!«

»Seien Sie ja vorsichtig!« rief ich erschrocken.

»Lenja, geh und hilf ihm«, befahl Major Kostin.

Eine Viertelstunde später waren wir unterwegs nach Moskau. Mit beiden Händen, ohne auf Staub und Schmutz zu achten, umarmte ich den Kasten, in dem mein Instrument bei jeder Bodenwelle klägliche Töne von sich gab. Die Männer vom Einsatzkommando hatten die Helme abgenommen und schauten mit naiven Jungengesichtern zu mir herüber. Schließlich hielt es einer vor Neugier nicht mehr aus.

»Verzeihen Sie, wie muß man sich so ein Ding vorstellen? Wie einen Flügel?«

»Nein.«

»Hat es Tasten?«

»Nein, Saiten.«

»Und wie spielt man darauf?« Der Junge ließ nicht lokker. »Mit den Händen?«

»Wo denkst du hin?« stieß ich wütend hervor. »Mit den Zähnen! Die Harfenistin klimpert mit den Eckzähnen, die sind bei ihr aus Eisen!«

Nun fragten sie nichts mehr.

30. Kapitel

Als wir gegen zehn Uhr abends zu Hause ankamen, war es, als schlage eine Bombe ein. Ich schloß leise die Tür auf und trat in die Küche.

»Wo warst du?!« riefen alle Familienmitglieder auf einmal.

Dann zerfiel der Chor in einzelne Stimmen: »Um Gottes willen«, kam es von Julia, »du bist ja so schmutzig!«

»Ein Autounfall!« rief Serjosha entsetzt.

»Tanjalein«, heulte Kira auf, »bist du heil und gesund?«

Geniale Frage! Eine Leiche konnte wohl kaum nach Hause kommen und auch noch selbst die Tür aufschließen. Schlimmer geht es nur noch in amerikanischen Thrillern zu, wenn der Held einen Mann, der aus einem abgestürzten, ausgebrannten Flugzeug kriecht, mit teilnahmsvoller Miene fragt: »John, alles okay?«

»Alles in Ordnung«, murmelte ich, schleppte mich durch den Korridor und versuchte dabei, meine nicht mehr wiederzuerkennende Jacke abzustreifen.

Die Kinder wollten schon eine Schimpfkanonade loslassen, da erschien Katja im Blickfeld. Plötzlich wurde es ganz still. Als erste faßte sich Julia. »Um Gottes willen, was ist mit dir?«

»Da bin ich wieder.« Katja probierte ein Lächeln. »Aus Kemerowo zurück.«

»In diesem Aufzug?! Wie aus einem Todeslager …« Julia konnte sich gar nicht fassen. »Haben sie dir dort nichts zu essen gegeben? Von dir ist ja kaum etwas übriggeblieben …«

»Und wie du riechst!« Serjosha zog die Nase hoch. »Mutter, sag uns jetzt sofort, was passiert ist.«

»Tanja und ich hatten einen Busunfall«, erklärte Katja und fragte sofort: »Ist unsere Diele größer geworden, oder kommt mir das nur so vor?«

»Lenk bitte nicht ab«, sagte Julia kategorisch. »Ihr habt vereinbart, daß sie dich abholt?«

»Na ja«, meinte Katja ausweichend und schlüpfte aus dem, was einmal eine hübsche Pelzjacke gewesen war, jetzt aber eher an das Fell einer verreckten Katze erinnerte. »Tanja hatte versprochen, mich abzuholen …«

»Warum hast du uns das nicht gesagt?« fragte Serjosha streng in meine Richtung.

»Es sollte eine Überraschung sein«, murmelte ich.

»Na die ist …«, hub Julia wieder an, hielt aber mitten im Satz inne.

Zwei Männer von dem Einsatzkommando schoben ächzend und stöhnend meine Harfe in unsere kleine Diele. Aus unerfindlichem Grunde hatten die beiden die Masken wieder aufgesetzt und die Maschinenpistolen über die Schulter gehängt, die natürlich bei einer solchen Arbeit störten.

»Was ist denn das?« flüsterte Serjosha erschrocken.

»Nur eine Harfe«, sagte ich schnell und ordnete an: »Tragt sie ins Wohnzimmer, Jungs.«

Die beiden Kerle tappten gehorsam in die angegebene Richtung, Kira hinterdrein.

»Eine Harfe?« fragte Julia erstaunt. »Wozu denn die?«

»Was heißt, wozu?« rief Kira und schloß hinter den abmarschierenden Männern die Wohnungstür. »Tanja spielt in meinem Schulkonzert!«

»Ich glaube, ich spinne!« flüsterte Julia. »Und was haben diese bewaffneten Monster damit zu tun?«

»Schluß jetzt!« unterbrach sie Serjosha. »Unsere beiden Schmutzfinken waschen sich erst einmal, ich mache inzwischen Tee, und dann reden wir weiter.«

Da tauchte Viktoria in der Wohnungstür auf.

»Guten Tag, Katja«, sagte sie mit eisiger Stimme. »Du tauchst reichlich spät hier auf! Und wie du aussiehst! Wie eine von der Straße!«

»Guten Tag, Viktoria«, murmelte Katja und zog sich die Schuhe aus. »Du dagegen siehst aus wie aus dem Modejournal. Und mit neuer Frisur! Steht dir gut.«

Viktoria warf einen raschen Blick in den Spiegel. Ihr Haar wirkte jetzt leicht extravagant. Aus dem giftigen Grün war ein dunkles Kastanienbraun geworden. Aber auch die Mähne war weg. Viktoria trug die Haare nun kurzgeschoren wie die berühmte Politikerin Irina Chakamada.

»Das macht mich jünger«, erklärte die Dame stolz und ließ eine lange Tirade über ihre Erlebnisse im Salon Wella vom Stapel. Aber keiner hörte ihr zu. Katja zog sich ins Bad zurück, Julia und Serjosha verschwanden in der Küche, Kira und ich gingen ins Wohnzimmer.

»Wie spielt man das?« fragte der Junge.

»Wenn du mir hilfst, die Harfe aus dem Futteral zu holen, dann zeige ich es dir.«

Zehn Minuten später zog ich mir einen Stuhl heran und hob die Hände in die gewohnte Ausgangsstellung. Ob ich meinem Instrument überhaupt noch einen Ton entlocken konnte? Meine Finger waren grob geworden und von Schrammen bedeckt. Nur die kleinen Finger waren noch unversehrt, aber die werden zum Harfespielen nicht gebraucht.

Schon bei den ersten Tönen applaudierte Kira begeistert.

Beflügelt griff ich in die Saiten. Die Harfe war ein wenig verstimmt, klang sonst aber gut.

Julia und Serjosha stürzten herein, hinter ihnen die Hunde. Ich war jetzt voll konzentriert. Plötzlich fiel eine ungewohnte Stimme in meine Musik ein. Zu meinen Füßen saß Mulja mit hocherhobenem Kopf, verdrehte die Augen und heulte selbstvergessen zu Saint-Saëns. Ada und Rachel taten es ihr gleich. Aus dem Bad hörte man das Wasser in der Wanne plätschern, im Korridor tönte Viktoria immer noch, wie sie mit der Direktorin des Salons Wella umgesprungen war, die Hunde heulten mehrstimmig, die Harfe sang, die Kinder standen mit offenen Mündern vor mir, und ich schwamm in vollkommener Glückseligkeit.

Am nächsten Tag um zehn Uhr morgens saßen Katja und ich, gewaschen, gekämmt und leicht nach Parfüm duftend, in Major Kostins winzigem Büro. Wladimir musterte uns kurz und sagte dann: »Also, meine Damen, als erstes halte ich fest, daß Sie heute wesentlich besser aussehen als gestern, jung und hübsch wie Rosen im Mai.«

»Morgen sind wir noch hübscher!« unterbrach ihn Katja und fragte: »Können wir jetzt zur Sache kommen?«

Kostin mußte lachen.

»Genauso habe ich Sie mir vorgestellt.«

»Ich hoffe, Sie sind zufrieden«, gab Katja zurück. »Wie geht es Slawa?«

»Er kommt durch«, versicherte ihr Wladimir. »Wenn er wieder auf den Beinen ist, wird Anklage erhoben.«

»Wer ist er überhaupt?« fragte ich aufgeregt.

Kostin nahm sich eine Zigarette. »Sie haben doch nichts dagegen?«

»Nein«, antworteten Katja und ich im Chor und griffen in unsere Handtaschen.

»Sagen Sie, Frau Doktor, glauben Sie an das Schicksal?«

»Du meine Güte«, gab Katja scharf zurück, »warum fragen Sie solchen Blödsinn?«

»Weil …« - der Major schaute uns mitfühlend an - »in dieser Sache alles so merkwürdig miteinander verflochten ist.«

»Können Sie uns vielleicht erklären, wovon Sie reden?« mischte ich mich schüchtern ein. »Ich möchte furchtbar gern erfahren, was wirklich passiert ist.«

»Unter einer Bedingung«, erwiderte Kostin lächelnd. »Wir tauschen unsere Informationen aus. Sie antworten ehrlich auf meine Fragen, und ich sage Ihnen, was ich weiß. Einverstanden?«

»Einverstanden«, antworteten wir beide wieder im Chor und sahen ihn gespannt an.

»Dann hören Sie zu«, begann der Major. »Das größte Problem liegt darin, daß es sich hier nicht nur um einen einzigen Fall handelt.«

»Wie das?« fragte Katja.

Kostin wiegte den Kopf.

»Würden Sie vielleicht für eine Weile von der netten weiblichen Angewohnheit lassen, einem Mann ständig ins Wort zu fallen? Hören Sie mir erst einmal zu. Wenn ich fertig bin, können Sie fragen, soviel Sie wollen. Ich beginne mit Ihnen, Frau Doktor. Um die Situation zu verstehen, müssen wir uns zunächst die Frage stellen, welchen Charakter Katja hat. Denn daß sie in diese Geschichte hineingeraten ist, hat mit einigen Besonderheiten ihrer Persönlichkeit zu tun.«

»O je, der redet ja wie Freud«, flüsterte mir Katja zu. Aber Wladimir war nicht so leicht aus der Ruhe zu bringen.

»Also …«, begann er seinen Bericht, »in Moskau lebte einst das Mädchen Katja. Ihr Vater arbeitete in einem Forschungsinstitut, ihre Mutter war Lehrerin für russische Sprache und Literatur. Sie waren gute Eltern, liebten und umsorgten ihre Tochter. Nur – der Vater verstarb früh, und die Mutter hatte von morgens bis abends in der Schule zu tun. Katja war sich von klein auf viel selbst überlassen. Aber das machte ihr nichts aus. Schon mit sieben wärmte sie sich ihr Mittagessen allein auf und hielt die Wohnung sauber. Katja hatte einen Traum. Sie wollte unbedingt Ärztin werden – aber keine gewöhnliche, sondern Chirurgin. Da hatte sie einen dornigen Weg gewählt. Die erste Aufnahmeprüfung ins Medizinische Institut schaffte sie nicht und machte also zunächst eine Lehre als Krankenschwester. Zum Medizinstudium wurde sie erst angenommen, nachdem sie ein Jahr lang auf der Intensivstation der Botkin-Klinik gearbeitet hatte. Da hatte sie schon ein Kind – Serjosha – und eine gescheiterte Ehe hinter sich.

In den Jahren ihres Studiums arbeitete Katja wie eine Besessene. Sie hatte keinerlei Hilfe, denn ihre Mutter erkrankte schwer und wurde bald zum Pflegefall. Katja hetzte zwischen Institut, Wohnung und dem Krankenhaus, in dem ihre Mutter lag, hin und her. Jede andere hätte wohl das Studium geschmissen. Immerhin hatte sie einen Beruf: Sie war Krankenschwester. Jede andere hätte aufgegeben, aber nicht Katja. Sie hielt durch, erkämpfte sich ihr Diplom, fand eine gute Arbeitsstelle und schaffte es auch noch, mehrere Male zu heiraten. Mit ihren Ehen hatte sie allerdings kein Glück. Sie alle endeten früher oder später mit der Scheidung. Den Kontakt zu den abgelegten Ehemännern ließ sie jedoch nicht abreißen, im Gegenteil, sie freundete sich mit deren neuen Frauen an …

Katja lebte vor allem für ihre Arbeit. Vom Morgen bis zum Abend war sie in ihrer Klinik anzutreffen, manchmal blieb sie auch über Nacht. In den letzten Jahren verdiente sie gar nicht schlecht, machte aber keinerlei Unterschied zwischen Kassen- und Privatpatienten. Bei einem derartigen Lebensrhythmus hätte eine Frau hart und unnahbar werden müssen, denn schon der Beruf des Chirurgen ist nichts für sanfte Gemüter. Aber Katja blieb mitfühlend wie wenige. Es zerriß ihr das Herz, wenn eine Großmutter, die alle ihre Angehörigen im Stich gelassen hatten, in ihrer Sprechstunde weinte. Immer wieder tauchte ein solches Häufchen Unglück in ihrer Wohnung auf und lebte dort monatelang in der Hoffnung, daß einem Enkel doch noch das Gewissen schlug. Katja brachte es fertig, eine Obdachlose auf der Straße aufzulesen, einem Unbekannten Geld zu leihen oder nachts durch die halbe Stadt zu einer Freundin zu fahren, die irgendwelche Probleme hatte.

Die Patienten verehrten ihre Ärztin. Wen sie operiert hatte, der freundete sich mit ihr an und kam danach mit jedem Problem zu ihr gelaufen, ohne an Bezahlung zu denken. Von Bekannten nahm Katja grundsätzlich kein Geld. In unsere schlimme Geschichte, die mit ihrer Entführung endete, geriet sie auf Grund dieses ihres Charakters und wegen des Patienten Pawel Kopylow.

Anfangs schien dieser Fall nichts Besonderes zu sein. Pawel überstand die Schilddrüsenoperation gut. Komplikationen gab es erst am siebenten Tag. Katja saß gerade in ihrem Dienstzimmer, als Kopylows Frau die Tür aufriß und schrie: ›Sie schlürfen hier in aller Ruhe Ihren Tee, und mit Pawel geht es zu Ende!‹

Katja lief zu ihrem Patienten. Als erfahrene Ärztin sah sie auf den ersten Blick, daß Pawels Zustand mit der Operation nichts zu tun hatte. Er litt offenbar an einer Allergie und hatte einen anaphylaktischen Schock. Als die eilig ergriffenen Gegenmaßnahmen wirkten, Kopylow wieder normal atmete und rosige Wangen hatte, studierte Katja noch einmal aufmerksam seine Krankengeschichte. Darin war eine recht seltene Allergie gegen Speisesoda vermerkt. Kopylows Frau bestritt kategorisch, daß ihr Mann auf irgendeine Weise mit Soda in Berührung gekommen sein konnte.

›Wir leben schließlich schon viele Jahre zusammen!‹ sagte sie aufgeregt. ›Ich weiß genau, was ihm bekommt und was nicht!‹

›Vielleicht hat ihm ein Freund etwas mitgebracht? Industriell hergestelltes Gebäck oder Zahnweiß von Blendamed? Das ist voller Natriumhydrokarbonat‹, meinte Katja. Dabei wußte sie selbst, daß so winzige Mengen des Allergens nicht zu einer solchen Schwellung hatten führen können. Dem Patienten hätte vielleicht die Nase gekribbelt und die Haut gejuckt, aber er war ja beinahe erstickt!

Die Frau blieb dabei. Ihr Mann benutze nur Zahnpulver, und bevor er etwas esse, studiere er genau die Zusammensetzung. Außerdem mache er sich nichts aus Keksen, Gebäck oder Brötchen.

Dann passierte das gleiche morgens nach der Visite noch einmal und abends gegen sechs wieder. Pawel nahm offenbar zweimal täglich Soda zu sich, behauptete aber, er habe nichts dergleichen angerührt. Katja erging sich in Vermutungen und wollte schon einen Psychiater hinzuziehen.

Sie durchsuchte auch Kopylows Nachtschränkchen, konnte aber außer Tee, Kaffee, Obst und ein paar Vitaminpillen der Marke ›Vitaform‹ nichts finden. Die hübsche Verpackung der ›Vitaform‹-Pillen fiel ihr auf. Auf dem Etikett hieß es: ›Die umfassende, ausgeglichene und hochwirksame Zusammensetzung garantiert den vollen Tagesbedarf an Vitaminen und Mineralstoffen‹. Darunter stand, was die Pillen enthielten, dazu das Versprechen: Keinerlei künstliche Zusätze, ausschließlich natürliche Substanzen, kein Salz, Zucker, Stärke, Hefe, Mais, keine tierischen Fette, Milch und Soda.

›Wie oft nehmen Sie die?‹ fragte Katja Kopylow.

›Zweimal täglich‹, antwortete der Patient, ›wie es draufsteht.‹

›Geben Sie mir bitte eine Tablette‹, bat Katja.

Sie trug die rosafarbene Pille ins Labor und bat um eine rasche Analyse. Das Ergebnis war niederschmetternd. Das teure, aus den USA importierte Mittel war der reine Bluff. Es enthielt nicht eines der versprochenen Vitamine, nicht

A, E, C oder D, weder Kalzium, Phosphor noch Jod … Dafür jede Menge Farbstoffe und Natriumhydrokarbonat, also Speisesoda.

Nachdem Katja Pawel das Ergebnis mitgeteilt hatte, fragte sie den verärgerten Mann: ›Wo haben Sie das her?‹

›Ein Bettnachbar hat mir die Tabletten empfohlen‹, antwortete Kopylow. ›Er nimmt sie schon lange und hat sie sehr gelobt. Nicht zu teuer, aber gute Qualität. Die nehmen viele hier!‹

Katja lief sofort ihre Station ab. Tatsächlich fand sie auf den Nachtschränkchen von etwa zehn Patienten die bekannten weißen Röhrchen. Sie entnahm jedem eine Tablette und lief damit wieder ins Labor. Das Ergebnis war das gleiche: Farbstoffe und Soda.

Jetzt wurde sie ernsthaft böse. Eine Packung mit 50 Tabletten kostete 200 Rubel, eine nicht unerhebliche Summe, allerdings weniger als das, was bekannte ausländische Firmen verlangten. Offenbar waren die Leute auf den Preis hereingefallen.

Solch schnöden Betrug konnte Katja nicht auf sich beruhen lassen; sie begann Erkundigungen einzuziehen, wer dieses Zeug nach Moskau lieferte.

Als erstes fand sie heraus, daß ›Vitaform‹ nicht in Apotheken verkauft wurde. Die Werbung lief über Handzettel, die in den Briefkästen auftauchten. Die Pillen wurden auf Anruf kostenlos per Kurier gebracht. Mehrfach hatte es auch Werbung im Fernsehen gegeben, allerdings nicht im öffentlich-rechtlichen Programm, sondern nur bei den Privaten.

Da beschloß Katja, die schon viele Kriminalromane gelesen hatte, die Fälscher auf eigene Faust zu überführen. Ihr Vorgehen war einfach. Sie bestellte sich ›Vitaform‹ und fuhr dem Kurier nach, der ihr die Lieferung gebracht hatte. Dabei stieß sie auf ein Häuschen in Krasnogorsk, einer Kleinstadt in der Nähe von Moskau. Dort hatte sich eine

Minifabrik etabliert. In einem Raum wurden die Röhrchen hergestellt, in einem zweiten die Pillen aus Soda und Farbstoff zusammengerührt und in einem dritten die auf einem Farbdrucker hergestellten Etiketten aufgeklebt. Das winzige Unternehmen verblüffte durch seine Produktivität: Es stieß mehrere tausend Packungen pro Tag aus. Man beschäftigte ausschließlich Behinderte. An der Stanzpresse für die Röhrchen standen zwei taubstumme Männer, die Tablettenmaschine bedienten zwei Frauen, die ebenfalls kein Wort von sich geben konnten, und mit dem Aufkleben der Etiketten waren Blinde beschäftigt.

Katja fand nicht nur die Produktionsstätte, sondern es gelang ihr auch noch, Fotos zu machen und einige wichtige Papiere mitgehen zu lassen. Die ergaben eindeutig, daß das Haus in Krasnogorsk einem Mischa Gromow gehörte und eine Rehabilitationswerkstatt für Menschen mit angeborenen Behinderungen beherbergte. Also ein gemeinnütziges Unternehmen, das von allen Steuern befreit war.«

»Was für ein Mischa Gromow?« fragte ich stotternd dazwischen. »Ein Namensvetter meines Mannes?«

»Durchaus nicht.« Wladimir schüttelte entschieden den Kopf. »Ich muß Sie leider enttäuschen. Es war Ihr Mann, der dieses Unternehmen geleitet hat.«

»Das kann nicht sein!« Mein Stottern wurde schlimmer. »Da-das muß ein Irrtum sein. Mischa handelt mit Computern …«

»Das war einmal«, teilte der Major mit. »Die Firma ist schon lange pleite …«

»Das habe ich nicht gewußt«, murmelte ich wie erschlagen.

»Was haben Sie denn überhaupt über Ihren Mann gewußt?« fragte Kostin.

Ich verstummte. Eine gute Frage. Fast nichts.

»Gut«, lenkte der Major friedlich ein. »Davon später.«

»Als Katja die Wahrheit wußte, fuhr sie mit den Dokumenten und Negativen nach Hause. An diesem Punkt hätte sie unbedingt die Miliz einschalten müssen. Aber zu ihrem Unglück will sie die Sache selbst regeln. Sie erscheint also bei Gromow im Büro. Mischa empfängt Katja freundlich und teilt ihr lächelnd mit, dies müsse ein Versehen sein. Er handle mit Computersoftware und besitze kein Haus in Krasnogorsk. Aber Katja legt ihm die Kopien der Papiere vor. Mischa nimmt das ungerührt hin und bleibt bei seiner Version, sie irre sich und sei dem Falschen auf der Spur. Da zückt Katja die Fotos. Nun ist es mit der Freundlichkeit vorbei. Mischa schaut sich die Aufnahmen sorgfältig an. Die Behinderten an den Maschinen, das fertige Produkt mit dem deutlich sichtbaren Etikett und dann Mischa selbst, wie er auf dem Hof steht und das Verladen der fertigen Erzeugnisse überwacht. Auf weiteren Bildern sein Geschäftspartner Slawa Gogoljew, ein Kerl wie ein Schrank, neben dem sich die blinden Frauen aus dem Verpackungsraum wie Zwerge ausnehmen. Dazu hat Katja auch noch Aussagen von Kurieren aufgezeichnet, die wirklich der Meinung waren, sie brächten den Leuten ein hervorragendes Vitaminpräparat. Alles in allem erschlagendes Beweismaterial. Sollte das der Justiz in die Hände fallen, drohten Mischa und Slawa fünfzehn Jahre Gefängnis samt Einzug ihres Vermögens.

Mischa fragt Katja sofort, was sie für ihr Schweigen haben will. Die wird fuchsteufelswild. Sie sei keine Erpresserin und sogar bereit, die Dokumente zurückzugeben, wenn eines erfolge: In Presse und Fernsehen müsse mitgeteilt werden, daß ›Vitaform‹ eine Fälschung sei. Und natürlich hätten sie die Produktion einzustellen.

Als Mischa derart naive Forderungen hört, weiß er sofort, mit wem er es zu tun hat. Er geht auf alle Bedingungen ein. Katja überläßt ihm die Mappe und fügt hinzu, daß dies nur Kopien seien. Die Originale habe sie gut versteckt.

Das traf zu. Sie hatte sie einem zuverlässigen Menschen zur Aufbewahrung übergeben.«

Wladimir hielt inne und fragte: »Bis jetzt alles klar?«

»Ja«, antworteten wir.

»Also weiter.«

31. Kapitel

»Kaum war Katja aus der Tür«, fuhr Major Kostin fort, »da stürzte Mischa zu seinem Teilhaber mit der bangen Frage: Was jetzt? Slawa beruhigt seinen Partner und versichert, er werde die Sache in die Hand nehmen. Zunächst bremst er Katja mit der Behauptung aus, im Fernsehen sei im Moment keine Sendezeit zu haben und die Zeitungen verlangten derartige Bekanntmachungen einen Monat im voraus. Während die naive Frau abwartet, stellt Gogoljew rasch die Produktion ein und verlegt das Unternehmen an einen anderen Ort.

Die Zeit läuft, und Katja wird allmählich klar, daß man sie an der Nase herumführt. Sie ruft Gromow an und erklärt: ›Mir reicht's, morgen gehe ich zur Miliz.‹

Mischa bittet sie, nichts zu übereilen und sich am nächsten Morgen beim Fernsehzentrum Ostankino einzufinden. Angeblich hat er endlich eine Sendung vereinbart, und Katja soll mit eigenen Augen sehen, wie er und Slawa vor laufenden Kameras Reue schwören.

Katja erscheint am vereinbarten Ort und fällt Slawa in die Hände. Der schafft sie in seine Wohnung und verlangt die Originale der Dokumente. Sollte sie sich weigern, sie ihm zu übergeben, droht er, sie umzubringen. Katja bittet ihn, sie freizulassen. Sie verspricht, in einer Stunde mit der Mappe zurück zu sein. Darüber kann er nur lachen. Er schiebt ihr das Telefon hin und befiehlt: ›Ruf eine Freundin an und bestell sie zur Metrostation Dynamo.‹

Katja fängt zu telefonieren an. Sie hat nur zwei absolut

zuverlässige Freundinnen: Lena und Nadja. Aber die eine ist gerade nach Karlsbad zur Kur gefahren, und bei der anderen erreicht sie nur den Mann. Der teilt ihr mit: ›Nadjas Mutter hat gestern aus Tambow angerufen, sie hätte einen Herzinfarkt erlitten. Das stimmt natürlich nicht, aber Nadja hat sich sofort dorthin auf den Weg gemacht.‹

In ihrer Verzweiflung wendet sich Katja an Jefrossinja … Übrigens«, fragte Major Kostin nun unvermittelt, »woher kennen Sie beide sich überhaupt?«

»Sie wollte sich umbringen und ist mir vors Auto gelaufen«, brummte Katja.

»Soso«, machte der Major und nickte. »So etwas Ähnliches habe ich mir schon gedacht. Jefrossinja fährt also, wie gebeten, zu Kostja Katukow. Hier nun geraten die Fäden der Geschichte durcheinander. Die Aktenmappe, die Jefrossinja bringt, ist leer. Slawa verlangt, daß sie die Dokumente herbeischafft, und gibt ihr dafür zwei Wochen. Hier muß etwas erklärt werden. Slawa Gogoljew wirkt äußerlich wie ein Bandit. So massig, unverschämt und grob wie er ist, könnte er durchaus einer echten Schlägertruppe angehören. Aber der äußere Eindruck täuscht. In Wirklichkeit ist Slawa feige und bisher nie mit dem Gesetz in Konflikt geraten, obwohl er flucht wie ein Berufsverbrecher. Das wirkt auf Jefrossinja, die sich zu Tode erschreckt. Sie hält Slawa für einen veritablen Mafia-Boß und startet nun eigene laienhafte Ermittlungen.«

»Ich glaube einfach nicht, daß Mischa zu so etwas fähig sein soll«, sagte ich langsam. »Das ist bestimmt ein Irrtum. Er ist ein kultivierter Mann und kann so etwas Widerwärtiges nicht getan haben.«

»Liebe Jefrossinja …« Der Major holte tief Luft. Ich unterbrach ihn erneut.

»Tun Sie mir den Gefallen und nennen Sie mich nicht so.«

»Wie dann?«

»Tatjana«.

»Also, liebe Tatjana …« Kostin setzte noch einmal an. »Sie wissen nichts von dem Mann, mit dem Sie ziemlich lange zusammengelebt haben.«

»Trotzdem glaube ich das alles nicht!« beharrte ich. »Warum sollte er, ein wohlhabender Geschäftsmann, sich auf so eine zweifelhafte Sache einlassen?«

»Wie kommen Sie darauf, daß er wohlhabend ist?«

»Na, wissen Sie!« rief ich empört aus. »Wir haben uns doch alles leisten können! Außerdem hat er das selber gesagt, als er um meine Hand anhielt.«

»Das ist es ja, er hat es nur behauptet!« gab Wladimir scharf zurück. »Seine Firma pfiff auf dem letzten Loch! Da plötzlich tauchen Sie auf. Eine hervorragende Partie! Wissen Sie, was für eine Mitgift Sie von Ihrer Mutter bekommen haben?«

»Eine Mitgift?«

»Ja, eine Mitgift. Wenn ich das richtig verstehe, wollte sie unbedingt, daß Sie heiraten, aber die Bewerber standen nicht gerade Schlange. Genauer gesagt, es kamen immer die falschen. Als Mischas Tante ihn Ihrer Mutter vorschlug, hat sie eine Mitgift verlangt.«

Mama hatte die Datsche und ein sehr wertvolles Original des großen russischen Malers Boris Kustodijew für mich hingegeben. Mischa verkaufte das Bild und legte das Geld in seiner Firma an, womit die wieder flüssig war. Nach Mamas Tod verkaufte Mischa ihre Wohnung und hatte erneut Geld für sein Geschäft. Dann fing er die Sache mit den Vitaminen an.

Mir verschlug es die Sprache, so deprimiert war ich. Was Kostin da sagte, kam wohl der Wahrheit sehr nahe. Jetzt begriff ich auch endlich, warum Mischa so wütend geworden war, als er erfuhr, daß ich mir »Vitaform« bestellt hatte.

In dem kleinen Büro war es still geworden. Nach einer

Weile sagte Wladimir mitfühlend: »Ich verstehe, das ist jetzt alles sehr schwer für Sie. Aber Sie müssen sich klarmachen, daß Gromow Sie nie geliebt hat.«

»Warum war er dann immer so aufmerksam zu mir und hat mir jeden Wunsch von den Augen abgelesen?« fragte ich leise zurück.

Wladimir warf mir einen mitleidigen Blick zu.

»Wissen Sie, was Sie nach dem Tod Ihrer Eltern geerbt haben?«

Ich zuckte die Schultern. »Die Datsche, die Wohnung, ein paar Möbel und, wie ich jetzt weiß, das Bild.«

Den Major hielt es nicht mehr auf seinem Stuhl.

»Meine Güte, Sie müssen ja wie unter einer Käseglocke gelebt haben! Erinnern Sie sich an das Arbeitszimmer Ihres Vaters? Was hing dort an der Wand?«

Ich strengte meinen Kopf an. »Irgendwelche Landschaften, Porträts ... Als Papa tot war, hat Mama alles heruntergenommen. Sie sagte, sie könne den Anblick nicht ertragen, und hat immerzu geweint.«

»Ihre Mama«, sagte Major Kostin nachdenklich, »war eine außergewöhnliche Frau. Sie hat logisch gedacht und sehr umsichtig gehandelt. Sie hätte nicht in der Oper singen, sondern eine Bank leiten sollen. Die Landschaften und Porträts, die Sie schon fast vergessen haben, waren eine der besten Sammlungen russischer Kunst in unserem Land. Ihr Vater hat ihr sein ganzes Leben gewidmet.«

Mir blieb der Mund offenstehen. Davon hatte mir niemand je etwas gesagt!

»Als Ihr Vater tot war«, fuhr Wladimir fort, »nahm Ihre Mutter die Bilder tatsächlich ab. Aber nicht, weil sie sie traurig machten. Sie hat gefürchtet, daß sie gestohlen werden. Die Bilder wurden bei einem guten Freund Ihrer Familie, Gennadi Jurowski, untergebracht. Kennen Sie den?«

Ich nickte. »Natürlich, Onkel Gena, der ist aber schon sehr alt.«

»Na, so alt auch wieder nicht«, wandte Major Kostin ein. »Gerade erst achtzig. Und völlig klar im Kopf. Der nimmt es noch mit jedem jungen auf.«

»Ihre Mutter hat ihm die Bilder zunächst nur zur Aufbewahrung gebracht. Dort waren sie sicher. Jurowski ist ein Raketenkonstrukteur von Weltruf. Sein Haus wird rund um die Uhr bewacht. Kurz vor ihrem Tode hat Ihre Mutter ihn gebeten: ›Gena, wenn ich nicht mehr bin, dann gib bitte auf keinen Fall die ganze Sammlung sofort an meine Tochter.‹

›Warum denn nicht?‹ hatte Jurowski verwundert gefragt.

Ihrer Mutter war die Frage peinlich. Sie liebte Sie über alles und war stets bemüht gewesen, die Sorgen des Lebens von Ihnen fernzuhalten. Nun mußte sie mit dem Ergebnis leben. Ihr Liebling war mit dreißig noch wie ein Kind, lebensuntüchtig, empfindlich und verletzbar. Zum Glück glaubte Ihre Mutter, Sie glücklich verheiratet zu haben. Aber ganz traute sie ihrem jungen Schwiegersohn doch nicht über den Weg. Daher hatte sie ihm einmal gesagt: ›Mischa, Jefrossinja ist ein wohlhabendes Mädchen. Wenn sie nur ein Bild pro Jahr verkauft, kann sie gut davon leben. Aber das ganze Kapital will ich ihr jetzt noch nicht anvertrauen. Dazu ist sie noch zu jung und zu unreif. Darum wird sich Gennadi Jurowski kümmern.‹

Auch der bekam eindeutige Anweisungen. Erstens sollte er nur ein Bild pro Jahr verkaufen, zweitens alle Geschäfte allein mit Mischa abwickeln und drittens dem ›unreifen‹ Mädchen erst die Wahrheit eröffnen, wenn sie das entsprechende Alter erreicht hatte. Das setzte die Mutter auf vierzig Jahre fest. Dann würde sie von Jurowski die verbliebenen Bilder erhalten und konnte mit ihnen anfangen, was sie wollte.

So schlug Ihre Mutter gleich mehrere Fliegen mit einer Klappe. Ein Gatte, der wußte, wie reich seine Frau war, würde sich hüten, sie schlecht zu behandeln oder sich gar von ihr scheiden zu lassen. Die Tochter konnte ihr Leben genießen und wurde vor Dummheiten bewahrt. Die Sache hatte aber einen Haken.

›Und wenn ich sterbe?‹ fragte Jurowski, der rasch durchgerechnet hatte, daß er zu Jefrossinjas 40. Geburtstag bereits 83 Jahre alt sein würde.

Ihre Mutter herrschte ihn finster an: ›Das tust du nicht! Niemals! Denke immer daran: Mein Mann, dein Kollege, wird dir das nie verzeihen und dich noch dort oben zur Rechenschaft ziehen!‹

›Zu Befehl‹, antwortete der alte Freund lachend. ›Darf ich zur Ausführung wegtreten, Genossin General?‹

Der Professor hielt bis 81 durch. Als er spürte, daß es ihm immer schlechter ging, übergab er zumindest ein paar der Gemälde an Mischa. Der verkaufte sie auf der Stelle, und das junge Paar lebte glücklich und zufrieden.

Dabei achtete Mischa sehr darauf, daß seine Frau nicht zu selbständig wurde. Zunächst verlangte er, sie möge keine Konzerte mehr geben. Er meinte, sie habe zu wenig Talent. Jefrossinja, die die Harfe ohnehin nicht besonders liebte, ließ sich leicht überreden. Ihre Kollegen in der Philharmonie erinnern sich, daß sie gar nicht so schlecht spielte, nur immer sehr angespannt und verängstigt wirkte.

Als Jefrossinja nun zu Hause sitzt, redet Mischa ihr alle möglichen Leiden ein. Dabei erweckt er stets den Eindruck, als sei er rührend um sie besorgt. ›Trink kein kaltes Wasser, meine Liebe, das macht krank!‹ – ›Geh heute nicht aus, denk an deine schwache Lunge.‹ – ›Ich bitte dich sehr, vergiß nicht, diesen Spray überall mitzunehmen, wie schnell kannst du einen Asthmaanfall bekommen.‹ Wie alle Künstlernaturen ist Jefrossinja leicht zu beeindrucken. Zudem war ihre Mutter in der Kindheit genauso mit ihr umgesprungen. Und bald leidet sie tatsächlich an allen möglichen Unpäßlichkeiten, geht selten aus dem Haus, tut reineweg nichts und wird ohne Mischa immer hilfloser.

Genau das will er erreichen. Nun kann er mit ihrem Geld umspringen, wie er will. Jefrossinja unterschreibt alles, was er ihr vorlegt, zum Beispiel die Vollmacht zum Verkauf der elterlichen Wohnung.

Gromow macht seine Frau quasi zu einer Behinderten, leistet sich aber selbst alle Vergnügungen, nach denen es ihn gelüstet – legt sich Geliebte zu und zecht mit seinen Kumpanen ... Von alledem erfährt Jefrossinja nichts. Nach außen heißt es immer: Mischa hat eine schwerkranke Frau.

Wer weiß, wie lange das so weitergegangen wäre. Da lernt Mischa die lebenslustige und sehr zielbewußte Sweta Molotowa kennen. Sie verlieben sich heftig ineinander. Sweta, die natürlich keine Ahnung hat, woher ihr Geliebter sein Geld nimmt, beschließt, die lästige Rivalin loszuwerden.

Die Methode ist einfach. Sie schickt der kranken Ehefrau eine Videokassette, auf der ihr der Liebesakt mit ihrem Ehemann vorgeführt wird. Sweta hofft, daß Jefrossinja sich vor Empörung sofort scheiden läßt.

Aber die Frau reagiert so, wie es keiner von ihr erwartet hätte. Sie schreibt einen Abschiedsbrief und läuft davon, fest entschlossen, sich das Leben zu nehmen.

Es heißt, unser Schicksal sei von Gott vorherbestimmt. Aber mit Jefrossinja hat er sich wohl einen Scherz erlaubt, denn unter den Tausenden von Autos, die an ihr vorüberfahren, sucht sie sich ausgerechnet Katjas Lada aus. Damit nimmt die schon jetzt völlig verwirrte Geschichte eine neue Wendung.

Jefrossinja alias Tatjana beginnt nach der berüchtigten Mappe zu suchen. Systematisch klappert sie die Liebhaberinnen Kostja Katukows ab. Unbeholfen und dilettantisch tappt sie nach allen Seiten wie ein Hundejunges, das noch nicht sehen kann. Aber bei ihren Nachforschungen ist sie nicht allein. Slawa und Mischa, tief verunsichert durch die Tatsache, daß die Originale noch irgendwo liegen, machen ebenfalls Kostjas Damen ihre Aufwartung. Wie Tatjana gehen sie davon aus, daß er die Dokumente wahrscheinlich einer seiner Geliebten zugespielt hat.«

»Das heißt, sie haben Kostja umgebracht?« fragte ich erschrocken. »Wer von beiden war es? Slawa oder Mischa?«

»Weder der eine noch der andere«, antwortete der Major lächelnd.

»Wer dann?«

»Nur Geduld.« Wladimir ließ sich nicht aus der Ruhe bringen. »Ich habe doch schon gesagt, daß hier mehrere Fälle, die eigentlich nichts miteinander zu tun haben, hoffnungslos durcheinandergeraten sind. Also, immer schön der Reihe nach. Die Nachforschungen sind Slawas Sache. Er bringt Katja nach Aljabjewo und sperrt sie auf dem Dachboden über der Garage ein.«

»Warum haben sie sie nicht gleich umgebracht?« fragte ich.

»Mit Mord drohen oder einen Menschen wirklich umbringen ist zweierlei«, sagte Wladimir nachdenklich. »Das kann nicht jeder. Anfangs trauten sie sich einfach nicht. Dann beschlossen sie, ihr Opfer so lange am Leben zu lassen, bis sie die Papiere hatten.«

»Slawa hat ständig von mir verlangt, ich soll endlich sagen, wo die Mappe versteckt ist«, warf Katja seufzend ein. »Er hat mich mehrmals geschlagen, aber ich bin dabei geblieben, er soll Kostja fragen. Ich war völlig verzweifelt, denn ich konnte nicht begreifen, was da vorging. Mir hat ja keiner gesagt, daß Katukow längst tot ist.«

Wladimir nahm den Faden wieder auf. »Die beiden haben das sofort mitbekommen und von nun an sehr umsichtig agiert. Mischa brauchte nur einen Tag, um die Firma zu finden, die Katukows Wohnungstür eingebaut hatte. Denen schwatzte er einen Generalschlüssel ab, mit dem sie die Türen schußliger Kunden öffnen, die ihre Schlüssel verbummelt haben.

Sweta Molotowa erhielt den Auftrag, Kostjas Wohnung zu durchsuchen. Mischa und Slawa wollten sich dort lieber nicht blicken lassen. Eine Frau dagegen, die mit einem eigenen Schlüssel öffnete, würde den Nachbarn nicht auffallen, denn Frauen gingen ja bei ihm ständig ein und aus.

Sweta, die Mischa vor Wut beinahe umgebracht hätte, als er erfuhr, daß sie an Jefrossinjas Flucht schuld war, läßt sich auf die Sache ein, weil sie ihren Geliebten nicht verlieren will. Aber in Kostjas Wohnung packt sie die Angst. Schließlich ist sie keine Kriminelle, sondern eine Frau, die einen Mann so rasch wie möglich zum Standesamt schleppen will.

Als Sweta in Kostjas Schreibtisch wühlt, hält draußen auf der Etage der Fahrstuhl. Sie gerät in Panik, man könnte sie in der Wohnung des Ermordeten erwischen, ruft rasch Slawa an, sie habe nichts gefunden, und verschwindet.

Der ist verzweifelt. Aber noch schlimmer geht es Mischa. Ihm ist nicht nur die Frau davongelaufen, sondern mit ihr sein Geld. Die Miliz kann er nicht einweihen. So verbreitet er die Version, Jefrossinja sei ins Ausland – nach Amerika – zur Kur gefahren. Seine Bekannten interessiert das kaum, denn keiner kennt sie näher. Ihre Eltern sind tot, und Freundinnen hat sie keine. Jefrossinja wird also von niemandem vermißt.

Die Sache hat nur einen Haken. Am 1. Dezember wird Gennadi Jurowski anrufen. Er spricht immer zuerst mit Jefrossinja und fragt sie nach ihrer Gesundheit. Erst dann ist Mischa an der Reihe, mit dem er den Verkauf des nächsten Bildes beredet. Den Alten kann man sicher irgendwie hinters Licht führen. Jefrossinjas Rolle am Telefon soll Sweta übernehmen. Der Professor hat mit der Tochter seiner Freundin nur noch selten Kontakt. Er besucht sie regelmäßig zum Geburtstag. Zu Neujahr, am 8. März und am 1. Dezember ruft er an. Der Geburtstag ist erst im Sommer, genug Zeit für Mischa, sich etwas einfallen zu lassen.

Daher beschließt er, zunächst das Problem Katja zu lösen. Daß seine Frau tot ist, glaubt er nicht. Ein guter Bekannter mit Verbindungen zur Miliz hat ihn wissen lassen, daß unter den nichtidentifizierten Toten der letzten Zeit keine Frau ist, die Jefrossinja ähnlich sieht. Für alle Fälle engagiert er aber einen Privatdetektiv, der die Dame ausfindig machen soll.

Slawa sucht indessen weiter nach den Dokumenten. Er denkt in ähnlicher Richtung wie Jefrossinja-Tatjana. Er heuert zwei Ganoven an, die sich nacheinander Zugang zu den Wohnungen von Lena Litwinowa, Nina Nikitina, Jana Michailowa und Rita Wolkowa verschaffen. Sie täuschen jeweils einen Einbruch vor und durchsuchen dabei alles sorgfältig. Da geschieht etwas Unerwartetes.

»Die meisten Frauen waren gerade zu Hause und wurden ermordet!« warf ich aufgeregt ein.

»Nein, die Kerle haben keiner ein Haar gekrümmt«, erklärte Major Kostin geduldig.

»Wieso nicht?« rief ich empört. »Rita Wolkowa, die Kassiererin aus dem Supermarkt, wurde ermordet, Jana Michailowa haben sie fast totgeschlagen, Shenja, Lena Litwinowas Cousine, ist nur durch ein Wunder am Leben geblieben, und Sie behaupten, den Frauen hätte niemand ein Haar gekrümmt?«

»Habe ich nicht gesagt, hier sind mehrere Fälle durcheinandergeraten?« Wladimir ließ sich nicht beirren.

»Na und, weiter?« fragte jetzt Katja gespannt.

»Ich wollte doch nur sagen, daß Slawas und Mischas Helfer niemandem etwas getan haben. Als sie bei der Kassiererin auftauchten, saß die gerade in der Badewanne. Während sie sich wusch und fröhlich ein Liedchen trällerte, wühlten sie Zimmer und Küche durch und warfen alles durcheinander. Bei der Friseuse Nina waren sie, als die im Salon Haare schnitt. In Janas Wohnung tauchten sie am Vormittag auf, weil sie wußten, daß sie da in der Schule ist.

Nur bei Lena Litwinowa lief die Sache nicht, wie sie sollte. Hier war jemand schneller gewesen als sie, und auf der Couch lag, in eine Decke gehüllt, die Leiche der Wohnungsbesitzerin, wie sie annahmen. Sie wischten nur rasch die Türklinke ab und liefen davon.«

»Aber wer hat dann die Frauen umgebracht?« fragten Katja und ich im Chor.

Der Major warf mir einen enttäuschten Blick zu.

»Das wissen Sie nicht, Kollegin?«

Ich hob die Hände. »Da kann ich nur raten.«

»Sie waren doch ganz nahe dran, als Sie bei der Anwaltskanzlei nachfragten«, erklärte Wladimir. »Aber alles zu seiner Zeit. Endlich hat Tatjana Glück und stößt auf eine Spur. Genau im rechten Moment, denn an der Metrostation Dynamo wartet Slawa, der sich kaum noch Hoffnungen macht. Die Papiere hat er nun, aber Katja will er natürlich nicht ziehen lassen. Er zweifelt keinen Augenblick daran, daß sie sofort zur Miliz laufen und alles berichten wird. Daher erklärt er Mischa, daß die Ärztin verschwinden muß. Der ist zu Tode erschrocken. Bislang war er zu allem bereit – Katja zu entführen, einzuschüchtern und sogar zu schlagen. Aber ermorden – nein, das kann er nicht. Slawa ist da bedenkenloser, doch auch er hofft noch, die Sache unblutig erledigen zu können. Sie wälzen die wildesten Pläne: Katja soll mit Drogen vollgepumpt und in einer anderen Stadt ausgesetzt werden, oder man könnte sie nach Tschetschenien in die Sklaverei verkaufen ... Beide sind noch nicht bereit, zu Mördern zu werden. Als erster überschreitet Slawa diese Linie, als er die lästige Tatjana aus dem fahrenden Auto stößt.

Slawa und Mischa sind froh und vernichten die belastenden Dokumente. Die quälende Frage aber bleibt: Was soll mit Katja werden? Schließlich kann sie nicht ewig auf dem Dachboden in Aljabjewo sitzen. Da kommt Slawa eine Idee. Er will Katja mit Wodka abfüllen und dann das Haus anzünden. Daß in dem abgelegenen Anwesen eine obdachlose Säuferin übernachtet hat und wahrscheinlich aus eigener Schuld verbrannt ist, interessiert bestimmt niemanden. Vielleicht wird in der Sache nicht einmal ermittelt. Mischa schwankt mehrere Tage, dann gibt er widerstrebend seine Zustimmung. Der Rest ist bekannt. Slawa fährt nach Aljabjewo, stößt auf Tatjana und wird von ihr verwundet.

Übrigens«, warf Wladimir an dieser Stelle ein, »darf ich mir Ihr, mit Verlaub gesagt, Spielzeug einmal anschauen?«

Ich holte die Pistole aus der Handtasche.

»Warum tragen Sie so etwas mit sich herum?« fragte der Major streng.

»Kira hat mich gebeten, ihm Munition dafür zu kaufen«, erklärte ich. »Aber da gibt es so viele Sorten, daß ich das Ding mitnehmen mußte, um die richtige zu finden ... Ich hatte noch keine Zeit, in das Geschäft zu fahren.«

»Na gut«, sagte der Major mit finsterem Blick. »Ich behalte das Ding erst mal hier, rate Ihnen aber, dem Jungen kein so gefährliches Spielzeug mehr zu schenken. Wenn so eine Kugel jemanden ins Auge trifft, kann es Gefängnis geben.«

Ich fragte betroffen: »Wie geht es Slawa?«

»Den Umständen entsprechend!« antwortete der Major. »Der Gaumen ist verletzt, dazu kamen der Schmerz und der Schock. Er hat sich einfach nicht vorstellen können, daß eine so ängstliche Person wie Sie auf ihn schießen würde. Zu Recht hat er angenommen, Sie hätten eine Spielzeugpistole in der Hand. Ehrlich gesagt, bin auch ich verwundert, was dieses Ding anrichten kann. Jetzt alles klar?«

»Natürlich nicht!« riefen Katja und ich. »Auf keinen Fall! Wer hat denn nun Kostja und die Frauen umgebracht?«

»Das hat mit Ihrem Fall nichts zu tun.«

»Nein, nein, so kommen Sie uns nicht davon! Das wollen wir jetzt wissen!« forderten wir.

Wladimir mußte lächeln. »Frauen machen mit mir, was sie wollen, besonders so hübsche wie Sie. Also gut, ich erzähle es Ihnen. Aber sagen Sie, Tatjana, wie werden Sie von Ihren Freunden genannt?«

»Tanja!« rief Katja vorlaut.

»Sehr schön. Also, Tanja, wie kommen Sie darauf, daß Kostja ermordet wurde?«

Diese Frage verschlug selbst mir die Sprache. »Ich habe ihn doch auf der Couch liegen sehen! Es war ein schrecklicher Anblick, seine Hände waren abgehackt ...«

»Genau das ist es«, beharrte der Major. »Kam Ihnen dieses Vorgehen für einen Mörder nicht merkwürdig vor? Zuerst schießt er dem Mann direkt ins Gesicht und bringt ihn um. Damit hatte er seinen Zweck erreicht und hätte verschwinden können. Warum mußte er ihn auch noch so verunstalten? Na? Keine Idee? Das tut man nur, wenn man verhindern will, daß der Tote eindeutig identifiziert wird.«

»Wollen Sie damit sagen«, murmelte ich verdattert und spürte bereits, wie sich in meinem Kopf ein neues riesiges Rätsel aufbaute, »wollen Sie damit sagen, auf der Couch lag gar nicht Kostja?«

»Genau«, bekräftige Wladimir. »Das war nicht er.«

»Wer dann?«

»Ach, meine Schönen«, flötete der Major, so süß er konnte, »wißt ihr eigentlich, was mir passiert, wenn ich mich über alle Vorschriften hinwegsetze und euch meine Dienstgeheimnisse verrate?«

»Ich mach dir auch die schönste Operation der Schilddrüse, die du dir denken kannst«, versprach Katja.

Mir fiel auf, daß die beiden gerade zum Du übergegangen waren. Daher fügte ich rasch hinzu: »Und bei mir gibt's morgen ein Festessen: Schweinebraten mit Knoblauch, Kartoffelgratin und Piroggen mit Moosbeerenfüllung.«

»Na schön.« Wladimir rieb sich die Hände. »Da sage ich nicht nein. Die Operation kann vielleicht noch ein bißchen warten, aber Schweinebraten klingt schon sehr verlockend. Die Piroggen hätte ich allerdings auch lieber mit Fleischfüllung.«

32. Kapitel

Wir versprachen, alle seine Wünsche zu erfüllen, und waren nun ganz Ohr.

»Anfang der sechziger Jahre«, begann Wladimir, »lebte in Moskau Familie Katukow. Die Mutter Anna Fjodorowna, Schuldirektorin, die Tochter Marjana und der einjährige Kostja. Vater Sergej Katukow hatte früh das Zeitliche gesegnet. Anna Fjodorowna trauerte ihm nicht lange nach. Er war ein furchtbarer Weiberheld gewesen, der keinen Rock auslassen konnte. Was hatte die Direktorin nicht alles versucht, um den Mann wenigstens etwas zu zügeln. Sie hatte ihm sogar noch spät ein zweites Kind geboren, weil sie in ihrer Naivität glaubte, der kleine Kostja werde ihn ans Haus binden. Aber weit gefehlt! Sergej frönte weiter seinen Trieben wie ein Kater im Frühling. Als er starb, spürte Anna Fjodorowna sogar Erleichterung, denn sie war sicher, allein werde sie die Kinder besser großziehen können. Von nun an wurde es ruhiger in ihrem Haus. Aber der Frieden hielt nicht lange an. Im April gestand Jana, die damals die achte Klasse besuchte, ihrer Mutter, sie sei schwanger. Für eine Abtreibung war es schon zu spät. Anna Fjodorowna zerbrach sich den Kopf und kam schließlich zu dem Schluß, zum Wohle der Tochter müsse sie die Sache auf sich nehmen. Sie ging also zu ihrer Vorgesetzten und erzählte der, sie habe sich leider aus Unvorsichtigkeit ein Frauenleiden geholt und müsse dringend operiert werden. Ihre Kollegen sollten davon nichts erfahren, um Tratsch zu vermeiden. Die Schulrätin ließ sich auch darauf ein. Anna Fjodorowna wurde angeblich zu einem längeren Lehrgang nach auswärts geschickt.

Sie nahm Jana und Kostja und fuhr mit ihnen auf die Datsche. Im August brachte die Tochter einen gesunden Jungen zur Welt, den sie Slawa nannten. Die Geburt fand zu Hause statt, Anna Fjodorowna selbst fungierte als Hebamme. Erst als das Kind da war, rief sie den Notarzt an. Der, ständig in Eile, schaffte Anna Fjodorowna mit dem Säugling ins Krankenhaus. Jana blieb auf der Datsche zurück. Da bereits alles erledigt war, bekam die Wöchnerin ein Krankenbett. Untersucht wurde sie nicht. Sie erklärte, bei ihr sei alles in Ordnung und sie fühle sich gut. Rundherum schrien, ächzten und stöhnten an die zehn Frauen. Die beiden Hebammen und der Arzt hatten alle Hände voll zu tun. Am sechsten Tag entließ man Anna Katukowa samt Säugling aus dem Krankenhaus. So wurde Slawa der »Sohn« seiner Großmutter. Anna hatte auch alles Weitere gründlich bedacht. Sie übergab den Kleinen der Schwester ihres verstorbenen Mannes, Natalja Katukowa, weil angeblich für ein drittes Kind Geld und Kraft nicht reichten. Dabei behauptete sie, er sei Sergejs Sohn. Aber Natalja konnte eins und eins zusammenzählen. Für sie war klar, daß ihr Bruder mit dem Kind nichts zu tun hatte. Doch sie nahm den Jungen zu sich, weil sie sich schon lange nach einem Kind gesehnt hatte. Anna kehrte mit Jana nach Moskau zurück. Sie war zufrieden. Der Ruf der Tochter war gerettet, in der Schule hatte keiner Verdacht geschöpft. Der einzige Haken an der Sache war, daß Slawas Vater, Janas Liebhaber, ein junger hübscher Artist, direkt neben ihnen in der Nachbarwohnung lebte. Er wußte, daß Jana einen Sohn geboren hatte, und kannte dessen Namen. Besondere Vatergefühle entwickelte er für den Jungen nicht. Er war heilfroh, daß man ihn weggegeben hatte, weil er so keine Alimente zu zahlen brauchte. Schließlich hätte Anna Fjodorowna ihn auch anzeigen können, dann wäre es Fedulow schlecht ergangen. ›Unzucht mit Minderjährigen‹ hieß der entsprechende Paragraph im Strafgesetzbuch.

Aber die Direktorin fürchtete vor allem die Folgen für die Tochter. Deshalb hatte sie die Sache ja vertuscht. Das einzige, was sie von Wassili Fedulow forderte, war, ihre Tochter künftig in Ruhe zu lassen.«

»Fedulow!« rief ich aus. Jetzt hielt es mich nicht mehr auf meinem Stuhl. »Wassili Fedulow!«

»Genau!« Wladimir nickte. »Eben der.«

»Aber das Schicksal meinte es gut mit Familie Katukow. Der ›Schwiegersohn‹ setzt sich nach Frankreich ab und verschwindet von der Bildfläche.

Erst als Natalja Katukowa stirbt, kommt das Geheimnis nach und nach ans Licht. Die ›Brüder‹, die sich gleichen wie ein Ei dem anderen, kommen in Kontakt. Die Jahre vergehen. Aus dem Kriminellen Slawa Katukow wird ein angesehener, reicher Geschäftsmann. Bei Kostja läuft es nicht ganz so gut, doch auch er gelangt zu bescheidenem Wohlstand. Aber er hat ständig Affären – wohl ein Erbteil seines Vaters – und das Geld rinnt ihm nur so durch die Finger. Als Schauspieler liebt er die großen Gesten – er schickt seinen Damen Blumen und teure Geschenke.

Kostjas Konto ist immer in den roten Zahlen, und er beneidet Slawa heftig.

Da stirbt Fedulow. Er hat keine Familie, weshalb er sein Vermögen Jana, Anna Fjodorowna und seinem Sohn Slawa vermacht. Er war wohl ein sentimentaler Mann, wollte vielleicht auch Anna Fjodorowna dafür danken, daß sie ihn vor dem Gefängnis bewahrt hatte, oder er konnte einfach nicht ertragen, daß sein Geld an den Staat fallen sollte. Kostja hat er glatt vergessen und weiß auch nicht, daß seine damalige Geliebte und ihre Mutter längst die Wohnung gewechselt haben. Sein Testament gelangt zu der internationalen Anwaltskanzlei, und die Suche nach den Erben beginnt. Anna Fjodorowna und Slawa erhalten offizielle Mitteilungen. Die ehemalige Schuldirektorin und der Geschäftsmann sind über das zentrale Adressenregister schnell gefunden. Bei

Jana gestaltet sich die Sache schwieriger. Der Computer wirft aus, daß eine Frau dieses Namens in Moskau nicht gemeldet ist. Das trifft sogar zu, denn Slawas Mutter heißt offiziell Marjana, was Fedulow entweder vergessen oder nie gewußt hat.

Nun entwickeln sich die Dinge wie eine Lawine, die den Berg hinunterrollt. Als Kostja seine Mutter besucht, reicht ihm die Betreuerin einen Umschlag mit den Worten: ›Hier sind für Anna Fjodorowna irgendwelche Papiere gekommen.‹

Kostja, der auf diese Weise erfährt, welche Summe seine Verwandten erben sollen, verliert vor Wut und Neid fast den Verstand. Mit welchem Recht fällt Slawa eine solche Summe in den Schoß? Und er ist im Testament nicht einmal erwähnt! Er faßt den Plan, seinen Bruder umzubringen und an dessen Stelle zu treten. Dazu braucht er Hilfe. Kostja weiht Slawas Frau, seine frühere Geliebte Akulina, in den Plan ein. Die ist geldgierig und berechnend genug, um auf das Ansinnen einzugehen. Sie fängt den Brief der Anwaltskanzlei an ihren Ehemann ab.

Die Sache strebt ihrem Höhepunkt zu. Als Slawa seinen ›Bruder‹ besucht, setzt der ihm Tee mit einem starken Schlafmittel vor. Slawa ahnt nichts Böses und schläft bald fest ein.

Kostja schießt ihm ins Gesicht und hackt ihm dann die Hände ab. Auf Slawas Mittelfinger sind seit der Zeit im Knast zwei Ringe eintätowiert. Kostja läßt sich schnellstens solche Tatoos machen. Dann folgt der nächste Schritt der Aktion. Er sucht die Anwaltskanzlei auf und legt dort die von ihm fabrizierten Verzichtserklärungen von Anna Fjodorowna und Jana vor. Die Angestellte, die mit der Sache befaßt ist, schöpft keinen Verdacht. Kostja ist zwar auf der Bühne kein besonders guter Schauspieler, im Leben aber kann er sehr echt sein. Überzeugend ist auch, daß er Slawas Paß vorlegt und dabei von dessen echter Ehefrau

Akulina begleitet wird. Er bringt alle notwendigen Papiere bei, darunter Kopien der Pässe von Jana und Anna Fjodorowna. Da die Anwaltskanzlei keine Hinderungsgründe erkennen kann, empfiehlt sie dem Erben, einen Flug nach Paris zu buchen.«

»Jetzt ist mir das klar«, zischte ich durch die Zähne.

»Was ist Ihnen klar?« fragte Wladimir.

»Als ich den falschen Slawa aufgesucht habe, war Akulina nicht da. Sie kam später und rief schon vor der Tür aus: ›Kotik, mein Katerchen, ich habe dir deine geliebten Hühnerschnitzel mitgebracht!‹ Aber er gab böse zurück: ›Laß doch die blöden Namen, wie oft soll ich dir das noch sagen? Katerchen, Häschen, Mäuschen ...!‹ Ich dachte noch, was regt der sich so auf? Aber Verdacht habe ich nicht geschöpft.«

»Verständlich«, brummte der Major. »Jede zweite Frau nennt ihren Liebsten Kotik – Katerchen. Aber wenn man das Wort großschreibt, ist es eine Koseform von Kostja.«

Ich schwieg bedrückt. Daß mir das nicht aufgefallen war!

»Unsere beiden Täter wollten schon eine Siegesfeier veranstalten«, fuhr Wladimir fort. »Alle Formalitäten waren erledigt, die Flugtickets gekauft. Kostja, der seinen Bruder skrupellos umgebracht hatte, ging vor der Reise nach Paris noch einmal auf Einkaufstour durch die Geschäfte. Da passiert etwas Unerwartetes. Auf dem Twerskoi Boulevard läuft er Rita Wolkowa direkt in die Arme. Die fällt fast in Ohnmacht, als sie ihren Ex-Geliebten, den sie doch am Tag zuvor tot auf seiner Liege gefunden hat, quicklebendig vor sich sieht. Kostja begleitet sie nach Hause, um ihr alles zu erklären. Dort ersticht er sie mit einem Messer, das er in der Küche findet. Ungesehen verschwindet er aus ihrer Wohnung.

Jetzt wird ihm klar, daß sein raffinierter Plan auffliegen kann, wenn ihn noch eine seiner früheren Geliebten erkennt. Besondere Gefahr geht von seiner Schwester Jana aus. Kostja weiß nicht, daß sie Slawas leibliche Mutter ist. Außerdem sind da noch Lena Litwinowa und Nina Nikitina, mit denen er das letzte Jahr verbracht hat. Ein Sonderfall ist Vera Martynowa, die Kostja als allererste loswerden will. Aber sie ist mit Rifalin auf die Barbados-Inseln gefahren, deshalb befaßt er sich zunächst mit den anderen.

Zu Lena Litwinowa kann er sich ganz einfach Zutritt verschaffen. Er hat noch einen Schlüssel zu ihrer Wohnung. Er tritt ein, sieht die Frau auf der Liege friedlich schlafen, rammt ihr ein Messer in den Rücken und läuft davon. Zuvor wirft er die Sachen in der Wohnung durcheinander und nimmt das Bargeld mit, das er findet. Er hofft, die Miliz wird von einem gewöhnlichen Einbruch ausgehen.

Einen Menschen umzubringen ist gar nicht so einfach, wenn man darin keine Übung hat. Kostja ist dies schon einmal mißlungen. Jana hat er nicht töten können, obwohl er Messer und Hammer benutzte. Sie überlebt, schwebt allerdings zwischen Leben und Tod, und Kostja kann nur hoffen, daß sie nicht durchkommt.«

»Warum hat sie mir gesagt, Slawa hätte sie überfallen?« fragte ich verständnislos.

Wladimir seufzte. »Jana war schwer verletzt und wollte Ihnen vielleicht etwas ganz anderes mitteilen. Sie aber haben geglaubt, sie nennt den Namen des Banditen, der sie angegriffen hat. Die Panne mit Jana hatte Kostja wütend gemacht. Auf Lena Litwinowa stach er heftig ein und benutzte ein Messer mit einer langen, scharfen Klinge. Aber unter der Decke lag in Wirklichkeit Lenas Cousine Shenja. Als er dann erfuhr, daß Nina Nikitina im Krankenhaus sei, glaubte unser Schauspieler, das Glück habe ihn endgültig verlassen.

Dabei waren ihm in diesem Fall nur Slawa Gogoljews Ganoven zuvorgekommen, die Ninas Wohnung verwüstet hatten. Die Friseuse bekam einen Anfall von Hysterie, und ihr Bruder holte sie rasch zu sich in die Klinik. Dorthin traute sich Kostja nicht. Er konnte nur zähneknirschend abwarten.

Schließlich kehrte Vera Martynowa von der Insel Barbados zurück. Sie wurde sein nächstes Opfer.«

Wladimir verstummte. Auch wir beide schwiegen. Was sollte man dazu noch sagen?

»Wie seid ihr aber auf Mischa und Slawa gekommen?« fragte Katja nach einer Weile mitten in das Schweigen hinein.

»Hier hat uns Tatjana geholfen.«

Ich schaute wohl so verdattert drein, daß der Major sofort ergänzte: »Natürlich unbewußt. Sie tauchte in Rita Wolkowas Wohnung auf und stieß dort auf einen unserer Beamten. Ohne lange zu überlegen, stellte sie sich als Mitarbeiterin des Supermarktes Sweta Molotowa vor und gab Mischas Telefonnummer an. Das war dumm. Als wir herausfanden, daß im Supermarkt keine Molotowa arbeitete, haben wir uns natürlich für die Falschinformation interessiert. Wir haben Mischa und Sweta beschattet. Sie führten uns zu Slawa. Als wir das Knäuel nach und nach entwirrten, wurde klar, daß der Dicke auf dem Dachboden in Mischas Datsche jemanden versteckt. Unser Beobachtungsposten sah Slawa aus der Garage in Aljabjewo treten, aus dem Gepäckraum seines Wagens einen Kanister Wasser und eine Tüte holen, aus der ein Brot herausschaute. Zehn Minuten später verließ er das Haus mit leeren Händen und fuhr davon. Das sah verdächtig aus und mußte überprüft werden.«

»Und wie sind Sie darauf gekommen, daß ich Jefrossinja bin?« platzte ich heraus, denn diese Frage brannte mir schon lange auf den Nägeln.

»Inzwischen hatten wir einiges herausgefunden – daß Mischa gefälschte Vitamine herstellte und daß seine Frau verschwunden war. Wir wußten auch, daß er diese Tatsache vor aller Welt geheimhielt. Als Sie mir Ihren lächerlichen Ausweis mit dem Namen Romanowa unter die Nase hielten, ging mir ein Licht auf. Sie konnten nur unsere Jefrossinja sein. Noch Fragen?«

Wir schüttelten einträchtig die Köpfe.

»Dann sind Sie jetzt dran. Tatjana, wie sind Sie auf Rita Wolkowa gekommen?«

»Ich habe aus Kostjas Diele versehentlich ihre Handtasche mitgehen lassen. Die hatten Ihre Mitarbeiter bei der Untersuchung des Tatortes offenbar übersehen.«

»Diese Schlafmützen!« rief der Major empört. »Denen reiße ich den Kopf ab!«

Epilog

Seit all diesen schrecklichen Geschehnissen ist fast ein Monat vergangen. Mischa und Slawa sitzen in der Butyrka, Moskaus berühmten Untersuchungsgefängnis. Ich habe Mischas Wohnung abgeschlossen und alle Sachen gelassen, wo sie sind. Ich will nicht, daß mich irgend etwas an Jefrossinja erinnert. Bis zum Prozeß ist es noch lange hin, die Ermittlungen laufen. Katja hat mich überreden wollen, meinem Mann ein Päckchen zu bringen. Das habe ich weit von mir gewiesen und die Scheidung eingereicht. Mit Mischa habe ich eine eigene Rechnung offen. Ich hoffe, daß er und Slawa ihre gerechte Strafe erhalten und er mir möglichst lange nicht unter die Augen kommt.

Kostja und Akulina sitzen ebenfalls hinter schwedischen Gardinen. Lena Litwinowas Cousine Shenja ist wieder gesund. Jana gelangt zu Kräften, wenn auch sehr langsam. Mich würde freuen, wenn sie bis zum Prozeß soweit wiederhergestellt wäre, daß sie in der ersten Reihe Platz nehmen kann. Ihr Bruder müßte ihr dann in die Augen sehen.

Der ist fast tot umgefallen, als Major Kostin ihm mitteilte, wer Slawas leibliche Mutter ist.

Alle Beteiligten haben sehr gelitten. Nur die frühere Schuldirektorin Anna Fjodorowna Katukowa wird von alledem zu ihrem Glück nie etwas erfahren.

Professor Gennadi Jurowski hat mir mit vielen Bedenken das nächste Bild überreicht. Ich habe mich mit ihm beraten und werde es vorerst nicht verkaufen. Wir haben unser Auskommen. Katja ist wieder zu ihren Patienten zurückgekehrt. Serjosha und Julia sind wie immer sehr beschäftigt, und ich führe ihnen den Haushalt. Katja will, daß ich eine richtige Arbeit annehme, aber davon vielleicht ein anderes Mal. Kira kommt in der Schule gut zurecht, die Hunde werden immer dicker, die Katzen immer frecher, die Hamster legen Vorräte an, und die Kröte Gertrud hat friedlich ihren Winterschlaf angetreten.

Viktoria hat sich, mit vielen neuen Sachen beladen, endlich aus dem Staub gemacht. Wir sind froh, daß sie noch vor Neujahr verschwunden ist. Da feiert man am besten in Familie.

Am 28. November waren wir alle zu Kiras Schulkonzert. Nur die Tiere hatten wir zu Hause gelassen. Serjosha und Kira schleppten meine Harfe hin. Ich habe lange nicht mehr soviel Beifall bekommen. Am Schluß gab es sogar Blumen.

»Vielleicht solltest du wieder Konzerte geben?« fragte Katja, als Serjosha und Kira das Instrument abtransportierten.

Ich schüttelte den Kopf. »Wer will heute noch Harfenmusik hören? Außerdem ist es mit fast vierzig Jahren zu spät für ein richtiges Debüt auf dem Konzertpodium.«

Katja wollte widersprechen, da rief es vom Schulhof: »He, werft mal die Autoschlüssel runter!«

Ich sah den Schlüsselbund einsam und verloren auf einem Tisch liegen, warf ihn durch die Lüftungsklappe, ohne hinzugucken, und sagte zu Katja: »Gehen wir.«

Als wir unten waren, standen die Kinder da und ließen die Köpfe hängen.

»Was ist passiert?« fragte Katja verwundert.

Kira wies schweigend nach oben. An dem Baum unter dem Fenster schaukelten die Autoschlüssel.

»Wir brauchen wieder den Rettungsdienst«, erklärte Serjosha seufzend.

»Nein!« schrie Kira auf. »Nicht hier auf dem Schulhof! Die hören nie wieder auf, mich damit zu hänseln!«

»Brüll nicht so«, wies ihn Julia zurecht. »Wie sollen wir sonst die Schlüssel herunterholen?«

Sie hatte es kaum gesagt, da erfaßte ein Windstoß den Baum. Im nächsten Moment fiel der Schlüsselbund mit einem Klirren direkt vor meine Füße.

»Toll!« rief Kira.

»Na, so was!« fiel Julia ein. »Wie auf Bestellung!«

»Das war Schicksal«, teilte uns Serjosha mit und hob das Corpus delicti auf. »Was man auch tut, es ist alles vorherbestimmt.«

Schweigend trat ich zum Auto. Mir ging durch den Kopf, was in diesem Monat November alles mit mir geschehen war. Serjosha hatte wohl recht. Seinem Schicksal entgeht man nicht. Man kann sich auch nicht hinter sieben Wänden vor ihm verstecken.